HEYNE <

STEVENS & SUCHANEK

RACHEJAGD

VERRATEN

THRILLER

WILHELM HEYNE VERLAG
MÜNCHEN

Sollte diese Publikation Links auf Webseiten Dritter enthalten, so übernehmen wir für deren Inhalte keine Haftung, da wir uns diese nicht zu eigen machen, sondern lediglich auf deren Stand zum Zeitpunkt der Erstveröffentlichung verweisen.

FSC
www.fsc.org
MIX
Papier aus verantwortungsvollen Quellen
FSC® C014496

Penguin Random House Verlagsgruppe FSC® N001967

Originalausgabe 12/2022

Printed in Germany
Umschlaggestaltung: Nele Schütz Design
unter Verwendung von Adobestock/joephotostudio
Satz: Buch-Werkstatt GmbH, Bad Aibling
Druck und Bindung: GGP Media GmbH, Pößneck
ISBN: 978-3-453-44140-8

www.heyne.de

PROLOG

Vor 14 Jahren

»Sommerferien, wir kommen«, jubelte Nick.

Roger lachte. Sein bester Freund trug ein Basecap mit dem Schirm im Nacken, ein paar Sommersprossen sprenkelten seine Nase. »Und, was plant ihr Turteltäubchen?«

Nick legte einen Arm um Annas Schultern und hauchte ihr einen Kuss auf die Schläfe. »Bevor der Ernst des letzten Schuljahres beginnt und wir Collegebewerbungen schreiben müssen? Die Zeit auskosten natürlich.«

Sie standen vor dem Eingang der Harper High School und genossen das Gefühl von Freiheit. Der warme Sommerwind kam von Süden. Nick liebte es.

»Der Teil ist bei mir schon erledigt.« Roger zuckte pragmatisch mit den Schultern. »Haben meine Eltern eingefädelt. Ihr wisst schon … Detroit.«

Rogers Vater, ein ranghoher Offizier, arbeitete im Detroiter Militärstützpunkt und war nur selten zu Hause. Er besaß dort Kontakte zu irgendeinem militärischen Forschungslabor, in dem er seinen Sohn unterbringen wollte.

»Wenigstens bist du nicht allein«, sagte Nick. »Sarah wird auch nach Detroit gehen. Ihr Vater hat dort eine Anstellung an einem Krankenhaus bekommen.«

Er selbst wollte Chicago auf keinen Fall verlassen! Schließlich war Anna hier. Er würde schon einen Collegeplatz vor Ort bekommen. Seine Noten waren top.

»Wollen wir noch zum See?«, fragte sie.

»Musst du doch gar nicht erst fragen.« Roger lächelte verschmitzt. »Ich besorge das Bier.«

Nick hob die Augenbrauen. »Alter, nicht schon wieder. Das letzte Mal war dein Dad echt übel drauf, als du sein Sixpack geklaut hast.«

»Merkt der dieses Mal nicht.« Roger winkte ab. »Ich gebe Paige Bescheid, wir treffen uns an unserem Steg.«

»Deine Badesachen liegen noch bei mir«, sagte Nick an Anna gewandt. »Brauchst du etwas anderes von zu Hause? Sonst könnten wir direkt los.«

Sie strich sich eine Haarsträhne aus der Stirn und schüttelte den Kopf. »Ich werfe meine Bücher einfach bei dir aufs Bett.«

Während Roger mit einer Daumen-hoch-Geste nach rechts davonging, schlugen Anna und er den linken Weg ein. Vorbei an geparkten Autos spazierten sie über breite Gehsteige und passierten Straßenkreuzungen. Es tat gut, ihre Hand in seiner zu spüren, das Kribbeln im Bauch war noch genauso stark wie am ersten Tag.

Nicks Hochgefühl hielt so lange an, bis er die Eingangstür öffnete. Seine Eltern saßen im Wohnzimmer auf der

Couch, und er sah ihren Mienen sofort an, dass etwas nicht stimmte.

»Anna, wärst du so nett und wartest kurz in Nicks Zimmer?«, bat sein Dad.

Sie nickte sofort, spürte die eisige Stimmung wohl auch. Ihre Schulbücher unter dem Arm, lief sie die Treppe hinauf.

Nick schluckte, ging auf seine Eltern zu. Er setzte sich in einen Sessel und richtete den Blick auf den Fernseher. Das wuchtige Gerät war abgeschaltet, in dem Regal darüber waren Bücher über Herzchirurgie aneinandergereiht. Schon oft hatte Nick sich gefragt, ob sein Dad sich deshalb auf Herzen spezialisiert hatte, weil er selbst keins besaß.

»Es geht um TJ«, sagte sein Vater.

Wie Nick vermutet hatte. »Geht es ihm wieder schlecht?«

»Es spielt keine Rolle, wie es deinem Bruder geht.« Die Stimme seines Vaters klang wie eine gespannte Gitarrensaite. »Dein Bruder ist in diesem Haus nicht mehr willkommen. Du wirst keinen Kontakt mehr mit ihm haben. Hast du das verstanden?«

Für einen entsetzlichen Augenblick hatte Nick das Gefühl, die Welt um ihn herum würde aufhören, sich zu drehen, ein Klumpen bildete sich in seinem Magen. »Das ist nicht euer Ernst?!« Seine eigene Stimme war rau wie Pergament.

»Und ob es mein Ernst ist«, sagte sein Vater streng.

»Und du stimmst dem zu?« Nick warf seiner Mom einen Hilfe suchenden Blick zu.

Sie war bleich und ausgezehrt.

»Dein Vater … *wir* sind der Meinung, dass es anders nicht mehr geht. Dein Bruder zerstört sonst die ganze Familie.« Jedes Wort fiel ihr sichtlich schwer.

Das Fernsehgerät mit seiner gewölbten Oberfläche schien Nick zu verhöhnen. Er selbst spiegelte sich darin, von seinen Eltern waren nur verzerrte Silhouetten erkennbar.

»Es ist beschlossen«, sagte sein Vater erneut.

Nick hielt es nicht länger aus. Er sprang auf und rannte die Stufen zu seinem Zimmer hinauf. Dort warf er die Tür ins Schloss und zog Anna in seine Arme. Sie drückte ihn schweigend.

Nie zuvor hatte Nick gleichzeitig solche Geborgenheit und Einsamkeit verspürt. Er fühlte sich regelrecht zerrissen. Alles, was er wollte, war, seinen Dad anzubrüllen. Stattdessen schrie er lautlos seine Wut heraus.

1. KAPITEL

Gegenwart

Zu dieser Hochzeitsfeier schien sich Detroits gesamte High Society eingefunden zu haben. Maßgeschneiderte Anzüge und elegante Designerkleider überboten sich gegenseitig an Raffinesse und Eleganz. Beim Vorbeigehen nahm eine Fremde Annas pastellgelbes, bodenlanges Abendkleid in Augenschein. Unwillkürlich tastete sie mit den Fingern über ihr Halstuch und beschwichtigte sich in Gedanken selbst. Die auffällige Narbe an ihrem Schlüsselbein war unsichtbar. Trotzdem spürte sie im Nacken einen unbehaglichen Schauer.

Die Blutergüsse ihrer zwei Wochen zurückliegenden Tortur waren verblasst, die Schnitt- und Brandwunden weitestgehend verheilt. Mit einem Haarband verdeckte sie die Kopfverletzung. Über die rasierte Stelle hatte sich ein zarter Flaum gelegt.

Paul Kelley war im Feuer gestorben, Natalie kurze Zeit später im Krankenhaus. Sobald sie an ihre einstige Freundin dachte, flackerten vor ihrem inneren Auge Bilder des erlebten Martyriums auf und verursachten ihr eine Gänsehaut. Ihr Entführer war tot, und Anna hatte nichts mehr zu befürchten. Trotzdem verfolgte sie die Erinnerung wie ein Schatten.

»Anna, das ist ja mal eine schöne Überraschung.« Nicks Mutter kam auf sie zu, ergriff ihre Hände und lächelte sie an. »Ich habe nicht damit gerechnet, dich hier zu sehen.«

»Nick hat gar nicht erwähnt, dass Sie auch zur Feier kommen.« Anna freute sich, so unverhofft auf Evelyn Coleman zu treffen. Sie hatte die zierliche Frau mit den schulterlangen brünetten Haaren immer gemocht. Inzwischen waren Jahre vergangen. Seit der Trennung damals hatte sie Nicks Mutter aus den Augen verloren.

Mrs. Coleman sah sich um. »Nick ist hier?«

Sie wirkte überrascht, was wiederum Anna irritierte. Engen Kontakt schienen die beiden nicht zu haben.

»Noch nicht, aber er müsste jeden Moment eintreffen.«

Allein bei dem Gedanken, ihn wiederzusehen, spürte sie in ihrem Magen ein Kribbeln. Sein Vorgesetzter hatte Nick kurz vor ihrem gemeinsamen Urlaub noch mal nach Washington in die FBI-Zentrale beordert und darauf bestanden, dass er persönlich den Bericht über Natalies Tod ablieferte.

Der Fall hatte beide in den letzten Wochen sehr mitgenommen, Anna insbesondere, weil sie zusehen musste, wie ihre ehemals beste Freundin zu dem Instrument eines Psychopathen wurde und schließlich auch sein Opfer.

»Heißt das, ihr zwei seid wieder zusammen?«, fragte Evelyn Coleman und holte sie damit ins Hier und Jetzt zurück.

Anna kannte die Antwort selbst nicht. Genau das würde der Urlaub wohl zutage bringen. Nick und sie waren sich wieder nähergekommen, aber bisher konnte sie nicht genau einschätzen, wie sie zueinander standen.

»Hier steckst du«, sagte Tom Coleman beim Näherkommen und legte den Arm um die Taille seiner Frau. »Anna, es ist lange her.« Er nickte ihr zu. »Bitte verzeih, wenn ich dir meine Frau sofort wieder entführe.« Lächelnd küsste er Evelyn Coleman auf die Stirn. »Ben hält jetzt die Laudatio.«

»Nick ist heute auch eingeladen«, ließ seine Frau ihn wissen, woraufhin er merklich zusammenzuckte, und sein Lächeln erstarb.

»Darüber hätte Ben mich in Kenntnis setzen sollen«, flüsterte er ihr zu und suchte mit seinem Blick den Saal ab.

»Nick ist mit der Braut befreundet und du mit dem Brautvater.«

»Lass uns heute nicht diskutieren, es ist der Tag der Braut«, erwiderte er, während er seine Frau von Anna wegführte. »Viel Spaß noch, Anna.«

Nicks Mutter sah zu ihr zurück und lächelte entschuldigend. Das Verhältnis zu seinen Eltern hatte sich über die Zeit anscheinend nicht verbessert.

Die anwesenden Gäste wandten sich der Bühne zu, die Sarah mit ihrem frischangetrauten Ehemann betrat. Kaum zu glauben, dass Nick damals für einen guten Monat in der Highschool mit ihr zusammen gewesen war.

Der Ehemann auf der Bühne hätte er sein können. Ein Gedanke, der Anna einen leichten Stich versetzte.

Ihr Brautkleid war dermaßen eng geschnitten, dass Anna sich fragte, wie sie darin Luft bekam. Es betonte das Dekolleté und ihre schlanke Figur. Sarah hatte es schon in der Highschool verstanden, ihre Reize gekonnt in Szene zu setzen.

Ihr Vater war der Leiter des DMC Heart Hospital. Ben Carter gesellte sich zu seiner Tochter und dem neu gewonnenen Schwiegersohn. Er trat hinter das Rednerpult und wartete, bis es still wurde. Dann begann er mit seiner Ansprache.

»Sie sehen heute Abend ganz bezaubernd aus, Miss Jones«, hörte sie hinter sich Nicks vertraute Stimme ganz nah an ihrem Ohr. Zugleich spürte sie, wie seine Hand sanft über ihren Rücken und sein Atem über ihre Schulter streichelte.

Sie lächelte, schloss für ein paar Sekunden die Augen. Sein Aftershave roch frisch und maskulin. Während sie sich langsam zu ihm umdrehte, schlug ihr Herz kräftig und schnell gegen ihre Rippen.

Nick stand so dicht bei ihr, dass sie zu ihm aufsehen musste. Er zog sie zur Begrüßung in seine Arme.

»Ihr Anzug steht Ihnen auch ausgesprochen gut, Mr. Coleman«, sagte sie, lehnte sich zurück und betrachtete ihn.

Er schmunzelte, lockerte seine Fliege und öffnete den obersten Knopf am Kragen. »So fühle ich mich wohler.«

Ein Kellner kam mit einem Tablett voller Sektgläser vorbei. Nick griff sich zwei, reichte ihr eins und prostete ihr zu. »Auf Sarah und … Wie heißt ihr Typ noch mal?«

»Stan«, antwortete sie.

Als er sein Glas absetzte, musterte er sie mit einem schelmischen Funkeln in den Augen. »Hast du mich vermisst?« Seine Mundwinkel zuckten.

»Vielleicht.« Ihre Stimme war nur ein Hauch. War ihm bewusst, was er in ihr auslöste, wenn er sie auf diese intensive Weise ansah?

»Ich habe mich auf dich gefreut.«

Seine Offenheit überraschte sie.

»Und ich kann es nicht erwarten, die nächsten Tage mit dir Urlaub zu machen«, ergänzte er.

»Schsch«, zischte eine ältere, neben ihnen stehende Dame. Sie legte einen Zeigefinger auf die faltigen Lippen und deutete mit dem Kinn zur Bühne, auf der Ben Carter noch immer seine Laudatio hielt.

Anna trank einen Schluck und gab nun zumindest vor, den Worten des Redners zu lauschen. Nicks Eltern standen in vorderster Reihe. Evelyn Coleman sah sich zu ihnen um, hatte ihren Sohn bereits entdeckt. Nick hingegen schien sich ihrer Anwesenheit noch nicht bewusst zu sein.

»Schau mal, wer da ist«, flüsterte Anna und deutete nach vorn.

Nick presste die Lippen zusammen. Er erwiderte den Blick seiner Mutter nur kurz, ergriff Annas Hand und lotste sie zum Büfett. Die lange Tafel war wie der gesamte

Festsaal des noblen Hotels mit roten und weißen Rosengirlanden geschmückt. Schnittchen und Törtchen standen für den kleinen Hunger bereit. Das Abendessen wurde später à la carte serviert.

»Na, sieh mal einer an, wen haben wir denn da?« Ein schlaksiger Typ mit roten Haaren stand auf der gegenüberliegenden Seite der Tafel, hielt die Arme vor der Brust verschränkt und grinste sie beide an.

»Roger?«, rief Nick.

Jetzt erkannte auch Anna ihren alten Schulfreund. Früher hatte er sein Haar kurz rasiert getragen, weil er seine Locken nicht mochte. Heute fielen sie ihm unbändig in die Stirn.

Wenn er hier war, dann war Paige bestimmt auch nicht weit. In der Highschool hatten Nick und sie ständig mit den beiden abgehangen, und bis Sarah mit ihren Eltern nach Detroit gegangen war, hatte auch sie zu ihrer eingeschworenen Clique gehört.

Roger kam um den Tisch herum und klopfte Nick auf die Schulter, bevor er Anna freundschaftlich umarmte.

»Ich hätte dich fast nicht erkannt«, ließ sie ihn wissen.

»Schönheit vergeht, also muss ich langsam nett werden, um noch eine abzukriegen«, erwiderte Roger und grinste wieder.

»Du willst dich doch bloß nicht festlegen«, neckte Nick ihn.

»Ist Paige hier?«, erkundigte sich Anna.

Roger schüttelte den Kopf. »Nicht dass ich wüsste. Ich

habe sie schon seit der Highschool nicht mehr gesehen. Ihr habt euch ja alle zum Studium verkrümelt.« Er sah sie abwechselnd an.

Anna erwiderte seinen Blick. »Und du? Was ist aus dir geworden?«

»Ich bin Biologe.« Er atmete schwer aus. »Kann ich mal unter sechs Augen mit euch sprechen? Es gibt da etwas, bei dem ich euren Rat gebrauchen könnte.«

Nick hob fragend die Augenbrauen.

Roger fuhr sich mit der Handfläche übers Gesicht. »Kommt mit. Lasst uns irgendwo draußen reden, wo wir ungestört sind. Dann erkläre ich es euch.«

Anna runzelte die Stirn, schwieg jedoch.

Er ging voraus, sah immer wieder zu ihnen zurück. Als er schließlich stehen blieb und sich ihnen zuwandte, krallte er eine Hand in seine Locken und kniff die Augen zusammen. »Ich stecke tief in der Scheiße.«

2. KAPITEL

»Es ist etwas passiert.« Roger rieb sich die müden Augen, wandte den Blick dem Fenster zu. »Und ich komme alleine nicht weiter.«

Er hatte sie in einen der angrenzenden Räume des Hotels geführt. Sarahs Eltern hatten keine Kosten und Mühen gescheut und das gesamte Hotel für die Hochzeitsgesellschaft gebucht.

Der Raum roch nach frischem Putzmittel und lederbezogenen Sesseln. Hierher konnten sich die Herren später zurückziehen, ein Glas mit Hochprozentigem in der einen, eine Zigarre in der anderen Hand. Es lagen sogar Holzscheite im Kamin.

Vermutlich würde Nicks Vater ebenfalls dabei sein.

Nick ließ den Gedanken fallen wie ein heißes Eisen, an dem er sich die Finger verbrannt hatte.

»Was ist los?«

Rogers Gesicht war noch immer dem Fenster zugewandt, er rang mit sich.

Anna ging vorsichtig näher, berührte ihn an der Schulter.

»Jemand ist gestorben«, brach es aus ihm heraus.

»Das … tut mir leid«, flüsterte sie.

Die Antwort bestand aus einem bitteren Lachen. »Nicht nötig. Er war ein Mistkerl.«

Annas Brauen hoben sich, sie wechselte einen kurzen Blick mit Nick, schwieg jedoch.

Sobald er dazu bereit war, würde Roger weitersprechen, das wusste Nick. So war es bei Verhören auch immer. Einfach schweigen und warten, dann kamen die Antworten von ganz alleine.

Nick ging zur vorbereiteten Anrichte, betrachtete die Glasflakons und entschied sich für eine bauchige Flasche mit bernsteinfarbener Flüssigkeit darin. Torfiger Geruch stieg ihm in die Nase, als er drei Gläser fingerbreit füllte. Eines reichte er Anna, das andere bekam Roger in die Hand gedrückt.

»Auf …«

Bevor Nick den Satz zu Ende bringen konnte, hatte der Freund aus alten Tagen bereits alles hinuntergestürzt.

»… uns«, beendete Nick und trank ebenfalls.

Anna stellte ihr Glas wieder auf den Tisch und betrachtete Roger eingehend. Ihr Gesicht nahm einen besorgten Ausdruck an.

Sie alle kannten ihn als ruppigen Macho. Der Erste, der sich damals einen Glimmstängel angezündet hatte, ständig am Prahlen war und dabei keinen Fettnapf ausließ. Roger war auch der Erste gewesen, der einen Joint angeschleppt hatte. Nick wusste bis heute nicht, wie der alte Freund in Highschool-Tagen an Hanf gelangt war.

»Spuck es aus.« Nicks Geduld war aufgebraucht.

»Ich arbeite in einem Labor«, sagte Roger langsam. »Mit hochgefährlichen Viren und Nerventoxinen.«

»Sprichst du von biologischen Waffen? Für das Militär?« Nicks Interesse erwachte.

»Auch.« Roger nickte zögerlich. »Aber es geht nicht darum, neue zu entwickeln. Wir arbeiten an Antiviren, damit wir im Fall der Fälle bereits Impfstoffe und Heilmittel für die Bevölkerung bereithalten können. Außerdem erforschen wir Behandlungsmethoden für Menschen, die mit Nervengiften in Berührungen gekommen sind.«

Nick hatte genug Briefings gelesen, um zu wissen, dass Roger sich hier auf sehr dünnes Eis begab. Wenn er Arbeiten für die Regierung – also das Militär – ausführte, durfte er mit niemandem darüber sprechen.

Es galt als offenes Geheimnis, dass gerade autokratische Staaten geheime Forschungen betrieben. Sollte den USA irgendwann ein biologischer Angriff drohen, gab es längst Dutzende von Gegenmitteln für Stoffe, die der breiten Öffentlichkeit noch nicht einmal bekannt waren. Bedauerlicherweise gab es mindestens zehnmal so viele designte Viren.

Und gerade im Bereich der Nervengifte hatte Nowitschok traurige Berühmtheit erlangt. Ein ehemaliger russischer Spion und seine Tochter waren in England damit vergiftet worden.

»Ich kann hier nicht ins Detail gehen.« Roger warf Anna einen gehetzten Blick zu. »Das alles muss natürlich unter uns bleiben.«

»Selbstverständlich«, versicherte sie.

Roger entspannte sich ein wenig. »Wir arbeiten unter anderem auch mit der neuartigen mRNA-Methode, um besagte Gegenmittel für Viren herzustellen. Wir schleusen quasi ein Bauteil des Virus – ein Protein – in den Körper ein, damit das Immunsystem Antikörper dagegen bildet. Das ist mein Gebiet. Ich bin Leiter für ein militärisches Projekt. In unserem Labor herrschen die höchsten Sicherheitsvorkehrungen.«

»Aber es ist etwas schiefgegangen?«, fragte Nick.

»So ist es. Ein Kollege ist gestorben. Er hatte in einem der Labore zu tun und wollte an einem Virus arbeiten.«

»Welche Art von Virus?«

»Das ist eben das Seltsame. Er wollte an diesem Morgen einen völlig ungefährlichen Grippeerreger sequenzieren, einen neuen Stamm aus Südamerika. Standard. Das Ding mutiert alle paar Monate.«

Nick war kein Spezialist für Viren, doch jeder Teenager wusste, dass eine Grippeimpfung jährlich aufgefrischt werden sollte, weil es hier zahlreiche Virenstämme und ständige Mutationen gab.

»An so etwas stirbt man kaum«, sagte Anna.

»Eben. Sein Anzug war undicht, allein das ist schon seltsam. Wir achten peinlich genau auf die Unversehrtheit des Materials, vor jedem Betreten des Labors erfolgt eine sorgfältige Überprüfung.«

Nick ging zur Anrichte, schenkte sich nochmals fingerbreit Whiskey ein und genoss das torfige Aroma. »Du willst also sagen, dass dein Kollege mit einem undichten Anzug in das Labor ging, ein eigentlich ungefährliches Grippevirus entnommen hat, aber dann daran starb?«

Gerade Menschen jenseits der fünfzig konnten auch an einer Grippe sterben. Oder jene mit geschwächtem Immunsystem. Das geschah allerdings nicht innerhalb von wenigen Minuten.

»Er hat einen ärztlichen Check-up durchlaufen, wie jeder von uns«, machte Roger diesen Gedanken direkt zunichte. »Außerdem war er gerade mal Anfang vierzig.«

»Die Sache wurde doch sicher untersucht?«, fragte Anna.

Roger fuhr sich erneut durch die Haare. »Wenn man das so nennen kann. Ein Team der internen Sicherheit hat alle Daten eingesackt, und Anwälte haben uns noch einmal an die Verschwiegenheitsklausel in unseren Verträgen erinnert. Insbesondere gegenüber Journalisten dürfen wir kein Wort über die Sache verlieren.« Er blickte in Richtung Anna. »Die Strafe für einen Verstoß liegt irgendwo im Millionenbereich.«

»Wir sind hier unter alten Freunden, mach dir keine Gedanken«, versicherte sie. »Außerdem schütze ich meine Quellen.«

»Warum erzählst du uns das dann alles? Was erwartest du denn von uns?«, fragte Nick.

»Na, du bist doch beim FBI!«

Nick lachte auf. »Eine offizielle Ermittlung müsste aber von oben abgesegnet werden. Inklusive Budget und Team.

Und wenn das losgeht, kann jeder Idiot eins und eins zusammenzählen. Der Schulfreund eines Angestellten …«

»… leitenden Angestellten, mit einem Sequenzierungsteam unter sich«, korrigierte Roger.

»… ermittelt in einem Biowaffenlabor«, schloss Nick unbeirrt.

Roger schien sich bereits Gedanken über das Problem gemacht zu haben, denn er erwiderte sofort: »Aber unter dem Radar?«

»Damit kommen wir nicht an die Unterlagen heran.«

»Willkommen in meiner Welt«, sagte Anna mit einem Grinsen. »Wir Reporter bekommen die offiziellen Unterlagen nie. Aber irgendwie gelingt es uns doch, Mister FBI.«

Nun musste Nick ebenfalls lächeln. »Ich sage ja auch nicht, dass es unmöglich ist. Wir waren ja schon mehr als einmal … kreativ.«

Wobei er gerade gar nicht daran denken wollte, was Noriss mit ihm anstellen würde, wenn er erneut Beweismittel zurückhielt. Oder mitten in eine Ermittlung schlitterte, die das Militär betraf. Vermutlich war die Zornesröte vom letzten Mal nichts gegen das, was Nick dann erwartete.

»Ich kenne diesen Blick«, sagte Anna. »Du denkst schon darüber nach, wie es möglich wäre.«

»Nein. Ja. Eventuell.«

Er wollte Roger helfen. Trotzdem hatte er nicht vergessen, dass Anna und er gerade erst knapp mit ihrem Leben davongekommen waren. Das Blitzen in ihren

Augen verriet ihm jedoch, dass auch sie darauf brannte, mehr über die Hintergründe dieses dubiosen Todesfalls zu erfahren.

»Ich könnte bei Mike anfragen«, überlegte Nick laut. »Solange wir Noriss raushalten …«

»Und Zane hilft uns bestimmt ebenfalls«, warf Anna schnell ein.

Roger wirkte gleichermaßen erleichtert wie auch beunruhigt. »Ihr müsst aber vorsichtig sein. Ich meine: *wirklich* vorsichtig. Bei uns geht es um Regierungsaufträge in Millionenhöhe. Da steht für die da oben viel auf dem Spiel.«

»Ich kenne das von früheren Ermittlungen«, sagte Nick. »Sobald es an die Chefetagen geht, gibt es einen ganzen Berg von Papierkram und Anwälten.«

Oftmals waren Nachforschungen im Sand verlaufen, weil man ihnen Steine in den Weg legte. Bei Mord in einer Firma waren die Verantwortlichen in den oberen Rängen meist bis zu einem gewissen Grad hilfsbereit, wollten die Ermittlungen unterstützen. Bei allen anderen Untersuchungen, also Geldwäsche, Sabotage oder Firmenspionage, konnte das FBI in den seltensten Fällen auf Unterstützung hoffen.

»Ihr seid das dynamische Duo, ihr bekommt das hin«, sagte Roger in die einsetzende Stille.

»Daran hatte ich gar nicht mehr gedacht«, flüsterte Anna.

Nach einem beeindruckenden gemeinsamen Chemieprojekt in der Highschool hatten sie diesen Spitznamen erhalten. Schon damals hatten sie sich perfekt ergänzt, auch wenn am Ende eines der Reagenzgläser explodiert war. Am optimalen Teamwork hatte sich nichts geändert, lediglich ihre Berufe hatten sie meist auf die gegenüberliegenden Seiten einer Mauer gesetzt.

»Ihr helft mir also?«, fragte Roger.

»Wir klären ein paar Dinge ab«, erwiderte Nick. »Dann sehen wir weiter.«

»Mehr wollte ich doch gar nicht hören.« Befreit atmete Roger auf. »Habt ihr eure alten Nummern noch?«

Sie bejahten.

»Dann genießt mal noch den Abend.« Mit einem Nicken in ihre Richtung verließ er den Raum.

»Wer hätte gedacht, dass diese Hochzeit noch so interessant wird«, sagte Nick.

»Da muss erst ein solcher Zwischenfall passieren, damit du dich wohlfühlst.« Anna lachte und nippte an ihrem Whiskey.

»Eine potenzielle Mordermittlung und die Aussicht auf einen Burger mit Bier, und schon bin ich glücklich. Da siehst du, wie leicht ich zufriedenzustellen bin.«

»Dir ist aber klar, dass wir nicht immer eine Leiche besorgen können, um dich vor einer Hochzeit zu retten?«

»Der Punkt geht an dich.«

Sie lachten leise und tranken schweigend ihren Whiskey. Diese stillen Augenblicke der Verbundenheit waren für Nick mehr wert als jeder Tanz auf dem öffentlichen Parkett. Überall umarmten sich alte Freunde, gaben sich

Küsschen und hielten Small Talk. In Wahrheit wusste kaum einer hier noch etwas über das Leben des anderen. Sie waren Echos einer längst vergangenen Zeit.

Skeptisch blickte er auf den Whiskey.

»Genug für heute?«, hakte Anna nach.

»Ich werde philosophisch.«

»Bisher lautlos.«

»Bevor sich das ändert, höre ich lieber auf.« Er stellte das Glas ab.

»Gott bewahre, dass du anfängst, über deine Gefühle zu sprechen.« Sie zwinkerte ihm zu.

Er mochte diese gelöste, freie Anna. Mit jedem Tag schien sie sich ein wenig mehr zu regenerieren und ihre alte Unbeschwertheit zurückzugewinnen. Ihre Stärke. Das färbte auch auf ihn ab.

»Sollen wir uns davonmachen?«, fragte sie.

»Du meinst jetzt, wo jede Sekunde mit der Vorspeise zu rechnen ist?«

»Auch wieder wahr. Nehmen wir das Essen noch mit. Es ist ganz sicher hervorragend, wenn auch nicht Burger und Bier.« Neckend stieß sie ihm in die Seite, und gemeinsam verließen sie den Raum, um an ihrem Tisch Platz zu nehmen. Für die nächsten anderthalb Stunden achtete Nick darauf, den Mund mit Vorspeise, Haupt- und Nachspeise stets gefüllt zu haben. Auf diese Art musste er sich an keiner zähen Konversation beteiligen. Anna hingegen schien das weniger auszumachen.

Erst als tatsächlich ein Freund der Braut laut darüber

nachdachte, woher er sie kannte – »Aus dem Fernsehen vielleicht?« –, hatte auch sie genug. Ein Gespräch über ihre kürzlich erfolgte Entführung durch den mittlerweile toten Friedhofswärter Paul Kelly war das Letzte, was sie jetzt gebrauchen konnte. Noch heute durchlebte sie in ihren Albträumen den Kampf im brennenden Friedhofsgebäude wieder und wieder, das wusste Nick.

Sie ergriffen die Gelegenheit und verabschiedeten sich von Sarah. Sekunden später fuhren sie im Fahrstuhl nach oben zu ihrer gemeinsamen Suite.

3. KAPITEL

Kaum hatten sie die Hotelzimmertür der Suite hinter sich geschlossen, streifte Anna ihre High Heels ab, setzte sich in einen der dick gepolsterten Sessel und massierte sich abwechselnd die Füße. »Warum müssen elegante Schuhe immer so wehtun?«

Nick verschwand kurz in seinem Zimmer, das – genau wie Annas – vom Salon der geräumigen Suite abging, und kehrte ohne Jackett zurück. »Das fragst du genau den Richtigen. Sehe ich so aus, als würde ich mich damit auskennen?«

Anna lächelte. »Das war eine rein rhetorische Frage.«

Er kam zu ihr, setzte sich auf die Armlehne des Sessels, griff unter ihre Knie, legte ihre Beine über seine Oberschenkel und begann, ihre Fußsohlen zu kneten. »Deine Füße sind so winzig, dass ich mich frage, wie du es schaffst, auf ihnen das Gleichgewicht zu halten.«

Sie schlug ihn gespielt entrüstet auf den Arm. »Meine Füße sind nicht winzig.«

Nick schmunzelte. Er sah sie an – richtig an. Manchmal kam es ihr vor, als versuchte er, ihre Gedanken zu lesen. Sie spürte, wie Hitze in ihre Wangen schoss, doch sie hielt seinem einnehmenden Blick stand.

Seine Hand lag nun ruhig auf ihrem Knöchel. Stille breitete sich aus, die nicht unangenehm, sondern einvernehmlich war. Sie brauchten keine Worte, um sich zu verstehen.

Langsam beugten sie sich einander entgegen. Sein Gesicht war dem ihren schon ganz nah, da klingelte ihr Smartphone.

Gleichzeitig sahen sie zu der kleinen Handtasche, die neben ihnen auf dem runden Tisch lag. Das helle Display leuchtete durch den Stoff. Anna hatte sich darauf gefreut, endlich Zeit mit Nick zu verbringen. Sie wollte den Anruf ignorieren. Doch es war bereits nach Mitternacht. Wer es auch war, es musste wichtig sein.

Nick presste die Lippen zusammen, setzte ihre Füße wieder auf dem Boden ab und stand auf. »Ich gehe duschen«, sagte er, während sie die Tasche öffnete und das Telefon herausnahm.

»Es ist Zane«, rief sie ihm hinterher, als sie den Namen auf dem Display las.

»Sag ihm viele Grüße.« Er nickte ihr zu, bevor er im Badezimmer verschwand.

Sie starrte auf die geschlossene Tür und nahm den Anruf schließlich entgegen.

»Hey, du! Was gibt's? Hast du mal auf die Uhr geschaut?«

»Seid ihr noch auf der Feier?«, fragte er knapp, ohne auf ihre Bemerkung einzugehen.

»Inzwischen auf dem Zimmer. Warum …«

»Sehr gut«, fiel er ihr ins Wort. »Schnapp dir deinen Laptop, ich skype dich gleich an.« Er legte auf, ehe sie antworten konnte.

Anna stand gähnend auf. Sie war müde und nicht mehr aufnahmefähig. Aber sie hatte Zane vor ihrer Abreise angeboten, dass er sich zu jeder Tages- und Nachtzeit bei ihr melden konnte. Egal, wie belanglos es sein mochte, sie würde für ihn da sein. Er hatte ebenfalls viel durchgemacht. Aus der Ferne konnte sie nur schwer einschätzen, wie er damit klarkam.

Ihr Laptop lag noch in ihrem Zimmer auf dem Bett, wo sie ihn am Morgen zurückgelassen hatte. Sie raffte ihr Kleid, setzte sich im Schneidersitz auf das Laken, klappte ihn auf und loggte sich ein. Zane hatte ihr schon eine Beitrittsanfrage für ein Meeting geschickt.

Es war schön, ihn zu sehen. Er strich sich die blonden Stirnfransen aus den Augen, war der Kamera so nah, dass sie seine Hautporen erkennen konnte.

»Lässt du dir neuerdings einen Bart stehen, oder kommst du nicht dazu, dich zu rasieren?«

Zane fuhr sich über das Kinn. »Diesen Flaum nennst du Bart? Da kann ich ja noch hoffen.« Spitzbübisch verzog er den Mund. »Wo steckt Nick?«

»Unter der Dusche.«

Sein Grinsen wurde breiter. »Halte ich dich davon ab, ihm da Gesellschaft zu leisten?«

Anna spürte ein Ziehen im Brustkorb. Sie wich seinem Blick aus und nestelte am Saum ihres Kleides. »Spinner.«

»Wie jetzt? Ich dachte, ihr nutzt die gemeinsame Zeit, um …«

»Es ist nicht, wie du denkst«, unterbrach sie ihn.

Er rümpfte die Nase. »Ich bin zwar in Liebesangelegenheiten kein Experte, aber dass da irgendetwas zwischen euch ist, habe selbst ich mitbekommen.«

Sie zuckte mit den Schultern.

»Na schön.« Er seufzte. »Dann kommen wir zum Grund meines Anrufs.«

Anna horchte auf. »Was gibt es denn?«

»Das wird Nick auch interessieren. Reich ihm mal ein Handtuch und sag ihm, dass wir auf ihn warten.«

Sie raffte sich auf und klopfte an die Badezimmertür. »Komm bitte noch mal in mein Zimmer, bevor du schlafen gehst«, rief sie. »Zane möchte uns beiden etwas zeigen.«

Nachdem sie zu ihrem Bett zurückgekehrt war, dauerte es nicht lange, bis Nick hereinkam. Sie versuchte zu ignorieren, dass er nur mit einem Badetuch bekleidet war. Er legte sich bäuchlings neben sie auf die Matratze und sah auf den Laptop. »Hi, Zane.«

Anna straffte die Schultern. »Also, leg los!«

»Ich habe mir diesen Paul Kelly noch mal genauer angesehen«, informierte Zane sie. Er rollte mit dem Schreibtischstuhl zurück und nahm eine Akte von einem hinter ihm stehenden Sideboard. Die Kamera fing ihn nun im Weitwinkel ein. Annas Blick fiel auf eine Pinnwand, auf der etliche Fotos und Zettel befestigt waren, die teils mit zueinander verlaufenden Schnüren verbunden worden waren.

Nick runzelte die Stirn und sah kurz zu ihr hinüber. Zane biss sich an dem alten Fall fest. Sie hatten gewusst, dass er Nachforschungen anstellte, aber mit welchem Aufwand er das tat, wurde ihnen erst in diesem Moment klar.

»Mike und sein Team sind weiterhin an den Ermittlungen dran«, sagte Nick zu Zane. »Sie werden uns Antworten liefern. Also gönn dir nach allem, was passiert ist, etwas Ruhe.«

»Das dauert mir zu lange«, entgegnete er, rollte wieder heran und hielt die Akte des Friedhofswärters Paul Kelly in die Kamera. »Dieses Arschloch hat mich angeschossen. Und ich weiß jetzt auch, warum.«

Anna zuckte zusammen. Erinnerungen flammten auf, die sie augenblicklich zurückdrängte. Ein brennendes Haus, Zane gefesselt und hilflos. Nick, der sich im Obergeschoss diesem Wahnsinnigen stellte.

»Warum?«, fragten Nick und sie im Chor.

»Na ja, ich wurde eigentlich nur zu seinem Opfer, weil ich ihm bei Anna im Weg stand.« Er strich sich wieder die Stirnfransen aus den Augen. »Aber euch interessiert sicherlich, weshalb er es ausgerechnet auf euch beide abgesehen hatte.«

»Spuck es schon aus«, forderte Nick, als Zane eine Pause einlegte.

»Sagt euch QPaq etwas?«

Anna biss sich von innen auf die Wangen und nickte. Ein mulmiges Gefühl breitete sich in ihrem Magen aus. Vielleicht eine Vorahnung, die sie jedoch noch nicht greifen konnte.

»Eine Gruppe von Verschwörungstheoretikern mit rechtsextremem Hintergrund«, warf sie ein. »Darüber habe ich mal einen Artikel gebracht.«

Zane nickte, und Nick betrachtete sie von der Seite.

»Das FBI ermittelt gegen die, weil dahinter ein Kinderhändlerring vermutet wird«, ließ Nick sie wissen. »Ich war darin involviert, bis ich deinen Fall in Chicago übernommen habe.«

Nun sahen sie beide wieder zu Zane, der die Arme vor der Brust verschränkte und immerzu nickte. »Paul Kelly war Mitglied bei QPaq. Durch deinen Artikel hat sein damaliger Arbeitgeber das mitbekommen und ihn aus der Sicherheitsfirma, für die er gearbeitet hatte, entlassen. Sie wollten wohl umgehen, in den Skandal verwickelt zu werden.«

»Scheiße.« Anna stand auf und rieb sich den Nacken. »Ich habe QPaq mit dem Verschwinden von Kindern in Zusammenhang gebracht. Mir lagen stichhaltige Informationen einer Frau vor, deren Tochter angeblich ihr eigenes Kind an diese Organisation verkauft hat. Zu einem direkten Mitglied hatte ich allerdings keinen Kontakt.«

»Hat dich die Frau mit Namen versorgen können?«, hakte Nick nach.

»Nein, sie hatte auch keine gerichtsrelevanten Beweise. Ihre Tochter war an den falschen Mann geraten, war drogenabhängig und meldete sich nicht mehr bei ihr. Deshalb hatte sie das Sorgerecht für ihre Enkeltochter beantragt, um sie vor häuslicher Gewalt und Verwahrlosung zu schützen. Doch dann galt die Siebenjährige als vermisst.«

Zane räusperte sich. »Fakt ist, dass Paul Kelly nach Erscheinen deines Artikels seinen Job verlor und von der Bildfläche verschwand. Ich denke, er hatte mit dem Verschwinden der Kleinen zu tun, und dass du QPaq mit ihrem Vermisstenfall in Verbindung gebracht hast, wurde für ihn zum Problem.« Er wandte sich an Nick. »Und du hast gegen die Organisation ermittelt. Kein Wunder also, dass er es auf euch abgesehen hatte.«

Nick stand auf und rieb sich die Schläfen. »Ich informiere Mike.«

»Es ist mitten in der Nacht«, sagte Anna. »Das hat Zeit bis morgen.«

»Dieser Mistkerl, Dr. Falsi, gehörte demnach vermutlich auch irgendwie dazu«, erwiderte er und begann, im Zimmer auf und ab zu gehen.

Bei dem Namen Falsi zuckte Zane zusammen. Er hatte den Rechtsmediziner in Notwehr umgebracht, und Anna sah ihm an, dass er das nur schwer verkraftete. Wer, wenn nicht dieser Mann, der ahnungslose Studenten betäubt und lebendig seziert hatte, hatte den Tod verdient? Dennoch kam Zane mit den Schuldgefühlen nur schwer klar. Er versuchte, sich seine innere Zerrissenheit nicht anmerken zu lassen. Aber sie wusste, wie Schuld einen zermartern konnte. Sie hatte sich selbst lange Zeit damit herumschlagen müssen.

»Ich suche weiter und melde mich wieder bei euch, sobald ich auf etwas Neues stoße«, sagte Zane.

»Jetzt atme erst einmal durch und gönn dir eine Pause«, erwiderte Anna.

Nick blieb vor dem Fenster stehen und schaute in die Nacht hinaus. »Anna hat recht. Ich bitte Mike darum, beim ermittelnden Team nachzuhaken. Vielleicht wissen die mehr über QPaq.«

In der Scheibe spiegelte sich sein Antlitz. Anna bemerkte, dass es ihm ebenfalls schwerfiel, untätig zu bleiben.

»Ich kann mir Kellys Bezug zu Natalie noch nicht erklären«, sagte Zane. »Erst wenn ich mir auch darauf eine Antwort geben kann, werde ich mich zurücklehnen.« Er hob die Hand. »Gute Nacht.« Bevor sie ihn nochmals beschwichtigen konnten, beendete er die Verbindung.

»Er ist ein noch größerer Sturkopf, als ich es bin.« Nick wandte sich Anna zu. »Lynette sollte ihn mal anrufen. Ein Gespräch mit ihr wird ihm guttun.«

Sie nickte. »Es ist seine Art, die Ereignisse zu verarbeiten, seine Ablenkung.«

Nick kam langsam näher. »Er wird sein Leben lang mit dem, was geschehen ist, zurechtkommen müssen.«

»Jetzt ist es aber noch ganz frisch«, flüsterte sie.

Er setzte sich wieder zu ihr aufs Bett. »Wie geht es dir damit? Du bist oft nachdenklich.«

Ob er ahnte, dass sie nicht nur über den Fall, sondern gleichermaßen über ihn nachgrübelte? Anna wich seinem Blick aus, betrachtete stattdessen den dunklen Bildschirm und klappte den Laptop zu. »Es geht mir gut.«

Er legte die Hand unter ihr Kinn und hob ihren Kopf an, damit sie ihn ansah. »Sicher?«

»Du bist doch auch ständig in Gedanken«, erwiderte sie. »Es wird seine Zeit brauchen, bis wir uns wieder auf andere Dinge konzentrieren können.«

Nick ließ seine Hand sinken, schaute zu Boden und nickte. Dann stand er auf. »Gute Nacht, Anna.«

Sie wollte nicht allein sein, war kurz davor, ihm zu sagen, dass er bleiben sollte. Stattdessen sah sie ihm schweigend nach und starrte auch weiterhin zur Tür, als er schon längst verschwunden war. Seufzend ließ sie sich schließlich aufs Laken fallen, drehte sich auf den Rücken und starrte an die Zimmerdecke. Jedes Mal, wenn Nick ihr näherkam, schaffte sie es irgendwie, ihn wieder zu vergraulen. Dabei wünschte sie sich, dass er bei ihr war. Aber dann sagte sie etwas, das ihn dazu brachte, sich zurückzuziehen. Ihr Problem war, dass sie es immer erst zu spät bemerkte.

4. KAPITEL

Mit einem pneumatischen Zischen öffnete sich die Verriegelung der Labortür. Die Kollegen nickten höflich, wie sie es immer taten. Das sanfte Summen der Klimaanlage erfüllte den Raum; die Dioden der Filteranlage zeigten das vertraute blaue Leuchten.

Es war zwar nicht der Hochsicherheitsbereich, aber auch hier wurde alles stets gereinigt. Kein Bakterium, keine Viren durften in die Luft gelangen. Und geschah es doch, mussten sie sich alle darauf verlassen, dass die installierten Sensoren dies bemerkten und alles abgeschottet wurde. Die Luftfilter entfernten dann zurückgebliebene Partikel.

Mit schnellen Bewegungen tippte er den Code in die Tastatur, nachdem er die Codekarte in den vorgesehenen Slot geschoben hatte. Der Computer entsperrte. Auf dem Bildschirm wurden Datenreihen sichtbar. Sie symbolisierten die hinterlegten Viren, Antiviren, Nervengifte und neuen mRNA-Sequenzen.

Er spähte nach links, dann nach rechts. Niemand nahm Notiz von ihm.

Einige Mitarbeiter wurden noch befragt, andere kämpften mit dem Schock. Es war eine Sache, täglich mit tödlichen Viren zu arbeiten und in der Theorie zu wissen, dass etwas schiefgehen konnte. Etwas ganz anderes jedoch, wenn es dann tatsächlich geschah.

Niemand hier wusste, dass es kein Unfall gewesen war. Sondern eine Notwendigkeit.

Bisher war es dem Sicherheitsdienst noch nicht aufgefallen, dass der tote Kollege einmal mehr anwesend gewesen war, als die Überwachungskameras es bestätigen würden. Dass er einmal mehr auf tödliche Viren zugegriffen hatte. Dass in einem der Fächer ein ganz anderer Stamm hinterlegt war.

Kein Mensch ahnte, dass eine Ampulle eines bestimmten tödlichen Nervengiftes das Labor verlassen hatte. Gekühlt in einem Hohlraum, der in einer Thermoskanne eingebaut gewesen war.

Damit hatte es begonnen.

Falls der Sicherheitsdienst das tatsächlich irgendwann herausfand, konnten sie einen Toten natürlich nicht mehr befragen. Die Spur verlor sich.

Jetzt galt es jedoch, auch den Mord sauber zu tarnen. Immerhin gab es durchaus den einen oder anderen skeptischen Blick, den er in der versammelten Menge aufgefangen hatte, als die Sicherheit das Ganze als Unfall einstufte.

Ihre fragenden Blicke machten deutlich, dass sie nicht an einen Unfall glaubten. Eher an eine Verschwörung. Immerhin waren die militärischen Projekte geheim, nur ein paar wenige hatten Zugriff auf die entsprechenden Daten oder gar die Virenstämme.

Das hatte er jedoch mit einkalkuliert. Der Riss des Anzugs, der Austritt des tödlichen Virus, obwohl vermeintlich ein ganz anderes entnommen worden war. Heute wurde ein Techniker der Mutterfirma erwartet, der zusammen mit dem ermittelnden Detective und einem Vertreter des Militärs die Datenbank kopierte, um sie dann von Spezialisten untersuchen zu lassen. Darin waren alle Zeitstempel und Virensignaturen enthalten.

Er blickte auf die Uhr.

Eine Kollegin eilte vorbei. Sie kam von der Befragung, wirkte bleich und müde.

Natürlich hatte das Management versprochen, bessere Schutzkleidung zu besorgen. Außerdem war das Protokoll für die Anzugtests erweitert worden. Ab jetzt durfte niemand mehr alleine in den geschützten Bereich. Angeblich wurde sogar daran gearbeitet, dass ein Zugriff auf die hochgefährlichen Viren nur noch mit zwei Codekarten erlaubt sein würde.

Ihn interessierte das alles nicht mehr.

Spätestens wenn die Personaldecke zu dünn wurde, rückte man sowieso wieder von diesem Protokoll ab. Weil es Arbeit machte, Zeit und Geld kostete. So war es doch immer.

Mit einem Klick holte er das Programmfenster auf dem Monitor zurück in den Vordergrund. Die Datenbankeinspielung war erfolgreich verlaufen, alle aktuellen Daten überschrieben.

Er wollte das Fenster schließen, stoppte jedoch. Was, wenn die Datenbank doch früher gesichert worden war? Wenn jemand seine Eingriffe bemerkte?

Noch enthielt die Sicherung schließlich eine echte, unmanipulierte Datenbank. Und zwar so lange, bis die korrumpierten Daten »gesichert« worden waren.

Er sah sich um. Niemand nahm Notiz von ihm, seinem Bildschirm – davon, was er tat.

Ohne länger darüber nachzudenken, löste er eine manuelle Sicherung außerhalb des normalen Zeitfensters aus. Sicher war sicher. Damit wurde das Backup schon jetzt mit der neuen, gefälschten Fassung überspielt.

Keine Gefahr mehr durch übereifrige Sicherheitskräfte, neugierige Kollegen oder Zufallsentdeckungen.

Wieder glitten die Codezeilen über den Bildschirm. Dieses Mal schien es länger zu dauern. Doch schließlich kam die Abschlussmeldung.

Damit waren alle Beweise vernichtet. Niemand konnte mehr auf die ursprünglichen Daten zugreifen. Er war in Sicherheit.

Mit einem Klick schloss sich das Fenster.

Sicherheitshalber würde er die kopierte Codekarte des IT-Geeks behalten. Damit hätte er notfalls noch einmal Zugriff auf den Server. Man konnte nie wissen. Und wenn alles gut verlief, erklärte das Management die Ermittlungen in zwei Tagen für beendet. Schließlich konnte es sich keine schlechte Publicity erlauben.

Eine Schlagzeile wie »Tödliches Virus aus Labor verschwunden« war Gift für den Standort. Er konnte die Protestierenden mit ihren Schildern bereits vor seinem inneren Auge sehen.

»Ihr spielt mir in die Hände«, murmelte er leise.

Vor dem Fenster fuhren Autos vorbei, Menschen schlenderten gemütlich mit ihren Hunden oder mit Einkaufstaschen in den Händen den Gehsteig entlang.

Alles war so friedlich.

So normal.

Sie hatten ja keine Ahnung.

5. KAPITEL

Nick umklammerte das Lenkrad und linste aus den Augenwinkeln hinüber zu Anna.

Sie waren unterwegs zu Roger, um mit ihm persönlich das weitere Vorgehen zu besprechen. Er hatte ihnen vor wenigen Minuten die Wegbeschreibung zu seinem Haus geschickt.

Nick schaute Anna erneut an.

Was war nur los mit ihnen beiden? Sie waren zwei erwachsene Menschen und sollten doch dazu in der Lage sein, ein vernünftiges Gespräch zu führen. Über Gefühle. Was per se schon ein Paradoxon war. Man sprach nicht über Gefühle, man zeigte sie. Vielleicht sollte er …

»Vorsicht!«, rief Anna.

Nick trat auf die Bremse und lächelte der ziemlich wütenden Dame auf dem Zebrastreifen zu. »Sorry.«

»Alles in Ordnung?«

»Aber klar. Und bei dir?« Er atmete tief durch, konzentrierte sich auf die Straße und fuhr langsam weiter.

»Solange wir keine Galionsfigur für die Kühlerhaube bekommen, bin ich absolut in Ordnung.«

»Ich gelobe einen besseren Fahrstil.«

»Daran hänge ich meine Hoffnung. Aber mir geht es genauso, ich muss ständig darüber nachdenken«, gestand Anna.

Womit diese Fahrt möglicherweise der richtige Augenblick war, um zumindest das eine oder andere zu klären, bevor sie bei Roger eintrafen und sich mit einem mysteriösen Todesfall beschäftigten.

»Wirklich?«, hakte Nick also sofort nach.

»Absolut. Diese Sache mit Kelly, ich denke die ganze Zeit darüber nach.«

Mist. »Ja, genau. So geht es mir auch.«

Was durchaus der Wahrheit entsprach. Er hatte gestern Nacht noch eine kurze Nachricht an Lynette geschickt und sie gebeten, doch mal Kontakt zu Zane aufzunehmen.

Als Profilerin, die bereits viele Jahre für das FBI arbeitete, war sie am besten dazu geeignet, ihm zu helfen.

»Es war mir immer wichtig, mit meinen Artikeln etwas zu verändern, weißt du?« Anna blickte gedankenverloren aus dem Beifahrerfenster, dann wieder nach vorne auf die Straße. »Gerechtigkeit für Menschen einzufordern, die andernfalls keine Chance bekommen, ihre Stimme zu erheben. Die nicht gehört werden. Damals … als das mit Harris geschah … wir hatten die Öffentlichkeit. Nach uns wurde gesucht.«

Nick schluckte. »Aber viele andere verschwinden lautlos.« Er verstand nur zu gut. Als FBI-Agent hatte er Dinge gesehen, die so grausam waren, dass sie Kollegen in den vorzeitigen Ruhestand befördert hatten. »Du machst mit deinen Artikeln einen Unterschied. Jeder Einzelne tut das.« Nick lenkte den SUV um die nächste Kurve und verließ die Innenstadt von Detroit.

Roger besaß ein kleines Haus am Stadtrand.

»Mir war nie klar, welche Folgen all das haben könnte«, flüsterte sie mehr zu sich selbst.

»Kelly war keiner von den Guten. Du machst dir doch keine Vorwürfe, dass er seinen Job verloren hat?«

Anna lachte. »Nein. Garantiert nicht. Er war als Wachmann zuständig für Firmen. Und wie es scheint, ist er nach seiner Entlassung nicht allzu tief gefallen.«

Wenn jemand so vollständig untertauchte, wie Kelly es getan hatte, besaß er entweder einflussreiche Freunde oder Zugriff auf finanzielle Ressourcen.

Innerlich stieß Nick einen Fluch aus. Wie kostbar wäre es gewesen, wenn sie mit Natalie hätten sprechen können. Sie hätte Licht ins Dunkel so vieler Fragen bringen können. Stattdessen war sie noch im Krankenhaus an ihren Verletzungen gestorben.

Er konnte Zane verstehen.

Sie alle wollten Antworten. Trotzdem wusste er, wie schnell eine solche Suche zur Manie werden konnte.

»Denkst du, Mike findet noch etwas heraus?«

Nick wollte instinktiv bejahen, wiegte dann jedoch den Kopf. »Er wird es versuchen. Aber Noriss hat das Budget natürlich zusammengestrichen. Offiziell gilt der Fall als abgeschlossen. Die Presse ist zufrieden, der Polizeichef glücklich, der Gouverneur köpft eine Flasche Sekt. Jeder klopft sich auf die Schulter.«

Das war eben die Logik des Systems.

»Der Bösewicht liegt unter der Erde oder ist in diesem Fall zu Asche zerfallen. Ende gut, alles gut«, sagte Anna bitter.

»Vergiss nicht, dass es Hunderte weiterer Fälle gibt«, gab Nick zu bedenken. »Wenn Ressourcen darauf verwendet werden weiterzusuchen, stehen diese für andere Fälle nicht zur Verfügung. Vermisste Menschen, Ermordete.«

Er wusste, dass Anna das absolut verstand. Doch es ärgerte sie. Und ihn ebenfalls.

Glücklicherweise war auf Mike Verlass. Falls sich noch Informationen zu QPaq oder Kelly in den Datenbanken finden ließen, würde er sie entdecken.

»Ich denke, Zane bekommt ab jetzt von mir einen allabendlichen Anruf«, stellte Anna klar. »Ob er will oder nicht.«

Nun war es an Nick, laut zu lachen. »Gute Idee.«

Er mochte den quirligen IT-Geek, der bereits in so jungen Jahren eindeutig zu viel erlebt hatte. Und immerhin war er es gewesen, der Nick das Leben gerettet hatte.

»Achtung, da vorne kommt ein Zebrastreifen. Und davor steht eine Frau mit Kinderwagen«, neckte Anna ihn.

»Haha.« Trotzdem fuhr er langsamer. »Dein Humor ist lausig.«

»Lügner.« Sie lächelte.

Nick verlegte sich darauf, eine Antwort zu grummeln. Natürlich musste er dabei grinsen. Mit einem beschwingten Gefühl bog er in die Zielstraße ein.

Hier schmiegten sich kleine Einfamilienhäuser und Doppelhaushälften aneinander. Ein typisches Vorstadtareal. Unweigerlich fragte er sich, wie Roger hier gelandet war.

»Irgendwie passt das nicht zu unserem flippigen Macho von damals«, kommentierte auch Anna. »Ich sehe ihn immer mit der Zigarette im Mund, während er Paige permanent beweisen will, wie toll er ist.«

Weshalb er auch stets der Erste in jedem Fettnapf gewesen war.

»Wir sind da.« Nick stoppte den SUV. »Wenigstens gibt es hier kein Parkplatzproblem.«

Sie stiegen aus und betrachteten das Haus.

Roger lebte in einer Doppelhaushälfte. Der Garten wirkte verwahrlost. Nicht so, dass sich die Nachbarn beschwerten, doch lange würde es nicht mehr dauern. Die Fassade war mit roter Farbe gestrichen, der Rest – inklusive Gartenzaun – weiß.

Innerhalb weniger Sekunden nahm Nick jedes Detail in sich auf.

Vom Garten über den gefüllten Briefkasten, den abgewetzten Fußabtreter.

»Single, der aktuell Besseres zu tun hat, als das Haus und den Garten zu pflegen«, stellte Anna sachkundig fest.

»Hey, ich bin auch Single.« Was ihn direkt innerlich verkrampfen ließ. Hatte er das gerade wirklich gesagt?

Ein kurzer Schatten huschte über ihr Gesicht. »Aber du lebst meistens in Hotels, wo jemand für dich sauber macht. Und du …«

»Und ich?«, hakte er nach, als sie stockte.

Was Anna hatte sagen wollen, würde er nicht mehr erfahren. Mit einem Ruck wurde die Tür vor ihnen geöffnet.

»Da seid ihr ja endlich«, begrüßte sie Roger.

»Es ist auch total schön, dich wiederzusehen«, erwiderte Nick trocken.

Der alte Freund betrachtete ihn von oben bis unten. »Dein Humor ist lausig.«

Anna entfuhr ein Lachen, dass sie sofort mit einem Husten kaschierte. »Hi, Roger.«

»Kommt doch rein.« Er winkte sie beide hektisch durch.

»Gibt es einen Grund, warum du uns von der Straße weghaben willst?«, fragte Nick.

Hinter der Tür wartete ein mannshoher Kleiderständer. Er hängte seine Jacke daran, Anna die ihre. Da die Schuhe in Form eines chaotischen Berges seitlich neben der Wand aufgestapelt waren, stellte er seine einfach daneben. Noch während Anna es ebenso hielt, sah er sich im Eingangsbereich um.

Ein kurzer Gang führte in einen lichtdurchfluteten Wohnbereich. Hier standen ein Esstisch mit Stühlen, eine Anrichte vor einer breiten Küchenzeile mit moderner Einbauküche. Überall waren kleine Dekoelemente verteilt.

Eine Kerze auf blauen Kieselsteinen, die New Yorker Freiheitsstatue. Auf einer Kommode entdeckte Nick ein gerahmtes Bild, auf dem Roger und ein Freund in Lederkluft neben ihren schweren Maschinen standen. Motorradtrips hatte er schon früher geliebt.

»Schön eingerichtet«, sagte Anna anerkennend.

»War alles meine Ex«, erklärte Roger. »Wir haben das Haus gemeinsam gekauft, ich bin noch dabei, sie auszuzahlen. Habe die Einrichtung so gelassen.«

»Oh, das tut mir leid«, sagte Nick.

Unweigerlich fragte er sich, wie Rogers Freundin wohl gewesen war. Und ob die Trennung ihn ein wenig in Richtung Verwahrlosung getrieben hatte.

Der alte Freund zuckte nur mit den Schultern. »Ist besser so. Es hat nicht gepasst. Ich bin einfach ein Workaholic.«

Nick betrachtete ihn eingehend. Roger wirkte müde, dunkle Ringe zierten seine Augen. Seine Bewegungen waren fahrig, als erwarte er jeden Augenblick, dass die Decke einstürzte.

»Wann hast du zuletzt mal durchgeschlafen?«, fragte Anna.

»Vor dem Mord«, erklärte er. »Und genau das war es – Mord.«

Da Roger sie nicht zum Sitzen aufforderte, ging Nick kurzerhand durch den Essbereich einen kleinen Gang entlang ins Wohnzimmer. Hier hing ein breiter Plasma-TV, eine Couch lud dazu ein, sich zurückzulehnen. Die gesamte Front war vom Boden bis zur Decke verglast und ging nach hinten raus in den Garten.

Dieser war ebenfalls verwildert; immerhin war man durch die Sträucher, die ihn umgaben, vor fremden Blicken geschützt.

Roger trat hinter ihm ein, während auch Anna ihren Blick wandern ließ.

»Du hast ja gestern bereits davon berichtet«, sagte sie. »Erzähl.«

Und schon brach es aus Roger heraus. »Ich habe mir heute freigenommen, aber das kam in der Führungsetage bestimmt nicht gut an. Wisst ihr, ich bin immer sicherer, dass sie Peter King umgebracht haben.«

»Sie?« Nick ahnte schon, was jetzt kam.

»Die Führungsetage.«

»Warum sollten sie das tun?«

Roger schürzte die Lippen, rang mit sich. »Es gibt nur eine Handvoll Personen, die Zugriff auf den inneren Bereich haben. Peter war … neugierig. Wieso versuche ich eigentlich, diplomatisch zu sein? Er war ein Arsch.«

Kurz hielt er inne, wartete auf eine Reaktion von ihnen. Da jedoch sowohl Anna als auch er schwiegen, fuhr er fort.

»Ich wollte mich von zu Hause aus über eine sichere Verbindung auf meinem Arbeitsaccount einloggen. Für Mitarbeiter im Homeoffice wurde das eingerichtet.«

»Ist das nicht gefährlich bei so sensiblen Daten?«, fragte Anna.

»Die Sicherheit ist gewährleistet. Ich habe ein Kartenlesegerät. Nur wenn ich meine Codekarte in das Gerät stecke, wird eine Verbindung mit einem persönlichen Zugangscode generiert. Alle Zugriffe werden aufgezeichnet. Und man kommt damit natürlich nicht in den Hochsicherheitsbereich.« Er zuckte mit den Schultern. »Kurz gesagt, darüber lässt sich weder Schaden anrichten, noch können Daten geklaut werden. Aber man kann beispielsweise sehen, wer ebenfalls gerade im Intranet eingeloggt ist. Das ist hilfreich, um Kontakt zu Kollegen herzustellen.«

»Verstehe. Und was hast du dabei herausgefunden?«

»Das ist es ja … nichts. Mein Zugang ist gesperrt.«

»Ist das nach einem solchen Zwischenfall nicht Standard?«

Roger schüttelte den Kopf. »Im Gegenteil. Sie schicken ja alle möglichen Leute nach Hause, da muss gewährleistet sein, dass zumindest der wichtigste Papierkram erledigt werden kann. Außerdem habe ich mit Kollegen telefoniert. Die Untersuchung ist fast abgeschlossen. Offiziell wird der Tod von King als Unfall gehandelt.«

»Das ging tatsächlich recht schnell«, gab Anna zu. »Wurde überhaupt schon alles ausgewertet?«

»Keine Ahnung«, gestand Roger. »Vermutlich müssen sie damit warten, bis jemand vom Militär dazustößt, der alle wichtigen Aufträge im Blick behält.«

Nick war noch nicht überzeugt, doch erste Indizien deuteten zumindest in die Richtung, dass jemand auf mögliche Probleme einen Deckel stülpen wollte. Auch das war jedoch nichts Ungewöhnliches.

»Vermutlich wollen die damit einfach die Presse heraushalten.«

»Diese schlimmen Journalisten überall«, sagte Anna trocken.

Nick warf ihr ein freches Grinsen zu. »Die finden am Ende noch Dreck, der sorgfältig versteckt wurde.«

Roger klatschte in die Hände. »Genau.«

»Moment«, stoppte Nick die aufkeimende Euphorie. »Das alles deutet tatsächlich in Richtung Verschleierung. Allerdings ist das weder ein Skandal noch ein Beweis für Mord.«

Roger sprang auf.

»Damit magst du ja recht haben. Aber was, wenn ich dir sage, dass Peter kurz vor seinem Tod mir gegenüber Andeutungen hat fallen lassen.«

»Andeutungen?«, hakte Nick nach. »In welche Richtung?«

»Solche der höchst gefährlichen Art«, erwiderte Roger. »Er hatte einen schrecklichen Verdacht, eines der Viren betreffend. Ehrlich gesagt, ich habe ihn nicht ernst genommen. Jetzt bereue ich das.«

»Was genau hat er gesagt?«, fragte Anna.

Im selben Augenblick hörten sie ein seltsames Geräusch. Es klirrte, Glas platzte. In der Fensterscheibe hinter Roger zeigten sich sternförmige Risse.

»Runter!«, brüllte Nick.

Er sprang auf Roger zu.

Ein Kugelhagel folgte.

6. KAPITEL

Anna lag auf dem Bauch und hielt sich schützend die Hände über den Kopf. Die auf die Einschläge folgende Stille wurde nur von ihrem stoßweisen Atem und Rogers Wimmern durchbrochen. Folgten gleich weitere Schüsse? Sie zitterte.

»Bist du okay, Anna?«

Nick streckte die Hand nach ihr aus und berührte sie an der Schulter.

Sie drehte den Kopf zur Seite, sah ihn an und nickte. Er lag eine Armlänge entfernt neben ihr und drückte Roger unter sich zu Boden.

»Habt ihr was abbekommen?«

»Nein, sieht nicht so aus«, antwortete ihr Nick.

»Ich bekomme kaum Luft, wenn du weiter auf mir draufliegst«, keuchte Roger.

Nick rollte sich von ihm runter. »Bleibt noch in Deckung«, wies er sie an, während er hinter die Couch kroch und zur Fensterfront spähte.

»Kannst du etwas erkennen?«, fragte Anna und folgte seinem Blick.

Auf die Schnelle zählte sie sieben Einschusslöcher, an

denen das Glas zum Teil herausgebrochen war. Feinste Splitter lagen auf dem Teppich. Wie ein dichtes Netz durchzogen feine Bruchstellen die Scheibe. Man konnte kaum hindurchsehen. Aber selbst wenn, hätte man in dem Gartendickicht ohnehin nichts erkennen können.

»Ich kann unmöglich einschätzen, ob der Schütze noch dort lauert«, sagte Nick. »Die Büsche sind zu dicht.« Er drehte sich auf den Rücken und zog sein Smartphone aus der Hosentasche. »Wir brauchen Hilfe.«

Während er den Notruf wählte, sah Anna zu Roger, der noch immer auf dem Bauch lag und das Gesicht zwischen seinen verschränkten Armen verbarg. Seine Schultern zuckten.

In was war er da nur hineingeraten?

»Irgendjemand will dich zum Schweigen bringen«, sagte Nick zu ihm, nachdem er den Anruf beendet hatte.

Manchmal glaubte sie, er konnte tatsächlich ihre Gedanken lesen. »Ja«, ergänzte sie. »Und da wir hier sind, wird demjenigen auch klar sein, dass Roger uns möglicherweise eingeweiht hat.«

Er nickte. »Was uns zeigt, dass Roger mit seinem Verdacht richtigliegt.«

»Könntet ihr bitte damit aufhören, von mir in der dritten Person zu reden? Ich bin anwesend.« Kaum dass die Sirenen in der Ferne erklangen, setzte Roger sich auf. Haarsträhnen klebten ihm auf der verschwitzten Stirn, seine Haut wirkte bleich. Er achtete nicht auf Nicks Aufforderung, noch am Boden zu bleiben. »Mir ist schlecht«, flüsterte er, raffte sich auf und schwankte Richtung Badezimmer.

Kurz darauf hämmerte jemand gegen die Haustür. »Das Gebäude ist umstellt. Kommen Sie langsam und mit erhobenen Händen aus dem Haus!«

Nick atmete tief durch. »Ich regle das.« Er stand auf, zog seine Marke und verließ den Raum.

Anna zögerte. Bevor sie sich ebenfalls erhob, fiel ihr Blick nochmals zum Fenster. Da die Polizei eingetroffen war, hatten sie vorerst wohl keine weitere Attacke zu befürchten.

»Fassen Sie hier nichts an«, wies ein Deputy Nick an, als sie gemeinsam zurück ins Wohnzimmer kamen und er die durchschossenen Scheiben entdeckte. »Ich fordere sofort die Spurensicherung an.« Er scheuchte zwei Kollegen, die ihnen folgten, umgehend wieder aus dem Raum. »Riegelt alles ab.«

Mit einem Kopfnicken verwies er auch Nick und sie nach draußen.

»Ich schau mal nach Roger«, sagte Anna, als Nick dem Deputy im Flur die Geschehnisse schilderte. Sie klopfte an die Badezimmertür.

Ein Grummeln erklang. Mehrere Sekunden vergingen, bis er ihr schließlich öffnete. »So eine Scheiße«, stieß er aus. »Ich bin so was von am Arsch.« Er lehnte sich an den Türrahmen und wischte sich über den Mund.

Sie warteten schweigend darauf, dass Nick sein Gespräch mit dem Deputy beendete.

Nach ein paar Minuten kam er wieder zu ihnen und rieb sich die Stirn. »Solange wir deine Anschuldigungen gegen die Führungsetage des Labors nicht mit Beweisen untermauern können, kann ich keinen Polizeischutz für dich ordern.«

»Ich will keinen verdammten Polizeischutz. Glaubt nicht, dass ich mich irgendwo festhalten lasse. Gerade jetzt ist die Arbeit im Labor unerlässlich für mich. Nur dort finde ich Antworten.«

In seiner Sturheit erinnerte Roger sie an Nick. Und zugegebenermaßen auch an sie selbst. Ihr war es im Kampf gegen Paul Kelly genauso ergangen, sie hatte den Zeugenschutz und das ständige Mitleid in den Augen der anderen gehasst.

Nick sah Anna an und deutete mit dem Kinn nach draußen. Sie nickte und lief voraus.

»Halten Sie sich für die Zeugenaussagen bereit«, rief der Deputy ihnen noch zu.

Das Eingangstor war mit Absperrband gesichert. Drei Streifenwagen mit rotierendem Warnlicht blockierten die Straße. Neugierige Nachbarn hatten sich auf dem Gehweg versammelt. Auf dem Rasen im Vorgarten standen Deputys zusammen und unterhielten sich. Als Anna mit Nick näher trat, verstummten sie und bedachten sie mit neugierigen Blicken. Anna blieb stehen, wandte ihnen den Rücken zu und sah Nick vielsagend an.

»Wir müssen Roger helfen.«

Er schaute nachdenklich zu Boden. »Das FBI ist hierfür nicht zuständig. Ich darf mich nicht einmischen. Zumindest nicht offiziell.«

Sie schmunzelte. »Wie lautet dein Plan?«

»Ich dachte mir schon, dass du das fragst.« Er blickte über ihre Schulter hinweg zu den Männern, ergriff ihre Hand und führte sie weiter ins Abseits. »Es kann nicht schaden, Zane mal auf deren IT-Infrastruktur anzusetzen. Vielleicht findet er etwas, das uns weiterhilft.«

Sie nickte. »Gute Idee. Ich kontaktiere ihn.« Anna ging rückwärts los. »Ich habe mein Smartphone im Auto gelassen. Bei der Gelegenheit rufe ich auch im Hotel an und verlängere unseren Aufenthalt. Wie es aussieht, bleiben wir wohl noch ein Weilchen in Detroit.«

»Anna.« Er holte sie mit wenigen Schritten ein und hielt sie am Arm zurück. »Die gemeinsamen freien Tage holen wir aber nach, ja?«

Sie legte ihre Hand auf seine. Es war eine seltsame Fügung des Schicksals, dass sie bereits ins nächste Chaos stürzten. Aber immerhin waren sie dieses Mal nicht selbst die Zielscheiben. Oder doch? Waren sie jetzt auch in Gefahr, da die Hintermänner sie zusammen mit Roger gesehen hatten?

»Der See läuft uns nicht davon«, erwiderte sie.

Einen Herzschlag lang sahen sie sich tief in die Augen. Sie konnte nicht sagen, ob sein Gesicht Zuversicht oder Skepsis ausdrückte.

Als der Deputy nach ihm rief, nickten sie sich stumm zu. Er lief zum Haus zurück, während sie zur Parknische eilte.

Beim Auto angekommen, setzte sie sich auf den Beifahrersitz und ließ die Tür offen stehen. Ihr Smartphone lag auf der Mittelkonsole. Auf dem Display wurden zwei verpasste Anrufe von Lynette angezeigt.

Nachdem sie Zane nicht erreichte und ihm in einer Sprachnachricht alles erklärte, rief sie die Profilerin kurzerhand zurück. Während sie dem Rufsignal lauschte, wurde ihr einmal mehr bewusst, wie sehr sie die tiefgehenden Gespräche mit ihr vermisste. Für sie war Lynette in den zurückliegenden Wochen zu einer Freundin geworden.

»Anna, wie schön«, meldete sie sich nach dem dritten Klingeln zu Wort.

»Ich habe gerade erst gesehen, dass du angerufen hast. Wo brennt's denn?«

Lynette lachte. »Kann ich mich nicht einfach mal melden, ohne dass gleich das Schlimmste vermutet wird?«

Anna verzog den Mund. »Du hast es schon zweimal versucht, innerhalb weniger Minuten.«

»Weil ich gerade Pause habe und die Zeit nutzen wollte.« Lynette lachte erneut.

Nun lächelte auch Anna. »Es ist schön, dich zu hören.«

»Nick hat angerufen und mich gebeten, dass ich mich mal bei Zane melde. Ich habe lange mit ihm telefoniert. Er kommt klar und irgendwie auch nicht. Statt seinen inneren Konflikt an die Oberfläche zu lassen, drängt er ihn zurück und stürzt sich in Arbeit. Diese Form des Umgangs mit erschütternden Ereignissen ist normal, wird aber nicht dauerhaft funktionieren.«

Anna seufzte. »Ich kann nachvollziehen, wie er sich fühlt.«

»Ich weiß.« Lynette stockte. »Hier kommt mein Vorschlag: Mein aktueller Fall wird gerade an Interpol übertragen. Ich muss noch den Übergabebericht schreiben und kann mir dann ein paar freie Tage einrichten. Was haltet ihr davon, wenn Nick und du mit mir nach Virginia kommt? Zane habe ich auch schon eingeladen. Die Farm meines Bruders ist nichts Besonderes, aber die Tiere und die Landschaft helfen dabei, den Kopf freizubekommen. Zane wird es guttun. Uns allen wird es guttun.«

Allein bei dem Gedanken wurde Anna warm ums Herz. »Das hört sich gut an«, erwiderte sie. »Allerdings gibt es da ein Problem: Nick und ich werden unseren Aufenthalt in Detroit verlängern, und ich kann noch nicht einschätzen, wie lange wir hier brauchen werden.«

Sie schilderte Lynette, was geschehen war. Die Profilerin hörte ihr aufmerksam zu und analysierte das Gesagte wahrscheinlich Wort für Wort.

»Das kann auch nur euch passieren«, sagte sie, als Anna geendet hatte. »Ihr fahrt zu einer Hochzeit und seid im nächsten Atemzug in einen Mordfall verstrickt.«

Annas Antwort war ein Seufzen. »Wir kennen Roger, seit wir Kinder waren. Er steckt in der Klemme. Irgendetwas soll in dem Labor vertuscht werden.«

»Wittert die Journalistin da eine Story?«, fragte Lynette.

»Das Militär ist involviert. Die forschen dort mit hoch ansteckenden Viren. Falls da also etwas nicht mit rechten Dingen zugeht, sollte die Allgemeinheit davon erfahren.«

»Das Militär … hm … Biowaffen?«

Obwohl Lynette es nicht sehen konnte, zuckte Anna nur mit den Schultern.

»Ihr macht vermutlich ein Pulverfass auf. Wenn da auch nur annähernd was dran ist, geht das bis in höchste politische Ebenen. Sollte herauskommen, dass Nick ohne offiziellen Auftrag ermittelt, kann er richtig Ärger bekommen. Mein Gefühl sagt mir, ihr solltet die Finger davon lassen.«

Anna sah Nick durch die offene Haustür im Flur stehen und mit dem Deputy reden. »Du kennst ihn. Wenn er sich einmal etwas in den Kopf gesetzt hat, dann …«

Ihr Blick fiel auf Roger, der herausgeschlendert kam, die Deputys im Vorgarten aus verengten Augen musterte und schließlich, von ihnen unbeachtet, seitlich am Haus entlang Richtung Garten lief. Seine Schritte wurden merklich schneller. Was hatte er vor?

»Durch Roger ist das hier auch eine persönliche Sache. Wir wollen einem Freund helfen«, ließ sie Lynette wissen und stieg aus dem Wagen. Sie machte sich auf, um Roger zu folgen. »Aber ich werde mit Nick über deine Bedenken sprechen.«

»Das sage ich ihm selbst«, erwiderte die Profilerin. »Ich rufe ihn sofort an. Bis später, Anna.«

»Bis später«, antwortete sie.

Als sie an der Haustür vorbeikam, hörte sie Nicks Smartphone klingeln. Anna beschleunigte ihre Schritte, da Roger um die Hausecke gebogen war und sie ihn nicht mehr sehen konnte.

Auch im Garten konnte sie ihn im ersten Moment nicht entdecken, bis sie ihn am Grundstücksende zwischen den Sträuchern erkannte.

»Was machst du?«, rief sie.

Er fuhr zu ihr herum.

»Komm da weg, du verfälschst die Spuren.«

»Man hat auf mich geschossen, verdammt. Und die Polizei steht nur da und dreht Däumchen, anstatt die Verfolgung aufzunehmen.«

Sie winkte ihn zu sich. Seiner Miene war abzulesen, dass er ihrer Aufforderung nur widerwillig nachkam.

»Wem sollen sie denn folgen, wenn sie niemanden gesehen haben?« Als er sie erreichte, strich sie ihm beschwichtigend über den Arm.

Er schnaufte. »Dann sollen sie ihre verdammten Spürhunde einsetzen.«

Anna nickte. »Der Deputy hat auch einen Hund angefordert.«

Roger krallte eine Hand in seine Locken. »Wieso dauert das so lange?«

Wie auf Kommando betraten zwei Männer der Spurensicherung in Schutzanzügen über die Terrassentür den Garten.

»Was machen die beiden denn da?«, schimpfte ein glatzköpfiger Mann mittleren Alters, der neben Nick und dem Deputy nach draußen trat. »Sind Sie nicht einmal dazu in der Lage, einen Tatort abzusichern?«, fauchte er Letzteren an.

Nick sah tadelnd zu Roger und ihr. »Das sind Anna Jones und Roger Beckett«, informierte er den Fremden, der hier allem Anschein nach die Leitung innehatte. »Sie ist ebenfalls eine Zeugin, er der Hausbesitzer und das mutmaßliche Angriffsziel.«

»Schaffen Sie die zwei vom Rasen«, wies der Detective den Deputy an, als wären sie und Roger taub und könnten dem nicht selbst Folge leisten. »Und dann befragen sie die Nachbarn, ob jemand etwas gehört oder gesehen hat.«

Anna stieg vor Roger die Terrassenstufen hinauf. Nicks Blick sagte ihr deutlich, dass sie ihm später dafür eine Erklärung schuldete. Vorerst wandte er sich aber dem Detective zu und schilderte auch ihm noch einmal, was passiert war.

Roger lehnte am Geländer, hielt die Arme vor der Brust verschränkt und beobachtete die Kriminaltechniker mit gerunzelter Stirn bei der Arbeit. Im Haus war die Spurensicherung nun ebenso im vollen Gange.

Annas Smartphone klingelte, und sie zog sich an den Rand der Terrasse zurück, um Zanes Anruf entgegenzunehmen. »Ich nehme mal an, du hast meine Sprachnachricht abgehört«, sagte sie. Im Hintergrund hörte sie seine Tastatur klappern.

»O ja, das habe ich«, erwiderte er. »Ich packe meine Sachen und komme zu euch nach Detroit.«

7. KAPITEL

»Fürs Erste sind wir hier fertig«, ließ der Detective sie wissen, nachdem sie stundenlang an Rogers Esstisch ausgeharrt hatten. »Wir melden uns, falls sich weitere Fragen ergeben oder wir für Nachuntersuchungen erneut ins Haus müssen.« Er reichte Roger eine Visitenkarte. »Wenn Ihnen doch noch etwas Relevantes zu den Geschehnissen einfällt, rufen Sie mich an.«

Roger nahm ihm die Karte wortlos ab. Der Detective nickte zuerst Anna, dann Nick zu und ging mit grimmigem Blick davon.

»Haben wir da einen neuen Freund?«, fragte sie.

Nick seufzte. »Detective Evan Hunter. Er mag es gar nicht, wenn FBI-Agenten in seinem Zuständigkeitsbereich wildern. Wir müssen vorsichtig sein. Dass ihr beiden am Tatort herumgeschlichen seid, hat da nicht gerade geholfen.«

Anna spürte Hitze in ihre Wangen steigen. »Das darf dir Roger erklären.«

»Sorry«, kam es von ihm. »Aber ich wollte einfach etwas tun.« Er sah sich in seinem Wohnzimmer um, spähte durch ein Einschussloch der Fensterfront nach draußen und begann schließlich, im Zimmer auf und ab zu gehen. Glassplitter knirschten unter seinen Schuhsohlen. Immerzu raufte er sich das lockige Haar, schien in Gedanken versunken. Anna spürte eine Schwere in der Brust. Es tat ihr leid, ihren alten Freund so verzweifelt zu sehen. Sie hoffte, dass Nick und sie ihm helfen konnten.

»Komm, wir packen deine Sachen«, forderte sie ihn auf.

Da es jemand auf ihn abgesehen hatte, konnte er unmöglich allein in seinem Haus bleiben. Sie hatten beschlossen, ihn mit ins Hotel zu nehmen, wo er einstweilen sicherer war.

Roger hielt kurz inne und sah sie an, bevor er zu einem Schrank trat und in einer Schublade kramte. »Ich muss hier aufräumen und das zumindest abkleben.« Er deutete auf die Fensterscheibe. »Irgendwo habe ich Isolierband.«

Anna seufzte. Ihre Wohnung hatte weitaus schlimmer ausgesehen, nachdem die Spurensicherung sie verlassen hatte. Da bei ihr nach Fingerabdrücken gesucht worden war, hatten die Kriminaltechniker überall schwarzen Puder auf den Möbelstücken hinterlassen. Bei Roger waren die Einschläge an den Wänden mit Nummernschildchen und Maßbändern beklebt, Permanentmarker waren dort ebenfalls zum Einsatz gekommen. Auf dem Fußboden zeigten aufgesprühte Linien den Einschusswinkel der Projektile. Aber wenigstens war nicht alles schwarz.

Sie halfen ihm, die Einschusslöcher provisorisch zu verschließen. Dabei fiel Anna auf, wie still Nick war. Zu gern würde sie jetzt seine Gedanken lesen können.

»Ich versuche, mir von Mike Unterlagen über die Laborangestellten zu verschaffen«, sagte er, als Roger das Zimmer verließ und die Treppe zum Obergeschoss hinaufstieg. »Falls er mir dabei nicht helfen kann oder will, muss Zane das übernehmen und für uns sämtliche Informationen aller Personen bis hin zur Geschäftsführung zusammentragen.«

»Zane sitzt mittlerweile im Zug und wird in circa fünf Stunden ankommen«, informierte sie ihn.

»Sehr gut«, erwiderte Nick. »Jetzt müssen wir Roger nur noch dazu bringen, ein Risiko einzugehen. Zane Zugang zur VPN-Verbindung zu geben ist eine heikle Sache.«

»Wenn Zane helfen soll, muss er die Daten auf dem Server anschauen«, sagte Anna. »Und ich werde nicht zulassen, dass er sich da irgendwie einhackt. Nicht wenn das Militär involviert ist.«

Die verstanden da keinen Spaß, wenn jemand auf illegalem Weg auf die Daten zugriff. Doch mit einem offiziellen Zugang, Rogers Kartenleser für das Homeoffice, sah die Sache anders aus. Vor Ort konnte Zane den anschließen und völlig legal den Server prüfen. Und von dort würde er einen Weg auf die gesperrten Cluster finden.

»Vermutlich tut es ihm gut, wenn er aus der Höhle herauskommt, die er sich aus Monitoren, Tastaturen und Energydrinks gebaut hat«, sagte Nick. »Ob eine weitere Mordermittlung allerdings die richtige Ablenkung ist?«

Anna zuckte mit den Schultern. »Er wird hier sicher im Hotel sitzen und seine Finger auf die Tasten donnern. Was kann dabei schon passieren?« Sie betrachtete ein Einschussloch neben sich in der Wand. »Was geht bloß in diesem Labor vor? Wer könnte es auf Roger abgesehen haben?«

»Die Frage ist auch, *warum* Roger sterben sollte«, entgegnete Nick.

»Vielleicht hat jemand mitbekommen, dass er hinter dem Tod seines Kollegen einen Mord vermutet und das auch offen ausspricht«, sagte sie.

Nick runzelte die Stirn. »Oder aber es steckt ein anderer Grund dahinter.«

Anna hob die Augenbrauen. »Denkst du dabei an etwas Bestimmtes?«

»Was, wenn es interne Vorkommnisse gibt, von denen Roger weiß, aber nicht wissen dürfte?«

»Dann hätte er uns doch schon längst davon erzählt.«

Roger kam die Treppe wieder herunter. Er trug eine Reisetasche bei sich und telefonierte. »Nächste Woche klappt es hoffentlich wieder mit der Tour. Den Grillabend sollten wir dann aber zu euch verlegen … Alles klar, sag Nadja viele Grüße.« Er beendete den Anruf und sah sie abwechselnd an. »Ich war jetzt eigentlich mit meinem Freund Alec zum Motorradfahren verabredet«, erklärte er, als es im selben Moment an der Tür klingelte.

»Das ist sicherlich jemand von der Presse.« Nick sah Anna an und hob die Schultern.

Sie erwiderte die Geste, denn sie wusste, dass einige ihrer Kollegen kein Feingefühl kannten, wenn es darum ging, eine exklusive Story zu kriegen.

Ein Hund bellte. Roger setzte seine Tasche ab und lief zur Tür. »Das ist Jacky.« Kaum hatte er den Knauf herumgedreht, sprang ihm ein großer Hund in die Arme.

»Jacky, nicht so stürmisch«, hörte Anna eine Frau sagen, bevor diese sich neben der Golden-Retriever-Hündin durch die halb geöffnete Tür zwängte und sie hinter sich verschloss.

Die zierliche Brünette stutzte, als sie Nick und Anna bemerkte. Sie nickte ihnen zu und zog Jacky am Halsband von Roger zurück.

»Ich bin gerade von der Arbeit gekommen und habe den Streifenwagen wegfahren sehen. Die Nachbarschaft ist in heller Aufregung. Mrs. Kelsey meinte, dein Haus wäre durchsucht worden. Bist du in Ordnung?«

»Mrs. Kelsey, die alte Schreckschraube, hat den lieben langen Tag nichts Besseres zu tun, als sich über andere das Maul zu zerreißen«, entgegnete Roger und verdrehte die Augen. Er sah zu ihnen. »Das ist Sandy. Sie wohnt nebenan. Sandy, das sind Nick und Anna, alte Freunde von mir.«

Sie lächelte, was sie beide erwiderten. Es war gut, dass Roger ihre Berufe nicht erwähnte.

»Was ist denn passiert?«, hakte sie nach.

Roger strich sich unbehaglich durch seine Locken. Es war offensichtlich, dass er nicht darüber reden wollte. »Auf mich wurde geschossen«, sagte er dann aber schließlich doch.

»Wie bitte?« Sie riss die Augen auf. Ihr Blick glitt an ihnen vorbei zum Wohnzimmer, wo die Fensterfront vom

Flur aus zu sehen war. »Ach du meine Güte.« Sie hielt sich die Hand vor den Mund.

»Es ist nichts weiter passiert«, versuchte er, sie zu beruhigen.

»Nichts weiter passiert?!« Sie sah ihn an, als wäre er ein Geist.

»Es wurde niemand verletzt«, berichtigte er sich.

»Aber … Wieso … Wurdest du ausgeraubt?«

»Die Ermittlungen laufen«, sagte Nick, um Roger eine weitere Antwort zu ersparen.

Jacky hatte von Roger abgelassen und holte sich nun bei Anna ihre Streicheleinheiten. Als wäre die Hündin eine Katze, schmiegte sie sich an Annas Beine und forderte sie mit Kopfstupsern zum Kraulen auf. Ihr beigefarbenes, langes Fell war seidig weich.

»Ist man jetzt nicht einmal mehr in den eigenen vier Wänden sicher?« Sandy wandte sich wieder an Roger. »Kann ich irgendetwas für dich tun?« Sie bemerkte seine Reisetasche. »Brauchst du eine Bleibe? Wenn du magst, kannst du ein paar Tage auf meiner Couch unterkommen. Nächste Woche hat sich allerdings meine Mutter zu Besuch angemeldet. Sie kommt nicht so recht über die Trennung von meinem Vater hinweg.« Sandy sprach, ohne Luft zu holen.

»Vielen Dank für das Angebot, aber ich weiß schon, wo ich unterkomme.« Roger trat zum Sideboard. »Es wäre nett, wenn du meinen Briefkasten leeren könntest.« Er nahm einen Schlüssel aus der Schublade und reichte ihn ihr. »Ich schreibe dir meine Nummer auf. Falls ein Brief wichtig aussieht, ruf mich bitte an.«

Sandy nickte, beobachtete ihn dabei, wie er die Ziffern hektisch auf einen Notizzettel kritzelte, und nahm dann auch diesen von ihm entgegen.

Roger drehte sich zu Nick und Anna um und signalisierte ihnen mit seinem Blick, dass er nun schnellstmöglich von hier verschwinden wollte. Er nahm seine Tasche, verließ als Erster das Haus und wartete darauf, dass sie an ihm vorbei nach draußen gingen, damit er abschließen konnte.

Sandy orderte Jacky an ihre Seite. Statt die Hündin an der Leine zu führen, übergab sie ihr das Endstück ins Maul. Anna fand es niedlich, wie sie gehorsam neben ihrem Frauchen hertrottete und dabei selbst ihre Leine trug. Als sie den Vorgarten durchquerten und zum Eingangstor liefen, begann sie jedoch leise zu knurren.

»Garry Thatcher von der *Detroit News*«, stellte sich ein Mann vor, der urplötzlich hinter ihnen auftauchte. Anna drehte sich erschrocken um, musterte den schlanken Hünen mit Vollbart, der sein dunkles, kurzes Haar mit einem akkuraten Seitenscheitel trug. Wie war der Reporter hier reingekommen? Ihr Blick fiel auf den Zugang zum Garten.

»Was wollen Sie hier?«, blaffte Roger ihn an. »Verschwinden Sie von meinem Grundstück!«

Ungeachtet seiner Anweisung hielt der Journalist ihm ein Diktiergerät vor die Nase. »Mr. Beckett, nehme ich an? Was ist in Ihrem Haus vorgefallen?«

»Das geht Sie einen Scheißdreck an.« Roger ließ seine Tasche fallen, packte Thatcher am Kragen und schob ihn vor sich her Richtung Tor.

»Lassen Sie mich sofort los«, schimpfte dieser, wand sich aus seinem Griff und stieß Roger von sich weg.

Roger kam ins Taumeln und fiel beinahe hin. Anna bemerkte wieder, wie geschwächt er wirkte. Von der kleinen Rangelei war er völlig außer Atem. Dennoch straffte er die Schultern und stürzte auf den Reporter zu.

»Es reicht«, mischte Nick sich ein. Er stellte sich zwischen die beiden Männer, die sich mit giftigen Blicken gegenseitig erdolchten. »Sie wissen vermutlich, dass Mr. Beckett Sie wegen unbefugten Betretens seines Grundstücks und wegen Belästigung anzeigen kann? Also lassen Sie es gut sein und verschwinden Sie endlich.«

Thatcher strich seinen dunkelblauen Parka glatt, murmelte etwas, das durch Jackys Bellen nicht zu verstehen war, und ging langsam rückwärts. Dabei blieb sein Blick auf Anna haften, woraufhin er mitten in der Bewegung stoppte.

»Na, sieh mal einer an«, säuselte er und verzog den Mund zu einer schmalen Linie. »Wenn das nicht Anna Jones höchstpersönlich ist. Was hat denn die namhafte Kollegin in Detroit zu suchen?« Er sah Roger und sie abwechselnd an. »Das hier ist meine Stadt. Gehen Ihnen die Storys aus, nachdem Sie selbst nicht länger für Schlagzeilen sorgen?«

Anna blieb der Mund offen stehen. Wie dreist war dieser Mann?

»Und ist das nicht …« Thatcher stieß pfeifend die Luft aus. »Mr. Coleman vom FBI ist also auch wieder an Ihrer Seite.«

»FBI?«, brach es aus Sandy heraus. Sie trat zu Roger. »Was hat das zu bedeuten?«

»Hier scheint ja mehr hinter dem heutigen Vorfall zu stecken, als ich mir erhofft habe«, sagte Thatcher, bevor Roger ihr etwas antworten konnte.

Nick nahm die Reisetasche auf, packte Roger am Arm und zog ihn Richtung Auto, ehe dieser erneut auf Thatcher losging. »Kein Wort zu Reportern«, wies er Sandy noch an, die ihnen mit großen Augen nachsah.

»Was wollen Sie hier vertuschen?«, rief Thatcher ihm nach.

Anna atmete tief durch. Ihr war danach, diesem Mann gegen das Schienbein zu treten. Bevor sie ihre Selbstbeherrschung verlor, verabschiedete sie sich von Sandy, tätschelte Jacky ein letztes Mal den Kopf und folgte dann Roger und Nick, die mittlerweile im Wagen saßen und auf sie warteten.

»Wie nah stehst du Sandy?«, erkundigte sich Nick gerade, als sie auf die Rückbank rutschte.

»Sie ist meine Nachbarin. Punkt«, antwortete er.

Nick startete den Motor und fuhr los. »So, wie sie dich ansieht, wäre sie vermutlich gern mehr.«

»Nachdem meine Ex-Freundin ausgezogen war, haben

wir abends mal zusammengesessen und gequatscht. Es kam eins zum anderen, aber bevor wir im Bett landeten, habe ich die Notbremse gezogen.« Er seufzte. »Ich mag sie, auf Dauer wäre sie mir allerdings zu anstrengend. Sie ist so entsetzlich unternehmungslustig. Und wie ich schon sagte: Sandy ist meine Nachbarin. Wenn ich was mit ihr anfange und das dann schiefgeht, wohnt sie trotzdem noch nebenan.«

»Wie schätzt du sie ein? Wird sie mit Presseleuten über dich reden?«, hakte Anna nach.

»Das glaube ich nicht«, erwiderte er.

»Ich mache mir eher wegen diesem Thatcher Sorgen«, sagte Nick.

»O ja, der war von der ganz üblen Sorte«, ergänzte Roger.

Nick sah Anna im Rückspiegel an. »Es kommt nicht gut, wenn bekannt wird, dass wir zwei an diesem Tatort gesehen wurden. Dann nimmt die Berichterstattung über Rogers Fall erst richtig Fahrt auf.«

Diesbezüglich hatte sie sich auch schon Sorgen gemacht. Es gab da jedoch eine Möglichkeit, wie sie Thatcher den Wind aus den Segeln nehmen konnte.

»Ich kenne zufälligerweise den stellvertretenden Chefredakteur der *Detroit News*. Wir haben zusammen studiert und halten seitdem sporadisch Kontakt.« Sie nahm das Smartphone zur Hand und scrollte durch ihre Nummernliste. »Ich habe ihn erst kürzlich mit Informationen zu einem Rechtsfall versorgt. Er schuldet mir noch einen Gefallen.«

Sie wählte Robs Nummer, hielt sich das Telefon ans Ohr und verlor sich mit ihrem Blick an den vorbeiziehenden Hausfassaden.

»Anna, was verschafft mir die Ehre?«, meldete er sich nach viermaligem Klingeln zu Wort.

»Hey, Rob. Ich bin gerade wegen einer Hochzeit in Detroit und habe vor wenigen Minuten die Bekanntschaft mit einem deiner Reporter gemacht, Garry Thatcher. Ziemlich unangenehmer Kerl. Er wird sicher einen Artikel schreiben, in dem er mich mit einem hiesigen Vorfall in Verbindung bringt. Nach allem, was in den letzten Monaten war, möchte ich nicht schon wieder als Schlagzeile enden. Kannst du da vielleicht etwas machen?«

»Für dich doch immer. Wie meintest du, heißt der Kollege?«

»Garry Thatcher. Ich besuche hier nur einen Freund, weißt du. Du hättest wirklich was gut bei mir.«

»Kollegenehre«, sagte Rob. »Ich hab noch nicht kapiert, worum es eigentlich geht, aber vermutlich liegt hier ein Irrtum vor. Wenn dieser Mann für uns arbeiten würde, wüsste ich das. Aber ich kenne keinen Garry Thatcher.«

8. KAPITEL

»Vielleicht hat dieser Rob sich ja geirrt«, sagte Nick vorsichtig.

»Ich arbeite auch in einer Zeitungsredaktion.« Mit verschränkten Armen stand Anna in der Hotelsuite und schüttelte den Kopf. »Glaub mir, mein Chefredakteur kann dir jeden Mitarbeiter bei uns nennen, sobald du ihm auch nur ein Merkmal beschreibst. Das kann jemand wie Rob ebenfalls. Wenn er sagt, dass kein Thatcher bei ihnen arbeitet, dann ist das auch so.«

Hinter Anna ragten die hell erleuchteten Gebäude der Stadt auf. Wie gerne wäre er mit ihr einfach durch das nächtliche Detroit gewandert, sorgenfrei und den Blick auf die Zukunft gerichtet. Stattdessen entpuppte sich Rogers Fall als zunehmendes Problem.

Wenigstens das Hotel hatte freundlich reagiert. Es gab ausreichend Zimmer, die Buchung für Lynette, Zane und auch Roger hatte funktioniert. Letzterer war erschöpft und hatte sich sofort hingelegt.

»Ich kann nicht fassen, dass Lynette nach Detroit kommt.«

Da sie vorerst nicht mit ihr nach Virginia zur Farm ihres Bruders fahren konnten, wollte sie ihnen hier helfen.

»Wo bleibt Zane nur?« Anna blickte auf ihre Uhr.

»Jetzt gib dem armen Kerl doch mal ein paar Minuten, um sich in seinem Zimmer einzurichten.«

Sie nickte widerstrebend.

»Ich sehe schon, wenn Lynette morgen früh eintrifft, muss sie eine kurze Session mit dir durchführen.« Er lächelte spitzbübisch.

Anna schlenderte zur Couch der Suite, schnappte sich ein Kissen und warf es nach ihm. Er fing es auf und schleuderte es zurück. Haarscharf an der Vase vorbei landete es auf dem Schreibtisch.

Mit einem Mal schienen ihre Augen zu leuchten, Nicks Hände kribbelten. »Sag mal …«

Wie ein Hammer, der eine Porzellanskulptur zerschmetterte, zerstörte ein Klopfen den Augenblick.

»Ich mach auf.« Anna eilte zur Tür.

»Hallo, ihr beiden.« Zane umarmte sie mit einem breiten Grinsen.

»So viel zum Thema von ›er muss sich noch einrichten‹«, sagte Nick leise.

»Was meinst du?« Zane umarmte auch ihn.

»Dass du verdammt schnell warst.«

Zane sah sich um. »Wow, ihr macht keine halben Sachen, das ist 'ne richtige Suite. Wieso sitze ich dann in einem winzigen Zimmer?«

Bei dem Gedanken, wem er das hier verdankte, verdrehte Nick innerlich die Augen. Der Vater der Braut lag in einem ständigen Wettstreit mit Dr. Coleman – Nicks

Dad. Wenn die Tochter heiratete, stand also für Coleman junior und seine Begleitung eine komplette Suite bereit. Vermutlich würde das Hotel auch die Verlängerung auf Ben Carters Rechnung setzen.

»Schlechtes Thema«, wiegelte er ab.

»Willst du dich da drüben an den Tisch setzen und loslegen?«, fragte Anna.

»Aye, aye, Ma'am.« Zane salutierte.

»Spinner.« Sie stupste ihm in die Seite.

»Da wir vermutlich sowieso die ganze Zeit in diesem Palast hier sitzen, richte ich mich hier dauerhaft ein.« Er deutete an die Stelle vor dem Fenster. »Da ist der Ausblick am schönsten.«

»Du darfst rausschauen, so oft du willst.« Anna lächelte. »Solange deine Finger sich dabei über die Tastatur bewegen.«

»Ich hatte schon ganz vergessen, was für eine Sklaventreiberin du bist.«

»Ich besorge dir auch einen Energydrink.«

»Deal.« Zane strahlte. »Aber ich will nicht wieder irgendwelche Beleidigungen über dieses Getränk der Götter hören.«

Zufrieden begann er damit, den Laptop abzustellen und Rogers Lesegerät anzuschließen. Die Codekarte steckte bereits darin.

»Bevor euer Freund sich ins Bett verkrümelt hat, habe ich mir alle Passwörter für die internen Sperren geben lassen«, informierte Zane sie. »So kann ich über die

Kommandokonsole einen VPN-Tunnel anlegen. Ich bin ruckzuck auf dem Server.«

»Der letzte Satz hätte völlig gereicht«, sagte Nick.

»Banause.«

Zanes Finger begannen über die Tastatur zu fliegen, als hätten sie ein Eigenleben, während er tatsächlich mal auf den Monitor und mal aus dem Fenster sah.

Glücklicherweise klingelte auch endlich Annas Smartphone. Sie hob es in die Höhe, damit Nick den Namen des Anrufers sehen konnte. »Es ist Rob.« Sie nahm an. »Danke, dass du so schnell zurückrufst. Und? … Okay, verstehe. Vermutlich ein Missverständnis. Absolut. Du hast etwas gut bei mir.« Sie legte auf.

»Er hat also niemanden gefunden?«

Anna schüttelte den Kopf. »Rob hat die gesamte Planungsdatei mit den aktuellen Recherchen und beauftragten Artikeln geprüft. Sogar die Kurzmeldungen. Aber für den Anschlag ist eine Kollegin zuständig, die nur eine kurze Pressemeldung formuliert hat. Keine weiteren Befragungen oder Recherche vor Ort geplant.« Sie atmete tief ein. »Wer war dieser Kerl?«

»Worum geht es?«, fragte Zane über das Klacken der Tastatur hinweg.

Nick fasste kurz für ihn zusammen, was sie vor dem Haus erlebt hatten. »Vielleicht wollte sich einfach irgendein kleiner Journalist wichtigmachen.«

»Oder euch Angst einjagen«, gab Zane zu bedenken. »Der musste doch wissen, dass Anna sofort irgendwie reagiert.«

»Ohne den Kontakt zu Rob hätte ich aber keine Chance gehabt, das so schnell herauszufinden«, sagte sie. »Meine Vermutung geht da in eine andere Richtung.«

»Der Schütze?«, fragte Nick, der ähnlich dachte.

»Roger ist mit seinen Nachforschungen jemandem gehörig auf die Zehen getreten. Der Schütze muss uns alle drei im Wohnzimmer gesehen haben, trotzdem hat er geschossen. Und jetzt stehen wir zwischen ihm und Roger.«

»Er kennt deinen Namen. Und meinen ebenfalls«, führte Nick weiter aus. »Falls dieser Garry Thatcher also unser Mann ist, hat er verdammt schnell recherchiert.« Er seufzte. »Es ist gut, dass unser Sorgenkind schläft und erst mal zur Ruhe kommt.«

Zane gönnte der Tastatur einen Augenblick der Erholung. »Roger? Wenn ihr mich fragt, geht es ihm echt übel. Wundert mich auch nicht wirklich, immerhin hat jemand auf ihn geschossen. In der eigenen Wohnung.« Er schluckte und begann wieder mit dem Tippen.

Paul Kelly hatte Zane in der eigenen Wohnung attackiert und beinahe getötet. Das erklärte wohl auch, warum Zane sich mit solcher Leidenschaft in den Fall stürzte – um Roger zu helfen. Und damit irgendwie wohl auch sich selbst.

»Ich freue mich darauf, wenn Lynette morgen früh zu uns stößt«, sagte Nick an Anna gewandt.

»Bis dahin wird Zane beschäftigt sein, Energydrinks kippen und irgendwann ein paar Stunden schlafen.« Sie folgte Nick zu seiner Zimmertür, blieb im Türrahmen stehen und schaute zu Zane zurück. »Wenn du mich fragst, haben wir hier zwei Sorgenkinder.«

Der Dreitagebart und die müden Augen ließen kaum einen anderen Schluss zu.

»Ein toter Labortechniker, Schüsse auf Roger und ein traumatisierter Zane«, fasste Anna zusammen. »Und jetzt kommt auch noch ein falscher Reporter ins Spiel, der alles sein könnte. Jemand, der sich wichtigmachen will, oder der Schütze. Warum schlittern wir ständig in so einen Mist?«

Nick verzog den Mund zu einem schiefen Lächeln. »Damit uns nie langweilig wird? Komm schon, wir haben uns beide bewusst keinen Beruf gesucht, bei dem wir ausschließlich gemütlich hinter dem Schreibtisch sitzen.«

Anna ging zum Telefon und wählte die Nummer des Zimmerservice. »Wozu gibt es in diesem Luxustempel denn bitte einen 24-Stunden-Service, wenn wir ihn nicht nutzen? Energydrink frei Haus.«

Tatsächlich klopfte es nur Minuten später. Ein livrierter junger Mann brachte zwei Cocktails und eine Dose Energydrink. Die Uniform saß wie angegossen, das Gesicht war eine Mischung aus markant und weich.

Doch selbst von diesem attraktiven Mann ließ Zane sich nicht ablenken. Ein weiteres schlechtes Zeichen.

Es zischte, als er die Dose öffnete, den ersten Schluck nahm und sich wieder dem Laptop widmete.

»Würde er es merken, wenn wir verschwinden?«, fragte Nick.

»Irgendwann bestimmt.«

Sie lachten beide und sanken auf die Couch des gemeinsam genutzten Bereichs.

»Was machen wir wegen diesem Garry Thatcher?«, fragte Anna und nippte an ihrem Cocktail.

Nick tat es ihr gleich. In seinem Mund mischte sich Minzsirup mit einem Hauch Kirsche, darunter kam der ganz eigene Geschmack von Wodka heraus. »Ich kontaktiere morgen Mike und gebe ihm eine Beschreibung durch. Er kann zumindest mal die örtliche Datenbank prüfen, aber ich bin ehrlich, das wird vermutlich nichts bringen.«

»Falls wir ihn noch mal sehen …«

»Schnappe ich ihn mir«, sagte Nick. »Das Betreten eines Privatgrundstücks und Einmischung in Ermittlungen … Wir kriegen ihn am Ende.«

»Du und dein Optimismus.«

»Hat bei Paul Kelly auch geklappt, oder?«

»Sieht man von der Entführung, deinem Ausflug auf den Seziertisch und dem Brand ab, dann ja«, entgegnete Anna.

»Touché. Aber geschafft haben wir es trotzdem.« Er nahm einen weiteren Schluck und genoss das Brennen im Abgang. »Und hier haben wir es nicht mit einem Verbrechergenie zu tun, das im Hintergrund die Fäden zieht. Dieser Fall lässt sich eindeutig dem Labor zuordnen.«

Ganz so optimistisch, wie er es Anna verkaufte, war Nick allerdings nicht. Wenn die Geschäftsführung des Labors einen Killer auf Roger ansetzte, musste eine Menge auf dem Spiel stehen. Falls der Unbekannte erneut zuschlug, musste

Nick in Betracht ziehen, Noriss zu kontaktieren. Dann kam er um eine offizielle Ermittlung nicht mehr herum.

Doch einstweilen genoss er es einfach, mit Anna auf der Couch zu sitzen und Cocktails zu schlürfen. Wären sie alleine, hätte er kurzerhand den Kamin angezündet, der in die Wand eingelassen war. Bei dem kalten Novemberwetter in Detroit wäre das genau das Richtige.

»Ich habe einen Zugang zum Server«, erklärte Zane. »Roger hat nicht unbedingt viele Sicherheitsfreigaben. Ich kann mir die Dateien anschauen und vielleicht was tricksen, um an ein paar Firewalls und Zugangsbeschränkungen vorbeizukommen.« Er schürzte die Lippen. »Ich kriege keinen direkten Zugriff auf die Dateien, aber es gibt da einen alten Kniff.«

»Bevor du das erklärst, stellt sich die Frage, ob wir es verstehen würden«, sagte Nick.

Möglicherweise wirkte der Alkohol ein wenig.

»Es ist ziemlich easy. Wenn man aufgrund von Sicherheitsvorkehrungen an gewisse Dateien nicht herankommt, wartet man, bis die Sicherung durchgelaufen ist. Und dann nimmt man sich diese Sicherung und liest sie aus.«

Was für Nick recht nachvollziehbar klang. »Und da kommst du einfach so ran?«

»Ein wenig komplizierter ist es schon.« Zane schenkte ihm ein freches Grinsen. »Aber das wäre dann die Stelle, die ihr nicht versteht.«

»Hörst du, Herr FBI-Agent«, sagte Anna verschmitzt. »Diese kleine Beleidigung hast du wohl verdient.«

Und sie hatte recht damit.

Sie saßen noch ein wenig gemeinsam auf der Couch und schmiedeten Pläne. Irgendwann waren die Cocktails leer, das Klacken der Tastatur von Zane wurde zu einem monotonen Hintergrundgeräusch, und die Wärme von Annas Körper neben seinem ließ Nick entspannen. Ihr Kopf sank auf seine Schulter, seine Wange auf ihren Schopf.

So war es viel gemütlicher als im kalten, leeren Bett. Seine Gedanken trieben ab, und er glitt in eine Welt voller wirrer Träume.

Später zuckte er in die Höhe und wusste im ersten Augenblick nicht, was ihn geweckt hatte. Anna lag noch immer neben ihm und schlief. Zanes Oberkörper hing vornübergebeugt auf dem Tisch. Der Monitor des Laptops war dunkel. Ihnen allen tat die Nähe zueinander eindeutig gut.

Regentropfen prasselten stetig gegen das Hotelfenster, der Wind hatte aufgefrischt. Die Lichter der gegenüberliegenden Häuser verschwammen wie Tränen, die die Farben auf einer Leinwand verwischen.

Was zurückblieb, ließ Nick innerlich vibrieren. Der verdammte Traum hing ihm noch immer nach.

Erst jetzt fiel sein Blick auf das Smartphone, das auf dem Tisch lag. Er hatte es vorhin dort abgelegt. Auf dem Display waren drei Anrufe von Mike zu sehen.

Er schob Annas Kopf sanft beiseite und erhob sich leise. Um Zane und sie nicht zu wecken, ging er in sein Zimmer und rief Mike zurück. Es musste etwas Wichtiges sein, wenn er ihn um diese Zeit kontaktierte.

Bereits nach einmaligem Klingeln drang Mikes Stimme aus dem Hörer. »Nick?!«

Er warf noch einmal einen Blick auf das Display und nahm zum ersten Mal wahr, dass es sich um die Büronummer von Mike handelte. »Was machst du so spät im Büro?«

»Ich versuche, dich zu erreichen«, sagte Mike. »Was geht bei euch eigentlich vor?«

Nick bemühte sich, aus den Worten des Freundes einen Sinn abzuleiten, doch sein müder Geist wollte sich einfach nicht bewegen. »Gibt es etwas Neues?«

»Ihr wisst es noch gar nicht«, flüsterte Mike.

»Wovon sprichst du?!«

»Nick, ich wollte mir die Auswertung der Spuren der Detroit Police ansehen. Mittlerweile gibt es einen weiteren Eintrag zu Rogers Haus. Es wurde eine Leiche gefunden.«

»Was?«

»Die Polizei hat einen anonymen Tipp erhalten und ist daraufhin zum Haus deines Freundes gefahren«, erklärte Mike ruhig. »Dort haben sie die Tür aufgebrochen. Angeblich hat ein Spaziergänger Schreie gehört.«

»Aber … Roger ist hier bei uns, das muss ein Missverständnis sein.«

»Sie haben eine Frauenleiche gefunden.«

9. KAPITEL

Kurz zuvor

»Gut gemacht.«

Der Regen, so typisch für November, prasselte gegen die Scheiben. Es hörte sich an, als würden tausend Nägel beständig dagegengeworfen.

Am Boden lag die Tote. Er konnte schon in seinem Geiste vor sich sehen, wie die Cops den Tatort absperrten. Männer und Frauen in weißen Anzügen würden sich über sie beugen, über die weibliche Tote in den Dreißigern. Allerdings nur kurz. Ihre Identität würde zügig bestätigt werden.

Immerhin wohnte sie direkt nebenan.

»Wirklich, das war gut. Kurz und knapp, sauber ausgeführt. Dieser überraschte Ausdruck in ihren Augen in der letzten Sekunde. Konntest du spüren, wie das Leben aus ihr weicht?«

»Seien Sie still.«

Eine behandschuhte Hand berührte seine Schulter, klopfte sachte darauf. Er konnte den leichten Geruch von Waschmittel wahrnehmen. Das Gesicht war von einer Maske bedeckt.

»Sie war nicht wichtig«, sagte er. »Wieso sollte ich sie aus dem Weg räumen?«

»Ich entscheide, wer wichtig ist und wer nicht. Aber beschwer dich nicht, immerhin lasse ich den Hund leben. Den kannst du nachher rüberbringen und füttern.« Ein Vocoder verzerrte die Stimme. »Unsere Zusammenarbeit hat bisher doch so gut funktioniert, wieso wirst du jetzt widerspenstig? Gerade jetzt. Ist das etwa Angst?«

»Ich …«

»Das Netz wird enger.« Das Lachen klang durch den Vocoder wie das Kreischen einer rostigen Maschine. »Dachtest du, mit dem Tod des Laboranten ist es vorbei?«

Wie er es hasste! Das Spiel! Die ständigen Züge auf einem unsichtbaren Schachbrett. Seine größte Angst war, dass aus ihm irgendwann ein Bauer würde, der früher oder später geopfert werden musste. Dass er im Grunde bedeutungslos war.

Er kniete noch immer neben der Leiche, beschienen vom Mondlicht, das durch die Fensterfront fiel. Wie ein Büßer, der um Vergebung flehte. Dabei hatte er es freiwillig getan. Der nächste Schritt auf dem Weg zu einem Ziel, das er erreichen musste.

»Du hast Angst, weil neue Mitspieler aufgetaucht sind, nicht wahr?« Vor dem Mondlicht zeichnete sich seine Silhouette ab. »Nick Coleman und Anna Jones.«

Zum ersten Mal schlich sich eine Emotion in die Stimme des Unbekannten. Nicht die sauber einstudierte

Performance aus Verhöhnung und kaltem Befehl. Nein, das hier war echt. Der Unbekannte hasste die beiden.

»Aber wieso …«

»… du Sandy Wheeler töten solltest?«, fiel er ihm ins Wort. Nun schüttelte er den Kopf, als spräche er mit einem Kleinkind. »Alles, was ich tue, hat seinen Grund. Hast du das noch immer nicht begriffen? Da ist eine Rechnung offen, und du hilfst mir dabei, sie zu begleichen.«

»Und dann …«

Wieder unterbrach *er* ihn. »Ja, danach bekommst du, was ich dir versprochen habe. Aber ich erwarte etwas mehr Vorsicht.« Dieses Mal schlich sich kalte Wut in die Stimme. »Anna Jones und Nick Coleman sind bedauerlicherweise überaus wache Geister. Sie erkennen jeden Fehler.«

»Der Anruf in der Redaktion …«

»Jeden Fehler«, durchschnitt die Stimme seine Worte wie ein scharfes Messer. »Bisher halten alle das hier für einen Vertuschungsversuch des Labors. Dabei soll es bleiben. Wenn die beiden auch nur ahnen, dass ich dahinterstecke, wenn sie meine Fährte erneut aufnehmen …«

»Erneut?«

Stille.

Durch die Sehschlitze der Maske traf ihn ein gnadenloser Blick. Eine Frage zu viel? Ja, der Unbekannte hatte mehr preisgegeben, als er wollte. Selbst dem besten Taktiker unterliefen solche Fehler. Und in diesem Spiel waren die Einsätze längst erhöht worden. Er hob seine Hand, um der Toten die Augen zu schließen.

»Lass sie offen«, kam der Befehl. »In solchen Fällen geht es um Präzision und Wirkung. Angst, Verzweiflung, ein Netz, das immer engmaschiger wird. O ja, diese Schuld.«

Er zog die Hand zurück. »Wie geht es weiter?«

»Ich werde dafür sorgen, dass die Polizei hiervon erfährt.« Ein Finger deutete auf die Tote. »Von diesem Moment an wird es ein wenig … turbulenter. Es wird spannend sein, das Ganze zu beobachten. Wie Mäuse im Labyrinth werden sie verzweifelt nach einem Ausgang suchen. Aber am Ende …« Die Stimme bekam einen geradezu versonnenen Klang. »Wartet nur die tödliche Falle.«

Das metallische Lachen kehrte zurück.

Und im Mondlicht blickten die toten Augen von Sandy Wheeler ins Nichts.

10. KAPITEL

Anna reckte sich und rieb sich den verspannten Nacken. Aus der Ferne drang Nicks Stimme an ihr Ohr. Sie vermisste seine Schulter schmerzlich.

Blinzelnd öffnete sie die Augen. Zane hob soeben den Kopf vom Tisch und sah sie verschlafen an. Ihn schien Nicks Stimme ebenfalls geweckt zu haben, zumal er immer lauter sprach.

»Aber … Roger ist hier bei uns, das muss ein Missverständnis sein«, stieß er im Nebenzimmer aus. Und dann herrschte bis auf den ans Fenster trommelnden Regen eine angespannte Stille.

Anna erhob sich und ging auf die offen stehende Tür zu. Zane folgte ihr und blieb neben ihr stehen, als sie Nick erblickte und stoppte.

Er stand vor seinem Bett und starrte an die gegenüberliegende Wand. Das Display seines Smartphones leuchtete, und sie meinte, eine Stimme zu hören, während Nick es achtlos in der Hand hielt.

»Was ist passiert?«, flüsterte sie. Sie brachte die Worte nur schwerfällig hervor. Es war, als würde ihr jemand die Faust in die Magengrube drücken.

Nick wandte sich ihnen zu. Er führte das Telefon langsam zurück ans Ohr und teilte seinem Gesprächspartner mit, dass er sich später wieder bei ihm melden würde.

»Sag schon«, meldete sich nun auch Zane zu Wort. »Was ist los?«

»Ich muss Roger wecken«, sagte Nick wie unter Schock und drängte sich an ihnen vorbei.

»Nick …« Anna hielt ihn am Arm zurück.

Sein Blick war gequält. »In Rogers Haus wurde eine Leiche gefunden«, sagte er.

Sie riss die Augen auf. Die imaginäre Faust bohrte sich noch tiefer in ihren Magen.

»O nein!« Zane wirkte geschockt.

»Ich weiß noch nichts Genaues«, sprach Nick weiter. »Aber ich vermute dahinter eine Botschaft und Warnung an Roger.«

»Himmel.« Anna ging zur Couch, ließ sich daraufsinken, stützte die Ellenbogen auf ihre Beine und den Kopf in die Handflächen.

Nick nahm seine Jacke von der Stuhllehne. »Ich wecke Roger und fahre mit ihm zum Tatort.«

»Ja, wir müssen uns umsehen.« Anna sprang auf, holte den Mantel aus ihrem Zimmer und verließ mit Nick die Suite.

»Ich begleite euch«, sagte Zane dicht hinter ihnen.

Sie eilten zu Rogers Hotelzimmer, wo Nick zögernd klopfte. Sekunde um Sekunde verging, ohne dass etwas passierte. Beim zweiten Mal klopfte Nick energischer.

Ein Husten war zu hören, gefolgt von schlurfenden Schritten. Die Tür wurde entriegelt und einen Spaltbreit geöffnet. Roger war nur mit Boxershorts bekleidet und spähte zu ihnen heraus.

»Habt ihr mal auf die Uhr geschaut?«

»Zieh dir was an«, forderte Nick ihn auf. »Wir müssen zu deinem Haus.«

»Warum das denn?« Er warf einen Blick auf seine Armbanduhr. »Alter, es ist drei Uhr morgens.«

Nick seufzte. »Ich will erst sichergehen, dass kein Irrtum vorliegt. Komm bitte einfach mit.«

Roger presste die Lippen zusammen und sah sie abwechselnd an. »Gebt mir eine Minute.« Er schloss die Tür.

»Hast du Zweifel?«, fragte Anna.

»Vielleicht wurde die Adresse falsch angegeben«, erwiderte Nick. »Falls tatsächlich eine Leiche in seinem Haus gefunden wurde, wird Roger nur schwer damit klarkommen.«

»Euer Freund sieht nicht gut aus«, warf Zane ein. »Habt ihr seine Pupillen gesehen? Wenn ihr mich fragt, nimmt er was.«

Anna nickte. »Er war den ganzen Tag schon schlecht drauf und hat übermäßig geschwitzt. Ich glaube, er hat Fieber.«

»Na, super.« Nick strich sich abermals durchs Haar. »Dass Roger krank wird, ist das Letzte, was wir jetzt gebrauchen können.«

Die Tür ging auf, und Roger trat zu ihnen auf den Gang. »Kann losgehen«, sagte er und trottete voraus in Richtung Fahrstuhl.

Kurz darauf verließen sie schweigend das Gebäude. Es regnete in Strömen. Zum Auto mussten sie nur wenige Schritte zurücklegen, doch als sie auf die Sitze rutschten, waren sie schon durchnässt.

Der Fahrtwind blies die Regentropfen in verzweigten Flüssen von der Autoscheibe. Annas Blick verlor sich in den dahintreibenden Wasserperlen, die im Licht der Straßenbeleuchtung glitzerten.

»O Mann«, stieß Roger nach einer Weile aus und durchbrach damit das anhaltende Schweigen. »Man könnte fast annehmen, ihr fahrt mit mir auf eine Beerdigung.«

Anna saß neben ihm auf der Rückbank. Sie zuckte unwillkürlich zusammen, was ihm nicht entging.

»Was ist hier los?«, hakte er nach.

Nick bog in Rogers Straße ein, und sofort drang das unruhige Licht der Streifenwagen bis ins Wageninnere zu ihnen vor.

»Das sieht nicht nach einem Irrtum aus«, sagte sie und sah Roger an. »Wir sind bei dir, hörst du. Du musst versuchen, ruhig zu bleiben.« Sie stockte. »Anscheinend wurde in deinem Haus eine Leiche gefunden.«

Er riss die Augen auf. »Ist das ein Witz?«

Ein Deputy kam auf ihren Wagen zugelaufen und hob die Hand, um sie zu stoppen. Nick ließ die Autoscheibe herunter und zückte seine FBI-Marke.

»Ich habe Mr. Beckett im Wagen«, informierte er den Mann. »Er ist der Hauseigentümer.«

Der Deputy leuchtete mit einer Taschenlampe ins Innere des Wagens und betrachtete einzeln ihre Gesichter. Er gab die Informationen über ein Funkgerät weiter und wartete auf Anweisung. Schließlich ließ er sie passieren.

Anna ergriff Rogers zitternde Hand, die er ihr sofort wieder entzog. Er sprang aus dem Auto, bevor Nick es richtig geparkt hatte. Vor seinem Zaun blieb er jedoch wie angewurzelt stehen und starrte zum Eingang, aus dem in diesem Moment eine in einen Exhumierungssack gehüllte Leiche auf einer Bahre abtransportiert wurde.

Detective Hunter stand neben dem Leichenwagen und telefonierte. Als Nick, Zane und Anna zu Roger traten, erblickte er sie. Offenbar hatte er sie nach der Ankündigung des Deputys schon erwartet. Er winkte sie zu sich.

Gedämpft hörte man Jacky im Nachbarhaus bellen. Der Regen hatte nachgelassen. Es nieselte nur noch schwach. Nebelschwaden durchbrachen die Lichtkegel der Straßenlaternen.

»Du kannst jegliche Aussage verweigern«, flüsterte Nick und wich Roger nicht von der Seite.

Dieser schwieg. Während sie sich dem Leichenwagen näherten, war sein Blick starr auf den gewölbten Exhumierungssack gerichtet. Detective Hunter hielt die beiden Bestatter davon ab, die Bahre ins Wageninnere zu schieben, und bat sie, etwas beiseitezutreten.

»Mr. Beckett«, stieß Hunter aus. »Ich habe mich schon gefragt, wo Sie wohl stecken.«

»Nach dem gestrigen Vorfall haben wir ihn in unserem Hotel untergebracht«, antwortete Nick an Rogers Stelle. Dieser machte nicht den Eindruck, Hunters Frage überhaupt wahrgenommen zu haben. Seine Augen waren glasig und ausdruckslos, sein Körper wirkte wie eingefroren. Er stand zweifellos unter Schock.

Hunter verschränkte die Arme vor der Brust. »Und wie kommt es, dass Sie hier nun mitten in der Nacht auftauchen?«

Anna bemerkte Nicks Zögern. Sie konnte sich vorstellen, dass es ihm Ärger einbringen konnte, wenn er seinen Informanten preisgab.

»Ein Kollege hat mich über das erneute Eintreffen der Einsatzkräfte informiert«, sagte sie schnell. »Deshalb wollten wir nachschauen, was hier vor sich geht.« Sie blickte zum Haus nebenan, in dem Jacky immer noch ohne Unterlass bellte.

Hunter sah zu den drei Fotografen, die sich am Grundstückseingang hinter dem Absperrband tummelten. »Die Presseleute sind wie Geier«, schimpfte er und wandte sich wieder an Roger. »Da Sie diese Nacht ja anscheinend nicht zu Hause waren, wäre die Frage, wer außer Ihnen ebenfalls einen Schlüssel und somit Zugang zu Ihrem Haus hat?«

Roger zeigte weiterhin keinerlei Regung.

»Es konnten keine Einbruchsspuren festgestellt werden«, informierte Hunter ihn.

Nick sah zur Haustür. »Das sieht für mich aber anders aus.«

Anna folgte seinem Blick. Die Tür war ganz offensichtlich aufgebrochen worden.

»Ein Spaziergänger hat wohl Schreie gehört und den Notruf gewählt«, erwiderte der Detective. »Daraufhin mussten sich die Einsatzkräfte Zugang zum Haus verschaffen.«

Nick schaute sich um. »Haben Sie den Spaziergänger schon verhört?«

Zwischen Hunters Augenbrauen bildetet sich eine tiefe Furche. »Er hat seinen Namen nicht genannt und wurde bislang noch nicht ausfindig gemacht.« Hunter beugte sich über die Bahre und zog den Reißverschluss des Exhumierungssackes ein Stück hinunter. Während er das Gesicht der Toten offenbarte, sah er Roger aus zusammengekniffenen Augen an. »Können Sie das Opfer identifizieren, Mr. Beckett?«

Roger stieß keuchend die Luft aus. »Sandy …« Er taumelte auf die Bahre zu. »O mein Gott, Sandy.«

Als er die Hand nach ihr ausstreckte, hielt Hunter ihn zurück. »Die Obduktion steht noch aus. Sie wollen doch nicht versehentlich ihre Fingerabdrücke hinterlassen, oder?«

Anna konnte den Blick nicht von Rogers Nachbarin abwenden. Sie legte sich die Finger auf die Lippen und schluckte. Nicht nur die Nässe kroch ihr unheilvoll in die Knochen. Erst vor wenigen Stunden hatten sie mit Sandy gesprochen. Sie hatte die zierliche junge Frau auf Anhieb gemocht. Ihr brünettes Haar klebte ihr nun blutverkrustet auf den Wangen. Es war keine Obduktion nötig, um zu wissen, woran sie gestorben war. Auf ihrer Stirn prangte deutlich ein Einschussloch. Sandy wurde frontal erschossen.

»Das ist Mr. Becketts Nachbarin«, sagte Nick. »Sie besaß den Hausschlüssel, um die Post abzulegen.«

»Sandy Wheeler«, flüsterte Roger, bevor er wieder in seine Starre verfiel.

Anna strich ihm immerzu mit der Hand über den Rücken und sprach ihm tröstende Worte zu.

Hunter wies die zwei Bestatter an, Sandys Leiche in die Rechtsmedizin zu fahren. Dann wandte er sich zur Nachbarhaustür, hinter der Jacky weiterhin bellte. »Soso, die Nachbarin.« Er betätigte sein Funkgerät und hielt es sich an die Lippen. »Gabe, ich brauche dich nebenan.«

Ein Mann von der Spurensicherung erschien in Rogers Eingang und hob fragend die Arme. Hunter deutete auf Sandys Haustür und ging darauf zu. Sie folgten ihm, nur Roger blieb zurück.

Anna war hin- und hergerissen. Sie wollte ihn jetzt nicht allein lassen, gleichzeitig drängte es sie danach, hinter Sandys Todesumstände zu kommen. Mit wenigen Schritten war sie wieder bei ihm, ergriff seine Hand und zog ihn behutsam mit sich. Er wirkte wie in Trance. Seine Finger waren eiskalt und zitterten.

»Was hast du jetzt wieder vor?«, fragte ein Mann, offenbar Gabe, als er ebenfalls bei Hunter und vor Sandys Tür ankam. Er fuhr sich mit der behandschuhten Hand über die Kapuze des Schutzanzuges. »Es ist vier Uhr in der Früh. Irgendwann möchte ich in mein Bett fallen und zwölf Stunden durchschlafen. Wenn du mich ständig von meiner Arbeit abhältst, wird das aber nichts.«

»Deine Arbeit geht hier weiter«, erwiderte Hunter. »Bei dem Opfer handelt es sich um die Nachbarin.« Er deutete mit dem Kinn auf das Klingelschild. »Miss oder Mrs. Sandy Wheeler?« Fragend sah er Roger an.

»Sie ist unverheiratet«, flüsterte dieser, ohne vom Boden aufzusehen.

»Also Miss«, schloss Hunter.

Der Kriminaltechniker seufzte. »Ich muss mir einen frischen Overall anziehen, bevor ich das Nachbarhaus betrete.« Jacky bellte nicht mehr. Sie kratzte von innen an der Tür und knurrte. »Und glaub nicht, dass ich da als Erster reingehe. Ich bin doch nicht lebensmüde.« Er stapfte davon.

»Sie haben nicht zufälligerweise einen Hausschlüssel?«, fragte Hunter an Roger gewandt.

Er sah auf und schüttelte den Kopf.

Der Detective orderte über das Funkgerät einen Mann mit einer Brechstange, der kurz drauf herbeieilte und die Tür nach mehreren Versuchen aufhebelte.

Kaum war sie einen Spaltbreit geöffnet, quetschte sich Jacky hindurch und bellte den Deputy an, der hastig vor ihr zurückwich und sie mit der Brechstange abwehrte.

»Kann mal jemand diesen Köter im Zaun halten?!«, brüllte Hunter.

Anna lief langsam auf die Hündin zu und rief sie beim Namen, woraufhin sie zu ihr blickte. »Ist ja gut«, sprach sie besänftigend auf das Tier ein und ging in die Hocke. »Komm her, Süße. Du musst dich beruhigen.«

Jacky ließ tatsächlich von dem Deputy ab und kam auf sie zugelaufen. Sie schien Anna zu erkennen und schmiegte sich nach einer Streicheleinheit bettelnd an sie. Anna ließ das gern zu. Ihr tat die Hündin leid, die in dieser Nacht ihr Frauchen und somit wohl auch ihr Zuhause verloren hatte. Hunter würde zeitnah das Tierheim informieren müssen.

Sie tätschelte der Hündin den Kopf und strich über ihr Fell, das sich nicht mehr so weich anfühlte, wie sie es vom Vortag in Erinnerung hatte. Anna stutzte. Es hatte aufgehört zu regnen, und außerdem hatte Jacky sich im Haus aufgehalten. Ihr Fell müsste trocken sein, doch es fühlte sich nass und klebrig an.

Anna hielt die Hündin am Halsband fest und zog ihr Smartphone aus der Manteltasche. Sie schaltete die Lampe ein, um besser sehen zu können.

»Nick«, brach es aus ihr heraus. Sie konnte keine Verletzungen feststellen, doch Jackys Fell war voller Blut.

11. KAPITEL

Nick zog die fingerlange Stablampe aus seiner Tasche und leuchtete damit auf Jacky. Die Hündin stieß ein trauriges Jaulen aus.

»Ganz ruhig.« Er unterdrückte den Instinkt, ihr über das Fell zu streicheln. »So ist es brav.«

Die Hündin verharrte regungslos. Im Licht der Stablampe war das eingetrocknete Blut deutlich zu erkennen.

»Verdammt«, sagte Nick.

Neben ihm schloss Anna für einen Moment die Augen. Dunkle Schatten zeichneten sich auf ihrem Gesicht ab.

»Dir ist klar, was das bedeutet?«, fragte sie.

Er nickte. »Entweder Sandy wurde in ihrem Haus getötet und nachträglich in Rogers Wohnung geschafft, oder …«

»… Jacky war ebenfalls in Rogers Haus, und der Mörder hat sie wieder zurückgebracht«, nahm Anna sofort den Faden auf.

Nicks Gedanken rasten längst, spielten mit den verschiedenen Möglichkeiten. Hatte der oder hatten die Täter Mitleid mit dem Hund gehabt? Es kam durchaus vor, dass selbst der schrecklichste Psychopath sich nicht an

Tieren vergriff – das hing vom Modus Operandi ab. Eine weitere Option war, dass der Verdacht auf Roger gelenkt werden sollte.

»Armes Ding, vermisst sein Frauchen.« Detective Hunter blickte auf Jacky herab. »Ich habe selbst einen. Einen Husky.«

Es war das erste Mal, dass Nick etwas wie Sympathie für den ruppigen Ermittler empfand.

»Können wir uns ebenfalls im Haus umsehen?«, fragte Anna.

Hunter lachte auf, verstummte abrupt. »Das war Ihr Ernst?«

»Kommen Sie schon.« Nick schaltete die Stabtaschenlampe aus, verstaute sie in seiner Jacke und erhob sich. »Roger ist ein Freund, diese Sache ist persönlich.«

Hunter verschränkte die Arme. »Damit Sie das Ganze dann mit irgendeinem angeblichen grenzübergreifenden Tatbestandsmerkmal in die Zuständigkeit des FBI ziehen?«

Nick atmete schwer aus. »Ich verspreche Ihnen, das will ich keinesfalls. Bedeutet nur Bürokratie. Außerdem habe ich dann einen Chef im Nacken, der Ergebnisse sehen will, und ich müsste um das Budget kämpfen.«

Die Antwort war ein leises Lachen. »Na, immerhin ist es bei euch genauso. Also, um das klarzustellen, in das Haus geht niemand, bis ich von der Spurensicherung das Okay bekomme.« Er stoppte den Kriminaltechniker, der im weißen Kittel vorbeieilte. »Hey, Gabe. Kannst du den Hund kurz untersuchen und eine Fellprobe nehmen?«

Er ging sofort in die Hocke und begann damit, Jacky abzutasten.

Unter den wachsamen Augen von Anna, die der Golden-Retriever-Hündin nicht von der Seite wich. »Was passiert jetzt mit ihr?«

»Bis wir die Verwandtschaft überblickt haben, wird der Hund erst einmal vom Tierheim betreut.« Auf Annas traurigen Blick ergänzte Hunter schnell: »Keine Sorge, das sind ausgebildete Fachleute, die sich mit solchen Situationen auskennen. Bis zur Klärung des Sachverhalts ist das Tier ein Beweisstück.«

»Es ist ein lebendiges Wesen«, sagte Anna.

»Rein rechtlich aber eine Sache«, erklärte Hunter. »Sobald wir alles geregelt haben, wird sich hoffentlich eine neue Familie für den Hund finden.«

Nick wusste, dass Hunter nur seinen Job erledigte, doch in solchen Augenblicken fiel es auch ihm schwer, die Regeln buchstabengetreu zu befolgen.

»Alles klar.« Gabe erhob sich. »Fellprobe habe ich, einen Abstrich an Zähnen und Pfoten habe ich auch vorgenommen. Wunden gibt es keine.«

Er nickte noch einmal in die Runde, dann eilte er weiter zu Sandys Haus.

Hunter blickte sich um, als wolle er sichergehen, dass niemand in ihrer Nähe stand. »Also gut, was ist hier los? Zuerst schießt jemand auf Ihren Freund. Kurz darauf finden wir die Leiche seiner Nachbarin in seinem Haus.«

Nick wechselte einen schnellen Blick mit Anna. »Wie wäre es mit einem Deal?«

»Ihnen ist klar, dass ich auch auf die harte Tour Antworten bekommen kann? Und damit meine ich hart für Sie beide.«

»Lassen wir die schweren Geschütze doch einfach mal stecken.« Nick betrachtete Roger, der verloren neben einer Laterne stand. Der wieder einsetzende Regen rieselte auf ihn herab. »Wir geben Ihnen alle Informationen, und Sie binden uns dafür in die Ermittlungen ein.«

»Einbinden?«

»Inoffiziell«, ergänzte Nick.

»Ich schreibe keinen Artikel«, stellte auch Anna klar. »Hier geht es um einen alten Freund.«

Hunter atmete schwer ein und wieder aus. »Meine Erfahrungen mit euch Jungs vom FBI sind nicht die besten.« Er schenkte Nick einen grimmigen Blick. »Aber wir können es versuchen. Das heißt allerdings: Vorleistung.«

In kurzen Sätzen fasste Nick zusammen, was seit ihrer Ankunft geschehen war.

»Das klingt mir alles ein wenig zu sehr nach Verschwörungstheorie«, sagte Hunter. »Aber aktuell haben wir auch nicht viel mehr. Es gibt keine Spuren, denen wir folgen könnten.«

»Wurde die Tatwaffe gefunden?«, fragte Anna.

»Bisher nicht. Ein Schuss aus nächster Nähe, Kleinkaliber«, erwiderte Hunter. »Alles Weitere erst nach der Obduktion, Sie kennen das Spiel.«

Für Nicks Geschmack ging das alles viel zu langsam voran, doch tatsächlich konnten sie nicht mehr tun als warten.

»Haben Sie irgendeinen Hinweis für mich?«, fragte Hunter. »Wenn wir davon ausgehen, dass das Blut auf dem Hund zu dem Opfer gehört und der Täter keine Spuren hinterlassen hat, kann ich nicht mehr viel tun.«

»Was ist mit dem Labor?«, hakte Nick ein.

»Einen Durchsuchungsbeschluss wird der Richter niemals genehmigen, nicht bei der dünnen Beweislage. Die Geschäftsführung dürfte ausreichend Einfluss haben, um das zu blockieren. Aber nach dem Tod des Wissenschaftlers kann ich zumindest eine Vorortbegehung durchsetzen.«

»Ist das nicht alles längst geschehen?«, fragte Anna.

»Natürlich war die Spurensicherung dort, und es gab erste Vernehmungen, aber damals gingen wir noch alle von einem Unfall aus.« Hunter ließ seinen Blick über den Tatort schweifen. »Dank Ihrer Informationen sieht das jetzt anders aus.«

»Es gibt da noch etwas.«

Anna wurde unterbrochen, als ein Wagen der Tierrettung direkt neben ihnen hielt. Eine kräftige Frau mit zum Dutt gebundenen Haaren sprang heraus.

»Wie ich höre, gibt es hier einen Patienten?«

Trotz ihrer ruppigen Art ließen die Lachfalten um die Augen herum auf eine innere Herzlichkeit schließen.

»Sie kümmern sich doch gut um sie, ja?«, fragte Anna.

»Keine Sorge, bei uns sind alle nach ein paar Tagen noch schwanzwedelnd herumgesprungen«, erwiderte die Frau – Petra, wie das Namensschild an ihrer Uniform verriet.

Jacky sprang nach Aufforderung in die geöffnete Box im rückwärtigen Teil des Wagens.

»Hier ist meine Karte.« Anna reichte sie Petra. »Bitte rufen Sie mich an, wenn … sich alles geklärt hat. Ich will wissen, dass es ihr gut geht.«

Petra nahm die Karte entgegen, füllte einen Stapel Papiere aus und reichte diese Hunter. Nachdem er alles durchgesehen und bestätigt hatte, fuhr sie davon.

Nick konnte Anna ansehen, dass es ihr schwerfiel, Jacky einfach gehen zu lassen.

»Sie wollten mir gerade etwas sagen?«, brachte der Detective das Gespräch wieder zurück zum Fall.

»Es geht um einen angeblichen Journalisten.« Anna berichtete von dem mysteriösen Garry Thatcher.

»Und er ist nachweislich nicht bei den *Detroit News* angestellt?«

»Das gibt Ihnen der stellvertretende Chefredakteur eidesstattlich«, bestätigte Nick.

»Und Sie können ihn beschreiben?«, fragte Hunter.

»Ziemlich genau«, sagte Anna.

»Dann lade ich Sie hiermit aufs Revier ein, um unserem Phantombildzeichner diesen Kerl genauestens zu beschreiben.«

»Es ist schon recht spät, und wir …«, setzte Nick an.

»Falls das wie eine Bitte rüberkam, korrigiere ich es gerne«, stellte Hunter klar. »Das ist die erste richtige Spur. Brauchen Sie die Adresse?«

Nick seufzte. Warum er zu dem Detective so freundlich gewesen war, hatte er bereits wieder vergessen. »Finden wir.«

Sie gingen zurück zum Wagen. Auf dem Weg ergriff Anna Rogers Arm, der sich apathisch mitziehen ließ. Der Zustand des alten Freundes machte Nick zunehmend Sorgen. Seine Nerven lagen blank, noch so ein Vorfall, und er brach vermutlich zusammen.

»Wo ist Zane?«, fragte Anna.

»Zur Stelle«, erwiderte dieser.

»Wo warst du?«

»Ich habe mich sehr angeregt mit einem der Tatortfotografen unterhalten. Sympathischer Kerl.« Er räusperte sich.

Nick wollte sich lieber nicht vorstellen, wie Zane und der unbekannte Fotograf am Tatort flirteten. Andererseits hatte es schon seltsamere Kennenlernszenarien gegeben.

»Und?«, fragte Anna.

»Er hat mir ein paar der Bilder auf seiner Kamera gezeigt, die er zuvor im Haus gemacht hat«, sagte Zane. Sein Blick machte deutlich, dass es eine unschöne Szene gewesen war. Er setzte sich neben Roger auf die Rückbank.

»Etwas, das wir wissen sollten?«, fragte Nick und ließ den Motor an.

»Nichts Überraschendes«, erklärte er.

Roger schwieg weiter. Sein Blick war durch das Fenster auf die Straße gerichtet.

Die Straßenlaternen huschten in der Dunkelheit vorbei, als Nick den Wagen in Richtung Polizeirevier lenkte. Natürlich konnte Hunter sie nicht zwingen, dort zu erscheinen, doch er wollte es sich nicht gleich wieder mit ihm verscherzen.

Die Fahrt dauerte nur knapp zwanzig Minuten. Zu dieser späten Stunde war der Parkplatz vor dem Revier verlassen. Nick fand problemlos einen Stellplatz. »Es wird das Beste sein, wenn Anna und ich allein hineingehen. Du hast diesen Thatcher nicht kennengelernt, Zane. Und du, Roger, ruhst dich vielleicht besser aus.«

Keine Reaktion.

»Ich passe auf ihn auf«, versprach Zane leise.

»Danke.« Anna öffnete die Autotür. »Wir beeilen uns.«

Nick stieg ebenfalls aus. Gemeinsam liefen sie zum Eingang und betraten den Vorraum.

Hinter der Panzerglasscheibe des Empfangsbereichs saß ein junger Deputy. Er blickte von seinem Computer auf.

»Kann ich Ihnen helfen?«

Nick stellte sich und Anna vor und verwies auf Detective Hunter. Nach kurzer Rücksprache bekamen sie Besucherausweise. Es summte, als der Deputy mit einem

Knopfdruck eine Tür öffnete, die in den Bereich hinter dem Empfang führte.

Dahinter erwartete sie ein halb leeres Büro, das lediglich von der Nachtschicht besetzt war.

Ein hagerer Mann mit Halbglatze kam auf sie zu. »Ihnen verdanke ich es also, dass meine Schicht verlängert wurde?«

»Bedanken Sie sich bei Detective Hunter«, sagte Nick trocken.

Nach einem weiteren müden Blick stellte sich der Phantombildzeichner als Alex Scrivener vor. An seinem Schreibtisch war der Computer bereits hochgefahren und ein digitales Zeichenpad angeschlossen, mit dem er vordefinierte Elemente aus einem Programm nutzen und manuell anpassen konnte. Auf ihre Erzählungen hin begann Scrivener mit der Skizzierung der Gesichtskonturen.

Von anfänglichen einfachen Strichen formte sich eine zunehmend detailliertere Silhouette heraus. Ein schmales Gesicht, eng beieinanderstehende Augen, Vollbart, dunkles, gescheiteltes Haar.

»Das ist doch ganz gut«, schloss Scrivener, nachdem sie eine Stunde lang ständig Verbesserungen vorgenommen hatten. »Unsere Gesichtserkennungssoftware wird das jetzt in ein 3D-Modell umformen. Sie bekommen das dann noch mal zum Abgleich, und wir beginnen mit einer Datenbanksuche.«

»Können Sie mir das Bild bitte ausdrucken?«, bat Nick.

»Selbstverständlich.« Er ging zum Drucker, um es ihm kurz darauf zu reichen.

Nick nahm es entgegen und erhob sich. »Dann ist es für uns alle an der Zeit, ins Bett zu verschwinden.«

Sie verabschiedeten sich von Scrivener und verließen das Polizeirevier. Einen Moment lang blieben sie auf den Eingangsstufen vor dem Gebäude stehen, starrten schweigend in die Dunkelheit. Im Schein der Laternen waren die sonst unsichtbaren Tropfen als Sprühregen zu erkennen. Keine Menschenseele war zu sehen, alles war still. Weder wurden sie von Blitzlichtgewitter geblendet noch mit Fragen bedrängt.

»Alles gut?«, fragte Nick leise.

Kurz lehnte Anna ihren Kopf an seine Schulter. »Alles gut.«

In diesem Augenblick fühlte er sich ihr so nah wie zuletzt in ihrer Suite im Hotel. Er hätte noch ewig so stehen bleiben können.

Leider sah Zane das anders. Mit einem Summen fuhr das Fenster des Wagens herab. »Ihr könnt gerne gemeinsam im Hotel aus dem Fenster starren, aber ich will langsam ins Bett.«

Sie kehrten zum Auto zurück. Roger war noch immer bleich und schweigsam.

Nick parkte aus und lenkte den Wagen auf die leere Straße in Richtung Hotel. Am Horizont graute bereits der Morgen.

Als sie eintrafen, begrüßte sie ein frisch ausgeruht wirkender Hotelmitarbeiter in der Lobby mit einem Lächeln.

Sie riefen den Aufzug und fuhren nach oben. Das Ping, das die sich öffnende Lifttür untermalte, war Musik in Nicks Ohren. Nichts konnte ihn jetzt noch davon abhalten, ins Bett zu fallen und ein paar Stunden zu schlafen.

»Ich habe meinen Zimmerschlüssel im Rucksack, und der steht noch bei euch«, sagte Zane. Er folgte ihnen bis zur Suite. Rogers Zimmer lag auf demselben Gang.

Nick zog die Schlüsselkarte durch den Schlitz des Codeschlosses. Die Tür sprang auf, und er gewährte Anna mit einer ausladenden Armbewegung den Vortritt. Zane hingegen war schneller und drängte sich vor ihr hinein.

Sie schüttelte schmunzelnd den Kopf und folgte ihm. Da er abrupt stehen blieb, prallte sie gegen seinen Rücken.

»Entschuldige.« Sie wich zurück.

»Hier stimmt etwas nicht«, stieß Zane aus.

12. KAPITEL

Anna folgte Zanes Blick zum Schreibtisch. Sie war sich sicher, dass er seinen Laptop dort zurückgelassen hatte. Doch auf dem Schreibtisch lag nichts.

»Shit«, stieß Nick aus.

Zane hastete hinüber, nahm seinen Rucksack vom Stuhl und durchwühlte ihn. »Meine externe Festplatte ist auch weg.« Er sah sich zu ihnen um. »Und Rogers Codekarte, die mir den Zugang zu den Labordaten verschafft.«

Anna spürte sofort wieder die imaginäre Faust im Magen. »Sie waren hier«, flüsterte sie.

Nick und sie sahen sich an, bevor sie gleichzeitig in ihre Schlafzimmer liefen. Zuletzt hatte sie auf ihrem Bett am Laptop gearbeitet, doch dort war er nicht mehr zu finden. Sie durchsuchte Schrank und Koffer. Vergeblich, alle Geräte waren weg. Dann kehrte sie in den Salon zurück, wo Nick ihr entgegensah und vielsagend den Kopf schüttelte.

»Die haben ja ganze Arbeit geleistet.« Zane seufzte. »Ich hole meinen zweiten Laptop.« Er lief zur Tür. »Wenn wir Glück haben, kann ich über GPS ausfindig machen, wohin sie unser Zeug gebracht haben.«

»Und das wäre sicherlich auch der Ort, an dem sie sich aufhalten«, sagte Nick mehr zu sich selbst, da Zane schon zur Tür hinaus war.

Sein Smartphone vibrierte. Er nahm es zur Hand und las die eingegangene Nachricht.

»Lynette wird gleich eintreffen. Sie ist in Detroit gelandet und sitzt im Taxi.« Er tippte auf das Display. »Ich gebe ihr unsere Zimmernummer durch.«

»Kann diese Lynette uns weiterhelfen?«, fragte Roger. Er kam aus dem Badezimmer und lehnte sich in gekrümmter Haltung gegen die Wand. Anna hatte geglaubt, er wäre schon längst in seinem Zimmer und läge im Bett. Seine Atmung ging schwer, der leere Blick wirkte wie der eines Alkoholikers. Hatte er mitbekommen, dass sie bestohlen worden waren?

»Sie wird uns auf jeden Fall eine große Hilfe sein«, entgegnete Nick, trat zum Fenster und schaute hinaus.

»Du solltest dringend etwas schlafen«, sagte Anna an Roger gewandt, woraufhin er sie mit hochgezogenen Augenbrauen ansah.

»Hast du eine Packung voller Schlaftabletten? Dann kann ich es ja mal versuchen.« Er wischte sich mit dem Handrücken über die Stirn. »Zur Not kann mir vielleicht auch die Minibar helfen.«

Sie ging zu ihm und legte ihm sanft die Hand auf den Arm. »Du brauchst Ruhe, Roger. Und wenn du mich fragst, auch einen Arzt. Ich sehe dir an, dass es dir immer schlechter geht.«

Er schnaufte. »Ist das ein Wunder? Meine Nachbarin wurde ermordet.«

Anna ließ die Schultern hängen. »Ich meinte jetzt nicht nur deine Psyche. Dir geht es auch körperlich nicht gut.«

Roger warf ihr einen frustrierten Blick zu.

»Ich bringe dich jetzt auf dein Zimmer und besorge dir etwas aus der Apotheke.«

Dieses Mal widersprach er ihr nicht und wandte sich zum Gehen. »Ich finde mein Zimmer alleine.«

Bevor er die Tür hinter sich zuziehen konnte, drängte sich Zane hindurch. Er schaute Roger kurz nach und schloss sie dann seinerseits. »Wer auch immer hier am Werk war, hat sich auch in meinem Zimmer bedient. Mein ganzes IT-Zeug ist verschwunden.«

Nick fuhr herum und fluchte. »Dann wissen sie, dass du uns hilfst. Du bist erst seit wenigen Stunden in Detroit. Sie beobachten uns.«

»Wie beruhigend.« Zane ließ sich auf den Stuhl sinken, blies sich die blonden Haarsträhnen aus der Stirn und starrte auf die Tischplatte. »Wenn ihr mich fragt, gerät dieser Fall mehr und mehr außer Kontrolle. Es gibt bereits zwei Leichen, und wenn wir nicht aufpassen, sind wir die nächsten. Die sind uns schon verdammt nah. Was, wenn wir hier gewesen wären?«

»Sie wussten, dass wir weg sind«, erwiderte Nick. »Vielleicht war Sandys Tod nicht nur eine Warnung, sondern sollte uns auch aus dem Hotel locken.«

Anna streifte ihren Mantel ab, warf ihn über die Armlehne der Couch und ließ sich auf ihr nieder. Die zwei Cocktailgläser standen noch auf dem Beistelltisch. Vermutlich war Sandy auf ihre Mörder gestoßen, während sie hier gemütlich zusammengesessen hatten.

»Sie tut mir so leid«, flüsterte sie. »Für wen oder für welche Sache musste sie bloß sterben?«

»Vermutlich hat sie nebenan Geräusche gehört und ist nachschauen gegangen, ob Roger zurückgekehrt ist«, erwiderte Nick. »Wahrscheinlich hat der oder haben die Mörder bei ihm nach etwas gesucht, das er gegen das Labor verwenden könnte, und Sandy ist ihnen dabei in die Quere gekommen. Das würde zumindest erklären, warum sie sterben musste.«

Anna strich sich fröstelnd über die Arme. »Ja, vielleicht.«

Nick verschränkte die Hände im Nacken und sah an die Zimmerdecke. Eine Weile herrschte betretenes Schweigen, bis es an der Tür klopfte.

Nick spähte durch den Spion und öffnete mit einem Lächeln.

»Na, das nenne ich doch mal eine nette Begrüßung«, sagte Lynette.

»Du kommst genau richtig«, erwiderte er und umarmte sie fest.

Nick war nicht der Einzige, der sich in Anwesenheit der Profilerin offenkundig gleich eine Nuance wohler fühlte. Lynette mit ihrer ruhigen Art und ihrer positiven Ausstrahlung schaffte es bei fast allen, ihrem Gegenüber ein besseres Gefühl zu vermitteln. Anna freute sich, dass sie nun wieder bei ihnen war. Sie lief auf sie zu und wurde von ihr mit offenen Armen empfangen. »Du hast uns gefehlt.«

Lynette lehnte sich zurück und lächelte Anna an. »Wie schön, dich wiederzusehen.«

Zane trat ebenfalls näher und begrüßte sie herzlich.

»Nun bringt mich mal auf den neusten Stand«, sagte sie, zerzauste Zane das Haar und sank auf die Couch.

Alle anderen verteilten sich auf Stühle und Sessel.

Während Nick die Details schilderte, hörte Lynette ihm aufmerksam zu und machte sich auf ihrem Tablet Notizen. Als er ihr mitteilte, dass alle Laptops, Zanes externe Festplatte und die Codekarte gestohlen worden waren, atmete Zane tief durch.

»Ich hab da auch privaten Mist drauf, der niemanden etwas angeht«, schimpfte er.

»Glaubst du, uns geht es da anders?«, warf Anna ein. »Bei mir lassen sich da auch jede Menge Recherchematerial und die Kontakte zu meinen Informanten finden.«

Zane kratzte sich am Kopf. »Wenigstens ist meine Festplatte verschlüsselt und das BIOS mit einem Code gesichert. So schnell kommen die da nicht ran.«

»Wer hier am Werk war, interessiert sich nicht für euer Privatleben«, sagte Lynette. »Eure Arbeit für diesen Fall ist das Relevante und die Daten, die ihr bisher über das Labor zusammengetragen habt. Die Frage ist, ob die Täter eure Sachen überhaupt entschlüsseln und auslesen wollen oder alles kurzerhand vernichtet haben.« Sie strich sich eine Strähne ihres kupferfarbenen Haars hinters Ohr und wandte sich an Zane. »Kannst du über meinen Laptop die Mitarbeiterakten des Labors aufrufen?«

»Wie gesagt, ich habe die Codekarte für den Datenzugang nicht mehr. Aber die bereits geladenen Daten habe ich auf meinen Server abgelegt, an die komme ich jederzeit ran.«

»Sehr gut. Sobald ich die Informationen habe, mache ich mich an die Analyse. Und in der Zwischenzeit würde ich mich gern mal mit eurem Freund unterhalten.«

»Roger ist in seinem Zimmer«, erwiderte Nick. »Ihm geht es nicht gut. Wir hoffen, er schläft jetzt ein bisschen.«

»Ich habe vorhin eine kleine Webcam gegenüber Rogers Tür auf einem Bilderrahmen installiert«, informierte Zane Lynette. »Sie sendet drahtlos an einen Cloud-Speicher. Falls jemand darauf auftaucht, wird sofort ein Signal via Mail gesendet.« Bei diesen Worten linste Zane wie zufällig zu Lynettes Tablett.

Sie schmunzelte. »Die Sicherheit von Roger geht natürlich vor. Du kannst meinen Laptop haben, der ist noch im Koffer. Aber später besorgen wir bitte Ersatzgeräte.«

Zane nahm das Angebot mit einem dankbaren Grinsen an. »Ich nehme mal an, mit *wir* meinst du mich?«

Einhelliges Nicken war die Antwort.

Wenn sie mit ihm Laptops kaufen gingen, hatten sie sowieso keine Chance. Er schlug ihnen Fachwörter über

Festplattenkapazitäten, Prozessoren, SSD-Festplatten und integrierte Biometriesensoren um die Ohren. Aus leidvoller Erfahrung wusste Anna, dass man am Ende nur noch irgendein Gerät wollte, das Zane für passabel hielt. Und eine Kopfschmerztablette.

Sie stand auf. »Ich werde losziehen und Roger ein paar Medikamente besorgen.«

Lynette erhob sich ebenfalls und wandte sich an Zane. »Ich hole dir meinen Laptop.«

»Ich begleite dich«, antwortete er. »Wie alt genau ist dein Gerät?«

»Vorsicht«, riet ihr Anna. »An dieser Stelle kannst du keine korrekte Antwort mehr geben.«

»Was du mir immer unterstellst.« Zane gab sich unschuldig.

»Spar dir das«, unterbrach Lynette ihn. »Sonst analysiere ich auf der Stelle dein psychologisches Profil.«

»Waffenstillstand?«, bot Zane hastig an.

Lynette nickte zufrieden. »Geht doch.«

Beide grinsten einander an und verließen das Zimmer.

Anna griff nach ihrem Mantel, aber Nick nahm ihn ihr wieder aus der Hand. »Du kannst das Hotel nicht allein verlassen. Sie beobachten uns, und ich will kein Risiko eingehen.«

»Du glaubst, sie haben es nun auch auf uns abgesehen?«

Er trat auf sie zu, zog sie unvermittelt in seine Arme und stützte das Kinn auf ihren Kopf. »Ich will nur sichergehen. Dass sie inzwischen schon über Zanes Ankunft Bescheid wissen und auch in seinem Zimmer waren, macht mir Sorgen. Wir stehen unter Beobachtung. Als wir das letzte Mal unvorsichtig wurden, bist du in einem Keller gelandet.«

»Ich nehme an, dann macht es auch wenig Sinn, das Hotel zu wechseln?«

»Es würde ihnen garantiert nicht entgehen«, antwortete er, beugte sich zurück und sah sie an. »Gönn dir ein wenig Ruhe, ich besorge Medikamente für Roger.«

»Ach, ich darf das Hotel nicht allein verlassen, du aber schon?« Provokant funkelte sie ihn an. »Es mag bei mir ein Keller gewesen sein, aber bei dir war es ein Seziertisch.«

»Woher hast du bloß deinen Dickkopf«, fragte Nick gespielt empört. »In diesem vornehmen Hotel gehört es aber sicherlich zum Service, dass man sich auch etwas aus der Apotheke bringen lassen kann.« Er löste die Umarmung und ging zum Hoteltelefon, das auf einer Kommode stand.

Als er ein fiebersenkendes Schmerzmittel und Beruhigungstropfen orderte, klopfte es an der Tür.

Anna blickte durch den Türspion und ließ Lynette herein.

»Zane schickt mir die Daten gleich auf mein Tablet«, sagte sie und setzte sich wieder auf die Couch. »Er meinte, ihr hättet ein Phantombild von eurem geheimnisvollen Reporter. Das würde ich mir gern noch anschauen, bevor ihr euch schlafen legt.«

Nick zog das ausgedruckte Bild aus seiner Hosentasche, faltete es auf und reichte es ihr.

»Wie hieß der noch mal?«, fragte sie, setzte ihre Lesebrille auf und nahm es entgegen.

»Garry Thatcher«, sagten Nick und Anna wie aus einem Munde.

Lynette runzelte die Stirn. Sie hob das Bild auf Augenhöhe und stieß hörbar die Luft aus. »Den kenne ich!« Sie sah zu ihnen auf. »Dieser Mann hat mich im Taxi hierhergefahren.«

13. KAPITEL

Nick stand am Fenster, trank in vorsichtigen Schlucken Kaffee und ließ seine Gedanken schweifen. Sein Körper schrie danach, sich zu bewegen, Gewichte zu stemmen. In der aktuellen Situation konnte er jedoch kaum ein Fitnessstudio aufsuchen. Er sah auch Anna an, dass sie langsam die Wände hochging. Sie war es gewohnt, in den Morgenstunden zu joggen.

Im Nebenraum hörte er das Wasser der Dusche prasseln. Gleich würde sie sich mit einem Lächeln zu ihm an den Tisch setzen.

Während Nick beim Kaffee einfach nicht hatte Nein sagen können, hielt er sich mit dem Frühstück, das der Zimmerservice gebracht hatte, zurück.

Normalerweise hätten sie sich mit Lynette, Zane und Roger für ein spätes Frühstück in den Speiseraum begeben. Aktuell war jedoch auch das keine gute Idee.

Ihm hing noch immer die grimmige Stimme von Detective Hunter im Ohr. »Dieser Kerl hat Ihre Kollegin ins Hotel gefahren, als Taxifahrer getarnt? Ich schicke sofort einen meiner Leute mit dem Bild zu allen lizenzierten Fahrern im Stadtgebiet. Melde mich wieder.«

Einen Preis für Freundlichkeit würde Hunter nie gewinnen, aber zumindest war er etwas aufgetaut.

Nick bezweifelte, dass dieser Garry Thatcher Spuren hinterlassen hatte. Ihre Gegner waren zu clever. Was nicht verwunderlich war, immerhin verfügte die Führungsetage eines solchen Labors über immense finanzielle Mittel.

»Guten Morgen«, begrüßte ihn Anna, die das weiße Handtuch mit dem aufgestickten Symbol des Hotels wie einen Turban um ihren Kopf gewickelt hatte. Ihr Körper verströmte den Kirschblütengeruch des Duschgels, und die Haut glänzte von irgendeiner Feuchtigkeitscreme.

»Morgen.« Nick riss sich zusammen. Fehlte nur noch, dass er sie mit einem Seufzen anstarrte.

»Und mit dem Kaffee wolltest du natürlich nicht warten«, neckte sie ihn.

»Es sollen schon Menschen an Koffeinmangel gestorben sein«, gab er zurück und nahm an dem kleinen Tischchen Platz.

»Die anderen verspäten sich wohl?«, fragte Anna und bestrich sich einen Bagel mit Butter und Marmelade.

»Bei Roger wundert mich das nicht. Jemand aus dem Hotel hat ihm noch etwas vorbeigebracht, darunter eine Tablette gegen Übelkeit. Die Dinger machen total müde.« Er griff nach einem Bagel und belegte ihn dick mit Schinken.

»Wenn es nach mir geht, kann er bis heute Nachmittag durchschlafen. Das kann man ja nicht mehr mitansehen.«

Nick schenkte ihr Kaffee ein und reichte ihr die Tasse, was sie mit einem dankbaren Lächeln quittierte.

»Zane hat garantiert noch ewig am Laptop gesessen und schläft sowieso lange«, ergänzte Anna.

»Lynette ist eigentlich Frühaufsteherin. Wollen wir wetten, dass sie gleich hier hereinschneit und die Akten schon alle durchanalysiert hat?«

Nick begann, beherzt zu kauen und genoss das Gefühl, dass sein Magen sich endlich wieder mit fester Nahrung füllte. Sie vergaßen eindeutig zu oft das Essen. Und Schlafen.

Sein Smartphone vibrierte.

»Alles klar?«, fragte Anna, als er auf das Display blickte.

»Zane hat mir im Browser eine URL eingestellt, unter der ich den Feed der Webcam vor Rogers Zimmer sehen kann«, erklärte er. »Sobald jemand an der Kamera vorbeigeht, bekomme ich eine Nachricht.«

Es klopfte.

»Das ist bestimmt Lynette«, erklärte er.

Er öffnete die Tür.

»Guten Morgen.« Wie immer schien Lynette frischen Wind in den Raum zu tragen. »So mag ich das. Kaffee, Bagels und ein angenehmes Ambiente.«

Sie schenkte sich Kaffee ein und verzichtete einstweilen auf alles andere.

»Du hast natürlich schon die halbe Arbeit erledigt?«, hakte Nick nach.

»Gewöhne dich nicht daran«, mahnte sie. »Ich hatte das mal bei einem Fall. Ständig war ich früher fertig als gefordert. Dann habe ich ein einziges Mal ausgeschlafen, und alle waren entsetzt, dass die Analyse am nächsten Morgen noch nicht fertig war.«

»Da du bei uns nicht bezahlt wirst, hätte ich dir durchaus noch ein paar Stunden gelassen«, sagte Nick gönnerhaft.

»Vielleicht sollte ich in Washington anrufen und das mit Noriss besprechen. Er wird natürlich verblüfft sein, weil er nichts von etwaigen Ermittlungen weiß, aber …«

»Trink, iss, fühl dich wie zu Hause«, stoppte Nick sie. »Vergiss jede Forderung.«

»So ist's recht.« Lynette zwinkerte ihm zu.

Anna lachte. »Du hast Zane und Nick ja gut im Griff.«

»Was kannst du uns denn über die Akten sagen?«, fragte Nick schnell.

Anna schmunzelte, beließ es aber dabei.

»Tja, das ist tatsächlich die schlechte Nachricht. Nicht viel. Es ist ein ganzer Stapel an Personalakten, die alle durchzugehen kann Tage dauern.«

»Etwas Auffälliges?«, fragte Anna.

»Gar nichts«, erwiderte Lynette. »Und ehrlich gesagt, ich habe damit auch nicht gerechnet. Wenn tatsächlich die Chefs des Labors hinter alldem stecken, nehmen die für eine solche Aufgabe keinen x-beliebigen Mitarbeiter.«

»Du hast recht. Wir hatten einmal einen Fall, bei dem ein Firmenchef jemanden loswerden wollte, der in den unteren Ebenen eine Veruntreuung aufgedeckt hatte«, sagte Nick. »Dafür hat er jemand Externen als angeblichen Spezialisten eingeschleust, der einen Unfall fingiert hat.«

»Denkst du, das könnte hier auch passiert sein?«, fragte Anna an Lynette gewandt.

»In der Theorie ist das vorstellbar, ja«, erwiderte diese. »Aber ich habe die Akten nach Neueinstellungen durchsucht, und im letzten Monat ist niemand dazugestoßen. Davor gab es zwar Laboranten, aber von denen hatte keiner Zugriff auf den inneren Bereich. Ihr müsst bedenken, dass jeder neue Mitarbeiter intensiv überprüft wird.«

»Also gab es den Plan schon deutlich länger«, sagte Nick. »Und zumindest der Mord innerhalb des Labors, mit dem alles angefangen hat, wurde von einem Mitarbeiter durchgeführt. Jemand, der zum Personal gehört und vertrauenswürdig ist, der bei der Einstellung vollständig durchleuchtet wurde.«

Lynette trank einen Schluck. »Und genau das bedeutet, dass wir uns auf schwierigem Terrain bewegen. Es gibt zu viele denkbare Szenarien. Hat jemand Schulden und wurde bestochen? Ist die Familie in Gefahr, und deshalb wird der Mord ausgeführt?«

»Konntest du irgendwelche auffälligen Marker entdecken – seltsame Kontobewegungen, Telefonauszüge mit Prepaid-Nummern?«, fragte Nick.

»Die Akten enthalten keine Kontoauszüge, und das ist auch nicht mein Gebiet, wie du weißt«, erklärte sie.

Nick kaute gedankenverloren. Seines Wissens wurde niemand aus dem Unternehmen vermisst, das hätte auch Detective Hunter sofort bemerkt. Diese Überprüfungen gehörten zur Standardarbeit der Polizei. Lynette benötigte mehr Daten und eingegrenzte Zielpersonen. Aber genau hier kamen sie nicht weiter.

Sosehr Detective Hunter auch aufgetaut war, so wenig würde er sich den Fall aus der Hand nehmen lassen. Bisher gab es keinen Hebel, um das alles in die Zuständigkeit des Bundes und damit des FBI zu ziehen. Zudem hätte Nick gerne darauf verzichtet, sich einen neuen Feind zu machen.

»Wir stochern noch ganz schön im Nebel«, fasste Anna zusammen.

»Ist am Anfang doch immer so.« Lynette legte das Tablet beiseite. »Jeder Mord hinterlässt Spuren. Auch hier wird es welche geben. Meine Sorge gilt eher dem Zeitfaktor. Der Anschlag auf Roger geschah recht offen. Der oder die Täter wussten vermutlich nicht, dass sie da auch auf eine Journalistin und einen FBI-Agenten schießen, sonst hätten sie bestimmt gewartet, bis ihr weg seid. Aber das zeigt, wie sicher sie sich fühlen. Auch der Mord an Rogers Nachbarin deutet in diese Richtung. Ich gehe davon aus, dass diese Sandy nur ein Mittel zum Zweck war, um euch aus dem Hotel zu locken.«

Was die Kaltblütigkeit der Verantwortlichen glasklar vor Augen führte. Wer brachte einen Menschen um, damit er heimlich Laptops stehlen konnte?!

Es gab immer noch Dinge, die Nick überraschten.

Mittlerweile hatte der ständige Nieselregen wieder eingesetzt, der Detroit seit ihrer Ankunft im Griff hatte.

Lynette blickte aus dem Fenster und nickte schwer. »Ich wäre jetzt lieber in sonnigeren Gefilden. Gestern kam eine

Anfrage auf Unterstützung in Los Angeles herein. Tod am Filmset. Irgendein Krimi, der verfilmt wird. Aber nein, ich stehe meinen Freunden zur Seite.« Sie zwinkerte.

»Macht es dir gar keine Angst, dass dieser unbekannte Kerl dich mit dem Taxi abgeholt hat?«, fragte Anna.

Dieses Mal nahm Lynette einen großen Schluck Kaffee, bevor sie antwortete. »Zum einen bin ich keine Gefahr für diese Leute, zumindest noch nicht. Zum anderen wissen sie bestimmt, dass mein Tod so viel Staub aufwirbeln würde, dass das FBI sofort übernimmt. Mit einer kompletten Taskforce.« Sie schüttelte den Kopf. »Das war ein Einschüchterungsversuch. Dieser Garry Thatcher spielt mit uns. Zuerst die offene Konfrontation mit einer falschen Identität. Ihm muss klar gewesen sein, dass du, Anna, auch hier Kontakte hast und die Sache überprüfst.«

»Und trotzdem ist er so dreist.« Nick durchfuhr ein Schauer bei dem Gedanken, dass Lynette etwas hätte passieren können.

»Detective Hunter wird ihn nicht finden«, war Lynette sicher. »Er hat sein Aussehen sicherlich verändert. Eindeutig ein Spezialist. Kaltblütig, geht bis an die letztmögliche Grenze, provoziert. Wenn er nicht allein agiert, sondern Befehle erhält, führt er diese ohne Skrupel aus.«

»Großartig.« Anna erdolchte einen Bagel mit ihrem Blick. »Wir müssen also schnellstmöglich die Hintermänner finden, damit die diesem Garry Thatcher nicht länger Aufträge erteilen.«

»Falls der Zusammenhang wie vermutet besteht«, merkte Lynette an. »Dann hast du recht. Vergesst aber bitte nicht, dass wir hier mit Theorien jonglieren. Bisher haben wir wenig konkrete Anhaltspunkte.«

»Vermutlich sind weder die Firmenspitze noch das Militär freigiebig mit Informationen«, überlegte Nick laut. »Auf Unterstützung können wir hier nicht hoffen.«

»Was habt ihr denn weiter geplant?«, fragte Lynette. »Im Notfall könnten wir Roger natürlich erst einmal aus Detroit herausschaffen und an einem sicheren Ort alles weiter durchdenken.«

»Darauf wird er sich nicht einlassen«, sagte Anna sofort. »Er ist ein Sturkopf und Detroit seine Heimat. Nach dem Tod von Sandy ... Ich bin mir nicht sicher, ob er jetzt noch mehr Angst hat oder ihm einfach alles egal ist.«

»Absolute Akzeptanz ist häufig ein Schutzmechanismus.« Lynette knabberte gedankenverloren an ihrem Bagel. »Ich könnte mal mit ihm sprechen. Nur um sicherzugehen, dass er uns nicht zusammenklappt.«

Innerlich atmete Nick auf. Er hatte Lynette sowieso darum bitten wollen.

»Was sagst du zu Zane?«, fragte Anna.

»Warum komme ich mir hier gerade vor wie in einer Gruppentherapie? Also, ich kann euch insofern beruhigen, als dass Zane die Ermittlungen hier guttun. Das Wichtigste für ihn sind seine Freunde. Das lenkt ihn ab. Leider erinnern solche Dinge wie der Mord an Sandy ihn natürlich auch wieder an das Erlebte. Er verarbeitet noch. Gebt ihm Zeit, dann wird das. Erst wenn all seine Fragen beantwortet sind, wird er langsam mit dem Geschehenen abschließen können. Deshalb kniet er sich so in die Recherche über Paul Kelly.« Sie räusperte sich. »Diesbezüglich hat er übrigens Kontakt mit Mike aufgenommen.«

»Was?!« Nick legte seinen Bagel auf dem Teller ab.

»Beruhige dich. Er hat lediglich auf die Ungereimtheiten des Falls hingewiesen und darum gebeten, dass bei Natalie eine Autopsie durchgeführt wird.«

Nun wirkte selbst Anna verblüfft. »Eine Autopsie?! Warum denn das?«

»Um loslassen zu können.« Lynette winkte ab. »Das Ergebnis wird seine Recherchewut zu einem Abschluss bringen. Mischt euch da am besten nicht ein.«

»Mike hat dem zugestimmt?«, fragte Nick und hob die Augenbrauen.

»Nach Rücksprache mit mir«, bestätigte Lynette. »Danach wird ein letzter Bericht in die Akte wandern. Damit hat das für alle ein rundes Ende. Für Zane, Natalies Vater, ihren Bruder, für jeden.«

Annas Blick wurde glasig. Nick konnte ihr ansehen, wie die Erinnerungen vor ihrem geistigen Auge emporstiegen. Schließlich nickte sie langsam. »Es wird nichts mehr ändern. Und wenn Zane dann endlich seinen Frieden findet …« Sie zuckte mit den Schultern.

Nick wollte trotzdem noch einmal genauer nachhaken, wieso Mike sich darauf eingelassen hatte. Doch sein Smartphone vibrierte.

»Wieder die Kamera?«, fragte Anna.

»Detective Hunter.« Er nahm ab. »Coleman.«

»Ich hoffe, Sie haben schon gefrühstückt.«

»Auch Ihnen einen guten Morgen.«

»Jaja. Ich konnte eine Begehung des Labors organisieren. Inklusive dem normalerweise gesperrten Bereich. Hat mich eine Menge Gefallen gekostet.«

»Ist das eine freundliche Einladung?«, fragte Nick.

»Auf jeden Fall eine Einladung«, kam es zurück. »Schwingen Sie Ihren Arsch in die Lobby, ich hole Sie in zehn Minuten ab. Falls Sie nicht da sind, fahre ich allein.«

»Wenn Sie mich so nett bitten, kann ich nicht widerstehen. Wir …«

»Nur Sie. Ich verschaffe keiner Journalistin Zutritt zu so einem Bereich. Wenn sich das am Ende in einem Artikel wiederfindet, fällt das auf mich zurück. Bis gleich.«

Hunter beendete die Verbindung.

»Ist was passiert?«, fragte Anna.

»Wie man es nimmt. Ich darf gleich mit dem Detective das Labor besichtigen.« Er schob das Smartphone in die Tasche. »Wie ich die Autofahrt überstehe, steht auf einem anderen Blatt.«

Er fasste das Gespräch kurz zusammen, stürzte seinen Rest Kaffee hinunter und ging zur Tür. »Passt auf euch auf. Dieser Garry Thatcher ist irgendwo da draußen.«

»Versprochen«, sagte Anna.

Mit einem Klicken fiel die Tür der Suite hinter Nick ins Schloss.

14. KAPITEL

Nachdem Lynette sie ebenfalls verlassen hatte, um wieder bei Zane vorbeizuschauen, verschwand Anna erneut im Badezimmer. Zu gern wäre sie mit Nick gegangen, aber da der Detective sie nicht dabeihaben wollte, blieb ihr nichts weiter übrig, als das zu akzeptieren.

Sie nahm das Handtuch vom Kopf und betastete die ehemals rasierte Stelle, an der die Haare langsam nachwuchsen. Da einige Strähnen noch feucht waren, pustete Anna sie mit dem Föhn trocken. Anschließend band sie sich einen Pferdeschwanz und trug Make-up auf.

Ihre Gedanken drifteten zu ihrem Vater, den sie mit Nick in diesen Tagen eigentlich hatte besuchen wollen. Sie sollte ihn anrufen und sagen, dass sie vorerst nicht kommen würden. Allerdings haderte sie mit sich. Er würde sich erneut Sorgen machen, wenn er erfuhr, in was sie da so kurz nach der Sache mit Paul Kelly wieder hineingeraten waren.

Anna knipste das Licht aus und ging in ihr Zimmer. Am besten brachte sie das Telefonat gleich hinter sich. Immerhin wusste sie gerade nichts anderes mit sich anzufangen.

Sie nahm das Smartphone, machte es sich auf dem Bett bequem und wählte die Nummer ihres Vaters, als im selben Moment das Hoteltelefon zu klingeln begann. Seufzend raffte sie sich auf, ließ ihr Smartphone zurück und lief in den Gemeinschaftsraum der Suite zu der Kommode, auf der das Telefon stand.

»Ja, bitte«, meldete sie sich, klemmte den Hörer zwischen Ohr und Schulter und schob die Ärmel ihres Pullovers über die Ellenbogen.

»Oh, bin ich im falschen Zimmer gelandet? Ich wollte mich mit Nick Coleman verbinden lassen.«

Die Frauenstimme kam Anna bekannt vor.

»Sie sind hier richtig. Aber Nick ist momentan leider außer Haus.«

»Anna, bist du das?«

»Hallo, Mrs. Coleman.« Mit ein wenig Verspätung erkannte sie Nicks Mutter.

»Im Grunde ist es vielleicht ganz gut, dass ich dich statt Nick erreiche«, entgegnete sie nach kurzem Zögern. »Hättest du ein paar Minuten für mich Zeit? Ich sitze gerade allein beim Frühstück. Tom ist zu einer Besprechung gefahren.«

Anna hielt sich den Hörer ans andere Ohr. Das Hotel konnte sie gerade nicht allein verlassen, aber soviel sie wusste, waren alle Hochzeitsgäste hier einquartiert worden, und das bedeutete, dass auch die Colemans …

»Kommst du zu mir ins Panoramarestaurant?«,fragte Evelyn Coleman, als könnte sie wie ihr Sohn Annas

Gedanken lesen. »Ich lasse gleich noch ein Gedeck für dich bringen.« Sie legte auf, ohne auf ihre Antwort zu warten.

Was sprach eigentlich gegen ein gemeinsames Frühstück mit Nicks Mutter, außer dass sie bereits gegessen hatte? Okay, ihr war klar, wie wenig begeistert er davon sein würde. Aber Nick war nicht hier, und sie hatte gerade nichts anderes zu tun.

Ohne länger zu zögern, verließ sie die Suite. Die Fahrstühle ließen auf sich warten. Das Restaurant befand sich im oberen Stockwerk.

Nach Minuten des Wartens stoppte ein Lift. Die Tür öffnete sich mit dem altbekannten Signalton, woraufhin ein Rentnerpaar zum Vorschein kam.

Anna stieg zu ihnen, und gemeinsam fuhren sie in die oberste Etage. Das Paar lief geradewegs zu der Dame am Empfangspult. Leise Klaviermusik untermalte das Klappern von Geschirr und das Stimmengewirr der Restaurantgäste. Eine Vielzahl von Tischen stand, umgeben von dunkelgrün gepolsterten Stühlen, auf poliertem Parkett. Grünpflanzen dienten als Abtrennungen und waren dank der lichtdurchfluteten Glaskuppel üppig gewachsen. Es roch nach Kaffee und frischem Gebäck.

»Anna.« Evelyn Coleman saß an einem Tisch vor der breiten Fensterfront und machte auf sich aufmerksam, indem sie ihr zuwinkte.

Als Anna auf sie zulief, stand sie auf und streckte die Hand nach ihr aus. »Vielen Dank, dass du dir die Zeit nimmst.« Sie deutete auf den Platz neben sich und setzte sich wieder.

»Gern. Allerdings habe ich bereits gegessen.« Anna sank auf das weiche Polster. Da der Regen gegen die Fensterscheiben prasselte und die anhaftenden Tropfen die Aussicht verwehrten, konnte sie nichts von dem Panorama erkennen.

»Ein Kaffee geht doch immer, nicht wahr?« Mrs. Coleman deutete auf die bereitstehende Kanne.

Anna schenkte sich ein. »Ich dachte, Sie wären bereits am Tag nach der Hochzeitsfeier wieder abgereist.«

»Tom nimmt an einem Ärztekongress teil«, entgegnete sie und breitete die Stoffserviette auf ihrem Schoß aus. »Er hält diverse Fachvorträge.«

Nicks Vater galt unter den Herzchirurgen als Koryphäe. Er wurde immer wieder von Medizinischen Universitäten als Gastredner eingeladen und stand manchmal auch als Spezialist für die Medien zur Verfügung. Dennoch hatte Anna ihn als bodenständigen Mann kennengelernt, der nach wie vor mit leidenschaftlicher Hingabe am OP-Tisch stand und Leben rettete.

Sie betrachtete Nicks Mutter, deren gepflegtem Äußeren ihr Wohlstand anzusehen war. Für ihre mittlerweile sechzig Jahre war ihre Haut auffällig glatt, das schulterlange, in sanften Wellen fallende Haar schimmerte in verschiedenen brünetten Nuancen. Der Goldschmuck war aufeinander abgestimmt und ließ sie in dem cremefarbenen Hosenanzug sehr nobel wirken.

Obwohl es ihr Mann war, der den höchsten akademischen Grad erreicht hatte, wurde sie in der Gesellschaft allein dadurch auch als Frau Doktor angesehen und ebenso angesprochen. Für Anna zählte, dass sie Nick eine gute Mutter gewesen war. Sie wusste, dass er seine Mom liebte und ihn bei dem Familienstreit sicherlich am meisten der fehlende Kontakt zu ihr belastete.

»Wie geht es meinem Jungen?«, erkundigte sie sich und riss Anna damit aus ihren Gedanken.

Wenn sie bedachte, dass er in den letzten Wochen eine Achterbahnfahrt hinter sich hatte und auf einem Seziertisch gelandet war, konnte man wohl nicht von einem ausgeglichenen, glücklichen Leben sprechen. Aber hier ging es um etwas anderes. Sie wusste, worauf Mrs. Coleman hinauswollte.

»Er spricht nicht darüber. Doch ich kenne ihn gut genug, um zu spüren, dass ihn die familiäre Situation belastet.«

Evelyn Coleman atmete tief durch. »Mich belastet sie auch. Ich kann dir gar nicht sagen, wie sehr.«

Anna trank einen Schluck. »Was ist denn eigentlich passiert? Wegen TJ gab es zwar schon zu meiner Zeit Differenzen zwischen Nick und seinem Dad, warum sie jetzt aber gar nicht mehr miteinander reden, hat er mir noch nicht verraten.«

In Evelyn Colemans Augen traten Tränen. »Die Nachricht von TJs Tod hat uns allen den Boden unter den Füßen weggezogen. Nick gibt Tom die Schuld, dass …«

Anna hatte gerade von ihrem Kaffee getrunken und

verschluckte sich. »Tom junior ist …?«, stieß sie aus und hustete.

Nachdem die Beziehung zwischen Nick und ihr damals zu Ende gewesen war, hatte sie sich auf ihr Studium und später auf die Karriere konzentriert. Dank Edward Harris hatte sie eigene Probleme gehabt und nichts von TJs Tod mitbekommen.

Sie hatte sein Abrutschen in die Drogenszene damals miterlebt. Der Höhepunkt war der Diebstahl von Evelyns Morphinmedikamenten gewesen, die sie aufgrund ihrer damaligen Krebserkrankung benötigt hatte. Glücklicherweise hatte Anna ihn dabei erwischt und Nicks Mom vorgewarnt, damit diese rechtzeitig für Ersatz hatte sorgen können. Sie wollte gar nicht wissen, was für ein heftiger Streit gefolgt war.

Mrs. Coleman nickte. »Nick hat es dir nicht erzählt?«

Nein, hatte er nicht. Sie konnte nicht fassen, dass er ihr den Tod seines Bruders verschwiegen hatte. Sie starrte auf die Tischdecke und schüttelte den Kopf.

»Bitte, Anna.« Mrs. Coleman ergriff über den Tisch hinweg ihre Hand. »Kannst du Nick nicht ins Gewissen reden? Du hattest schon immer einen Zugang zu ihm. Die Entfremdung liegt seinem Vater schwer im Magen, und mir bricht sie das Herz. Sie sind beide zu starrköpfig und stolz, um einen Schritt auf den anderen zuzumachen.«

Eine Träne rann ihr über die Wange. Erst vor wenigen Minuten hatte Anna sie um ihr tadelloses Aussehen bewundert, jetzt schien sie um Jahre gealtert zu sein. Die Augen spiegelten ihren Kummer wider, ihr Kinn zitterte vor unterdrückter Selbstbeherrschung.

TJ war drei Jahre älter als Nick gewesen. Sie hatte immer mal wieder gemeinsam mit seinem Bruder TV gesehen oder Dinge besprochen, wenn Nick beim Training gewesen war und sie bei den Colemans auf ihn gewartet hatte. Dann war TJ zunehmend ins Drogenmilieu abgerutscht. Von da an erfuhr die Familie nur gelegentlich, wo er sich aufhielt, wenn ihn jemand auf der Straße gesehen hatte.

»Ich kann gern versuchen zu vermitteln«, sagte sie und tätschelte nun ihrerseits Evelyn Colemans Hand.

»Nick hat nie verstanden, warum Tom TJ rausgeschmissen hat«, sagte sie in Gedanken.

»Er hat immer wieder nach seinem Bruder gesucht«, erwiderte Anna und reichte ihr eine Serviette, mit der Nicks Mutter sich die Tränen von der Haut tupfte. »Er wollte ihn von der Straße holen.«

Mrs. Coleman nickte. »Ich weiß, aber TJ wäre nicht geblieben.« Entgegen ihrer sonst stets bewahrten Contenance schnäuzte sie in die Serviette. »Seit ich wusste, dass TJ drogensüchtig war, unterstütze ich ehrenamtlich einen Verein, der Familien in einer solch schwierigen Situation zur Seite steht. Ich habe viel über die Auswirkungen einer Abhängigkeit gelernt. Solange TJ nicht von sich aus dazu entschlossen gewesen wäre, von den Drogen wegzukommen, hatten wir keine Chance.«

»Ist er an einer Überdosis gestorben?« Anna brachte die Worte nur flüsternd hervor.

»Er hatte Drogen im Blut, aber er erlag seinen Verletzungen, nachdem ihn Unbekannte auf der Straße niedergeschlagen hatten.« Evelyn Coleman schluckte. »Vermutlich hatte er Stoff bei sich, den die Täter geklaut haben. Ihre Identität konnte nicht ermittelt werden. So oder so waren es die Drogen, die ihn letztendlich das Leben gekostet haben.« Sie trank einen Schluck aus ihrem Wasserglas.

Anna rieb sich den Nacken und lehnte sich zurück. Sie schaffte es gerade nicht, Nicks Mutter in die Augen zu sehen. »Es tut mir unsagbar leid. Sein Schicksal und was Sie und ihre Familie durchmachen mussten …«

Mrs. Coleman nahm einen tiefen Atemzug und streckte den Rücken. »Wie gesagt, sind wir noch ein paar Tage in der Stadt. Es wäre schön, wenn du Nick dazu bringen könntest, sich bis dahin bei uns zu melden. Es gibt vieles, was Nick nicht weiß und Tom ihm dringend sagen sollte.« Sie legte den Kopf schräg, wie es ihr Sohn auch manchmal tat. »Warum seid *ihr* eigentlich noch in der Stadt?«

»Wir haben noch ein paar Tage frei und verbringen sie mit Roger«, antwortete Anna zögernd.

Es war die Wahrheit, zumindest irgendwie. Nicks Mutter musste die genauen Umstände nicht wissen. Anna stand auf. Es war an der Zeit, nach Lynette und Zane zu sehen. Vielleicht waren sie inzwischen auf etwas gestoßen, das ihnen in dem Fall weiterhelfen konnte.

»Jaja, der liebe Roger. Er war der Raufbold in eurer Runde.« Evelyn Coleman hatte während ihres Gespräches keinen Bissen gegessen. Sie reichte Anna die Hand. »Und du schon immer die Vernünftige. Ich zähle auf dich und dein Einfühlungsvermögen.«

»Versprechen kann ich nichts, aber ich gebe mein Bestes.« Mit diesen Worten wandte sie sich von Nicks Mutter ab und ging zum Fahrstuhl.

Sie betrat die Kabine und drückte auf den Knopf für ihre Etage. Ihre Gedanken kreisten um Nick und TJ.

Ihr graute schon jetzt davor, ihn darauf anzusprechen. Er hatte vermutlich seine Gründe, warum er ihr TJs Tod bisher verschwiegen hatte. Allerdings hatte sie keine Ahnung, welche das sein könnten.

Der Fahrstuhl hielt, die Tür öffnete sich, und das Erste, was Anna erblickte, als sie in den Gang trat, war Lynette, die auf sie zurannte und sich dabei hektisch den Mantel überwarf.

»Himmel, Anna, wo hast du gesteckt? Ich hab mehrfach versucht, dich zu erreichen.«

Sie tastete ihre Hosentaschen ab. »Mein Smartphone liegt wohl noch auf dem Bett«, fiel es ihr wieder ein. »Was ist denn los?«

Lynette blieb vor ihr stehen und rang nach Atem. »Es ist was passiert – im Labor bei Nick.«

15. KAPITEL

Als Nick und Detective Hunter im Labor eintrafen, lagen die Ausweise schon bereit. Sie wurden ihnen von einem gewissen Howard überreicht. Er war ihnen von der Konzernleitung zugeteilt worden, um auf sie achtzugeben.

Für Nick war klar, dass er sie auf Schritt und Tritt im Auge behalten würde. Offiziell war er Assistent der Geschäftsführung.

Sein Scheitel saß wie in Zement gegossen, Haltung und Mimik verrieten ihn als kontrollierend. Begingen sie einen Fehler und stellten zu neugierige Fragen, kam das mit Sicherheit umgehend den richtigen Stellen zu Ohren.

Sie mussten entsprechende Dokumente unterzeichnen, die die Chefetage von allen aus diesem Besuch hervorgehenden Ansprüchen befreite. Falls sie einem Virus erliegen würden, konnte das Labor von ihren Angehörigen nicht verklagt werden.

»Wären wir dann so weit?«, fragte Detective Hunter genervt. »Ist ja nicht so, als hätten wir nichts anderes zu tun.«

»Folgen Sie mir.« Howard ging voraus. »Sie sehen müde aus, Detective. Lange Nacht?«

»Wohl eher eine kurze«, korrigierte Hunter. »Leichenfund.«

Nick entging nicht, dass der Detective Howard sehr genau beobachtete, als er diesen Fakt enthüllte. Doch der Assistent gab nicht zu erkennen, dass ihn die Nachricht in irgendeiner Form bewegte.

»Wenn es nach mir geht, können Sie jederzeit auf ihr Revier zurückkehren. Unsere Sicherheitskräfte haben Ihnen den Vorabbericht doch bereits zugestellt.«

»Wir wollen uns gerne selbst ein Bild von der Umgebung machen«, erklärte Nick.

»Ah, Agent Coleman. Außer Dienst, wie mir auf Anfrage mitgeteilt wurde.« Howard musterte ihn von Kopf bis Fuß.

Nick erwiderte den Blick gelassen. Wenn dieser Milchbubi dachte, ihn in irgendeiner Form aus der Fassung bringen zu können, würde er ein böses Erwachen erleben. »Das Ergebnis meiner Untersuchung wird darüber entscheiden, ob das FBI offiziell eine Akte öffnet.«

Bei diesen Worten warf ihm Hunter einen kurzen, bösen Blick zu, begriff aber sogleich, dass Nick es nicht ernst gemeint hatte. Er stieg auf das Spiel ein.

»Lassen Sie uns besser hoffen, dass das nicht geschieht, Howard.« Hunter schüttelte den Kopf, die Lippen abschätzig verzogen. »Keiner von uns will die Feds länger als nötig hierhaben.«

Howard verzichtete auf weitere Kommentare und brachte sie in den vorderen Bereich mit den Büros der Laborangestellten. Kurz und knapp erläuterte er ihnen jeweils, wo sie sich befanden, und ergänzte Sicherheitshinweise.

»Bitte tragen Sie im anschließenden Bereich ihre Ausweise immer deutlich sichtbar vor sich«, erklärte Howard.

»Sie sind doch bei uns«, merkte Hunter an.

»Die Sicherheitsteams sind angewiesen, jeden zu kontrollieren. Wir müssen auch von der Möglichkeit ausgehen, dass jemand als Geisel dazu gedrängt wird, in diesen Bereich vorzudringen.«

Er hielt die Keycard vor ein Lesegerät. Ein rotes Licht sprang auf Grün und gab einen Durchgang frei, der schleusenartig aufgebaut war. Howard trat in einen Bereich zwischen zwei transparenten Türen. Hinter ihm verschloss sich der Zugang. Die Kameras an der Decke und in den Wänden überprüften nun wohl seine Identität. Kurz darauf öffnete sich die zweite Tür.

Howard bedeutete ihnen mit einer ausschweifenden Handbewegung, ihm zu folgen.

Nick zog das Halsband über seinen Kopf und hielt es ebenfalls vor das Lesegerät. Die Schleuse öffnete sich. Er trat ein, und mit einem Surren fuhr hinter ihm die Schleusentür zu. Jedes Hintergrundgeräusch wurde ausgesperrt. Eine bleierne Stille senkte sich auf ihn, nur unterbrochen von einem leisen Summen.

Nick blickte sich um und fand die Kameralinsen. Sie waren hinter einer dünnen Glasschicht in Wand und Decke eingepasst. Doch das Summen kam von woanders. Nick benötigte einen Augenblick, bis er es lokalisieren und einordnen konnte. Der Boden war ein Sensor. Vermutlich wurde das Gewicht gemessen und mit den Kameraaufnahmen abgeglichen. Auf diese Art konnte kein schwerer Gegenstand eingeschleust werden.

Das Labor war definitiv auf dem neuesten Stand der Technik.

Mit einem pneumatischen Zischen öffnete sich die Gegenschleuse.

»Das ganze Zeug muss ziemlich teuer gewesen sein«, sagte Nick.

Detective Hunter betrat die Schleuse.

»Um den Zuschlag für militärische Projekte zu erhalten, müssen wir natürlich zertifiziert sein und alle Anforderungen des Katalogs erfüllen. Wir hantieren hier mit äußerst gefährlichen Stoffen, wie der traurige Unfall zeigt.«

Nick fragte sich unweigerlich, wie in einer so hoch technisierten Umgebung überhaupt etwas geschehen konnte, ohne dass es jemand bemerkte.

Kameras, Bewegungssensoren. Das alles musste doch etwas aufgezeichnet haben. Und sie befanden sich noch nicht einmal in jenem Bereich, in dem sich der Mord ereignet hatte.

»In diesem Bereich gibt es keine weiteren Einzelbüros«, erklärte Howard, nachdem auch Hunter aus der Schleuse getreten war. »Teams können sich hier einfinden, um unter streng kontrollierten Bedingungen an den Viren oder Vakzinen zu forschen.« Er deutete in die Höhe. »Überall auf den Gängen sind Kameras angebracht, in den Büros gibt es Luftfilter und Biosensoren.«

»Bringen diese Filter überhaupt etwas?«, fragte Hunter.

»Sie meinen, falls ein Erreger austritt?« Howard wartete auf das Nicken des Detectives, dann meinte er: »Die Sensoren würden das registrieren, das Labor sofort hermetisch abriegeln und die Verbindung zum übrigen Ventilationssystem kappen. Je nach Art des Virus oder Nervengiftes könnten die Wissenschaftler unter Umständen überleben. Sie kennen die Luftströme, und die Versuchsanordnungen sind auf entsprechend hohen Tischen aufgebaut. Alles ist so designt, dass freigesetzte Viren abgesaugt werden.«

Was in Nicks Ohren recht logisch klang, schien in der Realität nicht funktioniert zu haben.

»Und was ging dann schief?«, fragte auch Hunter. »Ich meine, der arme Kerl ist ziemlich schnell ziemlich tot gewesen.«

Howard führte sie an den Laboren vorbei zum Ankleideraum. »Hier finden sich die Schutzanzüge. Ich werde mit ihnen eines der Hochsicherheitslabore betreten. Natürlich werden wir den Virentresor nicht öffnen. Es kann also nichts geschehen.«

Sie zogen die entsprechenden Ganzkörperschutzanzüge über ihre normale Kleidung. Am Ende kam die vollständige Maske, die den Kopf umschloss. Die Schutzanzüge wurden mit einem Sauerstoffgemisch aufgeblasen.

»Würde in einem der Anzüge ein Riss klaffen, könnten wir das jetzt erkennen«, erklärte Howard. »Dort vorne in der Wand ist außerdem eine Kamera, die das zusätzlich überprüft.«

Was erneut die eine Frage aufwarf, die Nick sich seit Rogers Bericht stellte. »Wie konnte dann im Anzug des Toten ein Riss sein?«

»Das ist das große Rätsel«, sagte Howard. »Wir wissen es nicht. Ein Ding der Unmöglichkeit.«

Sie traten auf eine weitere Schleuse zu. Auch hier konnten sie nur einzeln eintreten. Die Keycards steckten jetzt in Etuis am Gürtel, gut sichtbar für jeden, der sie überprüfte.

Erneut ging Howard zum Keycardleser. Ein Piepsen, dann wieder das pneumatische Zischen. Er trat ein.

Wie zu erwarten, gab es bei dieser Schleuse noch deutlich mehr Sicherheitsvorkehrungen. Sensoren leuchteten auf. UV-Licht huschte über den Anzug, um alle Keime abzutöten. Der Boden vibrierte.

Sie behielten die Reihenfolge der ersten Schleuse bei: erst Howard, dann Nick, dann Hunter. Nick fiel auf, dass die Kameras im Bereich zwischen Zugang und Ausgang nicht zu sehen waren. Überall leuchteten Sensordioden auf. Vermutlich ging es hier nicht mehr primär darum, die Identität zu verifizieren. Die Sicherheit für den Laborangestellten sollte gewährleistet sein.

»Der Riss muss erst im Labor aufgetreten sein«, murmelte Nick. »Aber wieso hat das niemand erkannt?«

Auf den Kameras war laut Hunter nirgendwo eine Penetration des Anzugs erkennbar gewesen. Mehrere Spezialisten hatten das übereinstimmend erklärt. Falls es einen Riss gegeben hatte, hätte dieser außerhalb des Labors entstanden sein müssen. Aber das wäre von den Sensoren erkannt worden.

»Das macht die Sache immer rätselhafter«, sagte Nick.

»Ja und nein, Agent Coleman.« Der Assistent schüttelte langsam den Kopf. »Unsere Leute haben diese verdammten Überwachungsbänder stundenlang studiert, aber nichts gefunden. Der Anzug wird noch untersucht.«

Sie befanden sich in einem kleinen Raum. Im Zentrum erhob sich ein Smartdesk. Die einfache Platte enthielt verbaute Indikatoren und Sensoren. Spezialgeräte lagen bereit, die Nick noch nirgendwo sonst gesehen hatte. An der rechten Seite standen Siegelboxen, in denen Virenbehälter sicher verwahrt werden konnten.

Daneben gab es ein Computerpanel. Howard schaltete es ein. Das Display leuchtete auf.

»Wir können, wie vorhin bereits gesagt, natürlich nichts entnehmen, die IT-Sicherheit hat alle Funktionen gesperrt«, erklärte er. »Aber an diesem System hat Mr. King gearbeitet. Hier sehen sie die entsprechenden Viren und Vakzine symbolisch dargestellt.«

Auf dem Monitor waren tatsächlich in drei dichten Reihen Reagenzien symbolisiert. Auf jedem davon war eine Nummer zu erkennen.

»Und die Zuordnung erfolgt über diese Nummern«, sagte Hunter. »Ist das nicht sehr fehleranfällig?«

»Glauben Sie mir, wer diesen Raum betritt, weiß exakt, welches Virus, Nervengift oder Vakzin er entnehmen will.

Die Schlüsselnummern und Buchstaben lassen sich genau dem jeweiligen Virus und Stamm zuordnen. Jede weitere Mutante erhält ergänzende Informationen. Außerdem können hier«, er tippte auf ein Info-Icon, »weitere Daten abgerufen werden.«

Eine Art digitale Karteikarte klappte aus.

»Trotzdem ist hier ein Mann gestorben, dessen Anzug undicht war. Trotz all der Sensoren und Sicherheitsmaßnahmen. Und er starb an einem Virus, das er niemals entnehmen wollte. Und als sei das nicht genug, ist besagtes Virus auch ausgetreten.« Hunter schüttelte den Kopf. »Drei Vorfälle dieser Art, die zusammenkommen und einen Tod verursachen, sind keine Zufälle.«

»Detective Hunter«, sagte Howard. »Mir ist natürlich klar, dass in Ihrem Beruf Misstrauen Teil der Jobbeschreibung ist. Trotzdem haben wir hier keine Sabotage entdeckt.« Er schüttelte den Kopf. »Der Riss im Anzug muss irgendwo hier drinnen entstanden sein. Wir …«

»Lassen Sie es gut sein.« Nick winkte ab. »Sie wissen so gut wie wir, dass hier ein Mord geschehen ist, Howard. Natürlich können Sie das aus rechtlichen Gründen nicht zugeben, aber ersparen Sie uns das offizielle Gesäusel. Hier gibt es keine Aufzeichnungsgeräte oder Reporter. Okay?«

Howard atmete tief durch. Schließlich seufzte er. »Ich kann Ihnen keine Antworten geben, Agent Coleman.«

»Helfen Sie uns«, bat er. »Jedes System hat Schwachpunkte. Und hier muss einer ausgenutzt worden sein. Wie, wer und wo? Das sind die entscheidenden Fragen.«

»Vergessen Sie nicht das Warum«, merkte Hunter an. »Alles, was seither geschehen ist, lässt sich hierauf zurückführen.«

Ein Knacken aus den Lautsprechern riss Nick aus seinen Gedanken.

»Können Sie mich hören, Howard?«, erklang die Stimme einer Frau.

»Jessica«, sagte er und reckte den ausgestreckten Daumen in die Höhe.

Seine Stimme war durch die umschließende Maske so gedämpft, dass er nur von den direkt Umstehenden gehört werden konnte.

»Wir haben eine Bombendrohung erhalten; die Evakuierung des gesamten Gebäudes läuft«, sagte sie hektisch. »Sie müssen alle drei sofort raus.«

Nick wurde eiskalt. Wenn sie tatsächlich unter Beobachtung standen, wussten ihre Gegner, wo sie waren. Eine Drohung zu diesem Zeitpunkt konnte kein Zufall sein.

Welch besseren Zeitpunkt gäbe es somit für eine Bombe?

»Aber …« Howard machte keine Anzeichen, sich in Richtung Schleuse zu bewegen.

»Es wurde eine Bombe gefunden«, rief Jessica, dann knackten die Lautsprecher und verstummten.

»Los!«, brüllte Hunter.

Endlich erwachte Howard aus seiner Starre. Sie schoben ihn zur Schleuse und schließlich hinein. Der Versuch, zu zweit einzutreten, wurde jedoch blockiert. Die Türen schlossen sich nicht.

»Nur einzeln«, stammelte Howard.

»Sie rennen auf der anderen Seite drauflos, was das Zeug hält«, befahl Hunter. »Wir kommen schon hinterher. Verstanden?«

Howard nickte. Die Schleusentür schloss sich. Viel zu langsam liefen die Scan- und Prüfroutinen ab.

»Die verdammte Technik«, begriff Nick. »Irgendwer hat hier eine Menge Expertise bewiesen. Jemand spielt mit der Technik.«

Hunter nickte. »Dieser Gedanke ist mir auch gekommen.«

Endlich verließ Howard auf der anderen Seite die Schleuse und hetzte davon.

»Jetzt Sie!«, verlangte Hunter.

»Nein, zuerst …«

»Hören Sie auf zu diskutieren, Agent Coleman. Das hier ist mein Fall, und ich sage, wo es langgeht.«

Nick fing den Blick des Detectives hinter dem Visier des Helms auf. Er rang mit sich, nickte schließlich. »Aber nur dieses Mal.«

Hunter drängte Nick in die Schleuse.

Irgendwo auf dem Gelände der Firma oder ihrer Umgebung wartete ein Sprengsatz darauf zu detonieren.

Sie wussten nicht, wo und wann.

Das Rennen gegen die Zeit hatte begonnen.

16. KAPITEL

Sie sprachen kein Wort. Während Lynette andere Autos überholte und zwischen ihnen Slalom fuhr, versuchte Anna, Nick zu erreichen.

»Er geht nicht ran. Er geht verdammt noch mal nicht ran.«

Mit zittrigen Fingern beendete sie den Anruf, um gleich wieder seine Nummer zu wählen.

»Hätte ich geahnt, dass ich mit euch erneut in solche Turbulenzen gerate, hätte ich einen schnelleren Leihwagen gebucht«, sagte Lynette und scheuchte den Fahrer vor ihnen hupend voran.

Nachdem sie festgestellt hatte, dass sie von dem geheimnisvollen Fremden mit dem Taxi ins Hotel gebracht worden war, hatte Lynette sofort bei der Autovermietung angerufen. Der Ford Mondeo war keine zehn Minuten vor ihrem überstürzten Aufbruch in der Tiefgarage des Hotels bereitgestellt worden. Immerhin erfüllte er dahingehend seinen Zweck, dass sie unter sich waren.

Anna kaute hektisch auf ihrer Unterlippe. War es Zufall, dass im Labor eine Bombendrohung einging, während Nick sich dort aufhielt? Sie stieß einen frustrierten Laut aus und starrte ihr Smartphone an, als könnte sie es allein durch Willenskraft dazu bewegen, sie endlich mit ihm zu verbinden.

»Mist.« Lynette musste notgedrungen bremsen. »O bitte, kein Stau.« Sie fuhr etwas weiter links, um an den vorderen Fahrzeugen vorbeizusehen. »Ich hoffe, es liegt nur an der Ampel.«

Anna streckte den Rücken durch und versuchte ebenfalls, etwas zu erkennen. Der Stau setzte sich nach der Ampel fort. »Was machen wir denn jetzt?«

Am Telefon meldete sich wieder nur Nicks Mailbox.

»Wie weit ist es denn noch?« Anna ließ die Scheibe herunter. Sie hatte das Gefühl, zu wenig Luft zu bekommen. »Können wir den Rest nicht zu Fuß laufen?«

»Ich kann den Wagen doch nicht einfach mitten auf der Straße stehen lassen«, entgegnete Lynette. »Du könntest aber ohne mich …«

»Ohne dich lassen sie mich nicht einmal in die Nähe des Labors«, fiel Anna ihr ins Wort. »Wenn ich doch bloß die Nummer von Detective Hunter hätte.«

Sie wechselten einen kurzen Blick. »Zane«, stießen sie gleichzeitig aus.

Er war im Hotel bei Roger geblieben und behielt die Überwachungskameras vor ihren Zimmern im Auge, während er nach weiteren Informationen über das Labor suchte.

Anna wählte seine Nummer und stellte auf Lautsprecher. »Kommst du an die Telefonnummer von Detective Hunter ran?«, fragte sie, sobald es in der Leitung knackte.

»Klar, gib mir zwei Minuten.« Das altbekannte Tastaturklappern erklang.

Lynette schaltete das Autoradio ein und zappte durch die Sender, bis die Musik verstummte und ein Nachrichtensprecher zu hören war.

»… und Bahnverkehr werden im Zuge der Evakuierung vorübergehend eingestellt. Zudem gibt es zahlreiche Straßensperrungen. Bitte bewahren Sie Ruhe. Es handelt sich lediglich um Vorsichtsmaßnahmen …«

»Das läuft schon die ganze Zeit in den Nachrichten«, sagte Zane. »Etwa 15.000 Menschen rund um den Laborkomplex müssen ihre Wohnungen und Arbeitsplätze verlassen, und die Anwohner im weiteren Umkreis werden dazu aufgerufen, Fenster und Türen geschlossen zu halten und möglichst zu Hause zu bleiben.«

Anna atmete geräuschvoll aus. »Schick mir Hunters Nummer, sobald du sie hast. Ich lege auf und versuche es noch mal bei Nick.«

Sekunden später lauschte sie erneut dem Freiton, doch Nick nahm den Anruf nicht entgegen.

Sirenen näherten sich. Im Außenspiegel sah Anna drei Rettungswagen, die sich von hinten mit flackernden Signalleuchten einen Weg durch den Stau zu bahnen versuchten.

»Inzwischen ist der Kampfmittelräumdienst vor Ort eingetroffen«, informierte der Nachrichtensprecher. »Die Entschärfung wird zeitnah durchgeführt.«

»Wir kommen hier nicht weiter«, sagte Lynette. »Die

lassen hier keinen mehr durch, und bis die alle Fahrzeuge umgeleitet haben, wird es dauern.«

»Dann gehe ich zu Fuß«, beschloss Anna. »Vielleicht finde ich einen Weg, ohne dich an den Deputys vorbeizu…«

Sie stockte mitten im Wort und zog instinktiv den Kopf ein. Ein unheilvolles Grollen war zu hören, das auch Lynette zusammenzucken ließ. Fast klang es wie ein sich näherndes Gewitter, doch das leichte Vibrieren, das im Auto zu spüren war, deutete auf etwas anderes hin.

»Die Bombe«, flüsterte Lynette.

Anna riss die Tür auf und sprang aus dem Wagen. Der Boden bebte nicht mehr, aber hinter einigen Gebäuden in der Ferne sah sie Rauch aufsteigen.

Lynette war ebenfalls ausgestiegen, sah sie über das Autodach hinweg an und nickte ihr zu. »Aber sei bitte vorsichtig. Einer Detonation können weitere folgen.«

Anna rannte los.

Menschen säumten die Straße. Passanten, die stehen geblieben waren, und Autofahrer, die nun neben ihren Fahrzeugen standen und die immense Rauchwolke beobachteten. Ihre Rufe wurden von Sirenen verschluckt.

Anna hatte sich die letzten Tage nach ihrer morgendlichen Joggingrunde gesehnt. Sie vermisste es, ihren Puls in die Höhe zu treiben, das Auspowern und die Leichtigkeit, die sich danach einstellte.

Jetzt raste ihr Puls nicht allein vom Rennen. Sie schaffte es nicht, gleichmäßig zu atmen, und bekam schon nach kurzer Zeit Seitenstechen. Dennoch zwang sie sich weiter vorwärts.

Nick war in ihren Gedanken allgegenwärtig. Sie sah ihn vor sich, wie er die Hoteltür hinter sich zuzog. Ein Bild, das sich in ihr festfraß. War das ihr letzter gemeinsamer Augenblick gewesen?

Sie keuchte auf, streifte einen Mann, der sich lauthals beschwerte. Ungeachtet dessen hastete sie weiter, gegen den Strom der Menschen, die vor der zurückliegenden Explosion flüchteten.

Als sie den Anfang des Staus erreichte, hielten eilig aufgestellte Absperrzäune sie davon ab, weiter zu dem Laborkomplex vorzudringen. Von hier aus war das Gebäude noch nicht einmal in Sichtweite.

Da die Leute von der Rauchwolke wegströmten und niemand Anstalten machte, den abgesperrten Bereich zu betreten, standen die Polizisten nicht unmittelbar am Zaun. Ein Stück dahinter parkten die Einsatzwagen, neben denen sie den Anweisungen ihres Einsatzleiters lauschten.

Anna zögerte nur kurz, ehe sie einen der Zäune etwas zur Seite hievte und sich durch den Spalt zwängte. Als würden sie die Männer nicht bemerken, wenn sie nicht zu ihnen sah, heftete sie ihren Blick auf den Asphalt. Um unauffällig zu bleiben, rannte sie nicht. Es fiel ihr schwer, ihr Schritttempo gedrosselt zu halten.

»Miss, wohin wollen sie?«

Ein Ruck fuhr durch ihren Körper. Sie ging noch langsamer und drehte sich wie beiläufig um.

Ein Deputy löste sich aus der Gruppe und kam auf sie zu. Drei andere schauten in ihre Richtung, die restlichen schenkten ihre Aufmerksamkeit weiterhin ihrem Vorgesetzten.

»Sie dürfen sich hier nicht aufhalten«, informierte der Deputy sie.

Ihre Tasche mit dem Presseausweis hatte sie in der Hektik im Auto vergessen. Allerdings hätte er ihr hier sowieso nicht weitergeholfen. Ganz im Gegenteil: Eine Journalistin würden sie jetzt auf keinen Fall passieren lassen.

»Jones«, kam es über ihre Lippen, während sie unbehelligt weiterlief. »Detective Hunter erwartet mich.«

»Darf ich Ihren Ausweis sehen?«

Sie spürte ihre Halsschlagader pulsieren. Es lag keine Dringlichkeit in seiner Stimme, und ein weiterer Blick zurück verriet ihr, dass er stehen geblieben war. Seine Kollegen hatten sie schon nicht mehr im Visier.

»Kümmern Sie sich um Ihren Job und lassen Sie mich meinen machen«, rief sie dem Deputy zu.

Sie richtete ihren Blick nach vorn und eilte weiter. In der Spiegelung einer Fensterfront sah sie, dass der Polizist sich abwandte und wieder zu seinen Kollegen gesellte.

Der nachfolgende Straßenabschnitt glich einer Geisterstadt. Es war keine Menschenseele zu sehen. Der Asphalt glänzte noch vom Regen, der in den letzten Stunden unaufhörlich niedergegangen war. Doch jetzt, da er zur Brandbekämpfung willkommen gewesen wäre, traf kein einziger Tropfen mehr auf die Erde. Die Rauchwolke wurde dichter und schwärzer und senkte sich zunehmend auf die Stadt herab.

Als Anna um die nächste Hausecke bog, konnte sie das Labor noch immer nicht sehen. Hier wirbelten Flocken durch die Luft. Im ersten Moment glaubte sie, es würde schneien. Doch es war Staub, der sich in einer zarten Schicht auf die Straße legte.

Der schrille Klang von Sirenen war nun allgegenwärtig.

Ruß drang in ihre Lunge und erschwerte ihr das Atmen. Eine Querstraße weiter kam das Labor endlich in ihr Sichtfeld.

Flammen loderten aus dem Dach eines Gebäudeteils, hinter zerborstenen Fensterscheiben wütete das Feuer. Vor dem Betriebsgelände standen Löschfahrzeuge und Einsatzwagen. Angestellte des Labors flohen aus dem Hauptgebäude, das bisher von dem Feuer verschont geblieben war. Teils wurden sie von Rettungssanitätern und Polizisten gestützt. Feuerwehrleute kämpften mit riesigen Wasserfontänen dagegen an, dass der Brand auch auf diesen Gebäudeteil übergriff.

Anna rechnete nicht damit, dass man sie überhaupt in die Nähe des Betriebsgeländes ließ. Aber in dem hektischen Treiben nahm niemand von ihr Notiz. Sie mischte sich unter die Laborangestellten, die sich auf dem Vorhof in Gruppen zusammenfanden und auf ihren Abtransport warteten. Zwei Busse wurden durchgewinkt, ein weiterer bog auf die Zufahrtsstraße ein.

»Treten Sie zurück«, forderte ein Polizist die Leute auf,

die sich an den ersten Bus herandrängten. »Sie bekommen alle einen Platz.«

Anna zwängte sich zu ihm durch. »Haben Sie Agent Coleman gesehen?«

Allein sein Blick verriet ihr, dass er keine Ahnung hatte, von wem sie sprach.

»Detective Hunter? Wissen Sie, wo er ist?«

Sie wurden von den vorbeilaufenden Menschen angerempelt und zunehmend auseinandergedrängt. Der Polizist deutete zum Haupteingang und bemühte sich dann erneut, die Menge unter Kontrolle zu halten.

Anna kämpfte sich durch das Getümmel und rannte auf die Pforte zu. Bevor sie die Treppe erreichte, wurde sie jedoch von einem Deputy zurückgehalten.

»Gehen Sie zu den Bussen«, wies er sie an, fasste sie am Arm und schob sie in besagte Richtung.

»Nein, nein!« Sie wand sich aus seinem Griff. »Ich gehöre zu Detective Hunter und Agent Coleman.«

Er verzog mürrisch den Mund, schaute über ihre Schulter hinweg und stieß einen schneidenden Pfiff aus. »Jimmy, gehört die zu euch?«

Anna folgte seinem Blick. Besagter Jimmy stand neben einem Streifenwagen und sprach gerade in sein Funkgerät. Er gehörte zu Hunters Team, sie hatte ihn bei der Untersuchung in Rogers Haus an dessen Seite gesehen.

Anscheinend erkannte er sie ebenfalls, denn er winkte sie zu sich.

Der Deputy murmelte etwas und nickte ihr zu.

Sie rannte zu Jimmy, der sich noch immer mit einem Kollegen über Funk austauschte. Er hob den Finger, um ihr zu verdeutlichen, dass sie kurz warten sollte.

Seufzend trat sie von einem Fuß auf den anderen. Hier herrschte Chaos, und jeder machte seinen Job bestmöglich. Ihr war bewusst, dass sie dabei ein Störfaktor war, aber die Sorge um Nick brachte sie noch um.

»Sind Hunter und Agent Coleman in Sicherheit?«, stieß sie ungehalten aus, als sein Funkgespräch kein Ende nehmen wollte.

Er sah sie mit zusammengezogenen Augenbrauen an, was wohl grimmig wirken sollte, durch seine kleinen runden Augen aber nicht die gewünschte Wirkung erzielte. »Das versuchen wir gerade herauszufinden«, antwortete er knapp. Er hob das Funkgerät wieder an den Mund, stockte jedoch, als ein Mann in einem Schutzanzug hustend aus dem Gebäude getaumelt kam.

»Mr. Howard«, rief Jimmy und warf das Funkgerät durch die geöffnete Autotür auf den Sitz. »Wo haben Sie Detective Hunter gelassen?« Er ging auf den Mann zu, wobei Anna ihn überholte.

»War Agent Coleman auch bei Ihnen?«

Howard sah sie beide abwechselnd an und hustete abermals. Er zog den Helm vom Anzug herunter. »Hunter und Coleman wurden in der Schleuse aufgehalten. Sie müssten aber gleich nachkommen.«

Anna stieß erleichtert die Luft aus. Sie sah erwartungsvoll zum Haupteingang, aus dem mittlerweile auch leichter Rauch hervorquoll. Nick musste dort schnellstmöglich raus.

Howard fuhr aus einem Ärmel und strich sich mit dem Handrücken über die Stirn. »Was zum Teufel ist eigentlich passiert?«

Jimmy zuckte mit den Schultern. »Eine Bombe wurde gefunden. Es gab einen Zeitzünder, und die Zeit reichte nicht mehr aus, um sie zu entschärfen. Sie konnten sie nur noch ummanteln, um die Sprengkraft zu mindern.«

Howard sah sich um. »Hier sieht es aus wie im Krieg. Nicht auszudenken, was ohne die Ummantelung hätte passieren können.«

»Gibt es schon erste Erkenntnisse über Verletzte oder Todesopfer?«, erkundigte sich Anna.

»Nicht dass ich wüsste«, entgegnete Jimmy und ging zu seinem Einsatzwagen zurück. »Hier hat noch keiner einen Überblick.«

Howard folgte ihm, und Anna tat es ihm nach. Dabei sah sie immer wieder zum Eingang.

Jimmy nahm sein Funkgerät erneut auf und ließ sich auf den Fahrersitz sinken. »Hunter und Coleman werden gleich rauskommen«, informierte er seinen Gegenpart.

Anna bemerkte, dass die Hektik der Einsatzkräfte um sie herum plötzlich weiter zunahm. Alle brüllten durcheinander und rannten vom Gebäude weg.

»Mach, dass du da wegkommst, Jimmy!«, schallte es aus dem Funkgerät. »Es wurde eine zweite Bombe gefunden. Die kann jeden Augenblick detonieren.«

17. KAPITEL

Die LED-Lampen an der Wand blinkten rot, weiter hinten flackerte etwas. Das Sicherheitssystem hatte auf Notstrom umgeschaltet. Flammen. Ein Zischen folgte. Das automatische Löschsystem wurde aktiviert.

Nick versuchte, sich zu orientieren. Er lag am Boden. Zwar kannte er sich mit Viren nicht gut aus, aber falls eine Explosion für einen Riss im Schutzsystem sorgte, konnten diese dann austreten? Oder wurden sie durch die Hitze zerstört?

Er wollte aufstehen, doch ein Schwindel erfasste ihn. Die abrupte Druckwelle hatte seinen Gleichgewichtssinn gehörig durcheinandergewirbelt.

»Coleman.« Hunter tauchte neben ihm auf. »Sind Sie okay?«

»Mir geht es ganz wunderbar.«

Der Detective streckte die Hand aus. »Kommen Sie.«

Nick griff danach und kam auf die Beine. Erst jetzt sah er das Blut in Hunters Gesicht. »Wie steht es bei Ihnen?«

»Platzwunde, nichts Ernstes.«

»Wo ist das Ding denn explodiert?«

»Ich war gerade durch die Schleuse durch«, erwiderte Hunter. »Irgendwo unter uns. Die Druckwelle hat sich in beide Richtungen ausgebreitet.«

»Diese Einrichtungen werden ständig kontrolliert und haben ein lückenloses Überwachungssystem.«

»Sie glauben, das war ein Inside-Job? Jemand aus dem Labor?«

»Wenn es bisher noch Zweifel gab, dürften die nun ausgeräumt sein«, meinte Nick.

Hunter eilte auf die zweite Schleuse zu, zog das Bein aber leicht hinter sich her.

»Nur eine Platzwunde also?«

»An mehreren Stellen«, erklärte der Detective. »Aber das wird mich sicher nicht umwerfen.«

Nick erkannte Risse im Stoff von Hunters Schutzanzug. Es mussten Splitter der Explosion gewesen sein, vermutlich steckten sie noch im Bein. »Sie haben das geprüft?« Er verlieh seiner Stimme den notwendigen Ernst.

»Keine Arterie getroffen, sonst wäre ich längst reif für den Leichensack.«

Der Blutverlust hätte Hunter sofort bewusstlos werden lassen. Bis Nick ihn gefunden hätte, wäre es zu spät gewesen.

Die zweite Schleuse war unbeschädigt, wies nicht einmal einen Riss auf.

Nick warf einen Blick zurück. Aus einem der Labore stieg Rauch auf, die automatische Sprinkleranlage hatte das Feuer wohl nicht unter Kontrolle gebracht. Hier gab es überall Sauerstofftanks und Chemikalien, die sich jederzeit entzünden konnten. Was dann folgte, wollte er sich lieber nicht ausmalen.

»Wieso hat sich die Tür nicht geschlossen?« Hunter runzelte die Stirn.

Nicks Blick wanderte zu den Schließsystemen am Scharnier. Nahezu alle Labore waren versiegelt worden, doch drei Türen standen noch immer offen. »Durch die Explosion muss das System beschädigt worden sein.«

»Los, rein mit Ihnen in die Schleuse«, verlangte Hunter.

»Dieses Mal gehen Sie zuerst.«

»Coleman, rein dort und keine Diskussion. Mein Chef macht mir die Hölle heiß, wenn einem Fed etwas zustößt.«

Nick verdrehte die Augen, trat aber in die Schleuse. Wie vorhin schon verlief der Prozess langsam, am liebsten hätte er die Gegentür eingetreten.

»Hauen Sie ab!«, rief Hunter, als er endlich durch war.

Doch Nick blieb mit verschränkten Armen stehen. Einen Teufel würde er tun.

Mit wütendem Blick betrat der Detective die Schleuse. Noch während sich die Tür hinter ihm schloss, sah Nick die Blutlache. Sie breitete sich durch die Risse im Anzug unter Hunters rechtem Bein aus.

»Sie bluten stärker!«

»Was? Oh.« Der Detective betastete das Bein und sackte keuchend auf die Knie.

Nick hämmerte gegen die Schleuse, versuchte, sie kurzerhand aufzureißen.

Vergeblich.

Hunter verlor das Bewusstsein. Sein Körper kippte wie ein lebloser Sack auf die Seite.

Der Schleusenprozess ließ sich nicht beeinflussen, lief langsam und stetig weiter ab. Nick rannte los und hielt nach der Küche Ausschau. Irgendwo hatte er das Schild gesehen. Links und rechts flogen die verschlossenen Türen vorbei, endlich erreichte er sein Ziel.

In einer Ecke war der Feuerlöscher an einer Halterung angebracht. Daneben war ein Fach in die Wand eingelassen. Darin stand ein schwarzer Plastikkoffer mit Klappverschluss. Sicherheitshalber öffnete Nick ihn. Gummihandschuhe, Desinfektionsmittel, Verbandsmaterial – alles vorschriftsmäßig vorhanden.

Nick schloss den Koffer und rannte zurück zu Hunter. Mittlerweile war der Ausschleusvorgang abgeschlossen. Die äußere Tür war aufgeglitten, doch der Detective lag noch immer am Boden. Die Blutlache um sein Bein war noch größer geworden.

Als Nick die Schleuse betrat, erklang ein schmatzendes Geräusch. Beinahe wäre er ausgerutscht, konnte sich jedoch noch abstützen. Er ging neben Hunter in die Knie, öffnete den Koffer und nahm die Schere heraus. Mit schnellen Schnitten trennte er das Material des Anzugs auf, legte die Wunden frei.

In diesem Augenblick war er dankbar für den obligatorischen Grundkurs in Erster Hilfe, den er in der Ausbildung hatte absolvieren müssen.

Er stoppte die Blutung mit einem Druckverband. Damit war der Blutfluss erst einmal unterbrochen. Nick fühlte, dass der Puls des Detectives viel zu niedrig war, aber noch lebte er. Schnell sprühte Nick Desinfektionsmittel auf das verletzte Bein. An mehreren Stellen waren eindeutig Splitter in die Haut eingedrungen. Etwas war im Labor detoniert. Eine Gasleitung, ein Servergehäuse, was auch immer, es hatte Hunter stärker erwischt, als dieser zuerst geglaubt hatte.

»Das halte ich Ihnen ab jetzt vor, Mister.«

Nick nahm die Pads heraus, bedeckte die Wunden und klebte sie provisorisch ab.

Wo blieben nur die verdammten Rettungskräfte?

Die Bombe war explodiert, also mussten natürlich alle Sicherheitsanzüge anlegen. Trotzdem dauerte das zu lange.

Nick griff unter Hunters Armen hindurch, verschränkte seine eigenen Finger auf dessen Brust und zog ihn vorsichtig aus der Schleuse.

Dort legte er ihn ab.

Ein letzter Blick, dann eilte er zum nächstgelegenen Büro. Da sie sich hier im ersten Sicherheitsbereich aufhielten, hatten die Türen keine automatischen Verschlussmechanismen, es waren simple Büros. Glücklicherweise waren sie mit exakt dem ausgestattet, was Nick jetzt dringend benötigte: mit einem Telefon.

Er nahm den Hörer von der Ladestation und wählte die Nummer des Notrufs.

»9-1-1, wie kann ich Ihnen helfen?«

Nick nannte seinen Namen, den Ort, an dem er sich befand, und fasste in zwei Sätzen die Art des Notfalls zusammen.

Kurz herrschte in der Rettungsleitstelle Stille. »Einen Augenblick, ich verbinde mit den Kollegen vor Ort.«

Warum nur ging an diesem Tag alles so langsam? Nicks Puls beruhigte sich endlich, und auch das Klingeln in den Ohren nahm ab. Sicherheitshalber betastete er sich noch einmal selbst, aber da war keine Wunde.

»Deputy Sanders, spreche ich mit Agent Coleman?«

»Korrekt, hier ist Coleman. Ich habe hier drinnen Ihren verletzten Kollegen, Detective Hunter. Wir brauchen sofort einen Rettungswagen.«

Das schwere Ausatmen des Mannes ließ Böses erahnen.

»Ist Hunter transportfähig?«, fragte der Deputy.

»Das kann ich nicht sagen«, erwiderte Nick. »Ich habe seine Wunden versorgt, aber ich bin kein Mediziner.«

»Hören Sie mir zu, Agent Coleman. Es wurde inzwischen ein zweiter Sprengsatz gefunden. Die Teams haben Anweisung erhalten, sich schnellstmöglich zu entfernen. Sie müssen sofort da raus! Der erste Sprengsatz hätte das gesamte Labor in Schutt und Asche gelegt. Wir haben durch Ummantelung gedämpft, aber es gibt zahlreiche Sekundärexplosionen. Die Umgebung ist abgeriegelt. Bis wir nicht das Okay vom Räumkommando haben, kann ich niemanden zu Ihnen hineinschicken.« Er atmete frustriert aus. »Ich darf niemanden hineinschicken. Es wird noch dauern.«

Hunter hatte keine Zeit. Der Blutverlust war enorm, er benötigte sofort medizinische Versorgung. Die Splitter mussten entfernt werden, eine Bluttransfusion war vermutlich auch notwendig.

»Agent Coleman!«

»Verstanden, Deputy Sanders. Halten Sie sich so lange wie möglich am Eingang bereit, um Hunter in Empfang zu nehmen.«

Damit legte er auf. Vor dem Fenster waren die Straßen wie leer gefegt, er sah Polizeiautos mit Blaulicht, Rettungswagen und die mobile Einsatzzentrale des ABC-Teams. Die Straßensperren mussten ziemlich weiträumig angelegt worden sein.

Nick rannte zu Hunter und packte ihn erneut mit dem Rettungsgriff. Auf diese Art gelang es ihm, ihn mit sich zu schleifen, Schritt für Schritt. Er konnte nur hoffen, dass sich die Verletzungen tatsächlich auf die Beine des Detectives beschränkten. Falls seine Wirbelsäule etwas abbekommen haben sollte, könnte die Bewegung fatale Folgen haben.

Trotz der Druckverbände zog er eine Blutspur hinter sich her.

Normalerweise hätte Nick die verbliebene Strecke selbst mit Hunter auf dem Rücken problemlos zurückgelegt. Doch auch er war geschwächt. Immer wieder überfielen ihn leichte Schwindelattacken. Dazu kam die Hitze, die deutlich zu spüren war. Die Gänge kamen Nick mit einem Mal viel zu eng vor. Er biss die Zähne zusammen. Er musste es einfach schaffen.

In der Ferne konnte er die Schleuse bereits erkennen. Einmal kurz anhalten, Atem schöpfen. Das letzte Stück.

Er hielt die Schlüsselkarte vor den Sensor. Ein rotes Icon leuchtete auf. *Abgelehnt. Mist!*

Vor der Tür stand ein Detective, vermutlich Sanders, und gestikulierte wild. In seinem Gesicht war nackte Panik zu sehen. Die Polizeiautos waren bereits weg, das ABC-Team hatte sich weiter hinten positioniert.

Noch einmal hielt er die Schlüsselkarte vor den Sensor. Wieder ein rotes Aufleuchten. Wie er die Technik in diesen Minuten hasste. »Du verdammtes Ding!«

Er untersuchte die Karte. Der goldene Chip war mit Blut verschmiert. Schnell strich er damit über seine Hose, befreite das Metall von der Verschmutzung.

»Komm schon.«

Nick hielt die Schlüsselkarte erneut vor den Sensor. Eine grüne LED leuchtete auf. Die Schleuse öffnete sich. In diesem Fall handelte es sich lediglich um zwei Türen, die auseinanderklappten, keine Ein-Mann-Schleuse. Wieder packte er Hunter und zog ihn mit sich. Sie würden das verdammte Gebäude beide lebend verlassen!

Schritt für Schritt kam Nick dem Ausgang näher.

18. KAPITEL

Es blieb zu wenig Zeit, um sich noch weit genug von dem Laborkomplex zu entfernen. Sie hatten die Bombe zu spät gefunden.

Jimmy drängte Howard und Anna vor sich her auf das nächstgelegene Nachbargebäude zu. Um sie herum herrschte panisches Gedränge. Es waren noch nicht alle Laborangestellten in Sicherheit gebracht worden. Zwar hatte Anna Busse fortfahren sehen, doch es waren an die hundert Menschen, die jetzt neben ihnen herrannten.

Die Deputys kannten den Countdown der Bombe, hatten ihn mit ihren Uhren abgeglichen. Immer wieder riefen sie allen die verbleibenden Minuten zu, was Annas Puls stetig weiter in die Höhe trieb. Ihre Brust schmerzte, so sehr schlug ihr das Herz gegen die Rippen. Die letzte Minute war angebrochen, und sie hatten den Eingang des Bürogebäudes noch nicht einmal erreicht.

Mittig gab es nur eine Drehtür, zu beiden Seiten hatten sie jedoch auch die Notausgänge geöffnet. Dass die gesamte Eingangsfront aus Glas bestand, machte ihr Sorgen. Das Ausmaß der ersten Bombe war bereits verheerend gewesen, obwohl diese ummantelt worden war.

Nick … Wo war Nick?

Sie blickte zurück, wurde von Jimmy aber umgehend weitergetrieben. Menschentrauben bildeten sich an den drei Eingängen des Bürogebäudes. Sie drängelten, stießen sich gegenseitig beiseite. Jeder versuchte, sein eigenes Leben zu retten.

Zum Stillstand gezwungen, sah Anna sich abermals um. Hatte Nick das Gebäude inzwischen verlassen?

Ihr Smartphone vibrierte in ihrer Manteltasche. Sie fischte es hektisch heraus, ließ es vor lauter Aufregung fallen. Auf dem Display sah sie Zanes Namen. Sie schaffte es gerade noch, das Telefon aufzuheben, da packte Jimmy sie am Oberarm und zerrte sie hinter sich her zur Drehtür. Als Letzte drangen sie in das Gebäude vor. Und dann wurde Annas gesamte Welt von einer ohrenbetäubenden Explosion erschüttert.

Sie konnte nicht sagen, ob die Druckwelle oder Jimmy sie zu Boden warf. Er war über ihr, lag halb auf ihr. Glas zerbarst, Splitter sprengten durch den Raum und prasselten auf sie nieder. Alles bebte.

Ihr Kopf fühlte sich an, als wöge er eine Tonne. Ein schmerzhaftes Stechen bohrte sich immer tiefer in ihre Ohren, dabei war der Riss im Trommelfell, den sie beim Kampf gegen ihren Entführer erlitten hatte, noch nicht einmal ganz verheilt. Ein anschwellendes Fiepen breitete sich aus. Bis auf dieses monotone Geräusch herrschte nun wieder eine gedämpfte, geisterhafte Stille.

Jimmy keuchte über ihr. Durch sein Gewicht bekam

sie kaum Luft. Er rollte sich von ihr ab, kam neben ihr auf dem Rücken zum Liegen und keuchte abermals.

Sie hob sachte den Kopf, zuckte unter dem Stechen zusammen, das von ihren Ohren bis hinter die Schädeldecke wanderte. Der krampfartige Husten machte es nicht besser. Überall schwebte Staub durch die Luft, der Tag hatte sich binnen Sekunden verdunkelt.

»Sind Sie in Ordnung?«, fragte jemand und ging neben ihr in die Hocke.

Anna stemmte sich mühsam auf die Knie. Sie sah den Fremden an. Anhand seiner Kleidung erkannte sie, dass er Rettungssanitäter war. Er erwiderte ihr Nicken und beugte sich dann über Jimmy.

»Bleiben Sie ruhig und bewegen Sie sich so wenig wie möglich. Ihnen wird gleich geholfen.«

Erst jetzt bemerkte Anna, dass Jimmys Gesicht voller Blut war. Sie betastete ihr eigenes. Er hatte sie mit seinem Körper gegen die herumfliegenden Glassplitter abgeschirmt. Ihm verdankte sie es, dass sie beinahe ohne Verletzungen davongekommen war. Zumindest konnte sie im Moment nur den schweren Kopf und die Ohrenschmerzen ausmachen.

»Es sieht schlimmer aus, als es ist«, beruhigte sie der Sanitäter, als sie sich ebenfalls über den Verletzten beugte und beim Anblick des blutverschmierten Gesichtes nach Luft schnappte. »Überwiegend oberflächliche Schnittwunden.«

»Es geht mir gut«, stieß Jimmy aus. Er versuchte sich

aufzusetzen, wurde aber von dem Sanitäter wieder zu Boden gedrückt.

»Bleiben Sie bitte liegen, bis wir weitere Verletzungen ausschließen können.« Er tastete vorsichtig Jimmys Körper ab.

Anna ergriff seine Hand und drückte sie behutsam. »Ich weiß nicht, wie ich Ihnen das jemals danken soll.«

»Schon gut. Es ist mein Job zu helfen.«

Sie hörte ihn nur gedämpft. Die unheimliche Stille hatte nur kurz angehalten. Jetzt drangen wieder Rufe, Stimmengewirr und Sirenen zu ihr vor, wurden aber von dem beständigen Fiepen in ihren Ohren in den Hintergrund gedrängt.

Howard kauerte neben anderen Menschen an einer Wand, von der der Putz bröckelte. Das Gemäuer und die Bodenfliesen waren mit Rissen durchzogen. Sie sollten das Gebäude besser verlassen, bevor hier womöglich noch alles über ihnen zusammenbrach.

»Wenn Sie dazu in der Lage sind, gehen Sie nach draußen«, rief sie Howard und den anderen zu.

Der Sanitäter forderte die Leute ebenfalls dazu auf. »Das gilt auch für Sie.« Er sah sie an und deutete mit dem Kinn zum Ausgang. »Halten sie möglichst viel Abstand zu den umliegenden Gebäuden.«

So eng, wie die Straßen hier bebaut waren, würde nicht sonderlich viel Abstand möglich sein.

Sie erhob sich und sah mit einem dankbaren Gefühl auf Jimmy hinab. Es gefiel ihr nicht, ihn mit dem Sanitäter hier drinnen zurückzulassen. Aber gleichzeitig drängte es sie danach, Nick zu suchen.

Glas knirschte unter ihren Schuhsohlen. Die einstige Eingangsfront bestand nur noch aus verbogenen Metallrahmen.

Draußen stieg sie über Betonbrocken hinweg. Straßenschilder waren umgeknickt wie vom Sturm entwurzelte Bäume. Der Dunst war hier dichter. Sie hielt sich den Ärmel ihres Mantels vor Mund und Nase und lief in Richtung des Labors, das von Staub, Rauch und Flammen umgeben war. Je näher sie kam, desto mehr offenbarte sich ihr, dass der Gebäudekomplex nicht viel mehr als eine Ruine war.

Sie stockte mitten in der Bewegung. Obwohl Rauch und Dreck in ihren Augen brannten und sie zum Tränen brachten, riss sie sie auf und starrte auf die Trümmer.

Die kümmerlichen Überreste des einst imposanten Bauwerkes ragten als verkrüppelte Kreaturen aus dem grauen Nebel auf. Dort hatte Nick unmöglich herausfinden können.

Wie in Zeitlupe sackte sie auf die Knie. Das Geröll stach schmerzhaft durch den Stoff der Hose in ihre Haut. Sie hörte den Schrei, in dem Nicks Name über die brache Umgebung hallte, bevor ihr klar wurde, dass sie es war, die ihn ausstieß.

»Sie müssen hier weg, Miss.« Ein Deputy kam auf sie zugelaufen. »Das Feuer breitet sich weiter aus. Ehe es nicht unter Kontrolle ist, können uns hier noch sämtliche Gasleitungen um die Ohren fliegen.«

»Haben Sie Agent Coleman gesehen?«, flüsterte sie und sah zu ihm auf. Aus ihren tränenverhangenen Augen konnte sie ihn nur verschwommen sehen.

»Kenn ich nicht.« Er zog sie auf die Beine.

»Und Detective Hunter?« Ihre eigene Stimme war ihr fremd.

»Der ist da drüben. Wird gerade abtransportiert.« Er deutete zur Seite. Worauf genau, konnte Anna nicht sagen, da sie nur an die zwanzig Schritte weit sehen konnte, bevor der Rest im Staubnebel unterging.

Dennoch lief sie los. Sie stolperte mehr, als dass sie rannte. Der Deputy rief ihr noch etwas nach, doch seine Worte wurden vom Smog verschluckt. Vor ihr hörte sie hingegen zunehmend lauter werdende Stimmen, bevor sich der Dunst lichtete und sie zwei Männer neben einer Rolltrage stehen sah, auf der sie Detective Hunter erkannte.

»Wo ist Nick?« Sie eilte zu ihnen.

»Treten Sie beiseite, Miss.« Der Arzt streckte abwehrend den Arm aus, und der Sanitäter schnallte Hunter auf der Trage fest.

Das Hosenbein des Detectives war aufgeschnitten worden. Ein Druckverband war blutdurchtränkt und die freigelegten Hautstellen mit Schnitten übersät. Er hatte die Augen geschlossen, war nicht ansprechbar. Nicht einmal er konnte ihr sagen, wo Nick war.

Sie schoben ihn an Anna vorbei und hievten die Rolltrage in einen von zwei bereitstehenden Rettungswagen.

»Schnell jetzt, bei dem Blutverlust kann ich ihn nicht lange stabil halten«, hörte sie den Arzt noch sagen, bevor die Wagentüren zuschlugen und sie mit eingeschalteter Sirene davonrasten.

Sie sah ihnen nach, bis sie im Staub verschwunden waren. Obwohl sie fror, rann Schweiß ihr den Rücken hinab. Wo sollte sie in diesem Chaos nach Nick suchen? Wer konnte ihr weiterhelfen? Hier in Detroit kannten sie ihn nicht.

Hektisch nahm sie das Smartphone aus ihrer Manteltasche. Zanes Anruf kam ihr wieder in den Sinn. Sie würde ihn später zurückrufen, suchte stattdessen in ihrer Galerie nach einem Foto von Nick.

Ein Sanitäter tauchte wie aus dem Nichts auf und lief zu dem zweiten Rettungswagen.

»Warten Sie!«, rief sie und rannte ihm nach. »Bitte, haben Sie diesen Mann gesehen?« Sie hielt ihm das Display mit Nicks Foto unter die Nase.

»Anna?«

Noch während sie ihren Namen hörte, fuhr sie herum.

»Nick …« Sie sah ihn im Rettungswagen auf der Liege sitzen. Er erwiderte ihren Blick und versuchte aufzustehen. Der Arzt, der bei ihm stand, hielt ihn jedoch zurück.

Die ganze Zeit hatte sie nach ihm gesucht. Jetzt, da sie ihn gefunden hatte, schaffte sie es nicht, sich zu bewegen. All die Sorge und Angst, die sie in den letzten Stunden angetrieben hatten, fielen von ihr ab. Er war hier, er lebte.

Sie nahm einen tiefen Atemzug, bereute es aber sofort, als der Staub sich in ihre Nase einbrannte und über ihren Kehlkopf kratzte.

»Was machst du hier?« Statt der Aufforderung des Arztes nachzukommen und sich hinzulegen, versuchte Nick abermals aufzustehen.

»Bitte! Wir müssen Sie untersuchen«, rügte dieser ihn.

Nick schien ihn nicht zu hören. Sein Blick war nach wie vor auf sie gerichtet. Stand er unter Schock? Vielleicht ging es ihm schlechter, als ihm auf den ersten Blick anzusehen war?

Anna überwand ihre Starre und eilte zu ihm. »Bist du verletzt?« Sie blieb vor dem Wagen stehen.

Er streckte die Hand nach ihr aus.

Der Arzt seufzte, erteilte ihr aber mit einem Nicken die Erlaubnis einzusteigen.

Ihre Hand fand seine. Nick zog sie umgehend in seine Arme. Er hielt sie mit einer Intensität, die keinen Zweifel ließ, wie sehr er ihre Nähe gerade brauchte.

Während er seinen Kopf an ihre Schulter lehnte, strich sie ihm sanft über das staubige Haar. Er roch nach Ruß. Stirn und Wangen waren mit grauem Schmutz bedeckt, der Pullover an den Ärmeln zerrissen.

Sie lehnte sich zurück, um ihn besser betrachten zu können. Er sah sie an und gleichzeitig durch sie hindurch. Seine Ohren waren blutverkrustet.

»Hast du Schmerzen? Wie fühlst du dich?«

Während sie sprach, sah Nick auf ihre Lippen.

»Aufgrund Ihrer Begrüßung nehme ich an, Sie sind eine Angehörige?«, erkundigte sich der Arzt.

»Ich bin seine Freundin«, kam es ihr so selbstverständlich über die Lippen, dass sie zusammenzuckte. Von Nick kam keine merkliche Reaktion.

»Prellungen, Schwerhörigkeit, Schwindel und Verwirrtheitszustand«, sagte der Arzt. »Genaueres kann erst nach den Röntgenaufnahmen in der Klinik festgestellt werden. Wollen Sie bei uns mitfahren? Ansonsten müssten Sie das Fahrzeug jetzt bitte verlassen.«

»Ich bleibe«, entgegnete sie.

»Dann nehmen Sie hier hinten Platz.« Er deutete auf den ausklappbaren Sitz am Fußende der Liege, drängte sich an ihr vorbei und schloss die Türen. »Und Sie legen sich jetzt bitte hin«, forderte er Nick auf, bevor er vorn an das kleine Fenster der Fahrerkabine klopfte.

Der Rettungswagen setzte sich in Bewegung, obwohl Nick noch immer saß.

»Ist ihr Freund immer so stur?« Der Arzt warf ihr einen kurzen Blick zu und musterte ihn dann mit hochgezogenen Augenbrauen.

»Wenn ich mich hinlege, wird mir schwindelig«, erwiderte Nick an ihrer Stelle. Er sprach übermäßig laut.

Seine Hand fand wieder die ihre. »Weshalb bist du hier?«

»Als die Bombendrohung bekannt wurde, haben Lynette und ich uns gleich auf den Weg gemacht. Sie steht noch im Stau und …«

Er schüttelte missbilligend den Kopf, hielt sich sogleich die Schläfe und stöhnte auf.

»Bei einer Bombendrohung läuft man von der Gefahrenzone weg, nicht darauf zu.« Sein Griff wurde stärker. »Du bist meinetwegen gekommen.«

Anna schluckte. »So wie du zu mir gekommen bist, als ich in Gefahr war.«

Sie sahen einander unablässig an. Der Arzt hatte es aufgegeben, Nick zum Hinlegen überreden zu wollen. Vorsichtig schnitt er ihm den bereits zerrissenen Pullover vom Leib und betastete die Blutergüsse. Nick verzog keine Miene, als er ihm anschließend in die Armbeuge stach und einen Zugang legte.

»Ich muss dringend mit Mike telefonieren.«

»Nach dem, was hier passiert ist, versucht er sicherlich im Minutentakt, dich zu erreichen«, erwiderte sie.

Nick schloss kurz die Augen. »Ja, das FBI wird sich nicht länger raushalten.«

19. KAPITEL

Obgleich lediglich zwei Tage vergangen waren, hatten die sich gezogen wie Kaugummi. Eine Untersuchung jagte die nächste. Doch endlich war es vorbei, und Nick konnte das Krankenhaus verlassen.

Anna und er erreichten die Tiefgarage über den Lift des Krankenhauses, wo Lynette bereits im Auto wartete.

»Ihr seht ja furchtbar aus.« Sie startete den Motor, als die hinteren Wagentüren zufielen.

»Danke, es freut mich auch, euch zu sehen«, sagte Nick mit einem Stöhnen.

»Tut es sehr weh?«, fragte Zane.

Erst jetzt bemerkte Nick, dass der Freund über die Freisprecheinrichtung des Autos zugeschaltet war.

»Nur wenn jemand dumme Fragen stellt«, gab Nick zurück, besann sich dann aber eines Besseren und ergänzte sanfter: »Es war knapp. Sie haben Röntgenaufnahmen gemacht. Keine inneren Verletzungen. Geht es Roger gut?«

»Bisher ist er aus seinem Zimmer nicht aufgetaucht. Sein Freund Alec hat ihn besucht. Ich hab ihm schon gesagt, dass er das mit euch hätte absprechen müssen. Ich denke, jetzt schläft er.«

Nick verzog missbilligend den Mund.

»Diese Dr. Lynch hat einen netten Eindruck gemacht«, sagte Anna und verdeutlichte ihm mit ihrem Blick, dass es keinen Sinn hatte, sich im Nachhinein über Rogers Leichtsinnigkeit aufzuregen. »Dass sie sich als Chefärztin um dich gekümmert hat, will schon etwas heißen. Die geben sich doch normalerweise nicht mit Thoraxaufnahmen und Lungenüberprüfungen ab.«

»Es muss ja auch einen Vorteil haben, wenn wir uns als Agenten ständig anschießen lassen. Da hat eine Behandlung auch mal Priorität.«

Er versuchte, verschmitzt zu grinsen, doch es misslang. Sein Humor hatte nach dieser Sache gelitten, die Tragweite der Ereignisse war ihm nur allzu bewusst geworden.

»Was ist mit deinem Detective? Geht es ihm gut?«, fragte Zane.

Mittlerweile hatte Lynette den Wagen aus der Tiefgarage und an den Reportern vorbeigesteuert.

»Detective Hunter musste operiert werden, er wird ein paar Tage brauchen. Es gab noch einen Deputy, der bis zuletzt blieb, um uns zu helfen. Der hat nur ein paar Schrammen davongetragen. Mehr Glück als Verstand. Ich weiß gar nicht, was mit diesem Howard …«

»Dem geht es gut«, warf Anna ein.

Letztlich glich es einem Wunder, dass sie alle mehr oder minder glimpflich davongekommen waren.

»Die Nachrichten sind auf jeden Fall nach wie vor voll davon. Ich habe das Tablet vor mir, und der Fernseher läuft. CNN bringt eine Sondersendung. Die größte Angst ist, dass Viren freigesetzt wurden.«

»Was unwahrscheinlich ist, laut Mike«, warf Lynette ein.

Sie lenkte den Wagen über Nebenstraßen um den Feierabendverkehr herum, was die Fahrtstrecke ein wenig verlängerte.

»Du hast mit ihm gesprochen?«, fragte Nick sofort.

Er hatte sein Smartphone beim Empfang des Labors abgeben müssen, und mittlerweile dürften sich alle zugehörigen Komponenten in Form von winzigen Partikeln über die halbe Stadt verteilt haben.

»Da er dich nicht erreichen konnte, hat er die nächstbeste Person angezischt«, erklärte Lynette. »Den Zahn habe ich ihm gezogen, aber ich soll dir sagen, dass die Ader an Noriss' Stirn pulsiert.«

Innerlich stöhnte Nick auf. So viel zum Thema Urlaub. Das Labor war nicht das Einzige, was explodiert war; Noriss garantiert ebenfalls. Und der arme Mike hatte es abbekommen.

»Homeland Security wurde eingeschaltet und das FBI ebenfalls. Sie arbeiten gerade daran, die Taskforce zusammenzustellen. Mittlerweile sitzt Mike im Flieger hierher. Aktuell sieht es so aus, dass, wenn Viren ausgetreten sind, sie durch den Brand vernichtet wurden, aber die Untersuchung läuft natürlich noch.«

»Meine Blutprobe war in Ordnung«, erklärte Anna. »Die Ärzte haben das bereits gecheckt.«

»Meine auch«, sagte Nick.

»Roger kann uns sicher mehr zu der Gefahr sagen«, merkte Zane an. »Er ist immerhin Spezialist. Und nachdem das Ganze jetzt so öffentlich ist, bekommt er garantiert ein paar Bodyguards mit blauer Weste und den drei berühmten gelben Buchstaben darauf.«

Davon konnten sie ausgehen. Durch die Explosion waren Rogers Theorien nicht mehr länger die eines paranoiden Spinners. Das FBI würde alles untersuchen und jeden Mitarbeiter filzen, von den Angestellten des Labors bis zu jedem Familienmitglied. Er konnte förmlich auf dem Whiteboard im Untersuchungsraum das eine Wort vor sich sehen, das jemand mit einem Fragezeichen versehen hatte: Terroranschlag. Es würde alles überschatten.

»Das ergibt alles irgendwie keinen Sinn«, murmelte Anna. Gedankenverloren ergriff sie Nicks Hand.

»Wegen der Öffentlichkeit der Attacke?«, fragte er.

»Genau. Bisher lief das alles so geheim wie möglich ab. Ein getarnter Mord im Labor. Der Anschlag auf Roger, bei dem der Schütze nicht wissen konnte, wer wir sind. Und dann die Sache mit Sandy, die bei Roger nach der Post geschaut hat. Jede Attacke zielte auf ihn ab, aber immer im Geheimen. Die Explosionen sind ein ganz anderes Kaliber. Wieso plötzlich so eine Bombendrohung und dann ein echter Anschlag? Das ist so ein öffentlicher Akt.«

Nick überdachte ihre Worte in Ruhe. »Verzweiflung?«

»Das wollte ich auch gerade einwerfen«, sagte Lynette vom Fahrersitz. »Roger kam immer wieder davon. Die Verantwortlichen haben wohl Angst, dass es eng wird. Mit der Explosion haben sie so ziemlich jede Spur vernichtet, die noch geblieben ist. Alle Viren im Tresor sind durch das Feuer vernichtet worden, die Aufzeichnungen zusammen mit den Servern und Festplatten ebenfalls. Und in dieser Atmosphäre werden die Befragungen eine ganz andere Richtung nehmen. Es geht jetzt um die Explosion, die Bombe, Überlegungen, wer diese wann platziert hat.«

»Nicht alle Beweise«, warf Zane ein.

»Was meinst du?«, fragte Anna.

»Der Server. Auch wenn lokal alles vernichtet sein mag, die Daten auf dem zentralen Server und in den Backups gibt es noch immer.«

»Könnten unsere unbekannten Verursacher da auch rankommen?«, fragte Nick.

Obwohl er natürlich auch Kurse in Computerforensik im Verlauf seiner Ausbildung absolviert hatte, kam er sich gegenüber Zane stets wie ein Erstklässler vor.

»Schwierig. Selbst mit Rogers Codekarte haben wir lediglich einen Lesezugriff für die Daten«, erklärte Zane. »Er ist ja kein Systemadministrator. Aber um Daten zu löschen, bräuchte er einen Bearbeitungszugriff, den selbst Personen in den höheren Etagen nicht unbedingt haben. Und falls doch, nicht für jeden Bereich. Gelingt das trotz allem, gäbe es die Backups. Meist befinden diese sich auf separaten Speichermedien – beispielsweise auf einer externen Festplatte. Da gibt es in der Regel mehrere von, die immer wieder gewechselt werden. Dadurch sind stets ein paar sicher im Safe. Die müssten also eher eine unbemerkte Löschung durchführen, die dann über die Sicherung von mehreren Tagen in alle Backups eingefügt wird. Und selbst das hängt vom Sicherungskonzept ab. Falls es eine jährliche Sicherung gäbe, wäre das ebenfalls sinnlos.«

»Ich merke mir jetzt einfach: Nein, die können die Daten nicht so einfach löschen?« Anna grinste in Richtung des Lautsprechers.

Dabei spürte Nick wieder das vertraute Kribbeln in seinem Bauch, vermengt mit der Schwere der Angst. Beinahe hätte er sie verloren – erneut.

»Treffer«, gab Zane zurück.

Lynette steuerte den Wagen endlich auf den Eingang zur Tiefgarage zu, sie passierten die Schranke. Unweigerlich atmete Nick auf. Die Ersatzkleidung, die ihm im Krankenhaus zur Verfügung gestellt worden war, bestand aus einem einfarbigen T-Shirt und einer OP-Hose, was beides nicht wirklich passen wollte. Er hatte Schnittwunden und eine Prellung. Kurz gesagt: Er sehnte sich nach einer Dusche.

Sie fuhren mit dem Aufzug in ihr Stockwerk.

Nachdem sie sich für die Nacht von Lynette verabschiedet hatten, betraten Anna und er schließlich die gemeinsame Suite.

Etwas unbeholfen blieben sie im Raum stehen.

»Ich … würde mal duschen … gehen«, sagte Nick zögerlich.

Anna nickte. »Sobald du fertig bist … ich dann auch.«

Langsam ging er ins Bad.

Etwas war anders. Die Atmosphäre im Raum war mit einem Mal so spannungsgeladen, dass sein gesamter Körper prickelte. Nick wollte den Wohnraum gar nicht verlassen.

Vor dem Spiegel schälte er sich zuerst aus dem Ersatzshirt. Sein Oberkörper war eine Kraterlandschaft aus oberflächlichen Wunden, Abschürfungen und angedeuteten Narben, die auf und zwischen den Bauchmuskeln zu sehen waren. Er stellte das Wasser der Dusche an, da klopfte es sanft an der Tür.

Der Türgriff wurde heruntergedrückt, und langsam öffnete sich die Badezimmertür. Anna stand im Rahmen, blickte ihn mit einem fast ängstlichen Lächeln an. Jede Panzerschale, die sie sich im Laufe ihres Lebens aufgebaut hatte, war in diesem Moment fort. Sie stand vor ihm, wie sie war. Verletzlich, stark, besorgt, mutig, liebevoll und herzlich – all das sah er in ihrem Blick. An den kleinen Lachfalten neben ihren Augen, der Narbe auf ihrem Schlüsselbein, dem angedeuteten Lächeln. Sie war seine ganze Welt.

»Ich habe hier eine Salbe, die mir für die Schürfwunden verschrieben wurde«, sagte sie und legte die Tube auf dem Waschbecken ab. »Du kannst sie auch gut gebrauchen und nach dem Duschen auftragen.«

Ihr Blick traf auf seinen nackten Oberkörper. Sie streckte zögernd die Hand aus und fuhr leicht über den Bluterguss auf seinem Bauch.

»Danke.« Vorsichtig ging er einen Schritt auf sie zu. Tat er das Richtige? Er wollte sie nicht verletzen, keine weitere Narbe verursachen.

Anna wich nicht zurück. Sie näherte sich ihm ebenfalls, stand nun direkt vor ihm und legte ihre Handflächen auf seine Brust. Eine Berührung, die so vertraut war wie fremd. Sie waren nicht mehr die Menschen von damals.

Ihre Blicke trafen sich.

Er versank in ihren Augen, die Welt ringsum schien einfach fort. Die Wärme ihrer Hände vertrieb jede Kälte. Sie waren sich so nah, dass sein Innerstes erzitterte.

Ihre Lippen kamen näher. Zögerlich, als könnte er in diesem letzten Augenblick zurückweichen, um keine Wunden zu schlagen. Als ob er dazu je fähig wäre. Die Berührung ihrer Lippen auf seinen war ein fragendes Stupsen, ihr Atem kitzelte sein Kinn.

Vorsichtig fasste er sie an den Hüften, zog sie näher heran und erwiderte den Kuss. Ein elektrisierender Schauer rann durch seinen Körper, und er spürte, wie jede Angst, jede Anspannung, jede Sorge von ihm abfiel. Er versank in diesem Augenblick.

Die Hitze des Wassers beschlug den Spiegel, Wärme breitete sich aus.

Ohne ein Wort wich Anna einen Schritt zurück, streifte ihre Kleidung ab und trat unter den Wasserstrahl. Ihr

Blick war eine unausgesprochene Einladung, die er nur allzu gern annahm. Nick zog seine restliche Kleidung aus und stieg zu ihr.

Er drückte auf den Spender für das Duschgel und begann, Anna einzuseifen. Sie zuckte zusammen, als seine Hand die alte Narbe berührte. Er ließ seine Handfläche sanft darauf ruhen, bis sie sich entspannte. Selbst dieser letzte Schatten der Vergangenheit verblasste.

Alles Alte wurde von ihr abgespült, ein fruchtiges Aroma verbreitete sich in der Dusche. Er vergaß auch nicht ihr Haar, fuhr in langsamen Bewegungen mit den Fingern hindurch, berührte jede Körperstelle. Sanft und fordernd, eine Vorschau auf das, was sie erwartete.

Anna stand dem in nichts nach. Sie küsste seinen Mund, seine Brust, ließ ihre Hände in kreisenden Berührungen über seinen Körper gleiten. Immer tiefer.

Jede Vorsicht fiel von ihnen ab.

Nick presste seine Lippen auf ihre, nahm ihr Stöhnen mit seinem Atem auf. Ihr Rücken wurde eins mit den Fliesen, als er sie dagegendrängte. Er küsste ihren Hals, glitt langsam tiefer. Seine Finger wussten instinktiv, wo er sie berühren musste, damit das leise Stöhnen lauter wurde. Nun krallte sie sich an seinem Rücken fest. Die Zeit strömte dahin, wie das Wasser über sie hinwegfloss.

Irgendwann schob sie ihn zurück.

Jetzt berührte sein nackter Rücken die kühlen Fliesen. Er konnte ihren stoßweisen Atem spüren, ihr Herz raste. Anna übernahm die Kontrolle, ließ ihre Hand tiefer gleiten. Sie massierte ihn sanft und unterbrach ihre Berührungen nur, um ihn immer wieder leidenschaftlich zu küssen.

Er konnte nicht mehr warten.

Mit einer ruckartigen Bewegung schaltete er das Wasser aus, sie taumelten förmlich aus der Dusche. Sich küssend, lachend, im Blick des anderen badend, erreichten sie Annas Schlafzimmer. Auf dem Weg dorthin hinterließen sie kleine Pfützen.

Im Licht von Detroits Skyline lag Anna nun unter ihm auf dem Bett, verschränkte ihre Beine auf seinem Rücken. Er küsste sie überall, immer tiefer. Heute wollte er ihr alles von sich geben, ihren glücklichen Blick genießen und die Probleme und Sorgen vergessen.

Ihre Hand berührte seinen Hinterkopf, gab den Rhythmus vor, in dem er mit seiner Zunge über ihren Körper fuhr. Als ihre Atmung schneller wurde, stoppte er, neckte sie, zog das Spiel in die Länge.

Die Revanche erfolgte prompt. Nun war er es, der lag und die Hand in ihrem feuchten Haar vergrub. Ein genussvolles Stöhnen drang aus seiner Kehle. Er spürte die Verbundenheit.

Als Anna sich aufrichtete, sich auf ihn setzte, konnte er den Blick nicht von diesem wunderschönen Körper mit all seinen Narben wenden. Das Licht der Stadt tauchte Anna in einen geradezu mystischen Schein. Als könnte es sichtbar machen, was sie im Innersten war. In all ihren Facetten, all ihrer Erhabenheit.

In diesem Augenblick musste er nicht aussprechen, was er empfand. Anna wusste es. Und Nick spürte, wie viel er ihr bedeutete. Sie waren zwei, die sich jahrelang verirrt hatten.

Doch jetzt, endlich, hatten sie sich wiedergefunden.

20. KAPITEL

Er spürte die Hitze in seinen Händen. Der Hals seines Freundes schwoll an, machte ihm das Würgen noch schwerer. Alecs Schlagader pulsierte unter seiner Handfläche, länger, als er es sich vorher ausgemalt hatte. Seine Vorstellung hatte die brutale Realität nicht ansatzweise abgebildet.

»Stirb jetzt, bitte«, brach es aus ihm heraus. »Es tut mir so leid. Ich wollte das alles nicht, ich will doch nur leben.« Ein Zittern wogte durch seinen Körper. Der innerliche Schmerz riss ihn entzwei.

Er schmeckte den salzigen Geschmack seiner Tränen auf den Lippen. Sie rannen ihm unaufhaltsam über die Wangen und verschleierten ihm zunehmend die Sicht.

Hätte er Alec mit einem Seil oder was auch immer erdrosselt, wäre es möglich gewesen, den Mord im Nachhinein wie einen Suizid aussehen zu lassen. Doch das wollte der Unbekannte, der sein Leben längst unter Kontrolle gebracht hatte, nicht. Er gab jeden Schritt vor, stand neben ihm und beobachtete jede Bewegung.

Alecs Röcheln ging ihm durch und durch. Ihm drehte sich der Magen um. Schnell hatte es gehen sollen, ohne dass er lange leiden musste. Da er selbst inzwischen auffallend geschwächt war, hatte der Fremde Alec auf einem Stuhl festgebunden und seine Hände hinter dem Rücken an der Lehne gefesselt. Sein Freund hatte keine Chance, sich zu wehren. Dennoch versuchte er, sich aus seinem Würgegriff zu winden. Aus weit aufgerissenen, blutunterlaufenen Augen, aus denen blankes Entsetzen hervortrat, starrte er ihn an.

Er schrie, um sich selbst anzuspornen, verlagerte sein Gewicht nach vorn auf seine Arme, legte alle Kraft in die Hände. Alec gurgelte, keuchte und warf seinen Kopf hin und her. Seine Haut färbte sich violettrot. Er zuckte. Und dann erschlaffte er endlich unter seinem Griff.

Ein nasser Fleck bildete sich in Alecs Schoß. Angewidert wich er zurück. Er schaffte es gerade noch, sich abzuwenden, und übergab sich in einem Schwall.

Nachdem er nach Detroit gezogen war, hatte er sich gleich in der ersten Woche im Fitnessstudio angemeldet und dort Alec kennengelernt. Anfänglich hatten sie nur zusammen trainiert, doch mit der Zeit waren sie gute Freunde geworden. Die gemeinsamen Grillabende und Motorradtrips – alles war vorbei, unwiederbringlich getilgt durch den Griff seiner eigenen Hände. Was hatte er getan?

»Du hast meine Geduld überstrapaziert«, ertönte die verzerrte Stimme, gefolgt von einem metallischen Lachen. Der Unbekannte hatte die ganze Zeit verborgen ausgeharrt und ihn beobachtet.

Während der Fremde aus dem Schatten einer Zimmerecke hervortrat und den Toten betrachtete, taumelte er selbst von Alec weg, sackte zusammen und brüllte seinen Schmerz heraus. Krämpfe tobten in seinem Körper. Es gab kein Zurück mehr.

Er spürte, wie sich das Gift Tag für Tag, Stunde um Stunde weiter durch seine Adern und Eingeweide fraß. Das Fieber kam nicht dagegen an. Ihm blieb keine Wahl, als die Bedingungen des Fremden zu erfüllen. Er war zum Mörder geworden, um selbst zu überleben.

»Konntest du spüren, wie das Leben aus ihm weicht?« Der Vocoder knarzte. »Ein faszinierendes Gefühl, nicht wahr?«

Er spuckte Galle, wischte sich mit dem Handrücken über den Mund und lehnte sich gegen ein Bein des Tisches, neben dem er saß. »Ich bin nicht wie Sie. Sie genießen dieses kranke Spiel.«

»Tttt … Roger, Roger. Du wirst doch wohl nicht kurz vor deinem Ziel aufgeben wollen?«

»Ich bin am Ziel. Habe ich nicht alles getan, was Sie von mir verlangt haben? Geben Sie mir endlich das Gegengift!« Auf allen vieren kroch er auf den Vermummten zu, umklammerte dessen Bein und sah zu ihm auf. »Ich flehe Sie an.«

»Das werde ich, sobald du deine letzte Aufgabe erfüllt hast.«

Roger rückte wieder von ihm ab. Sein Blick traf auf Alecs tote Augen. Dann bemerkte er auf einem

Sims im Hintergrund ein gerahmtes Bild von ihm und Nadja.

Ob sie wusste, dass Alec sich von ihr hatte trennen wollen? Sie hätte so oder so über seinen Verlust hinwegkommen müssen, und zu seinen Eltern hatte er schon länger kein gutes Verhältnis mehr gehabt.

Roger spürte, wie ihm die Magensäure erneut die Speiseröhre hochstieg. Er konnte den Anblick seines toten Freundes nicht mehr ertragen. Hastig wandte er sich ab, kämpfte sich auf die Beine und stürmte zur Tür.

»Wir sind hier noch nicht fertig«, rief der Unbekannte ihm mit verzerrter Stimme nach.

Alecs Wohnungstür war verschlossen. Er rüttelte an der Klinke, lehnte die Stirn dagegen und schluchzte auf. »Was muss ich denn noch tun?«

»Alles, was bisher geschah, hat dich auf unser finales Ziel vorbereitet«, bekam er zur Antwort.

Langsam wandte er sich wieder zu dem Fremden um. Dieser stand nach wie vor neben der Leiche.

»Du hast es fast geschafft, Roger.« Die auffällig blauen Augen stachen aus der schwarzen Sturmhaube hervor. Sie wirkten unnatürlich.

»Was muss ich noch tun?«, fragte er abermals. Seine Stimme war nur ein Flüstern.

»Kontaktiere Nick Coleman und Anna Jones. Sie sollen herkommen.«

»Hierher?« Roger verengte die Augen. »Aber … Dann finden sie die Leiche. Und wie soll ich ihnen erklären, warum ich mich aus dem Hotel fortgeschlichen habe? Sie dürfen mich hier nicht sehen. Wenn ich …«

»Sei still«, brüllte der Vermummte. »Du kennst die Regeln. Meine Anweisungen werden niemals hinterfragt.«

21. KAPITEL

Anna konnte nicht aufhören, Nick zu betrachten. Er schlief neben ihr, sie ruhte auf seinem Arm. Seine Atemzüge gingen gleichmäßig und sanft, seine Gesichtszüge waren entspannt. Sie musste sich zurückhalten, ihm nicht durch die zerzausten Haare zu fahren. Womöglich würde sie ihn dann wecken.

Sie liebte ihn, hatte es auch während ihrer jahrelangen Trennung getan. Vielleicht hatte sie es gehofft, aber nie geglaubt, dass sie jemals wieder zueinanderfinden würden. Nach ihrer Entführung war ihre Welt nur noch grau gewesen. Harris hatte sie in eine endlos erscheinende Dunkelheit geführt, aus der sie lange Zeit nicht hatte entkommen können. Doch Nick hatte das Licht in ihr Leben zurückgebracht.

Das Groteske war, dass sie sich wahrscheinlich nie wieder so nah gekommen wären, wenn das Schicksal sie nicht durch die Angriffe des Unbekannten wieder zusammengeführt hätte.

Nick bewegte sich. Er blinzelte, zog sie näher zu sich heran, hielt sie in seinen Armen und küsste sie aufs Haar.

»Guten Morgen.« Sie genoss die Wärme seines Körpers, bettete ihren Kopf an seine Brust und lauschte seinem Herzschlag.

»Bist du schon lange wach?«

Sie lächelte. »Eine Weile.«

Mit einer schnellen Bewegung rollte er sich mit ihr herum und kam auf ihr zum Liegen. Kurz zuckte er zusammen, hatte offenbar Schmerzen. Ungeachtet dessen stemmte er die Unterarme neben ihrem Kopf auf die Matratze und sah auf sie herab. »Hab ich geschnarcht?«

Sie schmunzelte noch breiter. »Ein bisschen. Aber das war irgendwie … süß.«

Er setzte sich auf und grummelte etwas in sich hinein, das Anna nicht verstand.

»Was liegt heute an?«, erkundigte sie sich.

»Fragst du, weil du am liebsten den ganzen Tag mit mir im Bett verbringen würdest?« Er zwinkerte ihr zu. »Daraus wird leider nichts. Lynette und Zane kommen zur Lagebesprechung und gleichzeitig zum Frühstück in unsere Suite. Mike wird uns einen Besuch abstatten, sobald er in Detroit eingetroffen ist. Ich schaue nachher noch nach Roger. Und ich muss mich nach Hunters Gesundheitszustand erkundigen.«

Anna wickelte die Decke um sich und stand auf. »Klingt so, als bliebe uns nicht viel Freizeit.«

»Wir holen unseren Urlaub nach, das hab ich dir versprochen«, erwiderte Nick.

Sie trat an die Kommode und nahm frische Unterwäsche heraus. »Darauf wollte ich gar nicht hinaus.« Seufzend wandte sie sich ihm wieder zu. Ihr war klar, dass er von dem, was sie ihm jetzt sagen würde, nicht begeistert sein würde.

Er runzelte die Stirn. »Was ist los?«

»Ich habe mich an dem Tag, als du mit Detective Hunter zur Laborbesichtigung warst, mit deiner Mutter getroffen.« Sie sagte es betont beiläufig, ließ die Bettdecke fallen und schlüpfte in ihren Slip.

»Wie bitte?«

»Sie wollte eigentlich mit dir sprechen, aber da du …«

»Was wollte sie?«, fiel Nick ihr ins Wort.

Anna mied seinen Blick, wandte ihm den Rücken zu und streifte sich den BH über. »Sie wünscht sich, dass du ein versöhnliches Gespräch mit deinem Vater suchst, solange er wegen der Ärztetagung noch in der Stadt ist.«

Nick stand plötzlich hinter ihr und half ihr beim Verschließen des BHs. »Ich habe ihm nichts mehr zu sagen.«

Sie wandte sich zu ihm um und ergriff seine Hände. »Warum erzählst du mir nicht, was noch alles zwischen euch vorgefallen ist?«

Er atmete tief durch. »Weil dieser Mann in meinem Leben keine Rolle mehr spielt und ich ihn vergessen will.«

Anna sah ihm unvermittelt in die Augen. »Irre ich mich, oder gibst du ihm die Schuld am Tod deines Bruders?«

Nick ließ sie los, ging rückwärts zum Bett und sank auf die Matratze. »Du weißt ja, was damals passiert ist.«

»Ich hätte es lieber von dir erfahren«, entgegnete sie.

Er ließ sich mit dem Oberkörper nach hinten fallen, hielt sich sogleich mit einem schmerzerfüllten Seufzen die Seite und starrte an die Decke. »Ich spreche nicht darüber, weil ich TJs Tod am liebsten vergessen möchte.«

Sie ging zu ihm.

»Bitte, Anna, lass es einfach gut sein«, bat er sie, bevor sie etwas sagte.

Das musste sie wohl akzeptieren. Sie war hin- und hergerissen, ob sie sich weiter anziehen, sich zu ihm legen oder ihn zumindest dazu auffordern sollte, sich bei seiner Mutter zu melden. Evelyn Coleman tat ihr leid. Sie hatte gespürt, wie sehr sie darunter litt, zwischen ihrem Mann und Sohn zu stehen.

Dabei fiel ihr ein, dass sie auch endlich ihren Dad anrufen sollte. Doch vorerst sank sie wieder neben Nick auf die Matratze und schmiegte sich an ihn.

Er legte gerade den Arm um sie, als es an der Tür klopfte.

»Das werden vermutlich schon Lynette und Zane sein«, sagte er. »Es ist acht Uhr.« Er schmunzelte. »Es ist besser, wenn du ihnen öffnest. Meine Klamotten sind bei mir, und ich habe keine Lust auf dumme Kommentare.«

Anna war sofort auf den Beinen. Sie hörte noch, wie ihn die Vorstellung offenbar amüsierte, während sie sich in Windeseile einen Pullover und Jeans überstreifte. Mittlerweile klopfte es zum dritten Mal.

»Ich komme ja schon«, rief sie, riss ihre Zimmertür auf, durchquerte den Salon und ließ schließlich Lynette herein.

Diese umarmte sie, sprach ein euphorisches »Guten Morgen« und betrat die Suite.

»Wo hast du Zane gelassen?«, erkundigte sich Anna mit Blick auf den leeren Gang, bevor sie die Tür wieder schloss.

»Er schläft vermutlich noch. Der Junge hat sich wie immer die halbe Nacht um die Ohren geschlagen und …« Sie stockte mitten im Satz und blieb abrupt stehen. »Äh, täusche ich mich oder …« Sie wandte sich zu Anna um und deutete mit dem Daumen hinter sich in den Raum. »Ich habe Nick gerade nur mit einer Bettdecke bekleidet aus deinem Zimmer huschen sehen.«

Anna spürte, wie ihr Hitze in die Wangen stieg. Räuspernd ging sie an Lynette vorbei. Sie blieb ihr eine Antwort schuldig, konnte ein Lächeln aber nicht gänzlich unterdrücken.

»Weißt du schon, was du zum Frühstück willst?«, fragte sie, nahm die Speisekarte vom Tisch und reichte sie Lynette.

Sie trat näher, setzte ihre Lesebrille auf, die sie stets an einer Kette um den Hals trug, und sah sie über deren oberen Rand an, ohne ihr die Karte abzunehmen. »Soso.« Sie schmunzelte. »Ihr müsst ja heute ganz besonders hungrig sein.«

»Morgen«, platzte Nick im selben Moment herein. Er trug eine graue Jeans und ein weißes Shirt. Seine Haare standen noch immer in alle Richtungen ab, und Anna juckte es sofort wieder in den Fingern.

»Gut geschlafen?«, hakte Lynette nach. Ihr Grinsen reichte von einem Ohr zum anderen.

Nick schenkte sich ein Glas Wasser ein. »So gut wie schon lange nicht mehr«, antwortete er und warf Anna dabei einen vielsagenden Blick zu. Er gab sich gar nicht erst die Mühe, es vor Lynette zu verheimlichen. »Bestellt ihr mir bitte Bacon und Eier. Ich rufe zwischenzeitlich im Krankenhaus an, um mich nach Hunter zu erkundigen.«

»Kannst du bitte auch nach einem Deputy namens Jimmy fragen?«, bat Anna ihn. »Dank ihm bin ich ohne Verletzungen davongekommen. Ich möchte mich deshalb gern noch auf irgendeine Weise erkenntlich zeigen.«

Er nickte, nahm das Hoteltelefon an sich und ging in Richtung seines Zimmers.

Lynette sah ihn und sie abwechselnd an. »Ich freue mich für euch beide«, sagte sie und nahm die Speisekarte nun an sich.

Anna verschwand kurz im Badezimmer, putzte sich die Zähne und trug zumindest Wimperntusche auf. Als sie zu Lynette zurückkehrte, hörte sie in ihrem Zimmer ihr Smartphone klingeln.

»Das ist schon das zweite Mal«, ließ Lynette Anna wissen. Sie beeilte sich, damit der Anrufer nicht wieder auflegte.

»Wieso gehen Nick und du nicht ans Telefon?«, krächzte Roger heiser, sobald sie sich meldete.

»Er hat sein Telefon verloren, und ich war im Bad«, erwiderte sie. »Was ist denn los?«

»Ihr müsst herkommen, nur du und Nick.« Roger atmete stoßweise.

»Geht es dir schlechter? Sollen wir einen Arzt rufen?«

»Ich brauche eure Hilfe. Es ist … etwas Furchtbares passiert. Ich schicke dir die Adresse.«

»Eine Adresse? Was soll das heißen? Bist du nicht im Hotel?«

»Bitte beeilt euch! Es ist noch jemand getötet worden.«

Schlagartig fühlte sie den dumpfen Druck im Magen. »Wovon sprichst du?«, brach es aus ihr heraus. Aber Roger legte auf.

Sie starrte auf ihr Smartphone, das vibrierte und eine eingegangene Nachricht verkündete. Er hatte ihr eine Adresse geschickt, mit der sie überhaupt nichts anfangen konnte.

Anna hastete zu Nicks Zimmer und hämmerte unter Lynettes irritiertem Blick gegen seine Tür.

»Was ist denn passiert?«, fragte sie und kam zu ihr geeilt.

Nick öffnete, bevor sie Anna erreichte.

»Roger steckt in Schwierigkeiten. Er hat angerufen und etwas von einem weiteren Mordopfer geredet. Er war völlig außer sich.« Sie hielt ihm ihr Smartphone unter die Nase. »Er ist nicht im Hotel, sondern bei dieser Adresse. Wir sollen dorthin kommen, nur du und ich.«

»Ich melde mich später noch mal«, sagte Nick. Er hatte das Telefon an sein Ohr gehalten und ließ es nun sinken. »Was hat das zu bedeuten?«

Sie tauschten mit Lynette Blicke, doch selbst sie schüttelte nur verwirrt den Kopf.

»Ruf Roger zurück«, forderte Nick sie auf.

Sie tippte auf das Display und stellte den Lautsprecher an. Er ging jedoch nicht dran.

»Scheiße, was ist hier eigentlich los!?« Nick fuhr sich mehrfach durchs Haar.

»Wir sollen allein kommen«, warf Anna nochmals ein. »Das war ihm wichtig.«

Nick wandte sich an Lynette. »Zane soll die Überwachungskamera vor Rogers Hotelzimmer checken. Entweder wurde er entführt und jemand hat die Kamera deaktiviert, oder er hat das Hotelzimmer freiwillig verlassen.«

»Aber warum sollte er das tun, ohne uns vorher Bescheid zu sagen? Er weiß doch, dass er da draußen momentan in Gefahr ist.«

»Vielleicht wird er bedroht oder erpresst«, gab Lynette zu bedenken.

Nick fluchte. »Zane soll Annas Smartphone orten, damit ihr jederzeit wisst, wo wir sind.«

»Ich schicke euch auch gleich die Adresse weiter«, ergänzte Anna.

»Passt bloß auf euch auf«, wies Lynette sie beide an. »Vielleicht sollten wir das FBI sofort mit einschalten.«

»Wenn er tatsächlich bedroht wird und es eine Bedingung ist, dass wir allein kommen, könnte ihn das sein Leben kosten.« Nick lief zur Tür und nahm seine Jacke vom Haken. »Vorerst kein FBI und keine Polizei.«

Anna rannte in ihr Zimmer. Ihren Mantel konnte sie vergessen. Der war völlig hinüber und stank nach Qualm.

Die Jacke war für die derzeitigen Temperaturen eigentlich zu dünn. Aber es gab auf die Schnelle keine Alternative.

»Bin so weit«, rief sie und eilte zu Nick, der ihr bereits die Tür aufhielt.

Die Fahrt führte sie erneut in den Stadtteil, in dem Roger sein Haus hatte. Allerdings fuhren sie an seiner Wohnsiedlung vorbei und erreichten knapp zehn Minuten später ihr Ziel. Die besagte Adresse entpuppte sich als ein vierstöckiges, modernes Gebäude mit kleinen Balkonen. Ein Kinderfahrrad lehnte neben dem Eingang an der Wand. Auf dem Gehweg hatte der Regen bunte Kreidemalereien verwischt.

»Sieht eigentlich ganz einladend aus«, sagte sie, nachdem Nick geparkt hatte und sie ausgestiegen waren.

»Keine Ahnung, was uns da drin erwartet«, erwiderte er und zog seine Waffe. Er ging langsam auf das Haus zu, während sie ihm mit etwas Abstand folgte.

An den Fenstern war niemand zu sehen. Um diese Zeit waren die Bewohner sicherlich schon bei der Arbeit oder schliefen noch, falls sie im Schichtdienst waren. Wer hier wohnte, ging auf jeden Fall einem Beruf nach. Die Wohnungen waren offensichtlich nicht ganz billig.

»Was hat Roger hier nur zu suchen?«, flüsterte sie.

»Das werden wir gleich herausfinden«, erwiderte Nick und betätigte den Klingelknopf, unter dem der Name Alec Smith geschrieben stand.

22. KAPITEL

Roger öffnete die Tür und wirkte dabei wie eine wandelnde Leiche: bleich, mit blutunterlaufenen Augen, zittrig. Sein Blick fiel auf Nicks gezogene Pistole. »Die brauchst du nicht, es ist niemand hier. Niemand außer mir und Alec. Mein Freund Alec.«

Was er damit meinte, wurde kurz darauf ersichtlich. Die Wohnung war überschaubar, bestand aus zwei Zimmern, Küche und Bad. Nick benötigte nur einen schnellen Blick, um die Gesamtsituation zu erfassen.

Der Tote hing gefesselt auf einem Stuhl im Wohnzimmer. An seinem Hals gab es Würgemale, ein paar Blutgefäße unter den Augen waren geplatzt. In der Luft lag der Gestank von Fäkalien. An der Wand des Raums stand eine gemütliche Couch, der absolute Kontrast zu dieser ansonsten grausamen Szenerie.

»Was ist hier los?«, fragte Nick.

Roger trat zu ihm, vermied den Blick auf die Leiche. Stattdessen deutete er auf die Dielenbretter, wo sich eine Lache Erbrochenes auf dem Boden verteilt hatte und sogar in den Fugen hing. »Das war ich.«

Nick ließ es sich nicht nehmen, auch kurz den Schrank

im Schlafzimmer zu öffnen und unter das Bett zu sehen. Danach folgten Küche und Bad. Es war mehr als einmal geschehen, dass ein unvorsichtiger Kollege vom Mörder überrumpelt wurde.

Doch es war niemand sonst in der Wohnung.

»Was tust du hier?!«, fragte Anna. »Wir dachten alle, du kurierst dich in deinem Hotelzimmer aus.«

»Nachdem Alec mich im Hotel besucht hat, hat er mich angerufen.« Roger deutete auf den Toten. »Er sagte, dass ihn jemand kontaktiert, sich als Mitarbeiter des Labors ausgegeben und ihn bedroht hat. Ich konnte ihn damit doch nicht alleine lassen.«

»Und da setzt du dich einfach in ein Taxi und fährst hierher?« Anna starrte ihn fassungslos an. »Wieso hast du nicht Nick und mich dazugeholt?«

Roger zuckte nur mit den Schultern.

Nick war sich nicht sicher, ob sein alter Freund überhaupt geradeaus denken konnte. Es war einfach zu viel geschehen. Der Schock, die Bomben … Sie hatten einen Punkt erreicht, an dem es so nicht weiterging.

Spätestens jetzt hätte er Mike sowieso hinzugezogen und um ein Schutzteam gebeten.

Ein Blick zu Anna ließ ihn langsam ausatmen. Sofort fühlte er sich ruhiger, der Stress fiel ein wenig von ihm ab. Er spürte noch immer die Hämatome und Schürfwunden, aber irgendwie störte ihn das alles nicht mehr so sehr.

»Du hast ihn so vorgefunden, nehme ich an?«, fragte Nick.

Roger nickte apathisch. »Die Tür war angelehnt. Ich wusste es. Als ich dagegendrückte und sie aufschwang, habe ich es einfach gewusst.«

Nick wechselte einen Blick mit Anna und erkannte auch bei ihr die Fassungslosigkeit. Im Falle einer unverschlossenen Tür rief man sofort die Polizei. Man ging auf keinen Fall in die Wohnung.

Doch anscheinend waren Roger die Konsequenzen einfach nur noch egal. Hätte ein Unbekannter ihm aufgelauert, dann wäre das eben so gewesen.

»Die Polizei ist bestimmt gleich hier«, sagte Nick. »Wir sollten vor der Wohnung warten.« Er schob die Waffe wieder in das Holster.

»Ich habe niemanden angerufen«, gestand Roger.

Nick fluchte lautlos. Jede Verzögerung konnte ihnen später im Verlauf der Ermittlungen angelastet werden. Schlimmer noch, sie würden im Kreis der Verdächtigen landen, wenn sie Fakten zurückhielten. Instinktiv wollte er die Nummer von Detective Hunter wählen, doch der lag nach seiner Operation noch im Krankenhaus.

»Ruf Mike an«, sagte Anna. »Er kann das an die entsprechenden Stellen weiterleiten. Dann wissen sofort alle Bescheid. Nimm mein Smartphone.« Sie reichte es ihm.

Dankbar nickte er ihr zu und wählte die Nummer des Freundes.

»Hallo?«

»Nick hier. Ich rufe dich mit Annas Telefon an.«

»Wird auch Zeit, dass du dich mal meldest«, wurde er

begrüßt. »Ich bin mittlerweile in Detroit. Die haben hier auf dem Revier einen lausigen Kaffee. Wie geht es dir?«

In Mikes Stimme lag eine Mischung aus Besorgnis, Übermüdung und Stress. Nick kannte das Spiel. Wenn etwas schiefging, wurde immer auf der untersten Ebene ein Sündenbock gesucht, und das war meist der ausführende Agent vor Ort.

»Es gibt einen weiteren Toten«, sagte er sofort und konnte sich nicht verkneifen zu ergänzen: »Willkommen in Detroit.«

»Du verarschst mich. Das haben die mir nicht gesagt.«

»Ich bin mit Anna und Roger gerade in der Wohnung seines Freundes eingetroffen«, erklärte Nick. »Du bist der Erste, der es erfährt.«

Stille.

»In was, zur Hölle, seid ihr da hineingeraten?«, fragte Mike leise. »Drei Tote und ein Labor mit Viren und Nervengiften, das explodiert. Nick, das Ganze schlägt immer höhere Wellen. Gib mir die Adresse.«

Er nannte sie ihm.

»Du kennst den Drill. Nichts anfassen, raus aus der Wohnung. Ich verständige alle bisher zugeteilten Spezialisten und die Spurensicherung.« Mike war bereits in Bewegung. »Ich hätte dich ja lieber anders wiedergesehen, bei einem gemütlichen Frühstück, zum Beispiel.«

Nick lachte bitter auf. »Frühstück ist durchaus noch drin, aber gemütlich ist anders.«

Er legte auf und weihte die anderen ein.

»Immerhin haben wir mit Mike einen Freund vor Ort«, sagte Anna. »Er wird uns einbeziehen.«

»Bedingt, würde ich sagen«, merkte Nick an. »Du weißt, wie das ist. Noriss hält schon mal Ausschau nach Fehlern, nur für den Fall der Fälle.«

Er hasste dieses ganze politische Kalkül.

Anna hatte sich mittlerweile noch einmal den Toten angesehen. Sie ging neben ihm in die Hocke. »Das ist ziemlich eindeutig Mord, kein Versuch mehr, es zu verschleiern.«

»Und genau das wundert mich immer mehr.« Nick ging einmal um den Stuhl herum, um aus allen Blickwinkeln die Details aufzunehmen.

»Die Sache im Labor war perfekt eingefädelt«, sagte Nick. »Da sollte genau die Tatsache verschleiert werden, dass es sich um Mord handelt. Die Explosion vernichtet Beweise, wäre aber ohne diese ganzen Morde als Terrorakt eingestuft worden. Im Kontext zu den Vorfällen muss aber doch jedem klar gewesen sein, dass die Taten miteinander in Verbindung gebracht werden.«

Anna nickte langsam. »Der Modus Operandi ist anders. Der Schuss auf Sandy erfolgte aus nächster Nähe. Und jetzt das hier. Dieser Mann wurde gefesselt und erwürgt. Das ist keine kalte Präzision, das ist nah. Persönlich.«

Nick hatte bereits viele Fälle der unterschiedlichsten Art erlebt. Von Auftragskillern, die keine Spuren hinterließen und auf die trickreichsten Todesarten kamen, bis hin zu

Eheleuten, die ihren Partner aufgrund von Geliebten oder Lebensversicherungen umbrachten.

Distanzmorde waren leichter zu begehen, der Täter wurde nicht unmittelbar mit den Folgen seiner Tat konfrontiert. Ein direkter Schuss überschritt bereits die Grenze, und das Erwürgen …

»Das im Labor müssen Profis gewesen sein«, sagte Anna. »Die haben Sprengstoff platziert, alles vorbereitet. Und das auch noch unbemerkt.« Sie wandte sich Roger zu. »Welchen Job hatte Alec im Labor?«

Roger wirkte verwirrt. »Er hat dort nicht gearbeitet.«

Nick starrte den Freund an. »Und das sagst du erst jetzt! Sandy mag ja ein Zufall gewesen sein, weil sie in deinem Haus war und jemandem in die Quere kam, aber Alec …« Das passte schon wieder nicht ins Bild.

»Um Roger hierherzulocken?«, überlegte Anna.

Nick schüttelte den Kopf. »Dann hätte der Täter hier gewartet und ihn mit einer Kugel empfangen. Simpler Plan, aber wirksam. Es hätte keinen Grund gegeben abzuhauen. Er kam alleine, die Tür war offen. Theoretisch hätte der Täter einfach auf das Klingeln warten, die Tür öffnen, schießen und Roger hineinziehen können. Schnell und effektiv.«

Nick hatte das Gefühl, vor einem gewaltigen Puzzle zu stehen. Doch jedes Mal, wenn er glaubte, dass ein Teil zum anderen passte, erwies sich das als Irrtum. Sie übersahen etwas. »Zwei unterschiedliche Täter wären aber doch ein großer Zufall. Irgendwie muss es zusammenhängen. Alles.«

»Das Bindeglied ist Roger.« Anna deutete auf den Freund. »Er war im Labor, und außerhalb wurden Menschen getötet, die ihm nahestehen. Könnte es einfach eine Nachricht sein? Will man ihn einschüchtern?«

»Wieso ihn dann nicht gleich ausschalten?«, fragte Nick. »Das wäre effektiver als eine Einschüchterung, die auch immer zu Trotz und Wut führen kann. Vor allem, nachdem jetzt die Behörden mitmischen. Ab jetzt kommt doch niemand mehr an Roger heran.«

Vor dem Fenster tauchte das flackernde Licht der Streifenwagen auf.

»Wir müssen raus.« Nick packte Roger am Arm und schob ihn vor sich her zur Tür.

Anna folgte zügig.

Als sie aus der Wohnung traten, kamen gerade die ersten vier Deputys um die Ecke, die Waffen im Anschlag.

Nick hatte seine Marke bereits gezogen und hielt sie in die Höhe. Wie immer rief er laut seinen Namen und Dienstgrad und wies darauf hin, dass er bewaffnet war. Eine der Frauen überprüfte seine Angaben, ein Mann betrat vorsichtig die Wohnung. Er sah sich nur um, kam danach aber sofort wieder heraus und rief: »Sauber.«

Die Spurensicherung traf fast zeitgleich mit Mike ein. Das typische Chaos brach aus, das Mike jedoch recht schnell in den Griff bekam.

Er begrüßte Nick und Anna mit einer kurzen Umarmung. »Sie sind Roger Beckett?«

Ein zögerliches Nicken war die Antwort.

»Bitte begeben Sie sich zu Deputy Sarah Miles.« Mike deutete auf die rothaarige Frau mit Pferdeschwanz. »Sie wird Ihre Aussage aufnehmen und Fragen zu dem Toten stellen. Danach werden Sie von zwei Agenten in ein Safe House gebracht.«

»Aber …«

»Das war keine Bitte. Wir gehen auf Nummer sicher.«

»Ich kann doch nicht einfach …«

»Notfalls nehme ich Sie in Schutzhaft. Sie sind der einzige Zeuge und in Lebensgefahr. Wir können keine weiteren Opfer riskieren.«

Roger gab sich geschlagen und trottete zu Deputy Miles.

»So ruppig kenne ich dich gar nicht«, sagte Nick.

»Alter, du hast ja keine Ahnung, was gerade hinter den Kulissen abgeht. Keine Risiken mehr, keine Fehler. Hier läuft irgendetwas ganz Großes.« Mike rieb sich die Augen. »Angeblich hat Noriss sogar dem Verteidigungsminister Rede und Antwort stehen müssen, weil es um ein Labor geht, das auch Aufträge des Militärs angenommen hat.«

Allein diese Aussage verdeutlichte, welche Kreise die Sache längst zog. Es hätte Nick keinen Augenblick gewundert, wenn Noriss mittlerweile ein Bild von ihm anschrie. Mal wieder war Agent Coleman im Zentrum der Ereignisse – nach Nicks eigenem Dafürhalten allerdings völlig unverschuldet.

»Ich sehe mich kurz in der Wohnung um«, sagte Mike, nachdem die Spurensicherung alles bereitgelegt hatte.

Er schlüpfte in einen der Schutzanzüge und betrat den Tatort.

»Wir müssen mit Lynette sprechen«, sagte Nick. »Vielleicht erkennt sie ein Muster.«

Mittlerweile war Rogers erste Befragung abgeschlossen, und Sarah Miles brachte ihn zu einem bereitstehenden Wagen.

»Immerhin müssen wir uns ab jetzt um Roger keine Sorgen mehr machen«, sagte Anna. »Ich bin froh, dass Mike ein Safe House für ihn organisiert.«

Nick nickte nur schweigend, den Blick auf das Auto mit dem Freund darin gerichtet.

»Was ist los?«, fragte Anna.

»Nichts, ich hätte ihn nur gerne auch noch in Ruhe über den genauen Ablauf befragt«, meinte er.

»Mike wird uns die Unterlagen doch bestimmt zugänglich machen.«

Mike kam Minuten später wieder aus der Wohnung, streifte den Schutzanzug ab und kam zu ihnen herüber. »Das sieht übel aus. Und eindeutig.«

»Alec hat Roger angerufen und ihn zu sich bestellt, wir dachten schon daran, dass es eine Falle gewesen sein könnte.«

»Und der Täter wäre gestört worden?« Mike zuckte mit den Schultern. »Wir beziehen die Theorie mit ein. Aber ich veranlasse auf dem Revier auch, dass Rogers Telefonunterlagen eingesehen werden.«

»Du hältst ihn für einen Verdächtigen?«

»Auf jeden Fall schließe ich das erst aus, wenn ich die Bestätigungen habe«, stellte Mike klar. »Ich weiß, er ist euer Freund. Aber die Sache ist in mehr als einer Hinsicht auffällig. Drei Morde, die mit ihm zu tun haben.« Mike machte eine beschwichtigende Geste. »Keine Sorge. Das ist für mich eher ein Punkt auf der Liste zum Abhaken.«

Nick unterdrückte das Gefühl, Roger verteidigen zu müssen. Eine genauere Untersuchung würde ihn gegen jede mögliche Verdächtigung absichern. Jetzt und in Zukunft. Und so etwas war schnell erledigt.

»Na dann.« Mike klatschte in die Hände und grinste. »Dort vorne steht die gute Sarah Miles und ist bereit. Wer von euch will als Nächster?«

Anna seufzte. »Ich mach schon.«

Sie ging ebenfalls hinüber.

»Da wir jetzt ein paar Minuten haben«, sagte Mike, »erzähl mir doch einfach mal von Anfang an, wie du in diesen Schlamassel hineingeraten bist. Und spare nicht an Details. Dann hast du sie für die gute Sarah schon parat.«

Nick sehnte sich nach einem Kaffee.

Er begann zu erzählen. Gleichzeitig richteten sich seine Gedanken auf den armen Kerl, der tot auf dem Stuhl gefesselt in der Wohnung saß. Wer war das nächste Opfer?

23. KAPITEL

Die Presse traf ein, bevor der Leichenwagen vorgefahren war. Für Anna war es immer wieder verstörend, wie unterschiedlich Journalismus verstanden wurde. Sie war stets darum bemüht, mit ihren Artikeln den Finger auf Ungerechtigkeiten zu legen und, wenn möglich, ihren Teil dazu beizutragen, die Welt ein kleines Stück besser zu machen. Das lag sicherlich zu einem großen Teil an ihrer Geschichte und allem, was sie selbst hatte durchmachen müssen. Aber schon bei der Schülerzeitung und später im Studium waren ihr immer gut recherchierte Beiträge und Problemlösungen wichtig gewesen. Diese Fotografen hier waren sensationsgeil und hauptsächlich darauf aus, mit einem Tatortfoto schnelles Geld zu verdienen.

Der Leichensack wurde gerade aus dem Haus getragen. Sie beobachtete ihre Kollegen, die sich beim Kampf um das beste Foto gegenseitig bedrängten, und scannte unwillkürlich ihre Gesichter.

Seit sie mit Nick vor Ort eingetroffen war, zermarterte sie sich den Kopf. Der ganze Fall wurde immer undurchsichtiger. Sandys Tod konnte Anna sich noch damit erklären, dass sie vermutlich nebenan in Rogers Haus

Geräusche gehört hatte, nachschauen ging und daraufhin ihrem Mörder in die Quere kam. Doch bei Alec Smith tappten sie völlig im Dunkeln.

Warum musste er sterben? Nach ersten Erkenntnissen stand er mit dem Labor in keinerlei Verbindung, nur mit Roger, dessen bester Freund er gewesen war. Vielleicht glaubten die Täter, Roger hätte ihm geheime Informationen anvertraut. Aber er hatte sicherlich noch weitere Freunde. Dann wären auch die in Gefahr.

Kurz sah Anna zu Nick, der mit Lynette und Mike zusammenstand und gemeinsam mit ihnen den Tathergang zu analysieren versuchte. Als Lynette eingetroffen war, hatte Anna sofort bemerkt, wie sich alle Aufmerksamkeit auf sie gerichtet hatte. Über die Jahre hatte sie sich als Profilerin einen Namen gemacht. Vor allem die Mitarbeiter der Kriminaltechnik und der Rechtsmedizin hatten sie mit spürbarer Ehrfurcht begrüßt.

Anna wandte sich zu dem Streifenwagen um, in den Roger kurz nach Mikes Eintreffen verfrachtet worden war. Es schien, als hätte er sich in der ganzen Zeit nicht bewegt. Er starrte auf die Kopflehne des Sitzes vor ihm und wirkte wie weggetreten.

Während sie langsam zu ihm ging, schaute sie sich abermals um. Nachdem sich die Unbekannten in ihrem Hotelzimmer Zugang verschafft hatten, war ihr klar, dass sie unter deren Beobachtung standen. Sicherlich wurden sie auch gerade in diesem Moment beschattet. Polizei, FBI, Spurensicherung, Hausbewohner, Presse und Schaulustige tummelten sich vor dem Absperrband. Jeder von ihnen konnte ein Maulwurf sein.

Beim Auto angekommen, klopfte sie vorsichtig gegen die Scheibe, und als Roger weiterhin reglos vor sich hin starrte, versuchte sie es mit mehr Nachdruck. Seine Reaktion kam zögerlich. Wie in Zeitlupe sah er zu ihr auf. Er machte keine Anstalten, das Fenster herunterzulassen.

Der Deputy, der auf dem Beifahrersitz des Wagens saß, stieg aus, nickte ihr zu und öffnete Rogers Tür.

»Danke.« Sie nickte ebenfalls, beugte sich dann zu Roger hinab und legte ihm eine Hand auf die Schulter. »Kann ich irgendetwas für dich tun?«

Er schluckte. Sein Blick festigte sich, und er sah sie direkt an. »Macht, dass es aufhört.«

Seine Augen waren verquollen und gerötet, seine Schultern nach vorne gesunken. Von dem taffen Roger, den sie kannte, war nichts mehr übrig. In diesem Augenblick wirkte er wie ein Häufchen Elend.

»Das tun wir. Das FBI ist jetzt offiziell an dem Fall dran. Du wirst schon sehen, wer auch immer es ist, sie werden die Verantwortlichen fassen.«

Er wandte sich von ihr ab und wieder der Kopflehne des Vordersitzes zu. »Es werden weitere Menschen sterben«, flüsterte er. »Ich oder andere.«

Sie wollte ihm seine Schuldgefühle nehmen. Aber er wusste so gut wie sie, dass Sandy und Alec sterben mussten, weil sie ihn gekannt hatten.

»Wir haben jetzt die Koordinaten«, sagte Mike hinter ihr.

Anna hatte sein Näherkommen nicht bemerkt. Sie drehte sich zu ihm um und trat beiseite, da einer seiner Männer Roger zum Aussteigen aufforderte.

»Der Streifenwagen ist zu auffällig«, erklärte Mike. »Unsere Agenten sind für eine solche Maßnahme ausgebildet und werden etliche Umwege fahren, bis sichergestellt werden kann, dass sie von niemandem verfolgt werden.«

»Ich kann hier nicht weg«, stammelte Roger. »Es ist noch nicht vorbei.«

»Haben Sie keine Angst«, erwiderte Mike. »Sie werden im Safe House sicher sein.« Er nickte dem Agenten zu, woraufhin dieser Roger am Arm fasste und sanft wegzuführen versuchte. Doch er riss sich ruckartig von ihm los, kam dabei ins Taumeln und ging zu Boden.

»Ihr versteht das nicht«, schrie Roger. »Wenn ihr mich versteckt, sterbe ich.« Er verschluckte sich an seiner eigenen Spucke und hustete kehlig auf. Seine roten Locken klebten ihm an der Stirn. Vermutlich hatte er wieder Fieber.

Durch sein Gebrüll wurden Fotografen auf die Szene aufmerksam und richteten ihre Visiere auf Roger.

»Bringen Sie ihn um Himmels willen hier weg, bevor er noch mehr Aufsehen erregt«, wies Mike den Agenten an, der beherzt zugriff, Roger auf die Beine zog und ihn konsequent zu einem bereitstehenden SUV führte.

Roger hing mehr im Arm des Agenten, als dass er selbst lief. Er schrie noch immer unzusammenhängendes Zeug, das Anna nicht verstand.

»Es scheint, als hätte euer Freund ein Drogenproblem«, sagte Mike, nachdem der Agent ihn mithilfe eines Kollegen in den SUV verfrachtet hatte. Roger hämmerte von innen gegen die Scheibe.

»Ich weiß nicht, was mit ihm los ist«, entgegnete sie und rieb sich seitlich den Hals. »Das alles macht ihn psychisch und körperlich fertig. Er hatte in der Highschool öfter mal mit leichtem Zeug gedealt, aber das ist lange her. Und im Labor kann er sich kaum mit einem Virus angesteckt haben, er befand sich ja nicht in der Gefahrenzone. Das ergibt keinen Sinn.« Sie wandte sich von dem davonfahrenden Wagen ab und Mike zu. »Kannst du dafür sorgen, dass ein Arzt ihn sich mal ansieht?«

»Das lässt sich regeln«, erwiderte er, blickte zu den Fotografen und seufzte. »Jetzt muss ich mich erst mal um die Meute kümmern, bevor sie sich zu Rogers Auftritt eine eigene Story zurechtlegt. Und dann brauche ich dringend einen Kaffee.«

Er ging auf die Journalisten zu, die ihn bereits aus der Ferne mit ihren Fragen bombardierten. Gegen einen Kaffee hätte Anna jetzt auch nichts einzuwenden.

Das Absperrband war etwa zehn Schritte von ihr entfernt entlang von Verkehrsschildern gespannt. Annas Blick traf zwischen den Schaulustigen auf ein Objektiv, bevor der Mann die Kamera sinken ließ und sie sein

Gesicht erblickte. Eng beieinanderstehende Augen, Vollbart, Seitenscheitel.

»Thatcher«, stieß sie aus. Es kam ihr vor, als sackte ihr Blut von jetzt auf gleich aus dem Kopf in ihre Füße.

Er wich zurück und verschwand im Pulk der Passanten.

Die Zeit um sie herum schien stillzustehen. Die Geräusche der Stadt und der Menschenmenge am Tatort verebbten. Sie schaute zu Nick und Lynette, zumindest zu der Stelle, an der sie vorhin gestanden hatten. Die beiden waren nicht mehr zu sehen. Vermutlich waren sie im Haus, um sich den Tatort noch einmal genauer anzusehen.

Mike stellte sich gerade den Fragen der versammelten Presseleute. Wenn sie ihn jetzt dort wegholte, erweckte das nur Aufsehen. Ihr Blick huschte zwischen einem ihr am nächsten stehenden Deputy und den Passanten hin und her. Thatcher war bereits aus ihrem Sichtfeld verschwunden. Es dauerte zu lange, dem Deputy zu erklären, wer Garry Thatcher war. Sie musste reagieren – und zwar sofort.

Ehe sie sichs versah, rannte sie los. Die Leute schimpften, als sie unter der Absperrung hindurchschlüpfte und sich hektisch an ihnen vorbeidrängte. Wohin war er gelaufen? Er konnte sich doch nicht innerhalb von Sekunden in Luft aufgelöst haben.

Sie entkam der Menschentraube, drehte sich immer wieder um ihre eigene Achse. Hastig fuhr sie sich in die Jackentasche und zerrte ihr Smartphone heraus. Aus Gewohnheit tippte sie auf Nicks Namen, bevor ihr einfiel, dass er sein Telefon ja verloren hatte.

»Verdammt.«

Gerade als sie Lynettes Nummer wählen wollte, entdeckte sie Thatcher. Er überquerte die Straße, befand sich gerade noch in Sichtweite. Dann verschwand er hinter einer Hausecke.

Sie nahm sofort seine Verfolgung auf. Nebenbei versuchte sie, Lynettes Nummer zu wählen, was sich beim Rennen als äußerst schwierig herausstellte.

»Anruf Lynette«, schrie sie. Da sie keine Bestätigung erhielt, hatte ihr Sprachassistent sie durch den umgebenden Straßenlärm wohl nicht verstanden.

Kurz bevor sie die Straßenkreuzung erreichte, schaltete die Fußgängerampel auf Rot. Sie fluchte und nahm die vorbeifahrenden Autos in Augenschein, ohne ihr Tempo dabei zu drosseln. Zum Glück war die Straße nur zweispurig, weshalb sie die Lücken zwischen den Fahrzeugen ausnutzen konnte und sich unter protestierendem Hupen einen Weg hinüber suchte.

An der Hausecke angekommen, blieb sie stehen.

»Anruf Lynette«, versuchte sie es erneut.

Dieses Mal bestätigte ihr Smartphone den Befehl und wählte die Nummer. Anna sah sich nach Thatcher um und entdeckte ihn, als er die Treppe zu Detroits Hochbahn People Mover hinaufstieg.

Mist, sie hatte ihn schon so gut wie verloren. Trotzdem rannte sie wieder los und hielt sich das Telefon ans Ohr.

»… bist du? Hörst du mich? Anna?«

Sie hatte ihr Smartphone nicht auf Lautsprecher gestellt, bekam jetzt erst mit, dass Lynette bereits rangegangen war.

»Er ist hier. Garry Thatcher. Er steigt gleich in die Hochbahn. Ich versuche dranzubleiben.« Die Worte kamen viel zu schnell und abgehackt aus ihr heraus.

»Was? Du …«

Anna erreichte die Treppe, nahm zwei Stufen auf einmal. Sie konnte das Smartphone nicht ruhig genug halten, um Lynette durchweg zu verstehen. Außerdem fuhr gerade die Bahn ein.

»Ich sehe ihn nicht mehr«, rief sie und lief zwischen den wartenden Fahrgästen den Bahnsteig entlang. Leute stiegen aus.

»Anna«, hörte sie nun Nicks Stimme. »Halte dich von ihm fern! Hörst du? Anna!«

Ihr Blick fing Thatcher wieder ein, als er zwei Bahnwaggons vor ihr zustieg. Wenn sich die Türen jetzt schlossen und die Bahn losfuhr, war er entwischt.

Sie überlegte nicht länger, sprang gerade noch rechtzeitig in den Waggon neben ihr. Dieser Mann kannte alle Antworten, da war sie sich sicher.

»Anna?«, brüllte Nick und rief sich damit wieder in ihr Bewusstsein.

Die Frau, die sich neben ihr ebenfalls an der Haltestange festhielt, sah sie mit gerunzelter Stirn an. Vermutlich hatte selbst sie ihn gehört.

»Er entkommt, wenn ich nicht an ihm dranbleibe«, flüsterte sie in ihr Telefon.

Am anderen Ende der Leitung herrschte daraufhin Stille, bis sie Nick lange und tief ausatmen hörte.

»In welcher Bahn bist du?«, fragte er.

Sie sah auf den Bildschirm, auf dem das Streckennetz angezeigt wurde. »Nächster Halt ist Bricktown«, informierte sie ihn.

Er atmete abermals durch. »Du wirst in dieser Bahn bleiben, bis wir sie eingeholt haben und dich an einer Haltestelle einsammeln können. Versprich mir das.«

Nur langsam kam sie wieder zu Atem. »Ich werde schauen, wo er aussteigt«, erwiderte sie, ohne etwas zu versprechen.

»Wir haben noch keine Ahnung, mit wem wir es hier zu tun haben«, stieß er aus. »Das Risiko ist viel zu groß.«

»Wenn er uns entwischt und wir dann wieder eine Leiche finden, werde ich mir nie verzeihen, dass ich ihn habe ziehen lassen.« Nun war sie es, die lautstark durchatmete. »Uns bleibt gar keine andere Wahl. Wir müssen diesen Mann jetzt und heute schnappen.«

Stille.

»Nick?«

»Wir sitzen im Auto und fahren Richtung Bricktown«, sagte er zögerlich. »Du unternimmst nichts, außer ihn zu beobachten und uns ständig eure Position durchzugeben.«

»Etwas anderes hatte ich nie vor«, entgegnete sie.

Die Bahn hielt, und Anna stieg als Erste aus. Sie blieb jedoch neben der Tür stehen, bereit, jederzeit wieder zuzusteigen. Über die Köpfe der Passanten hinweg versuchte sie, Thatcher im Gewühl ausfindig zu machen. Da sah sie ihn tatsächlich seinen Waggon verlassen und in Richtung Ausgang gehen.

»Bricktown«, sprach sie in ihr Smartphone, hielt sich hinter anderen Passanten verborgen und nahm wieder seine Verfolgung auf.

»Wir sind auf dem Weg. Halt dich von ihm fern.«

»Verstanden.«

Im Strom der Leute verließ sie die Subway-Station. Thatcher lief ohne Eile. Er fühlte sich anscheinend sicher und war sich ihrer Verfolgung nicht bewusst.

»Er läuft in ein Parkhaus«, informierte sie Nick.

»Gut, dann halte dich draußen versteckt und gib uns das Kennzeichen des Fahrzeugs durch, sobald er wegfährt.«

»Das Parkhaus grenzt an ein Geschäftsgebäude«, antwortete sie. »Gut möglich, dass er dort gar nicht parkt, sondern ins Nebenhaus will. Ich muss hinterher.«

Ein Seufzen war die Antwort. »Das gefällt mir nicht. Wir brauchen noch gute zehn Minuten. Der Straßenverkehr ist zu dicht.«

»Ich bin vorsichtig«, versprach sie.

Anna nahm den Eingang, durch den auch Thatcher gegangen war. Die Autos reihten sich aneinander, eins kam gerade die Abfahrt heruntergefahren. Sie ging zwischen zwei Fahrzeugen in Deckung und spähte über die Kühlerhaube, bis sie erkannte, dass nicht Thatcher der Fahrer war.

Wo steckte er? Nachdem sich die Motorengeräusche entfernt hatten, spitzte sie die Ohren und lauschte. Es war kein weiteres Auto oder eine zuschlagende Autotür zu hören. Ihr Blick fiel auf die Tür, die ins Treppenhaus führte, und sie lief in geduckter Haltung los.

Bevor Anna sie aufstemmte, schaute sie sich noch einmal um. Dieser Ausgang war die einzige Möglichkeit, wie er so schnell hatte aus ihrem Sichtfeld verschwinden können. Sie öffnete die Tür sanft und achtete drauf, dass sie leise wieder hinter ihr ins Schloss fiel. Als sie sich dem Treppenaufgang zuwandte, sah sie direkt in den Lauf einer Pistole.

»Hallo, Miss Jones.« Thatcher schnalzte mit der Zunge. »Wirke ich so anziehend auf Sie, dass Sie mir auf Schritt und Tritt folgen?«

Anna biss sich auf die Unterlippe, konnte förmlich spüren, wie Nick ebenso wie sie zusammenzuckte. Sie hielt das Smartphone noch immer in der Hand. Er konnte unmissverständlich hören, dass Thatcher sie gestellt hatte.

Er bedrohte sie weiterhin mit seiner Waffe und streckte die freie Hand aus. »Geben Sie mir Ihr Telefon!«

Sie hatte sowieso keine Wahl, tat es deshalb, ohne zu zögern. Sie musste aber Zeit schinden.

Thatcher nahm das Smartphone entgegen und sah auf das Display. Diese kurze Unaufmerksamkeit nutzte Anna aus, machte einen Satz nach vorn, trat ihm mit voller Wucht in die Weichteile und schlug ihm gleichzeitig die Waffe aus der Hand.

Er jaulte schmerzerfüllt auf, ließ ihr Smartphone fallen, sackte auf die Knie und keuchte. Sie nahm seine Pistole auf, ging auf Abstand und richtete die Waffe auf ihn.

»Miststück«, stieß er zittrig zwischen zusammengebissenen Zähnen aus. Sein Telefon begann zu klingeln, was ihn sichtlich nervös machte und zum Fluchen brachte. Er zog es umständlich aus seiner Jeanstasche.

»Finger weg«, brach es aus ihr heraus. »Sie werden da jetzt auf keinen Fall rangehen.«

Er sah sie hasserfüllt an und spuckte in ihre Richtung. »Sonst was? Willst du es ernsthaft durchziehen und mich erschießen?« Ohne sie aus den Augen zu lassen, tippte er auf das Display und führte das Telefon wie in Zeitlupe an sein Ohr. »Ich habe hier ein Problem«, sprach er hinein. »Anna Jones ist mir gefolgt.«

Wo blieb Nick? Sie sah zu ihrem Smartphone, das direkt neben Thatcher lag. Wenn sie sich ihm näherte, um es aufzuheben, könnte er sie überwältigen, und dieses Risiko wollte sie nicht eingehen.

»Ja, sie steht direkt vor mir.« Thatchers und ihre Blicke trafen sich, ehe er ihr sein Telefon zögernd entgegenhielt. »Er will dich sprechen.«

Sie hob die Augenbrauen. »Wer?«

Da sie keine Anstalten machte, näher zu treten und das Smartphone an sich zu nehmen, schob er es auf dem Boden auf sie zu.

Anna behielt ihn im Visier, bückte sich und hob es auf. Sie wollte nicht denselben Fehler machen wie er und vermied den Blick auf das Display. Ohne ein Wort zu sagen, hielt sie es sich ans Ohr und erschauderte.

Sie hörte jemanden atmen, doch diese Atemzüge klangen

metallisch verzerrt – ein Klang, der sich fest in ihrem Gedächtnis verankert hatte und grausige Erinnerungen weckte.

»Hallo, Anna«, meldete sich die verzerrte Stimme.

Sie brachte keinen Ton heraus. Ihre Gedanken fuhren Achterbahn. Das war nicht möglich.

»Hast du mich vermisst?« Sein Lachen ließ ihr das Blut in den Adern gefrieren. »Ich kann dir gar nicht sagen, wie sehr ich mich auf unsere erneute Begegnung gefreut habe. Immerhin haben wir viel zusammen erlebt. Erinnerst du dich?«

Thatcher rappelte sich langsam auf, hielt sich weiterhin die Hände vor den Schritt. Sie starrte ihn an. Ihre Hand, mit der sie die Waffe auf ihn richtete, zitterte immer mehr. Sie musste konzentriert bleiben, konnte die Bilder, die sich vor ihrem inneren Auge in ihr Bewusstsein drängten, aber nicht abschütteln.

Unzählige Fotos von ihr, die über ein Flachdach flatterten; der in rotes Neonlicht getünchte Keller; die Bar, in der er sie fütterte; sein Geschenk, das er ihr im stillgelegten Kino überreichte; der Ausflugsdampfer …

Anna schluckte, schmeckte Blut. Bisher hatte sie nicht einmal gemerkt, wie fest sie sich innen in die Wangen gebissen hatte.

»Glaubst du wirklich, dieser Mann ist von Bedeutung?«, fragte er, als sie weiterhin schwieg. »Er ist nur ein Werkzeug – eines von vielen. Ihr seid nirgendwo vor mir sicher.«

Ihre Lunge weigerte sich, sie mit ausreichend Sauerstoff zu versorgen. Sie rang angestrengt und vermutlich für ihn gut hörbar nach Luft. Das war das Einzige, was sie ihm zugestand. Würde sie mit ihm sprechen, würde ihre Stimme ihm ihre Panik verraten.

»Ich bin euch die ganze Zeit überlegen, Anna. Wie dumm von euch, auch nur für einen kurzen Moment zu glauben, ihr hättet über mich triumphiert.«

»Garry Thatcher steht Ihnen nun nicht mehr zur Verfügung« brach es aus ihr heraus. Sie konnte sich einfach nicht länger zügeln. »Es wird interessant sein, was er dem FBI und der Polizei über Sie zu berichten hat.«

»Ihr solltet langsam damit aufhören, mich ständig zu unterschätzen«, sagte er kalt. »Fahrt lieber ins Hotel zurück und seht nach eurem Freund Zane Newton«, sagte er jetzt ganz ruhig. »Wenn du dem FBI oder der Polizei auch nur ein Sterbenswörtchen über unser Telefonat verrätst, unterschreibst du damit sein Todesurteil.«

Anna erstarrte. »Zane? Was ist mit ihm?«

»Wirf einen Blick in die Galerie des Smartphones und dann lass mein Werkzeug gehen. Ich rufe wieder an. Keine Sorge, ich habe deine Nummer.«

»Sie sind so krank«, rief Anna.

»Bis bald, meine Liebe. Vergiss nie: Ich bestimme, wann, wie und wo ihr sterben werdet.« Er legte auf.

Anna öffnete das Fotoalbum. Es gab lediglich ein einziges Bild. Es zeigte Zane, der schlafend im Bett lag. Neben ihm auf dem Nachttisch … Sie erbleichte und ließ kraftlos die Hand sinken.

24. KAPITEL

Ein kleines Team der Polizei leitete die örtliche Untersuchung. Sie würden die Überwachungskameras auswerten, doch Nick war klar, dass sie nichts finden würden. Thatcher hatte Anna in einem toten Winkel aufgelauert. Es glich einem Wunder, dass sie ihn hatte in die Flucht schlagen können.

Mike war dazugekommen, um sich ebenfalls vor Ort ein Bild zu machen. Während er mit ihm sprach, drängte Anna ständig darauf, dass sie jetzt zurück ins Hotel wollte. Sie wartete mit Lynette im Wagen und rief wiederholt nach ihm.

Als er schließlich zu ihnen ins Auto stieg, atmete sie hörbar aus. »Bitte fahr, so schnell du kannst.«

Er fuhr los. »Warum hast du es denn so eilig?«

»Thatcher ist gar nicht entkommen«, ließ sie die Bombe platzen.

»Wie bitte?!« Beinahe hätte er im Reflex gebremst.

»Was ist passiert?«, fragte Lynette und beugte sich zu ihnen vor.

»Das werdet ihr mir nicht glauben.«

»Versuch es.«

Mit stockenden Worten berichtete Anna von der Verfolgung, ihrem Kampf gegen Thatcher und dem Telefonat. Sie hatten sich in die Irre führen lassen, Paul Kelly für den Drahtzieher und somit den großen Unbekannten für tot gehalten.

Zuerst sträubte sich Nick gegen diese Informationen, doch als er die Panik in Annas Augen las, bekam er eine Gänsehaut.

»Er ist zurück …« Nick schluckte. »Weshalb fahren wir dann ins Hotel? Und wieso weiß Mike nichts davon?«

»Weil Zane in Schwierigkeiten steckt und der Unbekannte damit gedroht hat, dass wir sein Todesurteil unterschreiben, wenn wir darüber reden.« Anna schlug sich die Hand vors Gesicht. »Auf dem Bild war Zane schlafend zu sehen, und auf dem Nachttisch lag eine leere Spritze.«

»Um Himmels willen, wir müssen den Notarzt rufen«, sagte Lynette.

»Auf keinen Fall.« Nick schenkte ihr einen durchdringenden Blick, woraufhin sie ihr Smartphone sinken ließ. »Er spielt mit uns. Falls es sich wirklich um diesen Wahnsinnigen handelt, will er die Kontrolle zurück.«

Lynette schwieg einige Sekunden. »Es würde zu seinem Modus Operandi passen. Auch zu dem, was er am Telefon sagte. Dieser Thatcher ist lediglich ein Werkzeug, wie es auch Natalie war. Er formt Menschen.«

In der Ferne tauchte das Hotel auf.

»Und er will uns leiden sehen«, merkte Anna an. »Langsam, dauerhaft. Bis er uns gebrochen hat.«

Nick atmete tief ein und wieder aus. »Wir haben die ganze Zeit in die falsche Richtung geschaut. Der Mord im Labor, die Explosion, all die Toten …«

Er hatte das Gefühl, auf ein zersplittertes Mosaik zu starren. Bisher hatten sie nur die Einzelteile gesehen, doch langsam nahm das zugrunde liegende Bild Gestalt an. Eine beängstigende Gestalt. Sie erlebten erneut einen Albtraum, der wider Erwarten noch lange nicht zu Ende war.

Nick lenkte den Wagen in die Tiefgarage, und gemeinsam fuhren sie im Fahrstuhl zu ihrer Etage. Roger war mittlerweile hoffentlich bereits im Safe House angekommen.

Bisher waren sie davon ausgegangen, dass lediglich er in Gefahr schwebte. Ein fataler Irrtum.

Sie erreichten Zanes Zimmer.

»Abgeschlossen.« Anna drückte mehrmals die Klinke. »Zane!«

Keine Antwort.

Die Türen waren aus massivem Holz, es gab keine Chance, sie mit der Schulter aufzubrechen. In diesem Augenblick wünschte sich Nick, sie wären in einem billigen Motel abgestiegen.

Lynette eilte davon, während sie beide weiter gegen die Tür hämmerten.

Ein paar Minuten später kam sie mit einem Hotelangestellten zurück, dem Nick die FBI-Marke unter die Nase hielt. Er öffnete ihnen die Tür mit einer Schlüsselkarte. Anna stürmte hinein.

Zane lag im Bett, seine Brust hob und senkte sich gleichmäßig.

»Er lebt«, stellte sie erleichtert fest.

»Vermutlich falscher Alarm, wir klären das.« Er bedeutete dem Hotelangestellten, wieder zu gehen.

Nach kurzem Zögern kam er der Aufforderung nach. Nick dankte seiner Marke im Stillen. Ohne diese wären sie um einen Arzt nicht herumgekommen.

Ein leises Klatschen erklang, als Anna Zane sanft die Wange tätschelte. »Wach auf!«

Lynette betrachtete die Spritze eingehender. Mit einem Kleenex aus dem Spender im angrenzenden Bad nahm sie sie in die Hand. »Keine Seriennummer. Hinweise zum Inhalt gibt es nicht.«

Ein Teil der Komponente musste ein Schlafmittel gewesen sein, andernfalls wäre Zane längst aufgewacht. Wollte der Unbekannte ihnen einfach einen Schrecken einjagen? Falls ja, war ihm das gelungen.

»Der Puls ist regelmäßig.« Anna schüttelte Zane, der endlich ein Stöhnen von sich gab. »Wieso wacht er nicht auf?«

Ihr Smartphone klingelte.

Anna zog es aus ihrer Tasche und starrte auf das Display. Die Nummer wurde unterdrückt.

»Stell es auf Lautsprecher«, sagte Nick mit gepresster Stimme.

Unweigerlich fühlte er sich wieder an kaltes Neonlicht und den Geruch von Formaldehyd erinnert. Doktor Falsi, Natalie, Thatcher … alles Werkzeuge? Aber wofür?

»Ich nehme an, ihr habt den guten Zane Newton mittlerweile gefunden«, erklang die von einem Vocoder verzerrte Stimme aus dem Smartphone.

Nick schloss die Augen. Kein Zweifel, das war *er*. Sein Magen fühlte sich an, als würde er mit einer eisernen Faust unbarmherzig zusammengedrückt.

»Was haben Sie mit ihm gemacht?!«, fragte Anna.

»Ihn nicht getötet«, sagte der Unbekannte. »Ein einfaches ›Danke‹ genügt. Der liebe Zane Newton hat eine ganz besondere Mixtur verabreicht bekommen. Unter anderem war ein Anästhetikum dabei. Ein Energydrink, und er ist wieder fit wie ein Turnschuh. Genau das sollte er auch besser zügig sein. Die andere Komponente ist nämlich tödlich. Ein Nervengift, das sich langsam ausbreitet. Selbst wenn ihr einen Arzt kontaktiert und das gesamte FBI seine Ressourcen einsetzt, könnt ihr ihn nicht rechtzeitig retten. Er benötigt das Gegengift.«

Anna und Lynette warfen Nick entsetzte Blicke zu.

»Was wollen Sie?« Nick konnte sich nicht länger zurückhalten.

»Ah, Agent Coleman. Zweifellos hast du die Zeit, die dir geblieben ist, genossen. Wie vergänglich unser Leben doch ist. Was ich will, ist simpel. In Kürze wird ein Bote etwas in euer Hotel bringen. Ich verderbe die Überraschung nur ungern, aber in diesem Fall … Es handelt sich um die Codekarte für den Fernzugriff auf die Server des Labors. Damit ausgerüstet, wird Mr. Newton einen Weg finden, sich Root-Rechte zu sichern. Er wird dir erklären können, was genau das ist.«

Nick durchdachte innerhalb von Sekunden ihre Möglichkeiten. Ablehnen kam nicht infrage. »Deshalb der Mord im Labor. Um zu vertuschen, dass Nervengift entwendet wurde. Und als wir nicht lockerließen und weiterermittelten, haben Sie alles in die Luft gesprengt.«

»Und schon hast du der Klasse bewiesen, was für ein toller Ermittler du bist. Leider zu spät«, höhnte der Unbekannte. »An die Daten auf dem Server komme ich allein nicht ran. Sie müssen gelöscht werden, damit keine Spur mehr zu mir führt. Zane Newton wird das also regeln. Danach erhält er das Gegenmittel, schließlich will ich ihm nichts Böses.«

Was für eine dreiste Lüge. Er würde Zane das Mittel niemals überlassen. Trotzdem mussten sie mitspielen, um erst einmal Zeit zu gewinnen und anderweitig an ein Gegenmittel zu kommen. »In Ordnung.«

Lynette hatte sich an den kleinen Tisch im Zimmer gelehnt, hielt die Arme verschränkt und blickte zu Boden. Hoch konzentriert lauschte sie dem Dialog.

»Wenn Sie das Nervengift entwendet haben, nur um es jetzt Zane zu verabreichen, stünden sie ja wieder bloß mit leeren Händen da«, meinte Anna.

»Dieser plumpe Versuch, Informationen aus mir herauszubekommen, ist gelinde gesagt eine Beleidigung«, erwiderte der Unbekannte. »Euch ist doch längst klar, dass ich mehr als eine Dosis besitze. Der gute Mr. Newton war der Wahrheit schon sehr nahe. Fragt doch noch einmal bei euren Kollegen an, ob der Obduktionsbericht von Natalie mittlerweile vorliegt. Vielleicht werdet ihr da noch eine Überraschung erleben.«

Annas Augen weiteten sich, ihre Haut nahm die Farbe von Kreidestaub an. »Sie …«

»Dachtet ihr, ich lasse zu, dass diese Schlampe in einem Verhör fröhlich über unsere gemeinsame Zeit plaudert?« Er lachte sein metallisches Lachen. »Ich suche mir meine Werkzeuge, benutze sie und räume sie danach weg.«

»Dr. Falsi, Natalie Walsh, Garry Thatcher …«, Nick kam ein Gedanke. »Der Friedhofswärter – Paul Kelly.«

»Wie bedeutungslos Namen doch sind, wie wenig Wert ein Leben besitzt.«

»Sie sind abscheulich.« Anna spuckte den Satz förmlich aus.

»Und das sagst ausgerechnet du?«

»Was soll das heißen?«

Die bekannte Wut war wieder da, lag unter der Schicht aus metallischem Vocoder-Klang wie eine Schlange, die stets bereit war zuzubeißen. »Das heißt, dass du die Letzte bist, die mir mit irgendwelchen moralischen Grundsätzen kommen sollte. Und für Sie, Agent Coleman, gilt das Gleiche.«

»Nun machen Sie sich lächerlich.« Nick gab seiner Stimme absichtlich einen überheblichen Klang.

»Ob dein Bruder dir da zustimmen würde?«

Die Frage kam wie ein Faustschlag, der Nick frontal in den Magen traf. Sein Puls begann zu rasen, er wollte etwas sagen, doch die Worte blieben ihm im Hals stecken.

»Das wäre dann geklärt«, sagte der Unbekannte triumphierend. »Ich denke, Zane Newton hatte nun ausreichend Schönheitsschlaf. In fünf Minuten dürfte der Bote das Hotel erreichen. Ich erwarte, dass die Daten auf dem Server des Labors bis morgen Abend gelöscht sind, damit keine Spur mehr zu mir führt. Andernfalls kann ich nicht mehr garantieren, dass Mr. Newton jemals nach Chicago zurückkehren wird.«

Mit einem Klicken endete die Verbindung.

Für einen Moment sagte keiner der drei etwas. Die Stille im Raum wurde nur von Zanes gleichmäßigen Atemgeräuschen durchbrochen.

»Was sollen wir tun?«, fragte Nick.

Zum ersten Mal seit langer Zeit war er völlig ratlos. Der Mann hinter dem Vocoder schien einfach alles zu wissen. Jedes Detail. Wer arbeitete noch mit ihm zusammen? Was sollte das alles? Wieso hasste er Anna und ihn so sehr?

»Anna, geh bitte ins Bad, mach dort ein Handtuch nass und leg es Zane auf die Stirn«, bat Lynette sie. »Das wird ihn wecken. Wir nehmen in der Zwischenzeit das Päckchen in Empfang.« Sie bedeutete Nick, ihr zu folgen.

Zügig ging Lynette voran in die große Suite. Dort wandte sie sich zu ihm um. »Lass dich nicht aus der Ruhe bringen.«

»Aber woher weiß er das alles?«

»Nick.« Lynette packte ihn an beiden Schultern. »Dieser Kerl kann Zeitung lesen und hat eine Horde an Unterstützern, die Informationen ausgraben. Vielleicht ist dieser Thatcher irgendwann in der Nachbarschaft deiner Eltern aufgetaucht und hat sie ausgefragt. Alles ist möglich. Aber das macht ihn nicht übermächtig. Ihr habt schon einmal bewiesen, dass man ihn schlagen kann.«

»Wir erinnern uns aber doch beide noch an das brennende Haus, den Obduktionssaal, Annas Entführung und Zanes Schusswunde, oder?«

»Nein! Wir denken jetzt nicht daran zurück. Fokus. Wir müssen uns auf das Hier und Jetzt konzentrieren.«

Nick schluckte und nickte schließlich. Sie mussten die Dinge anpacken, die sie beeinflussen konnten. Schritt für Schritt.

Es klopfte, und ein Deputy vom Revier brachte ihnen ein Päckchen, das für sie abgegeben worden war. Im Inneren des braunen Luftpolsterkuverts befand sich tatsächlich die Codekarte, die vor nicht allzu langer Zeit aus genau diesem Zimmer entwendet worden war.

»Er will die Informationen auf dem Server löschen«, sagte Nick. »Das bedeutet, dass es dort etwas geben muss, was ihm gefährlich werden kann. Andernfalls könnte er es auf sich beruhen lassen.«

»So gefällst du mir schon besser.« Lynette schlug ihm lächelnd auf die Schulter. »Und ich stimme zu. Er benötigt Zane, um diese Sache zu erledigen. Was mir übrigens auch sagt, dass er niemand in seinem Team hat, der das stattdessen bewerkstelligen könnte.«

Sofort begann Nicks Geist, wieder analytisch zu kombinieren. Die Bilder tauchten wie von selbst vor seinem geistigen Auge auf. »Kelly, Falsi, Natalie Walsh, Thatcher – wo sind die Gemeinsamkeiten?«

»Menschen, die einmal mit dem Gesetz in Konflikt geraten sind?«

»Nicht Natalie.« Nick schüttelte den Kopf.

»Aber Harris. Und er war der Zugang zu Natalie. Möglicherweise ist er ein Bewährungshelfer.«

Zum ersten Mal hatte Nick das Gefühl, dass sie dem Unbekannten tatsächlich näher kamen.

»Ich setze mich noch mal an sein Profil, aber wir müssen entscheiden, ob wir Mike einweihen«, sagte Lynette. »Er ermittelt andernfalls in die völlig falsche Richtung.«

Nicht auszudenken, wie Noriss reagieren würde.

Die Tür wurde geöffnet, und Anna trat ein. Sie stützte den noch immer sehr benommenen und zittrigen Zane.

Nick eilte zum Schreibtisch, schnappte sich von dort einen bereitstehenden Energydrink und brachte ihn Zane, der auf der Couch Platz genommen hatte. Sie mussten seinen Kreislauf wieder in Schwung bringen. Höchste Konzentration war geboten.

»Alles klar?«, fragte Lynette.

»Ich wurde betäubt und vergiftet«, sagte Zane mit leicht glasigem Blick. »Bin das blühende Leben.«

Er öffnete die Dose und trank in kleinen Schlucken.

»Du kriegst das hin?«, fragte Nick.

Zane setzte den Energydrink ab. »Muss ich ja. Irgendwie. Ist leider mit dem Log-in nicht getan. Aber ich gebe mein Bestes.«

»Wir können nicht einfach warten«, sagte Lynette. »Sein Umgang mit ›Werkzeugen‹, die er nicht mehr benötigt, ist ziemlich eindeutig.«

»Ich habe eine Idee«, meinte Anna. »Wir brauchen den Obduktionsbericht von Natalie. Falls sie tatsächlich mit dem gleichen Nervengift umgebracht wurde, könnten wir herausfinden, was es war, und dann selbst nach einem Gegenmittel für Zane suchen. Oder?«

Nick dachte kurz darüber nach. »Wenn es sich nicht abgebaut hat. Bei ihr ging das ja recht schnell, aber das kann mit der Dosis zusammenhängen. Niemand ist bei ihr davon ausgegangen, dass sie ermordet wurde. Wir bräuchten jemanden, der sich damit auskennt.«

»Roger«, sagten Lynette und Anna gleichzeitig.

»Alles klar.« Nick nahm erneut das Smartphone von Anna entgegen. »Ich rufe Mike an. Und er soll mir auch direkt die Kontaktdaten von Roger im Safe House geben.«

Zane erhob sich mit wackeligen Beinen von der Couch, um sich an die Arbeit zu machen. Er war noch immer leicht benommen, vermutlich hatte er gar nicht richtig begriffen, in welcher Gefahr er schwebte.

Auf dem Weg zum Schreibtisch stoppte Zane und wandte sich ihnen noch einmal zu. »Nur fürs Protokoll: Ich hatte recht mit meiner Vermutung, dass Kelly ein Bauernopfer war und jemand anders dahintersteckt.« Dann ging er weiter.

Nick wählte die Nummer von Mike, der sich bereits nach wenigen Sekunden meldete. »Ich brauche deine Hilfe.«

»Stell dich hinten an«, erklang es aus dem Hörer. »Die Agenten, die euren Freund zum Safe House bringen sollten, sind tot.«

Nicks Atem stockte. »Und Roger?«

»Ist spurlos verschwunden.«

25. KAPITEL

Anna lauschte aufmerksam.

»Ich kenne noch nicht alle Einzelheiten, werde gerade zum Tatort gefahren«, sagte Mike, den Nick auf Lautsprecher gestellt hatte.

»Zum Safe House?«, fragte Nick. Er ging auf und ab, rieb sich den Nacken.

»Nein, dort waren sie noch gar nicht angekommen. Der Wagen wurde außerhalb der Stadt in einem Straßengraben gefunden. Nach ersten Berichten ist wohl die Frontscheibe zerschossen. Momentan wird davon ausgegangen, dass sie von einem vor ihnen fahrenden Wagen ausgebremst und aus diesem heraus attackiert wurden. Unsere Agenten waren beim Eintreffen der Ersthelfer bereits tot. Hoffman und Bronson.«

»Verdammt.« Nick ließ sich auf die Couch sinken. »Mit Hoffman war ich auf der Akademie.«

»Bronson ist erst vor zwei Wochen Vater geworden«, sagte Mike gepresst.

Anna schloss die Augen. Sie versuchte, nicht an die schluchzende Ehefrau und das Baby zu denken.

»Gibt es Zeugen?«

»Bisher sind keine bekannt. Wie gesagt, ich muss mich dort erst mal selbst umsehen.«

»Sag mir, wo es passiert ist. Ich komme zu dir.«

»Vergiss es. Ich hab hier genug um die Ohren und will mich nicht noch zusätzlich damit herumschlagen müssen zu erklären, was du dort zu suchen hast, obwohl du nicht offiziell an der Ermittlung beteiligt bist.«

»Roger ist mein Freund und schwebt in Lebensgefahr. Ich kann hier nicht nur Däumchen drehen.« Er stand auf und begann erneut, im Zimmer auf und ab zu gehen.

Die Unruhe übertrug sich automatisch auf Anna, doch sie unterdrückte den Impuls, neben ihm herzugehen.

»Wir sind gleich da. Ich habe ja jetzt Annas Nummer. Bis wir dir ein neues Smartphone besorgt haben, halte ich dich über sie mit neuen Erkenntnissen auf dem Laufenden. Mehr kann ich jetzt erst mal nicht für dich tun.« Er stockte. »Oder doch? Weshalb hast du mich angerufen?«

Nick schüttelte resigniert den Kopf. »Ich wollte Rogers Kontaktdaten und außerdem wissen, ob Natalie Walshs Obduktionsbericht inzwischen vorliegt.«

»Tut mir leid. Ich weiß, die Situation mit eurem Freund ist nicht leicht für euch. Zum Obduktionsbericht habe ich noch keine Informationen. Aber frag doch direkt mal bei Dr. Ramirez an. Bei ihm habe ich ihn in Auftrag gegeben.« Mit diesen Worten beendete er den Anruf.

Anna trat zu Nick und legte ihm eine Hand auf die Schulter. »Vielleicht sollten wir ihn doch einweihen, dass der große Unbekannte wieder aufgetaucht ist.«

»Es ist nicht so, dass ich ihm nicht vertraue«, erwiderte er. »Aber Mike würde sich als leitender Ermittler selbst schaden, wenn er es Noriss verschweigt.«

Lynette kam zu ihnen. »Selbst wenn Mike es vorerst verschweigen würde, wäre das Risiko zu groß, dass unser Unbekannter trotzdem davon erfährt. Dieser Kerl ist ein Soziopath mit Allmachtsfantasien. Er hat überall seine Fühler ausgestreckt, und wir wissen nicht, wer alles zu seinen sogenannten Werkzeugen gehört. Zanes Leben hängt davon ab, wie kooperativ wir uns jetzt verhalten. Unabhängig davon müssen wir nach weiteren Lösungen suchen, und zwar schnell.«

Sie sahen zu Zane und er, nachdem sein Name gefallen war, zu ihnen. »Mein Hirn funktioniert noch nicht so, wie ich es gern möchte«, sagte er mit schwerer Zunge. Auch seine Lider machten den Eindruck, als würden sie ihm vor Müdigkeit gleich wieder zufallen. »Ich habe auf jeden Fall vor, die Daten auf dem Labor-Server zu löschen und meine Haut zu retten. Aber ihr dürft vorsichtshalber in der Zwischenzeit trotzdem nach einem Gegenmittel suchen.«

»Kannst du dein Smartphone bitte noch mal entsperren«, forderte Nick Lynette auf. Er hielt es nach wie vor in der Hand und reichte es ihr. »Ich muss nach der Nummer der Chicagoer Rechtsmedizin googeln.« Er seufzte. »Mit meinem Telefon habe ich auch alle Kontakte verloren.«

»Habe ich gerade schon erledigt«, sagte Lynette, legte ihr Smartphone auf den Couchtisch, tippte auf das Display und aktivierte den Lautsprecher, woraufhin sie alle dem Rufton lauschten.

»Zentrale der Rechtsmedizin Chicago«, meldete sich eine Frau am anderen Ende der Leitung.

»FBI, Agent Coleman hier. Ich rufe im Auftrag von Mike Cohen an. Leiten Sie mich bitte an Dr. Ramirez weiter.«

»Einen Moment, bitte.« Es knackte, und klassische Musik erklang.

Anna beobachtete Zane, der deutlich langsamer als sonst auf der Tastatur von Lynettes Laptop herumtippte. Wenn sie doch bloß wüsste, auf was genau der Unbekannte aus war. Zweifellos wollte er Nick und sie nach wie vor tot sehen. Aber was hatte es mit dem Nervengift auf sich, und in welcher Verbindung stand er mit dem Labor?

»Ramirez«, meldete sich ein Mann, dessen Stimme kratzig klang. Es folgte ein gequältes Husten.

»Agent Coleman«, stellte Nick sich nochmals vor und erkundigte sich in Mikes Auftrag nach Natalies Obduktionsbericht.

»Bevor ich ihnen den Bericht schicke, wollte ich die Testergebnisse eigentlich noch mal nachprüfen.« Ramirez hustete abermals und zog hörbar die Nase hoch. »Falls hier kein Fehler vorliegt, weisen die Proben auf ein degeneratives Nervengift hin. Ich teste das noch mal, um ganz sicherzugehen.«

»Das würde bedeuten, dass Natalie Walsh nicht an den

Folgen ihrer inneren Verletzungen starb«, schlussfolgerte Nick.

»Korrekt. Wenn sich die Ergebnisse nochmals bestätigen, handelt es sich eindeutig um Mord.«

Unweigerlich sah Anna wieder Natalie vor sich, die vor dem ausgehobenen Grab stand und sie töten wollte. Trotz all dem Leid, das auch ihre ehemals beste Freundin mit verursacht hatte, sah Anna in ihr doch mehr ein Opfer. Und das war sie bis zum Ende geblieben.

»Können Sie das Nervengift bestimmen?«

Ramirez gab ein unangenehmes Räuspern von sich, das keinen Zweifel daran ließ, dass sich beim Husten Schleim in seinem Rachen gelöst hatte. Anna verzog angeekelt den Mund, als er diesen unüberhörbar ausspuckte.

»So einfach ist das nicht«, antwortete er schließlich. »Ein Nervengift nachzuweisen und seine genaue Zusammensetzung aufzuschlüsseln, das sind zwei völlig unterschiedliche Dinge. Gegen manche davon gibt es überhaupt kein Gegenmittel, weil sie noch gänzlich neu sind. Synthetisch im Labor konstruierte biologische Waffen.«

»Versuchen Sie es bitte dennoch«, forderte Nick ihn auf. »Die Entschlüsselung des Giftes, meine ich.«

Dr. Ramirez seufzte. »Schicken Sie mir den Auftrag schriftlich, dann gebe ich ihn an unsere Chemiker weiter. Aber machen Sie sich keine allzu große Hoffnung.«

Nick bedankte und verabschiedete sich.

»Darum kümmere ich mich«, sagte Lynette, nahm ihr Smartphone vom Couchtisch und begann zu tippen.

»Ich fasse es ja nicht«, stieß Zane aus. Seine Zunge war noch immer schwer. »Dann hat mir dieses Arschloch also vermutlich dasselbe gespritzt, mit dem er Natalie kaltgemacht hat?« Er schluckte und rieb sich den Hals. »Nur eine geringere Dosis, damit es länger dauert und ich ihm noch gefällig sein kann, bis ich das Zeitliche segne.«

»Versuche, dich zu beruhigen«, wies Lynette ihn an, gab das Tippen kurz auf, trat zu ihm und streichelte ihm besänftigend über den Arm. »Je mehr du dich aufregst und deinen Puls in die Höhe treibst, desto schneller breitet sich das Gift in deinem Kreislauf aus.«

»Wie beruhigend.« Er stöhnte und machte sich wieder an die Arbeit.

»Wir alle dürfen nicht die Nerven verlieren und müssen gut überlegen, wie wir nun weiter vorgehen«, sagte Lynette an Nick und sie gewandt.

Anna bemühte sich, dem unguten Gefühl in ihrer Brust, das sich wie eine Schlinge immer fester zuzog, keine Beachtung zu schenken. Doch sie konnte die Zuversicht, die sie in Lynettes Augen las, nicht teilen, schaffte es kaum, ihren Blick zu erwidern. Sie musste sich konzentrieren. Was konnten sie nur tun, um Zane zu retten?

»Das Nervengift stellt den Zusammenhang zum Labor dar«, brachte Lynette den Gedankenball ins Rollen.

»Der Laborant, Peter King, war dabei wohl sein Werkzeug«, sagte Nick. »Durch ihn kam er an das Gift.«

»Und du glaubst, er hat ihn anschließend umgebracht, als er ihn nicht mehr brauchte?«, hakte Anna nach.

»Er ist mit Sicherheit für dessen Tod verantwortlich. Allerdings ist es mir ein Rätsel, wie er sich ungesehen Zugang zum Labor verschafft haben soll.«

»Ein weiteres Werkzeug?«, warf Lynette ein. »Je länger die Kette der Beteiligten ist, desto unmöglicher wird es, letztendlich auf ihn zu stoßen und ihm etwas nachzuweisen.«

Anna sah zu Zane, da dieser gequält aufstöhnte. Er massierte sich die Schläfen, hatte zweifellos Kopfschmerzen. Ihre Gedanken schweiften zu Roger, der in den letzten Tagen ebenfalls ständig unter Migräne gelitten hatte.

»Er wurde auch vergiftet«, flüsterte sie.

»Roger«, brach es aus Nick heraus, als ihn die Erkenntnis ebenfalls traf.

Lynette nickte. »Er hat euch um Hilfe gebeten, den Fall aufzuklären.«

»Womöglich ein stummer Hilfeschrei«, entgegnete Nick.

»Eine Erpressung oder Entführung wäre denkbar«, sagte Lynette. Sie sah nachdenklich zu Boden. »Der Unbekannte ist ein Spieler, und wie wir wissen, wart ihr es, auf die er es in Chicago abgesehen hatte.« Sie sah auf. »Roger sollte euch vermutlich zurück ins Spiel bringen. Wenn wir davon ausgehen, dass er ebenfalls vergiftet wurde, hat er es nicht freiwillig getan. Aber es ist, wie es ist. Ihr seid noch in Detroit, weil der Unbekannte es so wollte. Jeder eurer Schritte ist von ihm geplant.«

Ein Schauer jagte Anna über den Rücken. Sie tastete nach etwas, an dem sie Halt finden konnte, und fand sich schließlich an Nicks Arm wieder.

»Wir müssen Roger suchen«, stieß er aus. »Wenn er ihn hätte umbringen wollen, hätte er ihn wie Hoffman und Bronson erschossen. Er hat also noch etwas mit Roger vor.« Nick sah Lynette an. »Allerdings habe ich keine Ahnung, wo wir ihn finden könnten.«

»Dann sucht nach Hinweisen«, entgegnete sie. »Am besten dort, wo er die meiste Zeit verbracht hat. Seinen Arbeitsplatz gibt es nicht mehr, also beginnt bei ihm zu Hause. Vielleicht hat er irgendwo niedergeschrieben, dass er erpresst wird. Und Mike wird sich melden, sobald es neue Erkenntnisse gibt.« Lynette deutete mit dem Kinn auf Zane. »Ich suche inzwischen in Rogers Hotelzimmer nach Hinweisen und bleibe dann bei Zane. Wenn sich sein Zustand verschlechtert, halte ich euch auf dem Laufenden«, sagte sie leise. »Ihr solltet euch besser beeilen, und ich schreib jetzt zuerst einmal den Auftrag zu Ende.« Sie begann wieder, auf ihrem Smartphone zu tippen.

Während Anna zustimmend nickte, führte Nick sie schon Richtung Tür.

»Nimmt dieser Albtraum denn nie ein Ende?«, sagte sie mehr zu sich selbst, als sie mit dem Fahrstuhl in die Tiefgarage fuhren.

Während der Fahrt zu Rogers Haus rekapitulierten sie alle Geschehnisse, die sich seit ihrer Ankunft in Detroit ereignet hatten.

»Er sah schon auf der Hochzeit krank aus«, sagte sie. »Aber wir sind uns doch zufällig auf der Feier wiederbegegnet.«

»Ich glaube hier an keinen Zufall mehr«, erwiderte Nick. Er schlug auf das Lenkrad. »Das war von vornherein ein abgekartetes Spiel.«

Anna biss sich von innen in die Wangen, bis es schmerzte. »Der Unbekannte hat uns nie aus den Augen gelassen.«

Sie erreichten Rogers Haus und parkten direkt vor dem Eingangstor des Vorgartens. Es stand offen, die Haustür war jedoch versiegelt.

Anna warf einen Blick zum Nachbareingang, der ebenfalls mit dem Klebestreifen der Spurensicherung versehen war. Bei dem Gedanken an Sandys Schicksal wurde ihr das Herz schwer. Was wohl inzwischen aus ihrer Hündin geworden war? Sie würde sich zeitnah im Tierheim nach ihr erkundigen.

Nick starrte das Siegel an und ging schließlich um das Haus herum in den Garten. Sie folgte ihm und schaute sich immerzu um, ob sie beobachtet wurden. Auf die Schnelle konnte sie jedoch niemanden ausfindig machen.

»Du hast nicht zufällig einen Schlüssel dabei?«, fragte sie, als Nick vor der durchlöcherten Fensterfront stehen blieb und diese eingehend betrachtete. Sie befürchtete, dass er sie vollends einschlagen würde, um sich Zugang zum Haus zu verschaffen.

»Klirrendes Glas wäre in der Nachbarschaft zu hören«, sagte sie vorsorglich.

»Das war auch gerade mein Gedanke«, erwiderte er und wandte sich dem äußeren Treppenabgang zum Keller zu. Kurz sah er sie an, bevor er die Stufen hinabstieg und sich mit Anlauf gegen die Holztür warf.

»Verflucht.« Er verzog schmerzerfüllt den Mund und hielt sich die Seite. Nichtsdestotrotz trat er weiter auf die Tür ein.

»Ich sage es dir, obwohl du es sicher selbst weißt.« Sie warf einen Blick zurück zum Gartenzugang. »Eine zerberstende Scheibe und der Lärm, den du jetzt verursachst, machen keinen Unterschied.«

Er knurrte und trat ein letztes Mal beherzt zu. Tatsächlich gab die Tür nach. Kurz widmete er dem verdammten Ding einen triumphierenden Blick und verschwand dann im Haus.

»Was soll's? Eigentlich haben wir nichts mehr zu verlieren.« Sie folgte ihm hinein.

Nick zog an einem Strick und schaltete dadurch das Licht ein. Er ging zur Treppe, die ins Erdgeschoss hinaufführte, blieb aber auf dem Treppenabsatz abrupt stehen. »Was zum Teufel ...« Er sah zu dem Billardtisch in der Mitte des Raumes und verengte die Augen.

»Was hast du?«, fragte Anna, bevor sie es ebenfalls bemerkte.

Sie näherten sich langsam dem Tisch, auf dem sechs Fotos, von Billardkugeln beschwert, nebeneinanderlagen.

Auf dem ersten Bild erkannte Anna den toten Laboranten. Es folgte ein Foto von Sandy, dann eins von Alec Smith. Sie stockte, als ihr auf dem nächsten Zane entgegenlächelte.

»Zane soll das Nervengift nicht überleben«, flüsterte sie. »Die anderen sind bereits to…« Ihr blieb das Wort im Hals stecken, als sie Tom und Evelyn Coleman auf dem darauffolgenden Bild erkannte.

»Dieser Wahnsinnige hat es auch auf meine Eltern abgesehen«, stieß Nick zwischen zusammengepressten Zähnen hervor. Er ballte die Hände zu Fäusten. Seine Wangenmuskeln zuckten, und seine Halsschlagadern traten deutlich sichtbar hervor.

Anna fuhr beim unvermittelten Klingeln ihres Smartphones zusammen und fischte es hektisch aus ihrer Hosentasche. »Es ist Mike«, sagte sie mit Blick auf das Display. Sie nahm den Anruf entgegen und schaltete auf Lautsprecher.

»Ich hoffe, ihr liefert mir hierfür eine Erklärung«, meldete er sich ohne Umschweife zu Wort. Seine Stimme überschlug sich fast vor Anspannung. »Hoffman und Bronson wurden von hinten erschossen, die Frontscheibe von innen von Projektilen durchschlagen.« Er stieß die Luft aus. »Es war Roger, der geschossen hat! Er hat zwei FBI-Agenten getötet und ist dann abgehauen.«

Die Worte hingen in der Luft, und Anna benötigte ein paar Sekunden, um die Wahrheit zu begreifen. Roger war nicht entführt worden, kein gejagtes Opfer. Er war der Jäger.

Nick schloss neben ihr die Augen und atmete tief durch, während Annas Blick auf dem letzten Bild hängen blieb. Unter der schwarzen Billardkugel lag das Foto, das sie beide in inniger Umarmung in der Tiefgarage des Tribune Towers zeigte.

26. KAPITEL

Den Worten von Mike folgte eine bleierne Stille.

»Von innen?« Nicks Stimme klang rau wie Schmirgelpapier.

»Unsere Kriminaltechniker sind sich absolut sicher, aber die hätten wir für diese Erkenntnis gar nicht gebraucht. Die Schüsse wurden durch die Sitze hindurch abgefeuert. Roger muss eine Schusswaffe bei sich getragen haben, und ich könnte mir jetzt noch dafür in den Arsch treten, dass wir ihn vor der Fahrt zum Safe House nicht gefilzt haben. Das wird Noriss später sicherlich höchstpersönlich übernehmen, bevor er mir den Kopf abreißt.«

Nick schluckte, den Blick auf das Bild seiner Eltern gerichtet. Daneben er und Anna in der Tiefgarage. »Es ist alles inszeniert.«

»Was? Wovon sprichst du?«, fragte Mike irritiert.

»Ihr sucht Roger?«, versicherte sich Nick.

»Natürlich! Die Fahndung läuft. Er ist jetzt der Hauptverdächtige in allen bisherigen Morden. Himmel, Nick, er arbeitete in dem Labor. Was habt ihr euch denn gedacht?«

»Er hat uns um Hilfe gebeten.«

»Um von sich abzulenken. Das ist doch Schema F. Hör zu, einstweilen kann ich dir keine weiteren Informationen mehr geben.« Mike atmete schwer aus. »Ab jetzt wird das Ganze um einiges komplizierter. Noriss wird darauf bestehen, dass ich euch noch einmal befrage.«

Auf diese Art gab es einen perfekten Sündenbock. Nick war schließlich von Anfang an involviert gewesen – ohne offiziellen Auftrag. Und Mike mit ihm befreundet. Das Eis wurde dünner.

»Das verstehe ich«, sagte Nick. »Melde dich aber bitte, falls ihr Roger findet.«

»Selbstverständlich. Ich komme später bei euch vorbei.«

Damit legte er auf.

Ohne die Bilder ringsum, den Vocoder und all die anderen Materialien wäre die Enthüllung wohl ein Schock gewesen. Doch so passte alles zusammen. Es fiel Nick schwer, noch einen klaren Gedanken zu fassen. »Er hat sie erschossen. Einfach so.«

»Es muss einen Grund geben. Wenn unsere Theorie …«

»Anna, er hat sie erschossen!« Nick starrte sie an. »Zwei FBI-Agenten sind tot, und Zane wurde ein tödliches Nervengift gespritzt. Ein Problem jagt das andere, und wir haben nicht einmal bemerkt …« Er deutete auf die Bilder. »Haben all das hier nicht bemerkt.«

Nick griff nach dem Foto seiner Eltern. »Ich habe keine Ahnung mehr, wie wir am besten vorgehen. Rufe ich Mike zu Hilfe, oder ist das genau das, was dieser Irre will? Er hat in Chicago sein Spiel gespielt und macht jetzt hier weiter. Wie ist ihm all das nur gelungen?«

»Er ist nicht allein«, schloss Anna. »Wir dachten die ganze Zeit, dass es Natalie und er waren, dazu Dr. Falsi und für eine gewisse Zeit möglicherweise Paul Kelly. Aber jetzt wird die Liste immer länger. Er scheint sich überall ›Werkzeuge‹ zu suchen. Durch Roger hatte er Zugang zum Labor.«

Nick rieb sich die Schläfe und atmete langsam ein und wieder aus. Er durfte diesem Irren nicht die Kontrolle überlassen, musste das Ganze als einen Fall wie jeden anderen behandeln. Sonst ließ er sich zu sehr von seinen Emotionen leiten.

»Schau du dir alles genau an, ich versuche, meine Eltern zu erreichen.«

Er kannte die Nummer seines Vaters auswendig, auch wenn er sie seit Jahren nicht gewählt hatte. Wie oft war sie auf dem Display seines Smartphones aufgetaucht. Er hatte daraufgestarrt, war nicht rangegangen. Unzählige Male, immer wieder hatte es die Erinnerungen an TJ aufgewirbelt, alles an die Oberfläche gespült, was er am liebsten auf dem Grund des Ozeans vergraben hätte. Verlust, Angst, Schuld. Er vermisste seinen Bruder auch heute noch. Sein fröhliches Lachen, seine unbeschwerte Art, seine Stärke. Obgleich sein Charakter mit jeder Spritze, die er sich gesetzt hatte, immer mehr zerfallen war.

Es klingelte kurz, knackte und klingelte erneut. Nick registrierte, dass die Weiterleitung aktiv war.

»Spencer Cartwright«, meldete sich jemand.

»Hallo? Hier ist Nick Coleman, ich wollte meinen Vater sprechen.«

»Das ist leider nicht möglich. Er bereitet sich gerade auf seine Rede vor.«

Spencer Cartwright besaß eine natürliche Art von Arroganz, mit der Nick im Verlauf seiner Karriere viel zu oft konfrontiert worden war.

»Ich bin sein Sohn, und es ist wichtig.«

»Mir ist natürlich bewusst, wer Sie sind. Doch da Sie seit Jahren keinen Kontakt mehr pflegen, kommt es auf ein paar Stunden sicher nicht an. Oder liegen Sie im Krankenhaus?«

»Das tue ich nicht, aber …«

»So klingt es auch nicht. Ihr Vater wird in weniger als einer Stunde auf eine Bühne treten und vor den größten Kardiologen und Herzchirurgen – den besten des Landes – einen Vortrag halten. Das ist eine große Ehre, und er braucht dafür äußerste Konzentration. Ich werde nicht zulassen, dass Sie ihn ablenken.«

Er beendete den Anruf.

Verblüfft über diese Frechheit, starrte Nick das Smartphone an. Er versuchte, seine Mutter zu erreichen, doch es meldete sich lediglich die Mailbox.

»Und?«, fragte Anna.

»Ich komme nicht durch.«

Er gab ihr das Telefon zurück.

»Gehen wir«, sagte sie.

Gemeinsam eilten sie zum Wagen und fuhren los. Anna hatte auf ihrem Smartphone den Browser geöffnet und in der Suchmaschine nach Nicks Vater gesucht.

»Blue Cross Blue Shield Bricktown Auditorium«, sagte sie. »In sechsunddreißig Minuten geht es los.«

»Vor der versammelten Chirurgenelite.« Nick konnte nur den Kopf schütteln. »Das wäre der perfekte Knall.«

»Falls Roger tatsächlich wie Zane vergiftet wurde und deshalb all das tut ...« Anna ließ den Satz offen, doch Nick wusste auch so, was sie damit sagen wollte.

»Du denkst, er würde das tun?«

»Bisher wissen wir von Roger und Thatcher. Vielleicht benutzt er aber auch noch andere als Werkzeuge. Wenn ich daran denke, wie dieser unbekannte Irre uns bisher mitgespielt hat, dann würde es gut zu ihm passen, dass er unseren Freund zwingt, deinen Eltern etwas anzutun. Das macht das Ganze noch persönlicher.«

Unweigerlich erschien ein Bild von Roger vor Nicks innerem Auge. Würde er den gesamten Konferenzraum einfach in die Luft jagen? Oder eine Waffe benutzen? Er hatte in einem Labor für militärische Kampfstoffe gearbeitet, verdammt! Er hatte zahlreiche Möglichkeiten.

»Ich habe das Gefühl, dass wir nur noch von einer Katastrophe in die nächste schlittern«, sagte Nick. »Und jetzt ausgerechnet meine Eltern.«

Die Enthüllung um Roger, die Vergiftung von Zane, das alles wirkte auch auf seine Seele wie ein Gift. Seine Kräfte schwanden zusehends. Wie er das Gefühl der Machtlosigkeit verabscheute.

»Mein Vater hat TJ aus dem Haus geworfen. Einfach so. Er hielt es für eine tolle Idee, das Konzept ›tough love‹ anzuwenden, hat ihm jedwede Unterstützung entzogen, ihm die kalte Schulter gezeigt, keinerlei Geld mehr gegeben … Du hast das ja damals mitbekommen. Dabei habe ich ihn angefleht, meinem Bruder noch eine Chance zu geben.«

»Junkies neigen dazu, alles zu tun, um an Geld für den nächsten Schuss zu gelangen«, sagte Anna zögernd. »Sie stehlen, denken sich abstruse Geschichten aus und zerstören dabei oft die ganze Familie. Ich denke, dein Vater wollte euch einfach davor beschützen.«

Nick seufzte. Tief in seinem Innern wusste er, dass seine Eltern damals verzweifelt gewesen waren. Hilflos einer Sucht ausgeliefert, die ihren ältesten Sohn befallen hatte. Seine Familiengeschichte war einer der Gründe gewesen, aus denen er sich zuerst bei der Drogenfahndung beworben hatte. Gleichzeitig war sie einer der Gründe gewesen, aus denen er dort abgelehnt worden war. Zu viel persönlicher Ballast. Doch beim FBI hatte er es dann geschafft. Und trug seinen Teil dazu bei, die Straßen sicherer zu machen. In den letzten Jahren hatte er so wenig wie möglich an seine Eltern gedacht. Sie lebten in elitären Kreisen der höheren Gesellschaft, sein Vater war längst zu einer bekannten Koryphäe in der Herzchirurgie aufgestiegen.

Nick bat Anna, Lynette zu kontaktieren.

Kurz darauf war die Stimme der Freundin über Lautsprecher zu hören. »Ich habe in Rogers Hotelzimmer nichts Hilfreiches gefunden, sonst hätte ich mich längst gemeldet«, sagte sie.

»Wie geht es Zane?«, fragte Nick.

»Er hat mir gerade einen Vortrag über Regenbogentabellen und Hashwerte gehalten. Insofern würde ich sagen: Ihm geht es einigermaßen gut. Er hat leicht erhöhte Temperatur, aber darüber hinaus bisher keine Symptome.«

Nick erzählte von ihrem Fund in Rogers Keller und dem Gespräch mit Mike. »Wir sind gleich beim Auditorium. Hast du eine Vermutung, was uns erwartet?«

Kurz herrschte Stille.

»Der Unbekannte wusste, dass ihr bei Roger nachseht, sobald die Zusammenhänge klar werden. Die Bilder, die Billardkugeln, das alles wurde drapiert, damit er euch zum nächsten Ziel lenken kann. Er arbeitet mit Demoralisierung, Unterminierung des Selbstbewusstseins und extrinsischen Motivationsfaktoren.«

»Das klang für mich jetzt wie ›Regenbogentabellen‹«, meinte Anna.

Lynette seufzte. »Was ich damit sagen will, ist: Die Bomben beim Labor waren ein Mittel zum Zweck, um Spuren zu verwischen. Aber das ist nicht sein üblicher Modus Operandi. Er wäre niemand, der den Vorlesungssaal in die Luft jagt. Schon gar nicht, wenn er euch dorthin lotst. Dann könntet ihr ja nicht mehr leiden, sondern wärt ebenfalls tot.«

»Also was?«, fragte Nick.

»Er will, dass ihr das Gefühl habt, ihn aufhalten zu können. Schafft ihr es dann nicht – was von vornherein so inszeniert ist –, gebt ihr euch die Schuld. In all seinen Aktionen spielt das Thema Schuld die zentrale Rolle. Selbst die Erpressung von Roger, seine Vergiftung, wird dafür sorgen, dass ihr euch schuldig fühlt. Gleiches gilt für Zane. Der Kerl führt euch an Ziele, wo ihr noch eine Chance seht, aber um sie zu ergreifen, beschreitet ihr seinen Weg. Und damit habt ihr schon verloren.«

Um ihn zu besiegen, benötigten sie eine andere Perspektive, einen anderen Weg. Doch wie sollten sie das angehen? Dieser Irre schien überall zu sein. Sie immer zu sehen. Und er hatte Unterstützung, während sie ständig nur behindert wurden.

»Hast du eine Idee?«, fragte Anna. »Wie können wir von seinem Weg abweichen?«

»Haltet einfach weiter die Augen offen. Eine andere Idee habe ich auch nicht.«

»Uns bleibt ja wohl keine Wahl. Wenn wir diesen Mistkerl drankriegen wollen, müssen wir kreativ werden. Wir sind gleich da. Danke für deine Einschätzung.«

»Immer gerne. Viel Glück.« Lynette legte auf.

»Sollen wir Mike anrufen?«, fragte Anna. »Oder die Polizei?«

»Wenn hier auch nur ein Streifenwagen auftaucht, reagiert er sofort. Und uns sind wieder die Hände gebunden, weil wir sofort festgesetzt werden. Und Mike hineinzuziehen, wäre zu gefährlich. Falls hier etwas geschieht, was er nicht verhindern kann, ersetzt Noriss ihn sofort.«

Nick durchdachte alle Optionen, doch jede davon machte es nur noch schlimmer. Es war, wie Lynette gesagt hatte. All die Puzzleteile fügten sich zusammen und ergaben ein perfekt ausgearbeitetes Bild. Eine Choreografie, nach der sie sich bewegten. Ausbrechen war keine Möglichkeit, wenn sie den Versuch nicht mit Leichen bezahlen wollten.

Als sie auf den Parkplatz des Hochhauses fuhren und Nick mit Anna zum Haupteingang stürmte, dämmerte es bereits. Überall hingen Plakate, die Nicks Vater abbildeten. Er wirkte fachmännisch, aber nahbar. Bestens inszeniert. Kein Lächeln, jedoch ein leichtes Funkeln in den Augen. Der perfekte Herzchirurg. Weltmännisch und kompetent.

Nick unterdrückte die alte Wut. Hier ging es um das Leben seines Vaters. Ein Streit wirkte in diesem Licht geradezu lächerlich.

Sie erreichten den Eingang.

»Ihre Karten, bitte.« Ein Wachmann baute sich vor ihnen auf.

Nick zückte seine FBI-Marke, auch wenn er wusste, dass dies im späteren Bericht auftauchen würde. »Wir haben einen Notfall, bitte lassen Sie uns durch.«

Der Wachmann setzte zu einer Erwiderung an.

»Verschieben wir Diskussionen auf später. Oder wollen Sie die Schuld an einer Katastrophe tragen?« Anna durchbohrte den Mann mit ihrem Blick.

Dieser zuckte schließlich mit den Schultern und ließ sie beide passieren.

Gemeinsam betraten sie die Vorhalle.

27. KAPITEL

»Halte nach meinen Eltern Ausschau«, sagte Nick. »Wir wissen nicht, was genau der Kerl plant und müssen sie von hier wegbringen.«

Anna warf einen Blick auf ihre Armbanduhr. »Das wird knapp. Der Vortrag beginnt in zehn Minuten.«

»Und wie ich meinen Vater kenne, betritt er das Podium pünktlich«, ergänzte Nick.

Sie durchquerten die Halle und folgten Anzugträgern in das Auditorium. In dem Stimmengewirr im Saal war die gespannte Erwartungshaltung geradezu greifbar. Mittig auf dem Podium am anderen Ende des großen Raums stand ein Rednerpult, auf der Leinwand im Hintergrund prangte das Foto von Nicks Vater. *Die moderne Herzchirurgie im Wandel* lautete die Überschrift.

»Am besten, wir teilen uns auf«, schlug Nick vor. »Er hält sich vermutlich im Backstagebereich, hinter der Bühne, auf. Da kann ich mir mit meiner Marke Zugang verschaffen. Und falls meine Mutter ihn hierher begleitet hat, sitzt sie irgendwo im Publikum.«

Anna nickte. »Ich halte nach ihr Ausschau. Treffen wir uns beim Auto?«

Sie hatte kaum ausgesprochen, da wurde das Licht im Saal gedimmt.

»Auch das noch«, fluchte Nick. »Wir dürfen keine Zeit mehr verlieren.« Er rannte davon.

Nur kurz sah sie ihm hinterher. Dann lief sie den mittleren Gang zwischen den Sitzreihen ab und suchte nach Evelyn Colemans vertrautem Gesicht. Die Zuhörer lagen im Dunkeln, die auf das Podium gerichteten Scheinwerfer waren nun die einzigen Lichtquellen. Wahrscheinlich saß Nicks Mom auf einem der vorderen Plätze.

Zum Glück war der Parkettboden mit Leuchtstreifen versehen und ließ sie die Stufen erkennen. Es kehrte zunehmend Stille ein. Das Klingeln ihres Smartphones wirkte inmitten des mittlerweile verstummten Stimmengewirrs im Saal fast ohrenbetäubend und brachte ihr erboste Blicke und verständnislose Zurufe ein.

Ohne ihre Schritte zu verlangsamen, fischte Anna es aus der Hosentasche. Die unterdrückte Nummer verhieß nichts Gutes.

»Jones«, meldete sie sich flüsternd.

»Ihr seid schon wieder zu spät«, ertönte die verzerrte Stimme, gefolgt von einem durchdringenden Lachen.

Ihr Herz setzte für ein paar Schläge aus. Sie drehte sich um ihre eigene Achse, sah sich panisch um. Was passierte jetzt? Flog hier gleich alles in die Luft? Obwohl sie die Hand sinken ließ, hörte sie ihn immer noch lachen.

Applaus brandete auf, da Professor Doktor Tom Coleman in diesem Augenblick die Bühne betrat. Beinahe zeitgleich war ein lauter Knall zu hören, der den Beifall in Sekundenschnelle wieder zum Verstummen brachte. Mehrere Anwesende, unter ihnen auch Anna, zuckten zusammen und zogen die Köpfe ein. Dass es ein Schuss war, realisierte sie erst, als Tom Coleman auf dem Weg zum Rednerpult zusammensackte und auf dem Boden aufschlug.

Sofort brach Panik aus. Menschen schrien. Alle Besucher sprangen von ihren Stühlen und drängten zu den Ausgängen.

Beim Vorbeirennen rempelten mehrere Menschen Anna an, die stocksteif verharrte und zur Bühne auf Nicks reglosen Vater blickte. Ihr Körper gehorchte ihr nicht mehr. Wie angewurzelt stand sie einfach nur da.

Erst als sie Nick von der Seite her auf die Bühne stürmen sah, gewann sie ihre Fassung zurück. Im Gegenstrom der Menschen kämpfte sie sich zum Podium vor, während Nick neben seinem Vater auf die Knie sackte. Von Evelyn Coleman war nichts zu sehen.

»Geh in Deckung!«, schrie sie.

Sah er denn nicht, dass er sich dem Mörder dort schutzlos auslieferte? Sie rief ihm wieder und wieder zu. Doch über den Lärmpegel der fliehenden Menschen hinweg hörte er sie wohl nicht.

Anna bahnte sich weiter einen Weg, schaute sich immerzu nach dem Schützen um. Dann spürte sie wieder ihr Telefon in der Hand. Kalt und schwer wie ein Stein.

»Sie Bastard«, schrie sie hinein. Doch der Unbekannte hatte die Verbindung längst gekappt.

Als sie die Bühne erreichte, zögerte sie nur kurz. Wenn man es hier und jetzt auch auf Nick und sie abgesehen hätte, wären bereits weitere Schüsse gefallen.

Mit eingezogenem Kopf betrat sie die Empore.

»Halte durch«, wies Nick seinen Vater gerade an und drückte beide Hände seitlich am Bauch auf dessen blutdurchtränktes Hemd. Er war völlig aufgelöst, schien nicht einmal zu bemerken, dass sie sich neben ihn kniete.

»Rufen Sie einen Rettungswagen«, forderte sie zwei Wachmänner auf, die ebenfalls auf das Podium geeilt kamen.

»Schon geschehen«, erwiderte einer.

»Es sind auch Ärzte und Sanitäter wegen der Veranstaltung vor Ort«, sagte der andere.

»Wo bleiben die dann?« Sie sah auf Tom Coleman hinab, der seinen Sohn aus halb geöffneten Augen ansah. Er zitterte.

»Nick. Ich habe TJ hinausgeworfen, um dich zu schützen«, hauchte er.

»Darüber reden wir ein andermal«, entgegnete Nick. »Das Sprechen strengt dich zu sehr an.«

»Ich habe deinen Bruder ebenso geliebt wie dich«, presste sein Vater hervor, Nicks Worte ignorierend. »Aber er hat dich mit seinem Verhalten in Gefahr gebracht und uns immer wieder bestohlen.«

»Du hast ihn aufgegeben«, brach es aus Nick heraus. Er presste die Lippen zusammen und atmete tief durch.

»Da irrst du dich, das habe ich nie.« Eine einsame

Träne stahl sich aus Tom Colemans Augenwinkel. »Ich habe nach deinem Bruder gesucht und ihm immer wieder meine Hilfe angeboten.«

Nicks Blick wurde sanfter. »Schone dich jetzt. Es wird alles wieder gut«, flüsterte er.

Sein Vater röchelte leise. »Es tut … mir leid.«

Anna spürte ein warmes Gefühl in der Brust. Sie hatte noch nie gesehen, dass Nick seinen Vater auf diese Weise ansah. Vielleicht war eine Versöhnung doch nicht ausgeschlossen. Wenn Tom Coleman nur überlebte.

Wo blieben die Rettungskräfte? Sie ließ ihren Blick über den Saal gleiten, vor dessen Ausgängen sich noch immer Menschentrauben einen Fluchtweg zu erkämpfen versuchten. Da zu viele hinauswollten, kam niemand herein. Vermutlich gab es durch die Panik weitere Verletzte.

Sie zuckte zusammen, als ihr ein Mann ins Auge fiel, der losgelöst von der Masse mitten im Saal stand und unverhohlen zu ihnen herüberstarrte.

»Thatcher«, stieß sie aus.

Nick sah auf, folgte ihrem Blick. Es war unfassbar, dass Garry Thatcher die Dreistigkeit besaß, die Finger zum Salutieren an seine Schläfe zu heben und breit zu grinsen.

»Schnapp ihn dir«, presste Anna zwischen zusammengebissenen Zähnen hervor.

Sein Kopf schnellte zu ihr herum, bevor er wieder auf seinen Vater hinabsah.

»Ich kümmere mich um deinen Dad«, sagte sie, schob

seine Hände sanft beiseite und presste ihre eigenen auf die stark blutende Bauchwunde.

Er starrte auf seine blutverschmierten Finger, zögerte. Doch dann nickte er ihr zu, sprang auf und rannte auf den Ausgang zu, vor dem sich Thatcher gerade ins Gedränge warf.

Sie konnte nicht sagen, ob sie derart stark zitterte oder ob es Tom Colemans Körper war. Das Zucken durchfuhr ihre Hände und wanderte ihre Arme hinauf. Mit aller Kraft versuchte sie, die Blutung zu stoppen. Doch das warme Blut rann ihr durch die Finger, tränkte den Parkettboden, auf dem sie kniete. Sie fühlte die Nässe durch ihre Hose auf der Haut.

»Evelyn«, flüsterte er, gefolgt von einem langen Stöhnen. Seine Lider flatterten.

»Kommt endlich Hilfe?«, rief sie den Wachmännern zu.

Einer telefonierte, der andere hockte sich zu ihr.

Nicks Dad röchelte wieder. Er rang stoßweise nach Atem. Und dann verstummte er, alles an ihm. Kein Laut war mehr zu vernehmen, kein Heben und Senken der Brust, kein Zittern. Da war – nichts.

»Nein, nein, nein!« Sie nahm die Hände von seinem Bauch, legte sie auf sein Herz und begann mit der Druckmassage. »Kümmern Sie sich um die Wunde«, wies sie den Mann neben ihr an. »Wir brauchen Hilfe!«, schrie sie in den Saal.

Es war ewig her, dass sie einen Erste-Hilfe-Lehrgang besucht hatte. Sie wusste nicht mehr, wie oft sie die Herzdruckmassage durchführen und wann sie beatmen musste. Trotzdem funktionierte Anna, handelte rein instinktiv.

Tränen schossen ihr in die Augen. Sie bekam selbst kaum Luft, hatte keine Ahnung, woher sie die nahm, die sie ihm in die Nase pustete. Seinen Kopf hielt sie überstreckt, den Mund verschlossen. Dann widmete sie sich wieder seinem Herzen.

Es kam ihr vor, als wäre die Zeit stehen geblieben.. Sie konnte nicht sagen, wie lange sie die Wiederbelebungsmaßnahmen bereits wiederholte. Ihre Kraft ließ merklich nach, doch sie durfte nicht aufgeben. Nick hatte seinen Vater bei ihr zurückgelassen, weil er darauf vertraute, dass sie sich um ihn kümmerte.

Als jemand sie von hinten an den Schultern fasste und von ihm wegzog, wehrte sie sich dagegen und schlug um sich. Aber dann registrierte sie, dass es ein Sanitäter war. Sein Kollege nahm umgehend ihren Platz ein und beugte sich über Tom Colemans leblose Gestalt.

Sie hob die Arme, signalisierte ihm, dass er sie loslassen konnte. Bereitwillig kroch sie nun beiseite, machte den Männern Platz. Die Hände hielt sie zitternd von ihrem Körper weg. Sie waren voller Blut.

Anna schwitzte und fror gleichzeitig. Sie wollte helfen, würde aber nur im Weg stehen. Ihre Gedanken schweiften zu Nick. Der Streit mit seinem Vater durfte nicht so enden.

»Wir haben ihn zurück«, rief einer der Sanitäter. Erleichterung schwang in seiner Stimme mit.

Sie kroch unwillkürlich wieder näher, betrachtete Tom Colemans sich schwach hebende und senkende Brust. Ein erlösender Laut entwich ihrer Kehle. Sie lachte befreit auf.

Drei weitere Rettungskräfte mit Metallkoffern trafen ein. Einer legte Nicks Dad eine Sauerstoffmaske an, die anderen zwei wickelten ihm einen straffen Verband um den Bauch.

»Er ist noch nicht über den Berg«, informierte sie der Sanitäter, der die Herzdruckmassage nach Anna weitergeführt hatte. Er strich sich mit dem Unterarm den Schweiß von der Stirn. »Ruft in der Klinik an, damit sie den OP vorbereiten«, wies er einen seiner Kollegen an.

»In welches Krankenhaus bringen Sie ihn?«, erkundigte sich Anna.

»Ins Henry Ford.«

Die Männer hoben Nicks Dad vorsichtig auf eine Trage und ließen das Rollgestell einrasten. Dabei stöhnte er auf.

»Halten Sie durch«, sagte sie und streichelte ihm sanft über den Kopf.

Er blinzelte, schaffte es kaum, die Augen aufzuhalten. Seine Lippen bewegten sich stumm. Es war offensichtlich, dass er ihr etwas zu sagen versuchte.

»Eve…lyn«, hauchte er schließlich, als die Sanitäter die Trage auch schon anschoben.

»Ich gebe Ihrer Frau Bescheid«, versprach sie noch, bevor er ihren Fingern entglitt. Nick hatte seine Mom vorhin über ihr Smartphone zu erreichen versucht. Anna hatte also ihre Nummer.

Während sie ihr Telefon zur Hand nahm, traf ihr Blick auf die Stelle, wo Tom Coleman noch vor wenigen Minuten gelegen hatte. Der Boden war voll von seinem Blut und Urin. Zwei Einwegspritzen lagen dort, umgeben von Verpackungen und Resten des Verbandsmaterials.

Das Blut an ihren Händen begann bereits zu trocknen, dennoch stieg ihr der metallische Geruch in die Nase, und sie verschmierte das Display. Sie rief die Nummer auf, die Nick zuletzt gewählt hatte, hielt das Smartphone ans Ohr und verließ das Podium.

Wenn sie nur wüsste, in welche Richtung Nick und Thatcher gelaufen waren. Es frustrierte sie, Nick nicht telefonisch erreichen zu können. Vielleicht sollte sie doch Mike einschalten und …

»Die Nummer kenne ich doch«, meldete sich statt Evelyn Coleman die verzerrte Stimme des Unbekannten zu Wort. »Du scheinst dich gern mit mir zu unterhalten.«

Sie stoppte mitten in der Bewegung.

»Anna, Anna. So bemüht und doch so hilflos. Du möchtest mit Mrs. Coleman sprechen? Hm … Ich befürchte, die Gute ist gerade verhindert.«

28. KAPITEL

Nick rannte zwischen Menschentrauben hindurch, die ebenfalls Richtung Ausgang flohen. Der Schuss hallte noch immer in seinen Ohren wider.

Vor seinem geistigen Auge sah er seinen Vater und Anna, die sich über ihn beugte.

Jemand schubste ihn und brachte seine Aufmerksamkeit zurück in die Gegenwart. Je näher er dem Ausgang des Gebäudes kam, desto dichter wurde das Gedränge. In Sichtweite sah er Thatcher, der gerade hinaus in die Nacht verschwand.

»FBI, lassen Sie mich durch!«

Viel zu langsam wichen die Menschen beiseite. Nick hielt seine Waffe gen Boden gerichtet und gesichert. Er hatte kein freies Schussfeld. Genau darauf musste Thatcher gebaut haben.

Er wies sich vor einem der Security-Agenten aus und bat um dessen Handy. Nach kurzem Zögern reichte dieser es ihm.

Distinguierte Herren in eleganten Anzügen, die sonst nichts aus der Ruhe brachte, drängten sich gegenseitig zur Seite oder durch die viel zu schmale Tür. Nur wenige folgten den Notausgangsschildern. Vereinzelt stürzten Männer und Frauen zu Boden, die von den Nachfolgenden schlicht überrannt wurden.

»FBI!«, brüllte er.

Und endlich wichen die Letzten, die ihn noch vom Ausgang trennten, beiseite. Die Nachtluft nahm ihn auf. Nick ließ seinen Blick schweifen, über beleuchtete Gehwege, Sträucher und Bäume, die angrenzenden Hauswände. In der Ferne sah er den offiziellen Besucherparkplatz. Doch wo war Thatcher?

Innerhalb des Gebäudes hatte er ebenfalls einen Anzug getragen, vermutlich, um nicht aufzufallen. Nein, halt. Er rief sich das Bild zurück ins Gedächtnis. Ein Jackett mit Krawatte, doch darunter Jeans.

Nick ließ sich von seinem Instinkt treiben. Thatcher war auf der Flucht, wollte weg von der Menschenmenge und jeder Kamera. Also auf keinen Fall der Parkplatz. Linker Hand verloren sich die Gehwege zwischen den angrenzenden Gebäuden.

Im Lauf sah er aus einem der Mülleimer das Jackett und die Krawatte hervorragen.

Nick rannte vorsichtig weiter, die Waffe im Anschlag. Die FBI-Marke hatte er sich an den Gürtel geklemmt. Schließlich durfte ihn niemand für den Schützen halten.

Mit dem Handy des Security-Agenten wählte er die Nummer von Mike. Falls das hier schiefging, musste jemand Bescheid wissen, der aktiv werden konnte.

»Hallo?«, meldete sich Mike.

»Ich bin es«, sagte Nick. »Fremdes Smartphone.«

»Gerade eben kam eine Meldung herein. Ich wollte dich nicht beunruhigen. Aber wie es aussieht …«

»Ich bin dort«, unterbrach er den Freund. »Mein Vater sollte einen Vortrag halten. Garry Thatcher hat auf ihn geschossen. Ich verfolge ihn.«

»Gib mir die Details.«

Innerlich atmete er auf. Mike verlor keine Zeit, konnte sofort auf professionell schalten, und genau darauf hatte Nick gehofft. Er fasste die Ereignisse zusammen. »Ich suche die Umgebung ab. Errichtet Sperren, so schnell ihr könnt. Anna ist bei meinem Vater.«

»Ich bin in zwanzig Minuten da und leite alles in die Wege.«

»Danke.«

Nick beendete die Verbindung. Den Rest erledigte Mike, und was Anna betraf, wusste er sie immerhin in Sicherheit.

Ein Schuss erklang in direkter Nähe.

Nick warf sich instinktiv hinter den nächsten Baum und dankte im Stillen der städtischen Begrünungsinitiative. Andernfalls wäre er für Thatcher ein leichtes Ziel gewesen.

Da! Endlich erspähte er ihn. Wie vermutet, trug er eine unauffällige dunkle Jacke und auf dem Kopf ein Basecap.

In geduckter Haltung bewegte Thatcher sich durch den kleinen Park auf die angrenzenden Gebäude zu. War er erst dort, stiegen seine Chancen zu entkommen. Bis eine Drohne mit Infrarot in der Luft war, würden noch locker vierzig Minuten vergehen. Zu lange.

Nick hastete seinerseits zwischen den Bäumen entlang. Um Thatcher aus dem Konzept zu bringen, gab er einen Schuss ab. Erde spritzte auf.

»Thatcher, bleiben Sie stehen!«, brüllte Nick.

Keine Antwort.

Die Bewegungen des Mannes waren geschmeidig, er war außerdem ein guter Schütze und wusste, wie man sich tarnte. Vermutlich hatte er beim Militär gedient. Das machte ihn noch weitaus gefährlicher, als sie bisher angenommen hatten. Thatcher war ein Raubtier.

Nick rannte schneller. Er würde den Dreckskerl nicht entkommen lassen! Heiße Wut peitschte durch seine Adern, trieb ihn zu neuen Höchstleistungen an. Bei jedem Atemstoß sah er seinen Vater vor sich, auf dessen Bauch sich ein dunkler Fleck ausbreitete. Die herrische Art wie weggewischt, im Gesicht die Bitte um Vergebung. Möglicherweise waren das vorhin die letzten Worte, die er von seinem Vater gehört hatte.

Er besann sich auf seine Ausbildung und trieb jeden persönlichen Gedanken, jede Emotion in den hintersten Winkel seines Geistes zurück. Das hier war zu wichtig. Wenn er Thatcher nicht in die Finger bekam, verlor sich die Spur zu dem Unbekannten. Dann ging das Spiel weiter.

Endlich schrumpfte der Abstand. Nur noch drei Bäume lagen zwischen ihnen, als Thatcher mit einem Satz über die begrenzende Buschreihe den Park verließ.

Nick schoss erneut.

Die Kugel zerschmetterte die Scheibe eines parkenden SUVs. Thatcher zuckte zusammen und warf sich zwischen zwei Autos. Glücklicherweise waren um diese Uhrzeit in dieser Gegend nur noch wenige Menschen unterwegs.

»Lassen Sie es gut sein, dieser Bereich wird bereits abgeriegelt!«, brüllte Nick.

Eine leise Stimme in seinem Inneren flüsterte, dass Thatcher hoffentlich nicht aufgab. Er wollte ihn eigenhändig mit Faustschlägen niederstrecken. Der Gedanke, dass der Dreckskerl wimmernd vor ihm am Boden lag, das Gesicht nur noch eine blutige Masse, bescherte ihm Genugtuung.

Beinahe hätte ihn dieser Gedanke das Leben gekostet. Die Stille täuschte. Nick wollte gerade die Deckung verlassen, um Thatcher weiter zu folgen, da ertönte der Schuss, schlug aber knapp neben Nick in den Baumstamm ein. Holzsplitter wurden abgesprengt, einer davon schrammte über Nicks Wange wie eine scharfe Kralle. Er presste sich gegen den Stamm, keuchte, wischte sich fahrig das Blut ab.

Seine Gedanken wirbelten durcheinander, bildeten ein wirres Knäuel in seinem Kopf. Das Adrenalin peitschte weiterhin durch seine Adern. Die Bilder von TJ, seinem Vater, seiner Mutter und schließlich Anna tauchten auf und verschwanden wieder.

Er *musste* Thatcher stellen.

Nick legte sich auf den Boden und spähte seitlich am Stamm vorbei. Die Büsche verbargen ihm die Sicht, doch der SUV, hinter dem Thatcher vermutlich steckte, bot genug Raum zwischen Straße und Boden des Fahrzeugs.

Kurz hintereinander feuerte Nick dreimal. Durch das Geäst eines Busches, unter dem Auto hindurch. Beim letzten Schuss erklang ein Schmerzensschrei. Er hatte ihn!

»Geben Sie auf!«

Doch Thatcher dachte nicht daran. Es musste nur ein Streifschuss gewesen sein, andernfalls hätte die Flucht an diesem Punkt geendet.

»Verdammter Mistkerl!«, stieß Nick zwischen zusammengebissenen Zähnen hervor.

Noch einmal wischte er das Blut von der Wange, dann rannte er weiter. Mit einem Sprung über die Büsche und schließlich hinter die Autos. Thatcher erreichte soeben ein nahe gelegenes Gebäude. Im Erdgeschoss befand sich ein Restaurant, das laut einem Schild in wenigen Tagen eröffnen würde. Er hantierte an dem Schloss herum, öffnete die Tür und verschwand im Inneren.

Nick hielt sich so, dass er durch das Ladenfenster nicht gesehen werden konnte und näherte sich langsam der Tür. Das Schloss wies Spuren von Säure auf, was jedoch nicht erklärte, wie er den Schließmechanismus so schnell ausgehebelt hatte. Dieser Kerl hatte eindeutig zu viele Waffen bei sich.

Nick öffnete vorsichtig die Tür, doch es kam kein Schuss. Der Schein der Straßenlaternen fiel durch die Fenster ins Innere. Er erkannte lange Tische aus dunklem Holz, dahinter kleine Sitzgruppen. Weiter hinten gab es eine Theke, darüber an der Wand war das Tagesangebot für die Eröffnung mit Kreide angebracht worden.

Ein typischer Laden, der junge und dynamische Businessmenschen aus der Umgebung anziehen sollte.

Nick wollte gerade weiter in den Gastraum vordringen, als ihm etwas klar wurde.

»O nein, Freundchen.«

Er schob sich zurück nach draußen, die Tür fiel wieder ins Schloss. Dort drinnen war alles ein Labyrinth von Licht und Schatten. Jeder Schritt eine Gefahr, jede Unachtsamkeit tödlich. Entweder Thatcher lauerte irgendwo mit der Waffe im Anschlag, um Nick den Gnadenschuss zu verpassen. Oder er war längst auf dem Weg zur Hintertür.

Nick spähte um die Ecke, dann rannte er los. Es gab eine schmale Gasse, die zwischen den angrenzenden Gebäuden hindurchführte, vermutlich zu den Mülltonnen, wo sich auch der Hinterausgang befand.

Hier gab es keine Lichtquelle, lediglich der allgegenwärtige Schein von Detroit, der von Hochhäusern in der Ferne ausging, oder von angeschalteten Büroleuchten, weil irgendein Workaholic selbst jetzt noch arbeitete.

Nick erreichte die Hintertür.

Sie war verschlossen. Thatcher befand sich also tatsächlich noch im Inneren.

»Du kommst mir nicht davon.«

»Das wollte ich doch gar nicht«, erklang eine Stimme hinter ihm.

Ihm blieb gerade noch genug Zeit, sich selbst zu verfluchen. Wieso hatte er nicht zuerst hinter die großen Müllcontainer geschaut?

Ein Schlag traf Nick in die Kniekehle. Er stürzte, ein Tritt schleuderte ihm die Waffe aus der Hand. Thatcher richtete den Lauf seiner Pistole auf ihn. In Erwartung eines Schusses, spannte Nick sämtliche Muskeln an.

Nick versuchte aufzustehen und trat seinen Gegner dabei aus seiner halb knieenden Position mit einem seitlichen Kick die Beine unter dem Körper weg. Thatcher verriss den Schuss, die Kugel surrte als Querschläger davon.

Doch noch immer hielt er die Waffe fest im Griff, zielte erneut. Nick blieb keine Zeit, Deckung zu suchen. Er warf sich stattdessen frontal gegen Thatcher, sie rangen um die Pistole.

Hier kam Nick sein Training zugute. Er besaß mehr Kraft. Ganz langsam bog er die Hand des Mannes zurück, übte Druck auf die Nerven aus.

Aufkeuchend ließ Thatcher los, die Waffe fiel zu Boden. Metall traf auf Stein, glücklicherweise löste sich kein Schuss.

»Ich breche dir das Genick mit bloßen Händen«, presste Thatcher hervor.

Nick wollte ihm das Knie in die Eier rammen, doch Thatcher blockte die Bewegung ab.

Im nächsten Moment warf er den Kopf zurück und rammte Nicks Kopf mit seiner Stirn. Der Schlag kam unvorbereitet. Die Wucht sandte Schmerzwellen durch seinen Schädel, für eine Sekunde drehte sich ihm alles. Zu dem Blut auf seiner Wange kam nun ein warmer Strom, der aus seiner Nase über Mund und Kinn rann.

Sie gingen beide zu Boden.

Thatcher rollte sich ab und kam auf die Beine. Schon trat er zu. Doch Nick packte den Fuß, verdrehte den Knöchel. Es knackte. Aufschreiend humpelte der Killer zurück.

Endlich kam auch Nick wieder hoch und sah nun, dass Thatcher einen Stoffstreifen um die linke Wade gebunden hatte, um die Schussverletzung abzubinden.

Damit konnte er beide Füße kaum noch belasten. Aber das schien seinem Gegner egal zu sein. Mit einem Satz warf er sich auf Nick, rammte ihm die Faust in den Magen. Einmal, zweimal. Den nächsten Hieb konnte er abwehren, doch der Schmerz wurde bereits zur Übelkeit.

Dieser Kerl war ein Nahkämpfer, der jeden Vorteil ausnutzte.

Nick blockte den nächsten Schlag mit der Schulter, gleichzeitig trat er mit dem Fuß gegen die Schusswunde. Thatcher brüllte auf und wich zurück. Er keuchte schwer, taumelte weiter.

»Gibst du auf?«, fragte Nick.

»Ich gebe auf.«

Die Antwort war zu schnell gekommen. Thatcher wankte noch einen Schritt.

Die Waffen!

Ihre Blicke trafen sich.

Gleichzeitig sprangen sie, packten ihre jeweiligen Pistolen. Nick riss seinen Arm herum, zielte. Thatcher hatte seine ebenfalls wieder in der Hand, jedoch noch nicht ausgerichtet.

»Fallen lassen!«, brüllte Nick.

»Kommt gar nicht infrage.« Thatcher richtete sich langsam auf.

Ein Spiegelbild zu der Bewegung, die Nick machte. Es gab nur den einen Unterschied. Sein Lauf zielte auf den Gegner, der von Thatcher war auf den Boden gerichtet.

»Machen Sie keine Dummheiten«, stieß Nick hervor. »Geben Sie mir einen Grund, und ich jage Ihnen mit Freuden eine Kugel direkt ins Herz.«

»Ziemlich theatralisch für einen Fed«, gab Thatcher zurück und spuckte aus. »Zittert da etwa jemand? Sind wir nicht mehr in Form, Agent Coleman?« Er lachte leise.

»Ganz schlechter Zeitpunkt für eine Provokation.«

Leider hatte er jedoch recht. Die Verletzungen, der Kampf, das alles kam viel zu früh nach seinem Krankenhausaufenthalt. Die Schürfwunden und Hämatome jagten Schmerzwellen durch seinen Leib. Dazu kam die Übelkeit durch die Schläge in den Magen.

»Mein Zeigefinger kann sich noch immer problemlos krümmen«, sagte Nick und legte all seinen Hass in die Stimme. »Warum mein Vater?«

Thatcher starrte ihn für eine Sekunde verblüfft an, dann begann er zu lachen. »Sie wissen ja wirklich gar nichts.«

»Und genau deshalb«, sagte Nick, »will ich jetzt Antworten.«

29. KAPITEL

Anna verspürte den Drang, ihr Smartphone gegen die Wand zu schmettern. Stattdessen schob sie es zurück in ihre Hosentasche und eilte zum Ausgang.

Sie musste Nick suchen. Ohne ein Telefon hätte sie ihn gar nicht ziehen lassen dürfen. Allerdings war Thatcher vielleicht ihre einzige Chance, Evelyn Coleman zu finden.

Anna beschleunigte ihre Schritte. Nick hatte schon seinen Bruder verloren, sein Dad kämpfte gerade um sein Leben. Da durfte nicht auch noch seiner Mom etwas zustoßen.

Vor dem Gebäude hatten sich die Menschen in Gruppen zusammengefunden. Näher kommende Sirenen waren zu hören, erste Rettungswagen trafen ein. Ihr flackerndes Licht tanzte über die Hausfassade, die Straße und der Parkplatz waren von Laternen gesäumt. Die Leute steckten die Köpfe zusammen und redeten aufeinander ein. Ihren Mienen war die Fassungslosigkeit über den Mordanschlag auf den renommierten Herzchirurgen anzusehen.

Wenn sie doch bloß wüsste, in welche Richtung Nick und Thatcher gelaufen waren.

Sie sah sich um. Nach rechts gelangte man weiter ins Stadtzentrum. Diesen Weg hatte Thatcher vermutlich nicht gewählt. Instinktiv wandte sie sich nach links und rannte los.

Sie kam nicht weit, blieb an der nächsten Straßenkreuzung stehen. Verdammt, von hier aus konnten sie in jede erdenkliche Richtung gelaufen sein.

Ihr Blick streifte einen Obdachlosen, der in einem Mülleimer wühlte. Sie verengte die Augen, versuchte zu erkennen, was er in den Händen hielt. Ein Jackett! Sie hastete zu ihm.

»Entschuldigen Sie, Mister«, rief sie, noch ehe sie bei ihm ankam.

Er sah auf. Seine verdreckte Kleidung war ihm mindestens zwei Nummern zu groß, hatte ihm vermutlich vor Jahren gepasst oder war ihm in einer Obdachloseneinrichtung überlassen worden. Das krause graue Haar reichte ihm bis auf die Schultern, der Vollbart bis zum Schlüsselbein. Beschützend hielt er sein Fundstück an die Brust, umklammerte es mit den Armen und wich vor ihr zurück.

»Schon gut«, sagte Anna und hob besänftigend die Hände. Sie blieb auf Abstand und deutete auf die Jacke. »Ich möchte sie Ihnen nicht wegnehmen«, versicherte sie ihm.

Er schob die Unterlippe vor und musterte sie argwöhnisch. Die Jacke hielt er weiterhin wie ein Baby an sich gepresst.

»Sie sollten aber wissen, dass die Polizei Interesse an dem Kleidungsstück haben wird.«

Nun hob er die buschigen Augenbrauen. »Ich habe sie nicht gestohlen. Der Kerl hat sie weggeworfen.« Beim Sprechen entblößte er die Lücke eines fehlenden Schneidezahns.

»Wohin ist der Mann gelaufen?«

Er zögerte, deutete dann aber mit dem Kinn nach links die Straße hinunter.

»Danke«, rief sie und rannte los.

Hatte es überhaupt einen Sinn, die Männer bei dem Vorsprung, den sie hatten, zu verfolgen? Spätestens an der nächsten Kreuzung würde sie wieder nicht weiterwissen. Doch sie musste es zumindest versuchen. Evelyn Coleman brauchte sie. Nick hatte noch keine Ahnung, dass sie statt seiner Mutter den Unbekannten an deren Handy erreicht hatte. Als er Thatchers Verfolgung aufgenommen hatte, war er voller Hass und Wut gewesen. Ihm ging es gerade nur darum, ihn zu stellen. Ob lebend oder tot, war ihm nach dem Anschlag auf seinen Vater vermutlich egal. Aber Thatcher war es, der sie zu Nicks Mutter führen konnte.

Kaum bog sie um die Straßenecke, nahm die Zahl der Passanten ab. Diese Zufahrt führte in ein Gewerbegebiet mit vielen kleinen Start-ups. Von einem gesellschaftlichen Nachtleben war hier nichts zu spüren.

»Bleiben Sie zurück«, rief jemand hinter ihr.

Anna wandte sich, ohne zu stoppen, um, entdeckte zwei

Frauen, die sich im Schatten eines Hauseingangs aufhielten.

»Jemand hat geschossen«, warnte die Ältere der beiden.

»Wo?«

Hektische Hände deuteten nach Osten.

Sie schlug die angezeigte Richtung ein. Die Frauen versuchten, sie nochmals mit Zurufen zum Umkehren zu bewegen. Doch Anna hörte ihnen nicht zu. Es beunruhigte sie, dass es einen Schusswechsel gegeben hatte. Nicht zu wissen, ob Nick dabei verletzt worden war, ließ noch mehr Panik in ihr aufsteigen.

Ein Kälteschauer rann ihr über den Nacken, gleichzeitig schwitzte sie vom Laufen. Ihre Jacke kam ihr in diesem Moment wie ein schwerer Ballast vor. Sie war kurz davor, sie einfach abzustreifen, als der kleine Park ihre Aufmerksamkeit erregte.

Wenn Schüsse fielen, suchte man sich Deckung, und in diesem Geländeabschnitt boten die Sträucher und Bäume den einzigen Schutz.

In einer geduckten Haltung überquerte sie die Straße und rannte den Parkweg entlang. Was, wenn Nick Thatcher aus den Augen verloren hatte und dieser hier noch irgendwo lauerte? Oder schlimmer – wenn Nick verletzt war?

Am Ende des Parks blieb sie hinter einem Baumstamm stehen und spähte auf die andere Straßenseite, wo hintereinander mehrere Autos parkten. Die Scheibe eines SUVs war zerschmettert, Glasscherben lagen neben der Beifahrerseite auf dem Gehsteig.

Kurz zögerte Anna, dann stieß sie sich von dem Baum ab, hetzte über die Straße und suchte zwischen zwei Autos wieder Deckung. Auf der anderen Seite des SUVs schimmerte im Licht der Laterne ein nasser Fleck. Sie brauchte nicht näherzutreten, um zu wissen, dass das Blut war.

In ihrem Magen zog sich ein Knoten zusammen. »Nick«, flüsterte sie und hastete weiter.

Von nun an war es leicht, den beiden auf den Fersen zu bleiben. Die Blutspur setzte sich nach dem Auto fort und führte sie bis vor den Eingang eines Restaurants.

Der Knoten wanderte in ihre Brust und schnürte ihr die Luft ab. Erinnerungen an die Bar, in der sie mit Natalie gefeiert und später von dem Unbekannten festgehalten wurde, kamen in ihr auf. Alles in ihr sträubte sich dagegen, das Gebäude zu betreten.

Sie presste die Lippen zusammen, widerstand dem Drang, nach Nick zu rufen. Kurz blickte sie zurück, versuchte, irgendeine Menschenseele auszumachen. Es kam ihr seltsam vor, hier überhaupt niemanden mehr anzutreffen. Vielleicht waren sie vor den Schüssen geflohen.

Kurz entschlossen tippte sie schnell für Lynette eine Nachricht und gab ihr darin die Straße und Hausnummer ihres Standpunktes durch. Dann atmete sie tief durch, nahm all ihren Mut zusammen und griff nach dem Türknauf.

Gerade als sie eintreten wollte, hallte in der Nähe ein Schuss durch die Nacht. Sie fuhr herum und versuchte zu orten, aus welcher Richtung er gekommen war. Schutz suchend hielt sie sich nah an der Fassade des Restaurants und schlich bis zu der schmalen Gasse, die zwischen diesem und dem benachbarten Bürogebäude hindurchführte.

Die Durchfahrt war nur spärlich ausgeleuchtet und nahezu perfekt für einen Hinterhalt. Doch der Schuss war eindeutig aus dieser Richtung gekommen, was bedeutete, dass Nick und Thatcher nicht weit waren. Sie war zu nah, um jetzt aufzugeben.

Mit den Gedanken an Nick und seine Mom zwang sie sich vorwärts. Sie visierte zwei Müllcontainer an, die nah an einer Hauswand standen, und suchte hinter ihnen Schutz, bevor sie sich wieder umsah.

In der Dunkelheit war keine Bewegung auszumachen. Sollte sie doch nach Nick rufen, damit er wusste, dass sie in seiner Nähe war? Sie war hin- und hergerissen. Es könnte ihn ablenken, ihn unachtsam werden lassen, wenn er sie hörte. Außerdem wusste dann auch gleichzeitig Thatcher, dass sie ihnen auf den Fersen war.

Anna hielt sich im Schatten der Hausfassaden und ging vorsichtig weiter. Ihr Puls raste. Jede Sekunde rechnete sie damit, aus dem Nichts angegriffen zu werden. Sie konnte förmlich spüren, wie sich die Härchen in ihrem Nacken aufstellten.

War da ein Geräusch? Sie stoppte, lauschte. In der Ferne vernahm sie die bekannten Stadtgeräusche. Motoren, Hupen, Sirenen.

Inzwischen war die Polizei vermutlich dabei, den Tatort weiträumig abzuriegeln. Sie bezweifelte allerdings, dass sie ihren derzeitigen Aufenthaltsort mit einbezogen. Ob das FBI ebenfalls über den Mordanschlag informiert worden war? Wieder rang sie mit sich, Mike doch anzurufen, verließ sich dann aber auf Lynettes Gespür. Sie hatte ihr geschrieben, was geschehen war und dass sie Nick und Thatcher folgte. Wenn sie es für richtig hielt, würde sie sich an Mike wenden.

Eine Katze huschte durch die Gasse und bescherte Anna einen halben Herzinfarkt. Sie fluchte innerlich, konzentrierte sich nochmals auf Geräusche und schob sich dann weiter an der Hauswand entlang. Das Ende des dunklen Abschnittes kam näher, sie nahm ihre Umgebung wieder besser wahr. Da sah sie auf dem rissigen Asphalt etwas liegen.

Dass es eine Pistole war, erkannte sie sofort, und dass es sich dabei um Nicks Dienstwaffe handelte, wurde mit jedem weiteren Schritt mehr zur Gewissheit.

Sie vergaß alle Vorsicht, rannte zu der Stelle, nahm die Pistole an sich, hielt sie in beiden Händen mit ausgestreckten Armen vor sich und drehte sich um ihre eigene Achse.

»Nick, Nick!«

Sie rechnete damit, jeden Augenblick von Thatcher angegriffen zu werden. Die Blutspritzer auf dem Boden entgingen ihr nicht.

»Nick!« Ihr Ruf hallte von den Wänden wider. Sie erhielt keine Antwort.

Ihr Herz schmerzte. Lag er hier in einer dunklen Ecke? Verletzt, unfähig, sich bemerkbar zu machen? An Schlimmeres weigerte sie sich zu denken. Oder hatte Thatcher ihn verschleppt?

Sirenen kamen näher. Falls Thatcher noch hier war, musste er spätestens jetzt das Weite suchen. Die Ankunft der Polizei konnte er nicht ignorieren.

Anna biss die Zähne so fest zusammen, dass sie knirschten, bewegte sich nun ohne jede Vorsicht. Wieder und wieder rief sie nach Nick und suchte den Umkreis vom Fundort seiner Waffe ab. Dabei sah sie auch hinter übereinandergestapelte Müllsäcke und sprang aufschreiend zurück.

Dort lag jemand. Sie erkannte Schuhe, die am unteren Ende hinter den Säcken herausragten. In der Dunkelheit aber nur Umrisse.

Anna beugte sich nach vorn, bekam einen der oberen Säcke zu fassen und zerrte ihn herunter, woraufhin auch andere herabfielen. Dennoch konnte sie die Gestalt noch nicht vollends sehen.

Sie wankte nach vorn und riss die Tüten blindwütig auseinander, bis sie ihn dort liegen sah.

»Thatcher«, stieß sie atemlos aus, zückte ihr Smartphone, schaltete die Lampe ein und leuchtete über seine leblose Gestalt. Nach seinem Puls brauchte sie nicht mehr zu fühlen. Ein Einschussloch prangte mittig auf seiner Stirn.

Anna konnte den Blick nicht von dem Toten abwenden. Sie realisierte kaum, dass die Sirenen näher kamen. Signalleuchten tauchten die dunkle Gasse plötzlich in unruhiges Licht. Deputys sprangen aus zwei Streifenwagen, nutzten die offenen Autotüren als Deckung, richteten ihre Waffen auf sie und brüllten etwas.

Die Worte gewannen nur langsam an Bedeutung.

»Legen Sie die Pistole auf den Boden und heben Sie die Hände über den Kopf«, wiesen die Männer sie an.

Sie verstand erst nicht, was passierte. Langsam wich sie zurück.

Ihre Finger öffneten sich. Nicks Waffe fiel zu Boden.

30. KAPITEL

Nick fuhr in die Höhe und starrte auf seine Hände. Sie waren mit roten Sprenkeln übersät. Blut. Bevor er dem Gedanken nach dem Warum nachgehen konnte, machte sich ein stechender Kopfschmerz bemerkbar. Sein Herz raste, der Kreislauf protestierte.

Schwer atmend umschlang er seinen eigenen Oberkörper und atmete vorsichtig. Langsam ein und wieder aus. Seinem trainierten Körper hatte er es zu verdanken, dass sein Puls sich zügig normalisierte.

Gleichzeitig nahm Nick die Umgebung wahr. Viel zu sehen gab es nicht. Der Boden unter ihm war aus Beton, über ihm brannte eine einzelne Lampe. Der Schein bildete einen Lichtkreis, wie ein Spotlight. Alles außerhalb lag in absoluter Dunkelheit.

Natürlich fehlte von seiner Waffe und seiner Marke jede Spur.

Zusammen mit dem langsamer werdenden Herzschlag ebbte auch der Kopfschmerz ab. Sein Körper war dabei, das Betäubungsmittel zu verarbeiten. Vorsichtig richtete Nick sich vollständig auf. Seine Gedanken waren nach wie vor verworren, doch er erinnerte sich wieder.

Er hatte Thatcher gestellt, mit erhobener Waffe. Dieser hatte angedeutet, dass er auspacken würde. Und natürlich sei das mit Nicks Vater nur ein Auftrag gewesen, nichts Persönliches. Das übliche Blabla. Gerade hatte er sich Thatcher genähert, um ihn auf den Boden zu drücken und Unterstützung anzufordern, da hatten ihn die Blutsprenkel getroffen.

Thatcher war umgefallen wie eine Puppe, deren Fäden zerschnitten worden waren. Das Werkzeug wurde nicht länger gebraucht. Nicks Reflexe hatten ausgezeichnet funktioniert und doch eine Sekunde zu spät. Als er in die Knie gegangen war, um sich hinter der nächsten Mülltonne in Sicherheit zu bringen, hatte er den Einstich in seinem Genick gespürt. Ein winziger Metallpfeil? Plötzlich lag er auf dem Boden. Da waren schwarze Müllsäcke, der süßlich strenge Geruch von Essensresten.

Und jetzt stand er hier, auf wackligen Beinen, mit blutverschmierten Händen. Er fuhr sich über das Gesicht und spürte nichts Nasses. Vermutlich war das Blut schon eingetrocknet. Wie lange war er weg gewesen?

Er lauschte.

Lediglich das Summen der Lampe über ihm drang an sein Ohr. Darüber hinaus war es totenstill.

»Hallo!«, rief er.

Seine Stimme hallte wider. Eine größere Halle also. In Gedanken ging er bereits die Stadtkarte von Detroit durch. Wo befanden sich dort Lagerkomplexe? Und wichtiger: Wieso war er noch am Leben? Es gab keinen

Zweifel daran, wer für seine Entführung verantwortlich war.

»Wir hätten wissen müssen, dass jemand wie Sie nicht einfach bei einem Hausbrand stirbt«, flüsterte Nick.

»Ja, das hättet ihr«, erklang die bekannte Vocoder-Stimme aus der Dunkelheit. »Manche Fehler begeht man nur einmal.«

Nick zuckte zusammen. Das Gefühl der Ohnmacht und Hilflosigkeit zerrte an ihm wie ein Zementblock, in dem seine Beine feststeckten und der ihn unaufhörlich in die Tiefe sinken ließ.

»Und ich dachte, dass Sie nicht noch sadistischer sein können.«

»Das hat nichts mit Sadismus zu tun, aber es wundert mich nicht, dass du mit deiner beschränkten Wahrnehmung noch immer nicht begriffen hast, worum es geht. Ich höre jedes deiner Worte durch ein Mikrofon an deinem Kragen. Komm nicht auf die Idee, es zu entfernen oder den Weg in die Dunkelheit zu suchen – ich halte eine Waffe in der Hand. Und ihr Lauf deutet direkt auf dein linkes Knie. Davon erholt man sich nie wieder.«

»Käme mir nie in den Sinn, mich einem Größenwahnsinnigen mit Allmachtsfantasien zu widersetzen!« Nick gab sich keinerlei Illusion hin, Zurückhaltung war überflüssig. Er war hier, um zu sterben. »Das dürfte Ihren Charakter doch treffen.«

Der Unbekannte ging nicht auf Nicks verbalen Angriff ein. »Hätte Zane Newton dich nicht vom Seziertisch geholt, hätte Falsi dich fein säuberlich aufgeschnitten, zerlegt und für immer verschwinden lassen.« Ein Seufzen. »Nicht alle Werkzeuge sind gleichermaßen effektiv.«

Bei dem Gedanken an Falsi stieg die mittlerweile vertraute Übelkeit in Nick auf. »Denken Sie, das bringt mich aus der Fassung? Oder ist das Ihre Art von Vorspiel? Geht Ihnen dabei einer ab?«

Ein leises Lachen erklang. »Du musst wirklich verzweifelt sein, wenn das die Strategie ist. Aber lassen wir das Geplänkel.«

»Warum mein Vater?«

»Genugtuung wäre sicher ein guter Grund, ich will sehen, wie du leidest. Doch grundsätzlich wollte ich dir damit etwas verdeutlichen: Ihr könnt nicht gegen mich gewinnen. Das konntet ihr nie. Natürlich gebe ich zu, dass ihr die erste Phase des Spiels durch mehr Glück als Verstand gemeistert habt. Doch dann war Zane Newton der Einzige, der tatsächlich weiterrecherchiert hat. Mir wäre das ja ein bisschen peinlich. Du als FBI-Agent hättest es besser wissen müssen. Und dann bemerkt ihr nicht einmal, dass Roger nicht Opfer ist, sondern Täter. Da musste dein Vater eben dran glauben. Oh, richtig, du hattest noch Hoffnung. Bedauerlicherweise konnte die Koryphäe auf dem Gebiet der Herzchirurgie nicht gerettet werden.«

»Sie … lügen«, krächzte Nick.

»Denk, was du willst. Aber natürlich stellt sich die Frage nach deiner Mutter.«

»Was soll das heißen?«

Nick gab sich Mühe, seine Emotionen in seinem Innersten zu verschließen. Das hier war ein Psychospiel, das er nur gewinnen konnte, wenn er sich keine Blöße gab. Doch der Zweifel zerfraß jeden Schutzwall innerhalb von Sekunden. War sein Vater tatsächlich gestorben?

»Sie ist mein Gast.«

Der Satz ließ das Blut in Nicks Adern gefrieren. »Wenn Sie ihr etwas antun, dann werde ich Sie finden und Ihnen eine Kugel in den Schädel jagen. Das schwöre ich!« Er wusste selber, wie hilflos das klang, und verabscheute sich dafür.

»Aber, aber, Agent Coleman, wer wird denn gleich die Beherrschung verlieren. Das mit der Kugel im Schädel ist jetzt kopiert, da war ich bei Thatcher schneller. Aber konzentrieren wir uns auf das Wesentliche, nicht wahr? Dankbarkeit.«

»Was?«

»Ich sagte: Dankbarkeit. Du hast ein Elternteil verloren, aber eines ist noch übrig. Das hätte ich auch konsequenter erledigen können. Dann wäre niemand mehr da. Schließlich hat der arme Nick seinem Bruder damals nicht wirklich geholfen, als sein Vater ihn aus dem Haus geworfen hat. Was würde TJ nur sagen, wenn er dich so sehen könnte?«

Jedes Wort war ein Hammerschlag gegen Nicks innere Mauer. Risse bildeten sich, verästelten sich. Noch ein paar Schläge, und sie würde einstürzen.

»Was wollen Sie?«

»Pragmatisch. Das lob ich mir. Und es ist so simpel. Gleich wird der Weg sich offenbaren – Licht an Licht. Und es gibt nur eine Regel, die du nicht brechen darfst. Bleib auf dem Weg. Wenn du ihn verlässt, kannst du über Lautsprecher den Schuss hören, mit dem ich deiner Mutter den Schädel wegpuste.«

Nick vertrieb die Bilder mit einem Kopfschütteln und nickte.

»Habe ich mich in aller Deutlichkeit ausgedrückt?«

»Ich habe verstanden«, presste Nick zwischen zusammengebissenen Zähnen hervor.

»Schön, schön. Dann fangen wir an. Du kennst doch das alte Sprichwort: Der Weg ist das Ziel. In deinem Fall trifft das in so vielerlei Hinsicht zu.«

Für eine Sekunde waren Schritte zu hören. Gummisohlen, die kaum ein Geräusch auslösten. Er entfernte sich. Die Stille kehrte zurück, doch nur für Augenblicke. Zwei runde, halbhohe Lampen leuchteten auf, wie Nick sie als Begrenzung für Gartenwege kannte.

Er ging darauf zu.

Weitere Lampen gingen an, sodass sich ein Pfad abzeichnete. Ob sie durch Lichtschranken oder manuell aktiviert wurden, konnte er nicht sagen. Doch immer, wenn Nick einem Lichterpaar näher kam, schaltete sich das nächste ein. Auf diese Art wurde er in einem Bogen fort vom Ort seines Erwachens geleitet.

Bei jedem Schritt erwartete Nick, den stechenden Schmerz eines Geschosses zu spüren, das in seinen Körper eindrang, dazu das Echo des Schusses. Er konnte nicht sagen, ob der Unbekannte ihn belog, ob sich seine Mutter wirklich in seiner Gewalt befand.

Ein weiterer Schritt.

Mit einem lauten Klacken leuchtete eine Lampe unter der Decke auf und bildete einen neuen Lichtkreis. Exakt im Zentrum stand ein offener Sarg auf einem Holzgestell. Auf schwarzem Samt lag ein nackter Mann.

Nick konnte sich nicht bewegen.

Sein Blick hing wie festgeklebt an dem Toten. »Detective Hunter.«

Auf seinem Oberkörper waren noch die Schrammen und Wunden der Verletzungen durch die Explosion im Labor zu sehen. Die Nahtstellen der Operation. In seinem Mund steckte etwas.

Ein Finger.

Nick wandte seinen Blick hastig ab.

»Der arme Detective Hunter«, erklang die Vocoder-Stimme, dieses Mal aus einem Lautsprecher. »Da hat er durch deine Hilfe knapp überlebt, und ich komme daher und korrigiere diesen Fehler.«

Nick atmete schwer. »Das war unnötig.«

»Ein kompetenterer Agent hätte die Kollegen der örtlichen Polizei gewarnt. Aber damit hast du es nicht so, richtig? Die anderen. Es geht nur um dich und Anna. Euch beiden muss es gut gehen. Dass der arme Zane Newton alleine ermittelt und sich immer mehr in seine, zugegebenermaßen begründete, Paranoia hineinsteigert, ist nicht wichtig. Und Detective Hunter nur ein nervender Provinzcop.«

»Sie sind derjenige, der diese Morde begeht.«

»Lassen wir doch diese Spitzfindigkeiten. Ich melde mich auch lediglich, weil ich vorhin etwas vergessen hatte. Die Uhr tickt. Du solltest also dringend den Hinweis auf das nächste Ziel suchen. Die Lampen leuchten erst auf, wenn du das geschafft hast. Aber falls es zu lange dauert … arme Mutter Coleman.«

Und damit schwieg er wieder.

Nick näherte sich zögernd dem toten Detective. Der Gedanke, dass er noch vor Kurzem mit ihm gemeinsam aus dem Labor geflohen war – ihn getragen hatte. Die Rettung in letzter Sekunde, die Erleichterung, dass Hunter überlebt hatte – alles ausradiert von diesem einen Bild.

Er ließ den Blick von oben bis unten über den Körper schweifen. Das einzig Auffällige war der verdammte Finger, der zwischen den Zähnen klemmte. Der Täter hatte ein stumpfes Messer genommen. Eine blutige Sauerei. Es war nicht mehr zu erkennen, ob der Finger zu einem Mann oder einer Frau gehörte.

»Nein«, sagte er leise und schüttelte den Kopf.

Distanz! Er war Agent, und nichts anderes durfte er hier sein. Kein Sohn. Kein emotional agierender Gefangener. Seine analytischen Fähigkeiten schoben sich in den Vordergrund.

Der Tote war nackt, der Grund des Todes mit bloßem Auge nicht erkennbar. Es gab keine tödlichen äußeren

Verletzungen wie Schusswunden oder tiefe Schnitte. Der Hinweis konnte damit also nicht zusammenhängen.

Er beugte sich über den offenen Sarg und betrachtete den Körper aus der Nähe. Aus dieser Entfernung sah er, dass die beiden Arme leicht angewinkelt waren, wodurch Hunter quasi auf seinen Händen lag.

Nick blieb keine Wahl, er griff nach den Armen. Die Leichenstarre hatte eingesetzt, und so musste er den Körper leicht anheben. Er fühlte sich schmutzig, als er es hinter sich gebracht hatte.

An keiner Hand fehlte ein Finger.

Längst hatte sein kühler Verstand übernommen, er handelte wie eine Maschine. Zielgerichtet, getrieben von einer Mischung aus Rationalität und Instinkt.

Er griff nach dem blutigen Finger, der nur locker zwischen die Zähne geklemmt und unter dem zweiten Glied abgetrennt worden war. Nick hoffte, dass das Opfer zu dem Zeitpunkt bereits tot gewesen war.

Auf dem Finger selbst war etwas mit Edding auf die Haut geschrieben.

31. KAPITEL

Im Großraumbüro des Polizeireviers herrschte emsiges Treiben. Anna saß in einem Zimmer, das eher den Charakter einer überdimensionalen Box besaß. Zwei Seiten des schalldichten Raumes bestanden vollständig aus Glas. Keine Stimmen, kein Telefonklingeln oder Tastaturklicken waren von außen zu vernehmen. Bis auf einen Tisch und die zugehörigen Stühle, von denen sie auf einem saß, gab es keinerlei Möbel.

Die Spurensicherung hatte ihre Hände und die Jacke bereits auf Schmauchspuren untersucht und keine gefunden. Und inzwischen waren sie auch schon zu der Erkenntnis gekommen, dass der tödliche Schuss nicht aus Nicks Dienstpistole abgefeuert wurde. Von der Mordwaffe und dem Täter fehlte bisher jede Spur, und ihre Vernehmung kostete wertvolle Zeit, die sie eigentlich damit verbringen musste, nach Nick und seiner Mutter zu suchen.

Im Moment wusste niemand, wo er abgeblieben war. Anna hatte mitbekommen, dass sie in der Gasse keine Überwachungskameras hatten sicherstellen können.

Sie starrte auf die Tischplatte, betrachtete die vielen Kratzer im Holz und fragte sich, wer hier schon alles vor ihr gesessen hatte. Durch die gläsernen Wände war sie sich der Beobachtung durch die Ermittlerin bewusst. Detective Lawrence, eine groß gewachsene, schlanke Frau Mitte fünfzig, die ihr Haar zu einem so straffen Pferdeschwanz gebunden hatte, dass sie dauerhaft Kopfschmerzen haben musste, telefonierte seit mindestens zehn Minuten und ließ Anna währenddessen nicht aus den Augen. Sie hatte Detective Hunters Arbeit übernommen, seit dieser ins Krankenhaus eingeliefert worden war.

Anna reckte sich, als sie Mike durch das Großraumbüro kommen sah. Er lief direkt auf Detective Lawrence zu. Da diese vor der Glaswand stand, hinter der Anna saß, bemerkte er sie und nickte ihr zu. Kurz sprach er mit Lawrence. Als er die Tür öffnete und mit ihr gemeinsam den Raum betrat, drangen die Geräusche des Großraumbüros zu ihr herein. Danach waren sie zu dritt von der befremdlichen Stille eingehüllt.

»Lynette hat mich angerufen und deinen Aufenthaltsort durchgegeben.« Er setzte sich ihr gegenüber an den Tisch, Lawrence blieb an der Tür stehen. »Es war gefährlich, Nick und Thatcher zu folgen. Du hättest auf unser Eintreffen warten sollen.«

Sie wusste nicht, was sie erwidern sollte. Wie viel hatte Lynette ihm erzählt?

»Hast du irgendeine Idee, wo Nick jetzt stecken könnte?«, fragte er, als sie nur entschuldigend mit den Schultern zuckte.

»Nein. Man hat mir mein Smartphone abgenommen.

Vielleicht hat er in der Zwischenzeit versucht, mich zu erreichen.«

Mike nickte Detective Lawrence auffordernd zu, die daraufhin den Raum verließ.

»Habt ihr im Hotel angerufen, ob er dort wiederaufgetaucht ist?«, fragte sie.

»Zane gibt sofort Bescheid, falls er das tut.«

Anna hob die Augenbrauen. Hatte Nick ihm erzählt, dass Zane in Detroit war, oder war es Lynette gewesen? Sie seufzte innerlich. Es wäre hilfreich, wenn sie eine Ahnung hätte, wie viel Mike wusste. Sie wollte ihm so gern alles erzählen. Aber dann schwanden Zanes Chancen noch mehr, das Gegenmittel zu erhalten.

Detective Lawrence betrat wieder den Raum und übergab Anna ihr Smartphone. Sie wischte sofort über das Display und schüttelte enttäuscht den Kopf. »Nichts«, sagte sie und wählte Lynettes Nummer. Der Rufton erklang. Einmal, zweimal … Dann ging die Tür auf, und ein synchrones Klingeln war zu hören, als Lynette eintrat.

»Ich habe mir den Tatort angesehen«, entschuldigte sie ihr spätes Eintreffen und drückte den Anruf weg. Sie kam zu Anna und legte ihr eine Hand auf die Schulter. »Bist du okay?«

Ihr Nicken fiel zaghaft aus. »Hast du was von Nick gehört? Wie geht es seinem Vater? Wird er durchkommen? Seine Mom ist …« Sie stockte, presste die Lippen zusammen. »Ist Zane jetzt ganz allein?«

»Er trägt einen Fitnesstracker und hat ihn so eingestellt, dass ich seine Gesundheitsdaten halbstündlich auf mein Smartphone übertragen bekomme.« Lynette hob es vielsagend in die Höhe und wandte sich dann an Detective Lawrence. »Würden Sie uns bitte allein lassen?«

Sie zögerte, sah zu Mike. »Ihr Kollege gilt momentan als Hauptverdächtiger. Auch wenn seine Glock nicht die Mordwaffe ist, liefert die Rache für den Anschlag auf seinen Vater ein eindeutiges Motiv, und dass er verschwunden ist, spricht auch dafür.« Sie machte einen Schritt auf Mike zu. »Die Sachlage ist nicht einfach für Sie, trotzdem zähle ich auf Ihre Kooperation und möchte Sie bitten, mir nichts zu verheimlichen.«

»Das erhoffe ich mir auch von Ihnen«, erwiderte er. »Helfen Sie uns, Roger Beckett zu finden. Ich vermute zwischen den aktuellen Vorkommnissen eine Verbindung. Bestenfalls lässt sich durch ihn der Tatverdacht auf Agent Coleman widerlegen.«

Sie nickte ihm zu und verließ den Raum.

Mike wandte sich an Anna. »Wir haben die Telefondaten von Alec Smith ausgewertet. Roger hat gelogen, als er behauptete, sein Freund hätte ihn angerufen und zu sich bestellt. Wie es scheint, hat er nicht nur die FBI-Agenten Hoffman und Bronson ermordet, sondern auch seinen eigenen Freund. Und ihr könnt euch sicherlich vorstellen, dass ich ihn nun im Mordfall seiner Nachbarin, Sandy Wheeler, auch als Täter im Visier habe.« Er stand auf und bot Lynette mit einer Handbewegung seinen

Platz an. »Ich will von euch genaue Angaben haben, zu welchen Zeiten ihr mit ihm zusammen wart und wann er alleine war.«

Anna biss sich auf die Zunge. »Aber wir haben seine Hotelzimmertür doch zu seiner Sicherheit die ganze Zeit über mit einer Kamera überwacht.«

»Vielleicht wurde sie manipuliert«, mutmaßte Lynette.

»Wir werden es herausfinden«, sagte Mike, sah sie beide abwechselnd an und verschränkte die Arme vor der Brust. »Kommen wir jetzt zu euch.« Er machte eine kurze Pause, bevor die Sätze ungehalten aus ihm herausbrachen. »Was läuft hier? Wieso seid ihr alle vier in Detroit? Thatcher taucht an allen Tatorten auf, ihr liefert mir sein Phantombild, und dann verübt ausgerechnet er einen Anschlag auf Nicks Vater. Eindeutig zu viele Zufälle, wenn ihr mich fragt.«

Lynette sah Anna an. »Es wird Zeit, die Karten auf den Tisch zu legen. Ich befürchte, Nick steckt in Schwierigkeiten. Er hätte uns sonst schon längst kontaktiert.«

Sie erwartete keine Antwort, sondern begann, Mike zu berichten. Es beeindruckte Anna, wie ruhig und sachlich sie alles wiedergab, und sie war ihr dankbar dafür. Jetzt, da das Schweigen gebrochen war, musste sie sich mäßigen, ihr nicht vorzugreifen, um hier endlich rauszukommen und sich auf die Suche machen zu können. Mikes Miene verhärtete sich mit jeder Sekunde. Seine Gesichtsfarbe war mittlerweile genauso rot wie seine Haare.

Als Lynette endete, starrte er sie weiterhin an und atmete mehrfach tief durch. Dann knallte er die Hand auf den Tisch, woraufhin sie beide zusammenzuckten. »Ist das euer verdammter Ernst?«

»Nick wollte dich da nicht mit reinziehen«, sagte Anna. »Er …«

»Es ist mir scheißegal, was Nick wollte oder nicht wollte«, stieß er aus. Er stand auf, drehte ihnen beiden den Rücken zu und sah ins Großraumbüro. »Ich kann nicht fassen, dass ihr mir diese Informationen vorenthalten habt. Ich dachte, wir wären Freunde.«

»Aus diesem Grund wollten wir dich nicht in die Zwickmühle bringen«, entgegnete Lynette. »Ich verstehe, dass du sauer bist. Aber was hättest du denn getan? Als leitender Ermittler hättest du es nicht für dich behalten dürfen, als Freund hättest du es aber tun wollen.«

Anna stand auf. »Der Unbekannte hat gedroht, Zane seinem Schicksal zu überlassen, wenn wir auspacken. Sein Leben hängt von dem Gegenmittel ab.« Sie schluckte.

»Ich habe Dr. Ramirez den schriftlichen Auftrag für seine Chemiker erteilt und zusätzlich eine Blutprobe von Zane genommen und diese zu einem befreundeten Rechtsmediziner geschickt«, sagte Lynette. »Aber er hat auch schon angedeutet, dass er uns da wahrscheinlich nicht helfen kann. Es ist nicht möglich, genau zu bestimmen, um welches Nervengift es sich handelt. Ohne diese Information lässt sich jedoch kein Gegenmittel bestimmen.«

Mike wandte sich ihnen wieder zu. »Glaubt ihr, es handelt sich dabei um dasselbe Gift, mit dem auch Natalie Walsh getötet wurde?«

Sie nickten gleichzeitig.

»Und es stammt aus dem hiesigen Labor, in dem Roger Beckett arbeitete«, schlussfolgerte er.

»Das dann mit zwei Bomben in die Luft gejagt wurde, um jegliche Spuren zu verwischen«, ergänzte Anna.

Mike setzte sich auf die Tischkante und fuhr sich mit der Hand mehrfach übers Gesicht. »Der große Unbekannte ist also zurück und sorgt dafür, dass wir ihm nichts nachweisen können.«

»Er ist zumindest bemüht, das zu tun«, entgegnete Lynette. »Zane wurde vergiftet, damit er ihm einen Dienst erweist, die zugehörigen Daten aus der Cloud des Labors löscht und somit die allerletzten Beweise vernichtet. Er versucht gerade, einen Weg zu finden, das nicht durchziehen zu müssen und den Fremden zu täuschen.«

Mike verengte die Augen. »Wer sagt uns, dass es sich bei dem Unbekannten nicht um Roger handelt?«

»Er hat die gleichen Symptome wie Zane«, antwortete Anna und setzte sich wieder. »Fieber, Kopfschmerzen, übermäßiges Schwitzen, Schwächeanfälle, Muskelkrämpfe, Zittern und Sehstörungen. Roger scheint auch erpresst zu werden.«

»Zudem formt sich unser Gegner menschliche Werkzeuge«, warf Lynette ein. »Ich glaube, bis heute war Garry Thatcher einer von ihnen. In diese Reihe würde ich auch Natalie Walsh und Dr. Falsi einordnen. Er kann damit auf ein Netzwerk versierter Helfer zurückgreifen, die er entweder erpresst oder manipuliert hat. Das spricht für jemanden mit herausragenden Analysefähigkeiten. Ein Psychopath mit narzisstischer Persönlichkeitsstörung und hohem IQ.«

»Dann sollten wir in diese Richtung ermitteln. Ich werde Thatchers sofortige Obduktion veranlassen. Mit etwas Glück werden wir über seine Finger- und Zahnabdrücke seine wahre Identität erfahren. Und dann stellen wir sein bisheriges Leben auf den Kopf. Vielleicht war er in ärztlicher oder psychologischer Behandlung.«

»Was können wir, während die Obduktion läuft, noch tun?«, fragte Lynette. »Ich will ja nicht drängeln, aber dass von Nick jede Spur fehlt, ist kein gutes Zeichen.«

Annas Magen krampfte sich zusammen. »Überprüft bitte, ob Nick mal an einem Fall gearbeitet hat, über den ich einen Artikel gebracht habe. Ich habe schon danach recherchiert und nichts gefunden. Aber womöglich habe ich etwas übersehen. Dieser Typ hatte es in Chicago von Anfang an auf uns beide abgesehen. Wenn wir da einen Zusammenhang finden, vielleicht jemanden, dem wir beide durch unsere Arbeit Ärger eingebracht haben …« Anna rieb sich den Nacken. »Und da ist noch etwas.« Sie berichtete davon, dass sie den Unbekannten über Evelyn Colemans Telefon erreicht hatte, und übergab Mike zugleich ihr Smartphone.

»Verdammter Mist, dann hat er auch sie in seiner Gewalt oder …« Er verstummte. Der Gedanke an ihren möglichen Tod hing erdrückend schwer im Raum.

»Wird sein Vater es schaffen?«, flüsterte Anna.

»Die OP hat er vorerst überstanden«, erwiderte Lynette. »Die nächsten Stunden werden zeigen, ob er durchkommt.«

Mike seufzte laut. »Er ist ihr Telefon sicherlich längst losgeworden, um eine Ortung zu verhindern«, sagte er, rief aber dennoch auf Annas Smartphone die Nummer auf und stellte auf Lautsprecher.

Es erklang nicht einmal ein Rufzeichen.

Anna stemmte die Ellenbogen auf den Tisch und verbarg ihr Gesicht in den Händen. Die Unwissenheit fraß sie innerlich auf. Wenn Nick es irgendwie könnte, würde er einen Weg finden, sie zu kontaktieren. Doch bisher hatte er es nicht getan, und je mehr Zeit verstrich, desto größer wurde die Wahrscheinlichkeit, dass der Unbekannte ihn verschleppt hatte. Zu welchem Zweck, war kein Geheimnis. Er wollte Nick und sie tot sehen.

»Ich muss hier raus«, rief sie und sprang auf. »Vielleicht wurde am Tatort etwas übersehen. Irgendein Hinweis oder eine Nachricht.«

Lynette stand ebenfalls auf. »Ich war dort, Anna. Glaub mir, ich habe mich sehr genau umgesehen.«

Mike trat zu ihnen. »Wir haben das Gebiet abgesperrt, eine Infrarotdrohne ist in der Luft. Solange es noch dunkel ist, können wir nicht mehr tun.« Er lief zur Tür. »Ich fahre jetzt in die Rechtsmedizin. Sobald ich einen Schritt weitergekommen bin, melde ich mich bei euch. Und das gilt umgekehrt genauso.« Er sah sie abwechselnd an. »Keine Lügen mehr! Keine Alleingänge. Fahrt ins Hotel zurück und wartet auf meinen Anruf.«

Anna wollte widersprechen, da war er schon zur Tür hinaus. Bevor Lynette und sie ihn eingeholt hatten, wurde er von Detective Lawrence aufgehalten.

»Es gibt ein Problem«, sagte sie und reichte ihm ein ausgedrucktes Bild.

Im Großraumbüro herrschte spürbare Aufregung. Keiner saß mehr an seinem Schreibtisch. Die Deputys standen in Gruppen beieinander und diskutierten.

»Was ist los?«, fragte Lynette.

»Detective Hunter ist aus dem Krankenhaus verschwunden«, berichtete Lawrence, richtete sich dabei aber nur an Mike. »Dieses Foto stammt von einer der Überwachungskameras. Das Gesicht des Arztes ist auf keiner Aufnahme zu erkennen. Er dreht den Kopf ständig von den Kameras weg, wusste wahrscheinlich genau um deren Position.«

Anna stellte sich auf die Zehenspitzen und schaute über Mikes Schulter hinweg auf das Foto, auf dem zu sehen war, wie Detective Hunter in seinem Krankenhausbett in den Fahrstuhl gefahren wurde.

»Sind die Schwestern und Ärzte schon befragt worden?«, erkundigte sich Mike und setzte sich an den nächstgelegenen Schreibtisch.

»Wir sind noch dabei«, erwiderte Lawrence. »Bisher konnte niemand sagen, wer der Arzt auf dem Foto ist.«

»Das ist kein Arzt«, stieß er aus und warf Anna und Lynette einen kurzen Blick zu. »Kann mir hier mal bitte jemand die Überwachungsvideos einspielen?«, rief er und deutete mit einer ausladenden Handbewegung auf den Computerbildschirm.

Ein Mann kam herbeigeeilt, tippte im Stehen hektisch auf die Tastatur und trat dann wieder zurück, als die besagten Aufnahmen auftauchten.

Mike klickte sich durch die Ausschnitte, die Hunters Entführung durch die Krankenhausflure, den Fahrstuhl bis hin zum Außenbereich übertrugen. Dort wurde er in einen Rettungswagen verfrachtet, der unbeachtet und ohne Probleme vom Gelände fuhr. Das Gesicht des Mannes im Arztkittel war auf keiner der Aufnahmen zu erkennen.

»Habt ihr das Nummernschild überprüft?«, fragte Mike in die Runde.

»In Detroit ist keinem Rettungswagen dieses Nummernschild zugeteilt«, bekam er aus der Menge der Polizisten zur Antwort.

»Ich will wissen, welchem Fahrzeug es sich zuordnen lässt«, ordnete er an. »Wo sind die Überwachungsbilder der angrenzenden Straßen?«

»Wir sind dran«, entgegnete Lawrence.

»Das muss schneller gehen!«, rief Mike. »Wie lange liegt die Entführung zurück?«

Detective Lawrence warf einen Blick auf die Wanduhr. »Etwa vier bis fünf Stunden.«

Mike schloss die Datei mit den Überwachungsaufnahmen, woraufhin Bilder von vermissten Personen auftauchten, an denen der Deputy, dem dieser Schreibtisch gehörte, zuvor gearbeitet hatte. Er stand auf, lief Richtung

Ausgang und sah nochmals zu Lynette und Anna zurück. »Ich melde mich.«

»Warte!« Anna starrte auf die Vermisstenanzeigen, konzentrierte sich einzig und allein auf das dritte Bild von oben. Sie hoffte, dass sie sich irrte, las im selben Moment aber den daruntergeschriebenen Namen und sackte auf den frei gewordenen Stuhl.

»Was hast du?«, fragte Lynette.

»Es ist noch jemand verschwunden, den wir kennen«, flüsterte sie, und ihre Stimme brach.

32. KAPITEL

»Zu spät«, las Nick auf dem abgetrennten Finger.

Im gleichen Augenblick schalteten sich die nächsten beiden Wegleuchten ein. Der Lautsprecher knackte, doch es war nicht die Stimme des Unbekannten, der sich erneut zu Wort meldete. Stattdessen erklang ein Trauermarsch.

Untermalt von den Klängen der Musik, betrat Nick den Weg. Den Finger hatte er bei Hunters Leiche zurückgelassen und versuchte, nicht länger daran zu denken, zu wem er wohl gehören mochte. Stoisch folgte er dem Pfad und fragte sich, was die nächste grausame Station sein würde.

So musste Anna sich gefühlt haben.

Nick hatte die Orte aufgesucht, an denen dieser Wahnsinnige sie entführt hatte. Doch es war etwas anderes, als wehrloses Opfer an einem unbekannten Platz festgehalten zu werden, ohne Macht über das eigene Schicksal zu haben.

Mit jedem Lampenpaar, das vor Nick aufleuchtete, erlosch nun eines hinter ihm. Dadurch verlor er sofort die Orientierung. Lief er womöglich im Kreis? Schlangenlinien? Er konnte es beim besten Willen nicht sagen. Wie immer war die Falle perfekt inszeniert, jede Bewegung orchestriert. Er konnte nicht ausbrechen, hatte keinerlei Überblick mehr, was seine Umgebung anbelangte.

Die Trauermusik spielte noch immer, und hätte Nick seine Waffe besessen, die Lautsprecher hätten es nicht überlebt.

Nick sehnte den nächsten Haltepunkt herbei und verabscheute den Gedanken gleichzeitig. Die Inseln des Lichts inmitten der gewaltigen Schwärze waren Anker und versprachen eine perverse Form der Stabilität. Er hoffte auf Hinweise. Zur Umgebung, zu seiner Mutter. Und die Angst, dass genau sie am nächsten Ort auf ihn wartete, bleich und leblos, drehte ihm den Magen um.

Ein weiteres Lampenpaar.

In Quantico hatte er stets zu jenen mit der besten psychischen Stabilität gehört, der höchsten Erdung. Egal in welcher Situation, er war nicht zusammengeklappt. In seinem Beruf wurde er mit Schrecken konfrontiert, auf die ihn keine Ausbildung vorbereiten konnte. Er kannte Kollegen, die an den Gräueltaten, mit denen sie in Berührung kamen, kaputtgegangen waren. Andere verschmolzen mit dem Job, kannten keine Freizeit mehr, kein Privatleben. Sie verbissen sich in Fälle, bis sie zum ersten Mal die Grenzen der Legalität überschritten, um einen Verdächtigen zu überführen.

Danach war es oft auch für sie vorbei.

Er hatte seine Stabilität nie verloren. Rationale Analyse, um am Ende den Täter erfolgreich wegzusperren. Und das war die Genugtuung. Doch seit Annas Anruf – es kam ihm vor, als läge dieser eine Ewigkeit zurück – und seinem Flug nach Chicago schien alles anders zu sein. Das Fundament unter ihm hatte Risse bekommen. Risse, die mit jedem Tag tiefer wurden und diesen einstmals stabilen Block zerbröckeln ließen.

Noch nie zuvor hatte er diese Art von Erschütterung verspürt.

Ein weiteres Lichterpaar leuchtete auf, hinter ihm erloschen zwei.

Es war offensichtlich, dass Lynette mal wieder recht gehabt hatte: Der Unbekannte wollte sie brechen, wollte, dass sie ihre eigene Kraft, ihr ganzes Selbst anzweifelten. Dafür scheute er keine Mühe, wie man am Auftauchen von Natalie gesehen hatte.

Gleichzeitig war es nur die Spitze des Eisbergs. Die Sache mit Roger hatte davor begonnen, nicht erst nach den Ereignissen in Chicago. Was bedeutete das? Warum ausgerechnet dieses Spiel mit ihnen? Diese Fixierung auf Anna und ihn. Oder war es einfach das, was der Unbekannte überall auf der Welt tat?

Und weil sie beide ihm erfolgreich Widerstand boten, fixierte er sich nun auf sie? Das erklärte natürlich noch nicht das Warum. Alles hatte mit Harris begonnen. War er möglicherweise auch ein Werkzeug gewesen?

Die Gedanken wurden zu einem wüsten Knäuel, das keinen Anfang und kein Ende hatte. Sie wussten zu wenig, gleichzeitig wimmelte es von falschen Fährten. Wie ein schlüpfriger Aal schlängelte sich der Unbekannte immer wieder davon; sie bekamen ihn einfach nicht zu fassen.

Mit einem Klacken wurde eine kreisrunde Fläche der Dunkelheit entrissen.

Dutzende von Fäden liefen von der Decke, an der Lampe vorbei, nach unten. Wie eine Puppe hing eine Frau in weißem Hochzeitskleid daran. Ihr Gesicht ein Ausdruck des Grauens.

»Sarah«, krächzte Nick.

Ihre Flitterwochen waren brutal unterbrochen und nun endgültig beendet worden. Ihr weißes Hochzeitskleid war mit Blut befleckt und an mehreren Stellen angerissen. Einer ihrer Finger fehlte. Auf dem Boden unter ihr lagen Reiskörner und ein Brautstrauß.

»Sie sind krank«, krächzte Nick.

Es war die hundertste Wiederholung, und doch konnte er einfach nichts anderes sagen. Wie sollte er auch? »Was hat sie Ihnen denn getan?«

»Nichts«, meldete sich der Unbekannte zu Wort. »Wenn man es genau nimmt, war ihr Fehler, dich zu kennen. Traurig, nicht wahr? Und letztlich eure Schuld. Wärt ihr in Chicago gestorben, hätte ich den Plan nicht anpassen müssen. Doch so blieb mir nichts anderes übrig, als mir eine Strategie zu überlegen, wie ich euch nach Detroit bekommen könnte, und die Hochzeit eurer alten Freundin war die Lösung. Ich musste nur dafür sorgen, dass die Braut euch noch kurzfristig einlädt. Deshalb der ›Ausfall‹ von zwei anderen Gästen, damit Plätze frei werden. Keine

Sorge, sie hatten nur eine Lebensmittelvergiftung, es sollte ja unauffällig bleiben. Roger hat ihr dann eingeflüstert, wie schön es doch wäre, wenn sie euch beide stattdessen einlädt.«

Nick hatte sich bereits gewundert, warum sie eingeladen worden waren. Da Sarahs Eltern und seine sich gut kannten, war ihm das jedoch irgendwie logisch erschienen. Jetzt sah er alles in einem neuen Licht. Konnte es sein, dass diese Falle auch für seine Eltern gedacht gewesen war?

»So viele Fragen, ich sehe es dir an. Leider werden die Antworten warten müssen. Genieße doch erst einmal das Bild. Ich habe mir Mühe damit gegeben. Ein solches Kunstwerk sollte auch gewürdigt werden, meinst du nicht?«

Nick schwieg, wusste nichts zu erwidern.

»Es ist wichtig, über seine Gefühle zu sprechen«, sagte der Unbekannte. »Wir Männer neigen dazu, alles in uns hineinzufressen. Lass es raus, das wird dir guttun.«

»Sie könnten damit beginnen zu schweigen«, schlug Nick vor. »Und was Gefühle angeht, zeige ich sie Ihnen gerne. Geben Sie mir einfach meine Waffe.«

»Und da ist sie wieder, diese Arroganz. Du verkennst deine Lage. Ist dir bewusst, dass ein falsches Wort aus deinem Mund den Tod deiner Mutter bedeuten könnte? Vielleicht wartet sie schon auf dich. Aufgehängt an Fäden. Oder in einem Sarg. Oder … Aber konzentriere dich erst einmal auf das Hier und Jetzt. Dann sehen wir weiter. Und überdenke dein Benehmen.«

Stille senkte sich herab, als der Unbekannte schwieg. Natürlich war er noch immer da. Ob er dem Schauspiel mit einer Schüssel Popcorn zusah?

Nick trat in den Lichtkreis. »Es tut mir leid, Sarah.«

Sie hatte gelitten vor ihrem Tod, doch die exakte Todesursache war auf den ersten Blick nicht erkennbar. Der Boden war vollständig mit einer dicken Schicht aus Reiskörnern bedeckt. Als Nick mit dem Fuß auf ein Stück Papier trat, zog er es hervor. Es war eine Anleitung. Formaldehyd wurde normalerweise benutzt, um Leichenteile zu konservieren. Hier wurde beschrieben, wie man Formaldehyd mit einer Spritze in den Körper eines Menschen injizierte, der noch am Leben war. Was er dann natürlich nicht mehr lange blieb. Von innen heraus im Augenblick des Todes konserviert. Am Ende der Seite prangte die Unterschrift von Dr. Falsi. Das Echo eines toten Psychopathen hallte bis in die Gegenwart wider. Nick zerknüllte das Blatt.

An Sarah selbst gab es nichts Auffälliges, außer dem fehlenden Finger. Doch was war der Hinweis auf den nächsten Haltepunkt?

Nick schob weiter Reiskörner beiseite. Irgendwo musste noch etwas zu finden sein! Doch jetzt blieb ihm nur noch die Leiche. Sie hing tief genug, dass er sie von allen Seiten betrachten konnte.

Was tat der Unbekannte noch, während sie damit beschäftigt waren, seinen Brotkrumen zu folgen? Waren bereits weitere Freunde tot, von denen sie bisher nichts wussten?

Unweigerlich dachte Nick an Zane. Wie es ihm wohl ging? Und Anna?

Nick tastete Sarahs Körper durch den Stoff des Brautkleides hindurch ab. Gab es eine Erhebung? War etwas angebracht?

Wieder nichts.

Er betrachtete die Risse im Stoff genauer. Sie befanden sich an den Armbeugen und den Oberschenkeln. Er schob sie auseinander und studierte die darunterliegende Haut. Das Gewebe war überall zerstochen, hier hatte der Irre das Formaldehyd in den Körper gepumpt. Vermutlich über mehrere gleichzeitig eingeführte Kanülen.

Falls Sarahs Mann noch lebte, würde er die nächsten Jahre auf der Couch eines Therapeuten verbringen, so viel war sicher.

»Was von einem Leben übrig bleibt«, erklang die verhasste Vocoder-Stimme.

»So viele Tote, und das alles für ein Spiel.« Nick schüttelte abfällig den Kopf.

»Als FBI-Agent bist du es doch gewohnt, den Grund zu hinterfragen. So langsam solltest du damit beginnen. Kein Spiel wird nur um des Spielens willen gespielt. Aber solange du das nicht begreifst, kommst du der Wahrheit kein Stück näher.«

»Ich habe Sarah untersucht, aber hier gibt es keinen Hinweis.«

»Bist du bereit, das Leben deiner Mutter darauf zu verwetten?«

Nein, das war er eindeutig nicht. Aber wo sollte er noch suchen?! Die einzige Möglichkeit wäre es, sie abzuhängen und zu entkleiden. Die Fäden entpuppten sich bei genauerer Betrachtung jedoch als Stahlsaiten. Ohne Schneidewerkzeug war das unmöglich. Ein Teil von ihm war dankbar dafür. Ein anderer wurde panisch. Er musste den Hinweis finden!

Nick betrachtete Sarahs Mund genauer. Wenn er sich streckte, konnte er die Lippen erreichen. Doch der Kiefer ließ sich nicht öffnen.

»Mit Draht zusammengebunden«, sagte der Unbekannte. »Dort wirst du nicht fündig.« Er lachte höhnisch. »Aber ich verrate dir etwas … du hast den Hinweis längst entdeckt, ihn bloß nicht als solchen erkannt. Ich lasse das mal gelten.«

»Aber was ist es?«, fragte Nick.

»Das wird dir klar, wenn du unser nächstes Ziel erreichst. Du darfst gespannt sein. Vorfreude ist doch bekanntlich die schönste Freude. Und ich verspreche dir, es wird alles in den Schatten stellen, was du dir nur erträumen kannst.«

Ein Lampenpaar leuchtete auf.

Nick blickte noch einmal zu Sarah und verabschiedete sich im Stillen. Möglicherweise würde auch er bald tot sein und auf makabre Art präsentiert werden. Hergerichtet für Anna, Lynette, Zane und Mike. Wieder konnte er spüren, wie sein Fundament wackliger wurde. Er fühlte sich müde und kraftlos, fremden Gewalten hilflos ausgeliefert.

Trotzdem setzte er wieder einen Schritt vor den anderen. Folgte der Aufforderung, sich zum nächsten Ziel zu begeben. Wer oder was auch immer dort auf ihn wartete.

Wieder erklang eine Musik aus den Lautsprechern. Dieses Mal kein Trauermarsch, stattdessen eine Melodie, die ihm vage vertraut vorkam. Er konnte sie jedoch nicht zuordnen. Immer, wenn die Erinnerung zum Greifen nah war, entschlüpfte sie Nick. Er wusste, diese Melodie hatte er schon einmal gehört, ja, mehr als das. Sie brachte etwas in ihm zum Klingen. Aber was sollte sie ihm sagen?

Er fühlte die Enge in der Brust, die Dunkelheit um ihn herum. Es gab nur noch die Lichter, die ihm den Weg wiesen. Doch darüber hinaus nur Leere. Schwäche. Versagen.

Obgleich Nick nicht wusste, was der Hinweis gewesen war, nahm er das Versprechen des Unbekannten ernst. Was ihn auch erwartete, es würde schrecklich sein. Seine Fantasie hatte sich längst verselbstständigt. War es seine Mutter? Hatte der Unbekannte die Leiche seines Vaters hergeschafft? Oder gar Anna! Hatte er sie irgendwie in die Finger bekommen, ihr vor dem Auditorium aufgelauert? Alles war möglich. Nichts war mehr sicher.

Nick näherte sich unaufhörlich dem nächsten Albtraum.

33. KAPITEL

Sarah … Seit Anna sie auf dem Foto in der Vermisstendatei erkannt hatte, ging ihr die Freundin nicht mehr aus dem Kopf. Auf ihrer Hochzeit waren Nick und sie auf Roger getroffen, und das gesamte Drama hatte seinen Anfang genommen. Unglaublich, dass all das erst wenige Tage zurücklag. Sie brauchte nicht viel Fantasie, um sich vorzustellen, dass Sarahs Verschwinden mit Roger und dem Unbekannten zusammenhing. Inzwischen wurde nach Sarah, Roger sowie nach Nick und seiner Mutter gefahndet. Nicht zu wissen, wo sie waren und ob es ihnen gut ging, ließ das dumpfe Angstgefühl in ihrem Magen von Stunde zu Stunde weiter anschwellen.

Obwohl es bereits nach Mitternacht war, hatte Mike die sofortige Obduktion Thatchers angeordnet. Gleichzeitig lief die Suche nach DNA-Referenzen in allen zugänglichen Datenbanken. In der Zwischenzeit war er mit Detective Lawrence zu einer Tiefgarage aufgebrochen, bis zu der sie den Rettungswagen, in dem Detective Hunter entführt worden war, mithilfe von Straßenüberwachungskameras verfolgt hatten. Der Wagen war hineingefahren und nicht wieder herausgekommen. Vielleicht hatten sie Glück, und sie würden Hunter dort finden oder zumindest weitere Spuren von ihm. Und selbst wenn dort nur das leere Fahrzeug stand, wäre das im Moment besser als nichts.

Anna und Lynette waren ihnen gefolgt, doch dann hatte Zane angerufen und sie zum Hotel bestellt. Der Unbekannte hatte ihn wieder kontaktiert und von ihm verlangt, ihm die Festplatte mit den Daten zu bringen. Einen genauen Treffpunkt gab es nicht, das würde sich erst während der Fahrt erschließen. Aber immerhin bot dies eine weitere Möglichkeit, ihn und somit Nick ausfindig zu machen.

Sie parkten direkt vor dem Hoteleingang und schrieben Zane, dass sie da waren. Kurz dachte Anna daran, sich in der Suite umzuziehen, um ihre mit Tom Colemans Blut befleckten Sachen loszuwerden. Doch dafür fehlte einfach die Zeit.

»Zanes Vitalanzeigen gefallen mir nicht«, sagte Lynette mit Blick auf ihr Smartphone. »Innerhalb der letzten Stunde haben sich seine Werte deutlich verschlechtert.«

»Wie hoch stehen die Chancen, dass der Unbekannte ihm das Gegenmittel tatsächlich zur Verfügung stellt?«, fragte Anna seufzend.

Lynette schob ihre Brille vom Kopf auf die Nase. »Ich weiß es nicht.« Sie beugte sich zu ihr auf die Beifahrerseite und nahm eine Akte aus dem Handschuhfach. »In meiner gesamten bisherigen Berufslaufbahn ist mir ein solch komplexer Fall noch nicht untergekommen. Jedes Mal, wenn ich glaube, dem Fremden analytisch näherzukommen, ändert er die Struktur seines Vorgehens.« Sie blätterte durch die Akte. »Es ist, als würde er bewusst versuchen, jede logische Schlussfolgerung sofort zu widerlegen. Er verändert ständig das Bild, das wir von ihm sehen.«

»Wirst du es nicht manchmal müde, dich immer wieder mit Psychopathen auseinandersetzen zu müssen?«

»Eigentlich nicht.« Sie lächelte sanft. »Ich habe mich schon als junges Mädchen für Gewaltverbrechen und die Menschen dahinter interessiert. Mein Bruder hat mir immer vorausgesagt, dass ich mal als alte Jungfer sterben würde, wenn ich nicht hinter meinen blutigen Wälzern hervorkomme.« Jetzt lachte sie laut. »So schlimm ist es nicht gekommen. Aber mir stand nie der Sinn nach einer eigenen Familie. Mein Beruf ist meine Leidenschaft.«

Anna betrachtete sie und lächelte. »Wie sollte das auch funktionieren? Du bist viel zu gefragt, immer unterwegs.«

Lynette schlug die Akte zu und schob sich die Brille wieder in den Haaransatz. »Ich genieße die Zeit, die ich bei meinem Bruder und seiner Familie auf der Ranch verbringe. Meine zwei Nichten und meinen Neffen vergöttere ich. Und trotzdem werde ich nach spätestens zwei Wochen unruhig und muss mich wieder an die Arbeit machen. Ich darf gar nicht daran denken, wie es wird, wenn ich irgendwann in den Ruhestand geschickt werde.«

»Du bist erst Ende fünfzig. Da hast du noch etliche Arbeitsjahre vor dir«, erwiderte Anna in dem Moment, in dem Zane die Autotür öffnete und hinter ihnen auf die Rückbank stieg.

Sie wandte sich zu ihm um und betrachtete voller Sorge sein von Fieber gerötetes und von Schweiß benetztes Gesicht.

»Wie fühlst du dich?«

Er verzog den Mund zu einem gequälten Lächeln. »Ich habe auf dem Laborserver eine manuelle Backup-Auslösung gefunden«, informierte er sie, ohne auf ihre eigentliche Frage einzugehen. »Die hab ich gelöscht und auf eine externe Festplatte gezogen, die unser großer Unbekannter nun haben will. Das Log zeigt, dass jemand die automatische Sicherung übergangen und manuell angestoßen hat. Das hat die frühere Version schneller überschrieben und damit die alten Sicherungsdaten gelöscht. Gleichzeitig ist das aber auch die Smoking Gun, der Hinweis auf Manipulation. Ich nehme an, das hat er bemerkt. Der Zeitstempel auf dem Backup hat alles verraten. Allerdings weiß unser Mister X nicht, dass ich einen Sender im Gehäuse der Platte versteckt und eine zweite Kopie gemacht habe.«

Zane hielt sich tapfer, wollte nicht, dass sie sich zu sehr sorgten.

»Wir können ihm also die Daten übergeben, haben aber noch eine weitere Kopie für Mike. Wo findet die Übergabe statt?«, fragte Lynette und fuhr los.

»Er gibt mir die Koordinaten erst nach und nach durch.«

Anna sah Lynette an. »Ihm wird nicht entgehen, dass wir Zane begleiten. Er kennt jeden unserer Schritte.«

»Deshalb habe ich Mike außen vor gelassen«, erwiderte sie. »Hätten wir die Polizei oder das FBI hinzugezogen, wäre Zane geliefert. Wir beide gehören zum Spiel – genauso wie Nick.«

»Gibt es inzwischen ein Lebenszeichen von ihm?«, erkundigte sich Zane.

Anna presste die Lippen zusammen, schüttelte ebenso wie Lynette den Kopf.

»Der Sender wird uns hoffentlich auch zu ihm führen«, flüsterte er.

Lynette nickte. »Und sobald du das Gegenmittel hast, rufen wir Mike zu Hilfe.« Sie fuhr los.

Zanes Smartphone vibrierte im Minutentakt. Er gab die Wegbeschreibungen weiter, bis sie schließlich in eine Seitenstraße abbogen, die in eine Sackgasse mündete.

»Und jetzt?«, fragte Anna.

»Keine weitere Anweisung«, sagte Zane mit Blick auf sein Handy.

Sie sahen sich um. Hier gab es nur eine Kirche und gegenüber einen Parkplatz, auf dem sie nun hielten.

»Seht ihr irgendjemanden?«, flüsterte Zane.

»Keine Menschenseele«, erwiderte Anna und schaute abermals durch alle Fenster.

»Was sollen wir jetzt tun?« Zane öffnete die Tür, wollte aussteigen. Da begann sein Smartphone zu klingeln.

»Er sieht uns«, flüsterte Lynette.

Anna presste ihren Rücken gegen die Lehne, als könne das Licht der Straße sie dadurch nicht mehr erreichen.

Gleichzeitig wusste sie, dass sie sich nicht vor ihm verstecken konnte.

Zane zögerte nicht länger und nahm den Anruf entgegen. »Ich habe, was Sie wollen«, sagte er und wischte sich mit dem Unterarm eine feuchte Haarsträhne aus der Stirn.

Anna konnte seine Verzweiflung in jedem Wort mitschwingen hören. Sein Blick begegnete ihrem. Seine Haltung versteifte sich.

»Du hinterhältiger Bastard«, stieß er aus. »Geht dir dabei einer ab, andere Leute im Schlaf zu überwältigen und zu vergiften?« Zane keuchte auf. »Wir haben uns genau an die Absprache gehalten, wir haben …« Er nahm das Smartphone vom Ohr und starrte es an. »Dieses Arschloch hat einfach aufgelegt.«

»Das war Roger am Telefon«, begriff Lynette sofort. »Unser Unbekannter ist nicht selbst gekommen.«

»Ich sag es euch«, presste Zane hervor. »Wenn ich ihm gegenüberstehe, kann ich für nichts garantieren. Ich habe die Kamera vor seinem Zimmer gecheckt. Sie wurde manipuliert.«

»Du musst dich beruhigen. Vergiss nicht, dass wir das Gegenmittel brauchen«, sagte Anna.

Ihr Smartphone klingelte. Sie hielt es kurz in die Höhe und zeigte ihnen Rogers Namen auf dem beleuchteten Display. Dann nahm sie an und lauschte, ohne ein Wort zu sagen.

»Zane und Lynette bleiben im Wagen«, vernahm sie seine heiser klingende Stimme. »Du wirst mir die Lieferung übergeben. Allein! Und solltet ihr auf irgendwelche Dummheiten kommen und womöglich die Polizei einschalten, könnt ihr davon ausgehen, Nick nie wiederzusehen.«

Sie wollte ihn anschreien, all ihre Wut über seinen Verrat an ihm auslassen. Stattdessen biss sie die Zähne so fest zusammen, dass sie schmerzten.

»Wo?«, war das einzige Wort, das sie hervorbrachte.

»Komm in die Kirche. Die Tür ist offen.« Er legte auf.

Sie ließ das Telefon sinken, schloss die Augen und atmete tief durch.

»Was hat er gesagt?«, erkundigte sich Zane.

»Er will dich und nicht Zane sehen«, sagte Lynette und sah sie eindringlich an. »Mit seinen Beleidigungen kann er gerade nicht umgehen. Du musst vorsichtig sein. Roger ist nervlich am Ende und damit zu allem fähig. Sei in jeder Sekunde wachsam. Er führt aus, was der Unbekannte will, vergiss das nicht. Ich weiß, ihr wart Freunde, aber …«

»Freunde?«, zischte Anna und ballte die freie Hand zur Faust. »Er hat gerade damit gedroht, dass Nick es büßen wird, wenn wir nicht tun, was sie wollen.«

Lynette nickte. »Du schaffst das. Vorerst müssen wir mitspielen.«

Zane fluchte, reichte ihr nur widerwillig das Paket mit der externen Festplatte und ließ es erst los, als sie es ihm regelrecht entriss.

»Pass bitte auf dich auf!«, wies er sie an.

»Das werde ich«, gab sie betont entschlossen zurück. Innerlich fraß sie die Ungewissheit und Hilflosigkeit jedoch beinahe auf.

Als sie die Tür öffnete, ergriff Lynette ihre Hand und hielt sie zurück. »Für alle Fälle«, flüsterte sie und legte Anna ihre Dienstwaffe auf den Schoß.

Sie sah sie mit gerunzelter Stirn an, machte keine Anstalten, die Waffe zu nehmen.

»Für alle Fälle«, wiederholte Lynette und sah sie dabei eindringlich an. »Nick hat dir gezeigt, wie du damit umgehen musst, oder?«

Anna nickte und schluckte. Das Metall fühlte sich kalt an, als sie die Pistole unter ihrem Pullover in ihren Hosenbund steckte.

Während sie ausstieg und langsam auf die Kirche zulief, konnte sie die Blicke der beiden im Rücken spüren. Und sie wusste, dass Roger sie ebenfalls im Visier hatte.

War er allein? Vielleicht waren der Unbekannte, Nick, Evelyn Coleman und Sarah auch hier. Sie hatte keine Ahnung, was sie erwartete.

Der Wind strich ihr kalt durchs Haar und über die Wangen. Sie fröstelte. Eine Plastiktüte wirbelte die Straße entlang, verfing sich in dem Fahrradständer neben dem Eingang. Die prachtvolle zweiflügelige Holztür war schwach beleuchtet, aus den hohen Fenstern, dem Inneren der Kirche, drang kein Licht.

Anna hielt das kleine Paket derart fest, als läge in ihm eine Bombe. Zane hatte den Sender sicherlich so platziert, dass er nicht gleich zu finden war. Da sie nicht wusste, wie Mike mit der Verfolgung von Detective Hunter vorankam, ruhte all ihre Hoffnung auf Zanes Strategie.

Vor der Tür hielt sie inne, legte ihre Hand zögernd auf den massiven Griff. Sie nahm einen tiefen Atemzug, straffte die Schultern. Dann zog sie die schwere Tür auf und schlüpfte in die Dunkelheit.

Eine beängstigende Stille umfing sie. Der nächtliche Stadtlärm blieb hinter ihr zurück, ebenso wie die Lichtquellen der Straßenlaternen. Vor ihr erkannte sie schemenhaft den Mittelgang, neben dem sich zu beiden Seiten die schattigen Umrisse der Holzbänke abzeichneten. Vorn, auf dem Altar, brannten Kerzen, deren sanftes Licht das Kirchenschiff nur unzureichend ausleuchtete. Lediglich ihre unmittelbare Umgebung gaben sie schwach zu erkennen. Die beinahe raumhohen buntverglasten Fenster im Hintergrund. Wandmalerei. Skulpturen, die trotz ihrer heiligen Bedeutung bei Nacht gespenstisch wirkten.

Anna fröstelte erneut. Dieses Mal nicht vor Kälte. Behutsam setzte sie einen Fuß vor den anderen und zwang sich entlang des Mittelganges vorwärts. Ihre Schritte und ihr eigener Atem waren die einzigen Geräusche, die sie vernahm.

»Bist du ein gläubiger Mensch?«, ertönte plötzlich Rogers Stimme in der Dunkelheit.

Sie fuhr herum. Er befand sich irgendwo auf der rechten Seite. Doch sie konnte ihn nicht sehen.

»Bei dem, was ich getan habe, müsste ich eigentlich in Flammen aufgehen, sobald ich eine Kirche betrete.«

Seine Stimme kam nun von weiter vorn. Sie sah ihn in den Schein der Kerzen treten und auf der vorderen rechten Sitzbank Platz nehmen.

Ihr Mund fühlte sich mit einem Mal trocken an. Es schien, als wäre er allein. Aber sie konnte sich nicht sicher sein.

Während sie sich ihm näherte, spürte sie Lynettes Waffe an ihrem Körper und konnte dem Drang kaum widerstehen, nach ihr zu greifen. Sie starrte auf sein rotes, lockiges Haar, das ihr schon seit ihrer Jugend vertraut war.

»Warum?«, schrie sie ihn an, kaum dass sie das Ende des Mittelganges erreicht hatte. Da ihr Ruf von allen Seiten donnernd widerhallte, zuckte sie zusammen.

Roger zog den Kopf ein, verharrte aber ansonsten regungslos. Den Blick starr auf den Altar gerichtet, glänzten seine feuchten Augen im Kerzenschein.

Anna sah, wie ihm eine Träne über die Wange rann. Der Anblick verunsicherte sie und steigerte gleichzeitig ihre Wut. Sie legte das Päckchen auf die Bank und ließ sich neben ihm auf das knarzende Holz sinken.

»Warum?«, fragte sie nochmals, wobei sie vor Anspannung ihre Kieferknochen spürte.

»Weil ich leben will«, flüsterte er. Sein Kinn zitterte, er kämpfte mit den Tränen. »Ich werde euch nicht um Vergebung bitten, denn ich kann mir selbst nicht verzeihen.«

Er drehte den Kopf, sah sie an. »Aber ich habe Angst vor dem Tod.«

Sie verzog ihren Mund, ließ ihre Verachtung für seine Taten in ihrem Blick mitschwingen. »Wir haben dir vertraut, waren deine Freunde.«

»Als es anfing, habe ich nicht gewusst, wie weit es gehen würde«, brach es aus ihm heraus. Er stand auf, drehte sich in ihre Richtung, trat einen Schritt zurück und sah auf sie herab. »Du und Nick seid später ins Spiel gekommen. Ich sollte erst nur verschleiern, dass Nervengift aus dem Labor entwendet wurde.«

»Was die Aufgabe deines Arbeitskollegen gewesen war?«, schlussfolgerte Anna. »Und als er nicht mehr gebraucht wurde, musste er sterben, bevor er sich vielleicht bei jemandem verquatschte.«

»*Er* hat mir das Nervengift vor zwei Wochen im Schlaf verabreicht. Nur eine geringe Dosis, die meinen Körper nach und nach lahmlegt und schließlich zu multiplem Organversagen führt.«

Roger fuhr sich mit beiden Händen durchs Haar und streckte sie ihr dann entgegen. Zwischen seinen Fingern hafteten Haarsträhnen. »Siehst du das? Was hättest du an meiner Stelle getan? Würdest du nicht auch versuchen, dich selbst zu retten?«

Er machte wieder einen Schritt auf sie zu, weshalb sie aufsprang und vor ihm zurückwich.

»Wer hat dir das Gift verabreicht?«

Er sah zu Boden, schüttelte den Kopf. »Ich weiß es

nicht. Er ist immer vermummt, seine Stimme durch einen Vocoder verfremdet.«

»Also bist du für einen Unbekannten zum Mörder geworden?«

Roger rieb sich den Nacken. Er atmete schwer. »Ich sollte nur dafür sorgen, dass der Schutzanzug undicht ist«, entgegnete er. »Und am Ende die Daten löschen. Aber das ist mir nicht so richtig gelungen.«

Nun machte Anna einen Schritt auf ihn zu. »Auch wenn du im Augenblick seines Todes nicht dabei warst, bist du trotzdem dafür verantwortlich.«

»*Er* hat mich dazu gezwungen«, schrie er.

Anna verengte die Augen. »Was ist mit Sandy?«, fragte sie, woraufhin er sich die Ohren zuhielt und zurückwich. »Und mit deinem Freund Alec? Hast du die beiden auch auf dem Gewissen?«

»Es hört nicht auf«, würgte er hervor. Er hielt sich die Hand an die Brust und schluckte, als würde er sich gleich übergeben. »Für mein Gewissen ist es längst zu spät. Er fordert immer mehr.«

»Und obwohl du weißt, wie es sich anfühlt, bist du auch nicht davor zurückgeschreckt, Zane das Nervengift zu spritzen«, klagte Anna ihn weiter an. Sie verspürte den Drang, ihn zu schlagen.

»Ich will doch nur leben«, brüllte er und hielt ihr plötzlich den Lauf einer Pistole entgegen. Er schnappte sich das Päckchen, lief rückwärts auf eine Tür zu.

»Wo ist das Gegenmittel für Zane? Er soll es im Austausch für die Festplatte bekommen.« Sie streckte auffordernd die Hand aus.

Roger erwiderte nichts, hatte die Tür inzwischen erreicht.

Anna spürte Lynettes Waffe, regte sich aber nicht. Wenn er sie erschießen wollte, hätte er es hier und jetzt getan. Und sie durfte ihn nicht aufhalten, denn der Sender in dem Paket würde sie zu Nick führen.

»Es tut mir leid, aber es gibt nur eine Ampulle von dem Gegenmittel, und die benötige ich selbst«, hörte sie ihn noch sagen, bevor die Tür hinter ihm ins Schloss fiel.

34. KAPITEL

Dieses Mal war es anders.

Niemals hätte Nick damit gerechnet, dass ihm ein Anblick so vollständig jede Kraft aus dem Körper saugen konnte.

Die Musik verstummte schlagartig, jetzt konnte er sie zuordnen. Es war die Anfangsmelodie aus einem Film, der bei ihnen zu Hause wieder und wieder gelaufen war.

Ein Ring aus Scheinwerferstrahlern umschloss eine Szenerie, die einem Horrorstreifen entsprungen sein musste. Der Boden war mit Erde bedeckt. Im Zentrum stand ein alter Eichensarg, dessen Deckel geschlossen war. Daneben lag ein zerbrochener Grabstein, der nur noch aus einzelnen Brocken bestand.

Von seiner Position aus konnte Nick einen Teil der Inschrift erkennen. Das genügte, um seinen Herzschlag einen Takt lang auszusetzen.

Alles hat seine Zeit.
Die Stille, der Schmerz und die Trauer,
aber auch die dankbare Erinnerung.

Darunter standen ein Geburts- und Sterbedatum – und der Name seines Bruders.

Das konnte einfach nicht wahr sein. Doch der Sarg war von Erdbrocken bedeckt, das Holz stellenweise verschlissen.

Nick setzte zitternd einen Schritt vor den anderen. Während hinter ihm das letzte Licht des Weges erlosch, stand er vor dem Sarg und starrte auf den Deckel. Er wusste, was der Unbekannte von ihm erwartete. Es bedurfte keiner höhnisch geflüsterten Worte oder Befehle. Das hier war schlimmer.

Er wusste es.

Minutenlang starrte er auf den Sarg, die Zeit zog sich. Irgendwann erwachte er aus seiner Trance.

»Das ist nicht echt«, sprach Nick sich Mut zu. »Nur ein Trick. Ein leerer Sarg.«

Dieser Wahnsinnige mochte zu vielem fähig sein, aber er würde sicher nicht auf den Chicagoer Rosehill Cemetery fahren, dort mal eben das Grab von TJ öffnen und den Sarg bis nach Detroit bringen. Das wäre doch aufgefallen. Irgendwer hätte es bemerkt und …

Sofort kam Nick wieder Paul Kelley in den Sinn. Mit der Hilfe eines Friedhofswärters wäre es sicher problemlos möglich, ein Grab zu öffnen, den Sarg herauszuholen und stattdessen einen anderen in das Loch hinunterzulassen. Danach wurde alles wieder zugeschüttet, und keinem wäre es aufgefallen.

Nick wusste, dass er Zeit schindete.

Ein letzter Schritt, und er stand direkt neben dem Sarg. Er griff nach dem Deckel, sein ganzer Körper zitterte. Ob es die Nachwirkung des Betäubungsmittels war oder seine Nerven, die unter der Erwartung des Sarginhalts nachgaben, wusste er nicht. Spielte es eine Rolle? Er stoppte, verharrte in Bewegungslosigkeit.

Sein Atem ging zu schnell, ihm war schwindelig. Sein Körper kam an seine Grenzen. Doch letztlich, das wusste er, würde er der Wahrheit nicht entkommen.

Mit einer abrupten Bewegung verkrallte Nick seine Finger unter dem Sargdeckel und hievte diesen mit einem Ruck in die Höhe.

Im Inneren lag ein Skelett. Dunkle Knochen, gekleidet in einen ehemals feinen Anzug. Die Synthetikfasern hatten die Zeichen der Zeit überstanden, doch der Rest war zerfallen. Es war TJ. Nick konnte es mit jeder Faser seines Körpers spüren. Die Kleidung war korrekt, der Grabstein … alles.

»Nein! Es ist ein perfides Spiel«, keuchte er. »Das alles ist ein Theaterstück, eine lächerliche Inszenierung!« Die letzten Worte brüllte er in die Dunkelheit.

Roger trat in den Lichtkreis. Seine Jacke war feucht, er musste gerade von draußen gekommen sein. »Ich habe eben Anna getroffen. Sie …«

In diesem Augenblick vergaß Nick alles andere. Er ließ Roger nicht zu Wort kommen, es interessierte ihn nicht, dass ihm Tränen über das Gesicht rannen, dass er zitterte und aussah wie eine wandelnde Leiche.

Nick warf sich auf ihn. Beide krachten zu Boden. Ein dumpfes Stöhnen drang aus Rogers Mund.

»Du hast ihm geholfen?!« Er holte aus und schlug zu.

Rogers Lippe platzte auf, Blut schoss hervor. Möglicherweise hatte er gerade einen Zahn verloren, doch das interessierte Nick keinen Augenblick. Er wollte seine Wut loswerden, seinen Hass. Das alles verdankten sie Roger!

Er schlug noch einmal zu.

Ein Blick aus trüben Augen traf ihn. Darin lag keine Kraft mehr, nur stille Akzeptanz.

Nick stoppte mitten im dritten Schlag. Er stieg von Roger und brüllte seine Wut in die Dunkelheit.

»Es tut mir leid.«

Nick lachte auf. »Was denn? Dass du uns hereingelegt hast? Dass du Menschen getötet hast?« Er konnte es nicht fassen. »Dein Arbeitskollege. Und Sandy? Sie hat dich gemocht! Und Alec?! Dein angeblich bester Freund. Die beiden FBI-Agenten, die dich ins Safe House fahren sollten. Jetzt das hier …« Er deutete auf den Sarg. »Das ist einfach nur widerlich.«

»Ich weiß. Es tut …«

»Wenn du diesen Satz noch einmal aussprichst …« Wütend hob er die Faust.

Roger seufzte. »Er schickt mich«, sagte er stattdessen.

»Ach wirklich? Und du kommst brav hierhergetrottet. Lass mich raten, du wurdest auch erpresst.«

Roger schluckte, nickte abgehackt und berichtete

davon, wie er sich selbst im Netz des Unbekannten verfangen hatte.

Nick schloss seine Augen und rieb sich müde die Lider. »Ich wurde im Verlauf meiner Karriere mit vielen Arten von Menschen konfrontiert. Die einen wachsen über sich hinaus, wenn es darum geht, andere zu retten. Und dann gibt es natürlich noch jene, die alles für das eigene Überleben tun. Weit über jede ethische und moralische Grenze hinaus.«

»Du kennst mich«, rief Roger. »Ich bin kein Mörder.«

»Doch, genau das bist du. Den Roger, den ich kannte, gibt es nicht mehr. Dieser Kerl hat dich verändert. Stück für Stück deine Wahrnehmung verschoben.«

Noch während Nick es aussprach, realisierte er selbst die Wahrheit. Mit jedem Mord war genau das geschehen. Zuerst der Tod des Arbeitskollegen im Labor, einem Menschen, der Roger nicht nahestand. Die Hürde war gewaltig, doch mit den passend eingeflüsterten Worten und der Aussicht, einem schmerzhaften Tod zu entgehen, indem er im Gegenzug von dem Unbekannten das Gegenmittel für das Nervengift erhielt, konnte es gelingen.

Und wer würde nicht ins Zweifeln geraten? Wer einfach so freiwillig in den Tod gehen?

Doch ab einem gewissen Punkt hätte er stoppen müssen. Nick war absolut sicher, dass er selbst es getan hätte. Würde der Fremde von ihm verlangen, Anna zu töten oder selbst zu sterben, er hätte den Tod gewählt.

Doch wie sah es bei Noriss aus? Nick kam nicht umhin, dass die Frage in seinem Geist aufleuchtete. Hätte er sein eigenes Leben geopfert, um den ungeliebten Chef vor dem Tod zu bewahren?

Er schüttelte den Kopf, vertrieb den Gedanken und jedes weitere hypothetische Szenario. Er wollte sich davon nicht beeinflussen lassen. Das hier war die Realität. Und in der erhob sich gerade ein zitternder Mehrfachmörder vor ihm.

»Du hast also auch deinen Kollegen umgebracht, Peter King?«, fragte Nick.

Roger schluckte schwer und nickte zögerlich. »Ich habe einen Riss in den Anzug eingefügt und mit einem speziellen Polymer abgedichtet, das sich nach einer gewissen Zeit automatisch ablöste. Der Anzug war damit quasi eine Zeitbombe. Er wurde undicht, nachdem die Überprüfung bereits abgeschlossen war. Außerdem habe ich durch einen Zugriff auf den Hauptserver die Virenentnahme aus dem Depot verfälscht. Peter hat anstelle des harmlosen Grippevirus ein weitaus gefährlicheres entnommen. Das hat ihn dann innerhalb weniger Sekunden getötet. Der einzige verbliebene Hinweis ist der falsche Zeitstempel beim überspielten Backup. Aber dafür haben wir ja Zane.«

»Und wieso Sarah?«, wollte Nick wissen.

Roger zuckte zusammen. »Sie … nein, das wusste ich nicht. Mit Hunter habe ich auch nichts zu tun.« Er wirkte eher müde und traurig als schockiert. »Aber mich wundert gar nichts mehr.«

Ja, Roger war längst nur noch eine Puppe, die an Fäden durch ein halb verwirktes Leben geführt wurde. Von einem unsichtbaren Spielmeister im Hintergrund.

Nick vermied den Blick auf TJs Sarg. »Unser Unbekannter ist nicht nur ein Massenmörder und Psychopath, er ist auch ein Leichenschänder.«

»Sprich nicht so«, sagte Roger beschwörend. »Du willst ihn nicht wütend machen.«

Nur mit Mühe konnte Nick sich zusammenreißen. Sein Kiefer mahlte, dass es fast schmerzte, aber vermutlich hatte Roger recht. »Und was soll ich jetzt tun, hm?«, fragte Nick. »Geht das fröhlich so weiter? Ich spaziere von einem schrecklichen Ort zum nächsten?«

»Nein«, sagte Roger leise. »Das hier war der letzte Halt, bevor …« Seine Stimme erstarb.

»… meine Mutter an der Reihe ist?«, vollendete Nick den Satz. Bei dem Gedanken drehte sich ihm der Magen um, doch er stellte die Frage: »Ist auch sie bereits hingerichtet?«

»Ich darf dir nichts dazu sagen.«

»Roger, verdammt! Hier geht es um meine Mutter.«

»Es würde nichts ändern.« Die Worte waren hastig ausgestoßen. »Wir beide unternehmen gleich den letzten Gang, hin zu Evelyn.«

Wie er den Namen seiner Mutter so aussprach, hätte Nick ihm gerne noch einmal die Faust ins Gesicht geschlagen. Sollte der Unbekannte es gewagt haben, ihr auch nur ein Haar zu krümmen, würde Nick diesen Ort in Schutt und Asche legen. Eigenhändig. Nichts und niemand würde ihn davon abhalten.

»Auf meinem bisherigen Weg musste ich zahlreiche Entscheidungen treffen«, sagte Roger.

Es klang, als rezitierte er einen auswendig gelernten Text. Vermutlich war es auch so. Er sprach die Worte des Unbekannten.

»Bei jeder Kreuzung hatte ich die Wahl, welchen Weg ich beschreiten will«, sprach er weiter. »Bei dir ist es ebenso. Du hattest auf deinem bisherigen Lebensweg alle Freiheiten. Und doch führte jede Entscheidung stets dazu, dass andere Menschen Schmerzen erleiden mussten. Sie starben, wie dein Bruder. Sarah. Detective Hunter.«

Roger hustete, und es hätte Nick nicht gewundert, wenn er hier auf der Stelle ebenfalls tot zusammenbrechen würde. Doch sein Atem beruhigte sich wieder.

»Auch dein Vater ist letztlich wegen dir gestorben. Du bist schwach und triffst in deinem Leben stets die Entscheidung, die andere alles kostet. Du siehst nur dich. Und natürlich Anna. Die Frau, die nicht besser ist als du. Ihr geht durchs Leben, ohne über den Preis nachzudenken, den andere zahlen müssen. Doch jetzt seid ihr an der Reihe. Er präsentiert euch die Rechnung.«

Er leierte die Worte wie eine Maschine herunter. Die Propaganda des Unbekannten schwang in jeder Zeile mit.

Nick brannte darauf, ihm endlich gegenüberzustehen. Es musste sich um jemanden aus seiner Vergangenheit handeln, seiner und Annas Vergangenheit. Ein Artikel von ihr, eine Ermittlung von ihm? Etwas anderes ergab keinen Sinn.

Dieser Jemand hatte all das akribisch vorbereitet. Mit Natalie als Werkzeug, um Anna an den Rand des Abgrunds zu treiben. Und Roger – Nicks bestem Freund aus Schulzeiten –, der jetzt gegen Nick eingesetzt wurde. So viele Puzzleteile, Menschen, Ereignisse. Ein gewaltiges Bild. Nick konnte es noch immer nicht greifen, aber er spürte es. Den Hass. Die Perfidität. Das Netz aus Lügen, Intrigen und Qual.

»Am nächsten Ziel wirst du erneut vor die Wahl gestellt«, sagte Roger. »Und bevor du deine Entscheidung triffst, solltest du tief durchatmen und nachdenken.«

»Großartig. Sonst noch was?«

Roger schluckte. »Alles, was du tust, hat Einfluss auf andere. Denk immer daran. Das betrifft deine Mutter, Zane und mich. Aber möglicherweise auch Personen, von denen du noch gar nicht weißt.«

Ein Gedanke, der Nick längst gekommen war. Doch wie sollte man proaktiv vorausplanen in einem Spiel, das seit Jahren geplant worden sein musste?

»Ich habe verstanden.«

Wie auf ein unsichtbares Kommando hin leuchteten die nächsten beiden Strahler auf. Der Weg offenbarte sich. Und gemeinsam mit Roger begab sich Nick auf den Abschluss der Reise.

35. KAPITEL

»Wie lange sollen wir denn noch warten?«, fragte Zane, rutschte auf die andere Seite der Rückbank und sah aus dem Autofenster.

Auch Anna fiel es schwer still zu sitzen. Sie umklammerte mit den Händen ihre Knie und starrte auf das historische Gebäude in Sichtweite, zu dem der Peilsender sie geführt hatte. Das Belle Isle Aquarium, gelegen auf einer kleinen Insel im Detroit River, die durch die MacArthur Bridge mit der Stadt verbunden war. Auf der anderen Seite lag Kanada.

»Wir müssen ganz sicher sein, dass Roger sein Endziel und somit hoffentlich auch den Aufenthaltsort des Unbekannten erreicht hat«, erwiderte Lynette und trommelte mit den Fingern gegen das Lenkrad. »Wenn wir ihn vorzeitig stellen, war alles umsonst.«

»Der Sender hat sich nicht mehr vom Fleck bewegt«, flüsterte Anna. Sie sah Lynette an. »Jede Minute kann entscheidend sein.«

»Das Aquarium bietet sich als Versteck geradezu an«, warf Zane ein, setzte sich wieder in die Mitte und beugte sich zwischen den zwei Autositzen zu ihnen vor. Er scrollte über das Display seines Smartphones. »Nach jahrelanger Schließung wird es seit 2012 von einer gemeinnützigen Organisation betrieben. Die Stadt hat da kein Auge mehr drauf.« Er stockte, vergrößerte mit einem Wisch die Anzeige der Webseite. »Das ist es. Schaut mal. In der Einrichtung gibt es ein mikrobiologisches Labor. Dort ist Roger als ehrenamtlicher Helfer gelistet.«

Anna zögerte nicht länger und öffnete die Autotür. »Entweder kommt ihr jetzt mit oder nicht. Ich gehe da auch alleine rein.«

Lynette atmete tief durch. »Na schön. Das Auto lassen wir hier. Wir schleichen uns am besten zu einem der Seiteneingänge.«

Als Zane aus dem Wagen stieg, bemerkte Anna, dass er schwankte. Wenn Roger ihr in der Kirche die Wahrheit gesagt hatte, war er schon seit zwei Wochen mit dem Nervengift infiziert. Zane hingegen hatte es erst gestern verabreicht bekommen und zeigte dennoch gleich starke Symptome. Die Dosis, die er erhalten hatte, musste also weitaus höher gewesen sein.

»Kommst du klar?«, fragte sie und stützte ihn am Arm.

»Mir war nur kurz schwindelig«, erwiderte er und löste sich sanft aus ihrem Griff. »Ich komme zurecht. Kümmert euch nicht um mich, sondern findet dieses Arschloch, bevor er noch mehr Unschuldige in den Tod reißt.«

Lynette trat zu ihnen und warf Anna einen vielsagenden Blick zu.

»Vielleicht wartest du besser im Wagen«, forderte sie

Zane auf. Aber er setzte sich schon in Bewegung und steuerte auf das Gebäude zu.

Sie hatten das Auto hinter einem Strauch auf dem Seitenstreifen der Straße stehen lassen und nicht auf dem zugehörigen Stellplatz geparkt. Dort stand um diese Uhrzeit kein einziges Auto. Einen Lieferwagen und den dunkelgrünen Ford, mit dem Roger von der Kirche aus davongebraust war, entdeckten sie direkt vor einem Seiteneingang.

Neben dem Aquarium befand sich ein gläserner Komplex mit einer runden Kuppel, in dem das Tropical House untergebracht war. Die beiden Häuser waren über einen tunnelartigen Gang miteinander verbunden.

»Es brennt nirgends Licht«, flüsterte Lynette, während sie sich in einer geduckten Haltung immer weiter heranpirschten.

»Vielleicht auf der anderen Seite«, erwiderte Anna und ging hinter einem Treppenaufgang in Deckung.

Lynette hockte sich neben sie und schaute zu Zane zurück, der schließlich völlig außer Atem zu ihnen stieß.

»Laut Gebäudeplan befindet sich das Labor im Keller«, presste er hervor. »Vielleicht finden wir dort weitere Unterlagen zum Nervengift. Wenn Roger hier ist, könnte das Gegenmittel auch nicht weit sein, viel Zeit bleibt ihm bei seinem körperlichen Zustand nicht mehr.«

Die Tür, zu der die Stufen führten, war verschlossen. Anna drückte die Klinke mehrfach hinunter, bis Lynette sie weiterzog.

Sie hielten sich im Schatten der Hauswand, schlichen sich von einer Tür zur nächsten. Keine gewährte ihnen Einlass.

Zane seufzte, sah zu dem Fenster, unter dessen Sims sie nun kauerten. »Was soll's. Wir müssen hier jetzt rein.«

Er nahm einen faustgroßen Stein aus der Randeinfassung des Hauses. Mit ihm schlug er ein Loch in die Scheibe, die für Annas Geschmack viel zu laut zersplitterte. Bei jeder einzelnen Glasscherbe, die klirrend zu Boden fiel, zuckte sie zusammen.

Zane steckte den Arm durch die Bruchstelle im Glas und schob innen den Fensterriegel nach oben. Dann zog er seine Jacke aus, legte sie zum Schutz vor den Scherben in den nun offenen Fensterrahmen und stemmte sich hinauf. Als er hineingeklettert war, reichte er Lynette die Hand. »Passt auf, dass ihr euch nicht schneidet.«

Anna stieg schließlich als Letzte durch das Fenster. Im Rauminneren war es stockdunkel.

Zane schaltete auf seinem Smartphone die Taschenlampe ein. Auf dem Display blinkte immer noch die Ortungsanzeige des Senders.

»Wir sind nah dran«, ließ er sie wissen und beleuchtete die Ecken des Raumes. Sie befanden sich in einem Büro, dessen Möbel schon vor der Neueröffnung des Aquariums hier gestanden haben mussten. Modern war anders.

»Hier geht es raus«, sagte Lynette, trat zur Tür und drückte die Klinke ganz behutsam herunter. Beim Öffnen knarrte sie leicht. In Annas Ohren hallte das Geräusch beängstigend laut wider. Sie rührte sich nicht von der Stelle und lauschte. Auf näher kommende Schritte, auf Stimmen … Doch nichts passierte.

Sie betraten einen Gang, an dessen Ende sie durch eine Glastür schwaches Licht wahrnahmen. Kurz wechselten sie Blicke, nickten sich stumm zu und näherten sich ihr langsam.

Hinter ihr erwartete sie die Besucherstätte mit den Aquarien. Ein langer Raum, zu dessen beiden Seiten die Wasserbecken in die Wände eingelassen waren. Schillernde bunte Fische schwammen dort zwischen Korallen. Das leise Summen der Wasserpumpen war zu hören, vermischt mit den aus Filtern blubbernden Luftblasen.

Anna sah zur Gewölbedecke hinauf. Die glänzenden grünen Glasfliesen erweckten den Eindruck, als befände man sich selbst unter Wasser.

»Wo lang?«, fragte Lynette, beugte sich zu Zane und warf einen Blick auf sein Smartphone.

»Wir sind da«, flüsterte er und sah sich irritiert um. »Der Sender ist genau hier.«

Lynette runzelte die Stirn.

Wieder sah Anna zur Decke hinauf. Es gab keine weitere Etage, über ihnen war nur noch das Dach. »Der Keller.« Sie deutete zum Boden.

Sie bewegten sich leise, suchten nach der nächsten Tür oder einem Treppenabgang. Annas Muskeln schmerzten vor Anspannung. Konnte es wirklich sein, dass das Zerbersten der Fensterscheibe unbemerkt geblieben war? Niemand näherte sich ihnen, doch statt darüber erleichtert zu sein, nahm ihr Unbehagen weiter zu. Erst war es nur eine leise Vorahnung. Doch dann bemerkte sie aus den Augenwinkeln, wie eine an der Wand befestigte Überwachungskamera ihren Bewegungen folgte.

Anna ließ jede Vorsicht fallen, rannte los, achtete nicht mehr auf ihre hallenden Schritte. Eine Tür kam in ihr Sichtfeld. Als sie bei ihr ankam, stemmte sie sich mit voller Wucht dagegen, woraufhin sie aufsprang und gegen die Wand knallte. Der Unbekannte wusste längst, dass sie hier waren. Jetzt hoffte sie nur noch, dass Nick sie ebenfalls hören konnte und das Wissen über ihre Anwesenheit ihm neuen Mut machte.

Lynette und Zane waren direkt hinter ihr. Eine Treppe führte zu einem langen Gang hinab, an den zu beiden Seiten Räume angrenzten. In den Türen befanden sich kleine Sichtfenster, doch nur hinter einem brannte Licht. Der fahle Schein fiel in den Kellergang.

Sie näherten sich vorsichtig der Tür. Anna erinnerte sich an Lynettes Waffe, zog sie aus ihrem Hosenbund und reichte sie ihr. Im Gegensatz zu der Freundin war sie im Schießen geübt. Trotzdem hoffte sie, dass sie nicht zum Einsatz kommen musste.

In geduckter Haltung lief sie unterhalb des Fensters an der Tür vorbei und spähte durch die Scheibe in den Raum hinein. Es handelte sich um ein Labor, und wie es schien, war niemand anwesend.

Lynette trat vor ihnen mit erhobener Waffe ein.

In der Mitte des Raumes stand ein langer, hoher Arbeitstisch mit integriertem Waschbecken. Mikroskope und Reagenzgläser fielen Anna zuerst ins Auge, dazu allerlei Papierstapel. Zwei Kühlschränke befanden sich auf der einen, Regale auf der anderen Zimmerseite.

Lynette ging zu einem Schrank und begann, die Schubfächer zu durchsuchen. Zane widmete sich den Kühlschränken, während Anna die Reagenzgläser auf dem Arbeitstisch durchsah.

»Hier ist kein Gegenmittel«, sagte Zane. »Alles nur Wasserkulturen.« Er sah auf sein Display. »Und wo ist die externe Festplatte? Das Ortungssignal kommt eindeutig aus diesem Raum.« Er stützte sich auf den Arbeitstisch, schloss die Augen und atmete mehrfach tief durch.

Anna legte ihm eine Hand auf den Rücken und strich ihm mit der anderen den kalten Schweiß von der Stirn. Sie spürte, dass er vor Schwäche zitterte. Er krümmte sich, verkrampfte und sackte auf die Knie.

Sie ging in die Hocke und stützte ihn. Er hielt sich die Hand vor den Mund und würgte – hustete Blut.

Lynette und sie sahen sich besorgt an. Sie wussten beide, was das bedeutete.

Zanes und Annas Smartphones begannen gleichzeitig zu vibrieren und zeigten eingehende Videoanrufe an. Lynette nahm sie ihnen ab, legte sie nebeneinander auf den Arbeitstisch und tippte bei beiden auf Annahme.

»Zane Newton läuft die Zeit davon«, ertönte die verhasste blecherne Stimme gleich zweimal aus den Smartphones.

Anna sprang auf, starrte auf die maskierte Gestalt, die nur schemenhaft, umgeben von Schatten, auf den Displays zu sehen war.

»Willkommen beim Endspiel. Ihr habt das Finale erreicht.« Das nachfolgende Lachen triefte vor Euphorie. »Es ist so leicht, eure Spielzüge zu lenken. Dass ein IT-Nerd einen Peilsender verwendet, war vorauszusehen.«

»Wenn Sie sich Ihrer Macht so sicher sind, warum kommen Sie nicht hinter Ihrer Maske hervor und zeigen uns Ihr Gesicht«, warf Lynette ein. »In einem fairen Spiel sollte man sich von Angesicht zu Angesicht gegenüberstehen.«

Sie stand neben Anna und drückte bestärkend ihre Hand. Zane saß noch immer auf dem Boden und atmete schwer. Es schien, als würde er jeden Moment das Bewusstsein verlieren.

Wieder ertönte das widerwärtige Lachen. »Wer sagt, dass es ein faires Spiel sein muss? Es ist wie das wahre Leben. Jeder ist seines eigenen Glückes Schmied.«

Anna setzte zum Sprechen an, doch Lynette drückte abermals ihre Hand und kam ihr zuvor. »Welches Spiel haben Sie verloren, dass Sie derartige Regeln aufstellen?«

Statt eines Lachens hörte man ein abfälliges Grunzen. »Miss Lynette McKenzie. Sie können sich Ihre psychologischen Analysen in den Arsch stecken. Ich kann Ihnen versichern, dass Sie nicht einmal ansatzweise erahnen, was hier vorgeht.«

»Dann sagen Sie es uns!«, stieß Zane aus und kämpfte sich auf die Beine.

»In deinem Fall ahnst du sicherlich selbst, dass du innerhalb der nächsten Stunden sterben wirst«, bekam er zur Antwort.

»Es war also alles eine Lüge? Es gibt kein Gegenmittel.«

»Du hast ebenfalls gelogen und die Löschung aller Beweise nicht wie vereinbart durchgeführt.« Das Lachen war zurück. »Du kannst dir inzwischen hoffentlich denken, dass deine Zweitkopie längst in meinen Händen ist. Ein Hotelzimmer bietet nicht allzu viele Verstecke. Und dein Sender hat mir einen Dienst erwiesen und Anna wieder zu mir geführt.«

Anna ballte die Hände zu Fäusten, schmeckte Galle. »Spannen Sie uns nicht länger auf die Folter. Wie soll es jetzt weitergehen?«

»Nun ja, bevor es mit dir zu Ende geht, bekommst du eine letzte Chance. Wenn du dir Mühe gibst, kannst du Zane Newton vielleicht sogar noch retten.«

Sie biss die Zähne zusammen, spürte ihre Halsschlagader emsig pochen. »Wie?«

»Es gibt eine Ampulle des Gegenmittels. Falls du schneller bist als Roger, kannst du es Zane verabreichen. Aber nur du allein, ohne Hilfe. Such den Sender. Bei ihm wirst du den nächsten Hinweis finden.«

36. KAPITEL

»Mom!«

Mit einem Satz sprang Nick nach vorne. Im Zentrum des nächsten Lichtkreises stand ein gläserner Kubus, ähnlich einem Aquarium – nur ohne Wasser. Das Glas war stellenweise mit Algen und Schimmel bedeckt. Der mannshohe Würfel war vollständig verschlossen, lediglich an einer Seite gab es eine Öffnung, an die ein Druckluftschlauch angeschlossen war. Sie ging in einen Metallkasten über, der mit einer Armatur mit Skalen und Daten ausgestattet war. Im Inneren des Kubus stand eine Liege, wie man sie auch von Operationen im Krankenhaus kannte. Darauf festgeschnallt lag Nicks Mutter. Sie war mit Arm- und Fußmanschetten sowie einem Bauchgurt fixiert.

»Nick!« Sie war kaum zu hören.

Er rannte zu ihr, schlug gegen das Glas, das jeden Laut dämpfte. Obwohl es dünn aussah und leicht vibrierte, hielt es stand. Ohne einen Hammer oder schweren Gegenstand konnte er nicht darauf hoffen, es zu zerschlagen.

»Was soll das?!« Er fuhr zu Roger herum. »Wieso stehst du einfach so da, wie kannst du bei diesem Anblick ruhig bleiben?«

»I … Ich.« Der ehemalige Freund wich zurück.

Nick spürte Hass durch seinen Körper schwappen wie giftige Säure. In diesem Augenblick fühlte er sich zu allem fähig.

Er wandte sich von Roger ab und rannte einmal um den Kubus herum. Es gab tatsächlich keine Öffnung. Die Wände waren in den Boden eingelassen, die Decke ging in einem Guss in die Seitenteile über.

»Wie kann ich das Ding öffnen?!«

»Gar nicht«, sagte Roger leise. »Deine Mom wird hier und jetzt sterben.«

Die Worte schnürten Nick die Luft ab. »Du wirst mir sofort sagen …«

»Ich kenne die Antwort nicht«, stellte Roger klar. »Verstehst du es immer noch nicht? Das hier ist ein riesiges, gewaltiges Spiel. Und es hat mehr Mitspieler als dich und mich oder Anna. Wir sind nur Figuren auf dem Schachbrett eines Wahnsinnigen.«

»Damit machst du es dir zu leicht.«

»Zu leicht?!«, brüllte Roger. »Ist dir eigentlich klar, was ich bisher durchgemacht habe? Ich war allein! O ja, der große Nick Coleman entscheidet sich natürlich immer richtig. Komm runter von deinem moralischen Ross. Du hast keine Ahnung, was du getan hättest, wenn es Anna, Lynette und Zane nicht gäbe.«

»Jetzt ist nicht die Zeit für deine Rechtfertigungsversuche!«

Er ging ganz nah an den Glaskasten und spähte durch

die vermoosten Wände hinein. Von dieser Perspektive aus wirkte es, als sei seine Mutter von einem grünen Schimmer bedeckt. Sie wand sich, wollte die Ledermanschetten lösen. Doch er sah auf einen Blick, dass das unmöglich war. Derartige Fesseln waren dazu gedacht, einen Patienten zu halten, der sich selbst oder andere verletzen wollte. Ohne Hilfe von außen konnte sie sich nicht losmachen.

Erneut schlug Nick gegen das Glas. Wieder und wieder. Doch es hielt stand. Die Oberfläche war glatt, die kinetische Kraft seiner Schläge wurde in alle Richtungen abgeleitet. Es gab einfach keinen Ansatzpunkt. Vielleicht die Stelle, an der der Druckluftschlauch in den Glaskubus überging?

Er trat dagegen. Auch hier mehrfach. Doch nicht einmal ein Riss zeigte sich. Wie ein unzerstörbarer Panzer hielt das verdammte Glas stand.

Seine Mutter hatte mittlerweile aufgegeben. Still lag sie auf der Liege, ihre Brust hob und senkte sich langsam. Sie trug einen eleganten Hosenanzug, den sie vermutlich für den Vortrag seines Vaters angezogen hatte. Neben ihr stand ihre Handtasche am Boden. Als habe sie diese nur eben kurz dort abgestellt.

Nick stieg auf den hüfthohen Metallkasten und weiter auf das Dach des Gefängnisses. Hier kamen ihm die Schwerkraft und sein Gewicht zu Hilfe. Er trat mit der Ferse gegen das Glas unter sich, legte all seine Kraft hinein, seine Wut. Vergeblich.

»Mom, ich bin hier!«, rief Nick. »Ich hole dich da raus.«

Sie nickte, beherrschte ihre Angst meisterhaft. Gleichzeitig wirkte sie apathisch.

Ein lautes Klacken erklang. Die gesamte Halle lag jetzt hell erleuchtet vor ihm. Der Glaskasten stand exakt im Zentrum. Nick konnte nun erkennen, welchen Weg er genommen hatte. Unbemerkt hatte er sich im Inneren einer Spirale bis zum Ziel vorgearbeitet. Vorbei an dem aufgebahrten Detective, an Sarah, die in ihrem Hochzeitskleid aufgehängt und mit Formaldehyd vollgepumpt worden war, und an TJ, nach Jahren ausgegraben und hierhergebracht.

Eine schockierende Menagerie des Todes.

»Alles für dich und durch dich«, sagte Roger.

Erneut musste der ehemalige Freund vorgefertigte Texte aufsagen. Vermutlich hatte er sie auswendig gelernt. Es war die absolute Kontrolle, die der Unbekannte über ihn ausübte. Roger war eine Puppe.

»Nein«, sagte Nick entschieden. »All das hier geschah durch *ihn*.« Er deutete anklagend mit dem Zeigefinger nach oben und dann auf Roger. »Und dich. Sind all diese Toten es tatsächlich wert? Willst du weiterleben mit dem Wissen, dass du das alles angerichtet hast? Denkst du wirklich, dass dein Leben mehr wert ist als das von Hunter, Sarah, TJ und meiner Mom?!«

Roger schluckte. »Es ist doch längst alles egal. Ich kann es nicht mehr ändern, nur noch zu Ende bringen.«

»Und wie soll das aussehen?«

Anstelle einer Antwort begann der Metallkasten unter

ihm zu brummen. Ein Klacken deutete an, dass irgendetwas umgestellt wurde.

Nick sprang wieder hinunter auf das Gehäuse und den Boden. Er betrachtete die kleinen Skalen, die in das Metall eingelassen waren. Kreisrunde Datenfelder mit Pfeilen, die über eine Skala wanderten.

Die Sauerstoffzufuhr wurde gedrosselt, der Pfeil sank immer weiter herab. Dafür stieg ein anderer an. Nick warf einen Blick in den Glaskubus. Gelbliches Gas breitete sich wie Nebel aus. Da es schwerer war als Luft, kräuselten sich die Schwaden auf dem Boden.

»Was ist das?«

»Ein ätzendes Gas«, erklärte Roger. »Es wird langsam nach oben steigen, und sobald deine Mom es einatmet, verätzt es ihre Luftröhre und zersetzt das Gewebe in ihrem Körper. Sie wird ersticken.«

»Nein!«

Nick warf sich mit der Schulter gegen den Glaskasten, hämmerte und trat mit aller Verzweiflung zu. »Mom!«

»Es ist nicht ... deine Schuld.« Sie schluchzte, ihr Körper bebte.

Innerhalb weniger Sekunden war der gesamte untere Bereich des Gefängnisses ausgefüllt. Es sah so aus, als schwebe die Liege mit seiner Mutter auf dem Nebel.

Nick blieben nur noch wenige Minuten, um sie zu retten. Doch wie?

»Du kannst nichts tun.« Rogers Stimme klang lethargisch. »Glaub mir, ich habe es versucht. Ich wollte ein

Schlupfloch finden, einen Ausweg. Aber er sieht alles. Plant für jede Eventualität voraus. Selbst wenn du einmal irgendwie davonkommst, schlägt er aus einer anderen Richtung zu.«

Nicks Gedanken rasten. Rogers Gefasel besaß keinerlei Bedeutung. Er vertrieb jede Emotion in den hintersten Winkel seines Geistes, sah nur noch das Problem. Das Gas musste gestoppt werden.

Er trat mehrfach gegen den Druckluftschlauch, doch dieser war auf der Innenseite des Glaskastens fest verschraubt. Die Maschine selbst saß im Boden. Der Unbekannte hatte jeden Angriffspunkt vorausgeahnt, wollte, dass Nick das absolute Grauen in einer perfekten Choreografie durchlebte.

Bei diesem Gedanken zuckte Nick zusammen.

Er erinnerte sich an Lynettes Analyse. Der Unbekannte mochte alles genau durchdenken, doch das große Bild seines Genies zu präsentieren, ging ihm auch über starre Sicherheit. Andernfalls hätte Nick Anna überhaupt nicht retten können, als diese entführt worden war.

Sein Ego war die Schwäche.

Und hier in dieser Halle war es die Menagerie der Toten, die genau das symbolisierten. Das Spiel. Nick rannte los.

»Du kannst nicht davor fliehen«, erklang Rogers zaghafte und leicht verwirrte Stimme. »Willst du deine Mom im Tod allein lassen?«

Nick blendete alles aus. Der Unbekannte hatte ihm

dankbarerweise die Umgebung in Licht getaucht, der Weg lag offen vor ihm. Warum also nicht alles nutzen?

Er erreichte TJs Sarg. Daneben die zerbrochenen Grabsteine. Schwer und wuchtig, mit Bruchkanten. Das musste genügen. Er nahm den größten davon auf und keuchte. O ja, das Gewicht war ordentlich. Der Rückweg dauerte länger, Sekunden, die sich wie Minuten anfühlten. Kam er noch rechtzeitig?

Von Weitem sah er, wie die gelben Schwaden aufstiegen. Hüllten sie seine Mutter bereits ein?

»Mom?!«, brüllte er.

Roger erkannte mit geweiteten Augen, was Nick vorhatte. Er wich zurück, immer weiter.

Im Lauf holte Nick aus, und als er nahe genug war, schmetterte er den Grabstein gegen das Glas. Risse bildeten sich, doch die Wand hielt stand. Er trat dagegen, hob den Stein auf und schlug erneut zu. Endlich zerbrach die Barriere mit einem lauten Bersten. Scherben regneten herab, das Gas wallte am Boden zur Seite davon.

Hustend trat Nick in den Glaskäfig. Seine Mutter lag schlaff in den Manschetten. Er löste sie mit zittrigen Fingern und trug sie auf seinen Armen von dem wabernden Gas fort. Er konnte spüren, dass sie atmete.

»Mom?«, fragte er leise.

Sie war ohne Bewusstsein, doch ihr Brustkorb hob und senkte sich. An den Armen gab es leichte Spuren von Verätzung, ebenso am Hals und Kinn. Es war wirklich die letzte Sekunde gewesen.

Roger warf sich ruckartig herum und rannte zu einer Tür am Ende der Halle. Er öffnete sie und verschwand. Aus der Ferne konnte Nick erkennen, dass sie nach draußen führte und es tiefste Nacht war.

Nick folgte ihm mit seiner Mutter auf den Armen hinaus ins Freie, weg von diesem grauenvollen Ort. Sobald der Unbekannte die Flucht bemerkte, musste Nick sich beeilen. Er besaß keine Waffe, keine Möglichkeit, Hilfe zu holen.

Draußen sah er sich um.

Nicht weit entfernt lag ein Gebäude, das er nicht gleich zuordnen konnte. Es ging in eine Art botanischen Garten über, dessen Wände und Dach vollständig verglast waren. In diesem Augenblick schloss Roger dort eine Tür auf und verschwand ins Innere.

»O nein, du entkommst mir nicht«, flüsterte Nick.

Dort drinnen gab es zweifellos auch ein Telefon. Er würde Hilfe herbeirufen können. Aber keinesfalls durfte er seine Mutter noch einmal in Gefahr bringen. Mit ihr auf den Armen lief er seitlich um die Halle herum, wo mehrere Müllcontainer standen und Büsche in die Höhe wuchsen.

Hier gab es keine sichtbaren Kameras.

Seine Mutter stöhnte, ihre Lider flatterten. Er lehnte sie sitzend gegen die Wand.

»N…Nick?«

»Warte hier und sei ganz still«, flüsterte er. »Ich hole Hilfe. Was auch immer passiert, du bleibst hier, bis du Streifenwagen siehst.«

»Aber …«

»Versprich es mir.«

»Natürlich.« Sie nickte, bleich und müde. Ausgelaugt durch das erlebte Grauen. »Pass auf dich auf!«

»Versprochen.« Er gab ihr einen Kuss auf die Wange.

Sicherheitshalber prüfte er noch einmal die Umgebung, doch er sah weder Autos noch Kameras. Sie hierzulassen, war momentan das Beste, was er tun konnte.

Er wandte sich ab und rannte hinüber zu dem Gebäude. Roger würde ihm nicht entkommen. Und der Unbekannte ebenfalls nicht.

37. KAPITEL

»Er hält uns zum Narren.« Zane stöhnte, lehnte sich mit dem Rücken gegen die Wand und ließ sich an ihr hinabgleiten. Gerade hatte er einen Computerbildschirm des Labors auseinandergenommen. »Wo sollen wir denn noch suchen?«

»Irgendwo hier muss der Sender sein«, erwiderte Anna, stellte sich auf die Zehenspitzen und fuhr mit den Fingern über die obere Kante des Türrahmens. »Es ist sein Plan, dass wir ihn finden – ein Teil seines Spiels.«

»Aber wir sollen es nicht gewinnen«, entgegnete Lynette.

Zum gefühlt hundertsten Mal ließ Anna ihren Blick durch das Labor schweifen, suchte nach Löchern in den Wänden und Schränken und wurde immer unruhiger. Es gab keinen Zweifel, dass er sie beobachten konnte. Doch sie hatten den Raum inzwischen auf den Kopf gestellt und nichts gefunden. Sogar den Eingang des Lüftungsschachts hatten sie überprüft.

»Denk nach, Zane. Wenn er uns nicht durch die Kamera des Bildschirms sehen kann, von wo aus dann?«

Er rieb sich die Augen und fuhr sich mit den Handflächen übers Gesicht. Dabei zitterte er so stark, dass Anna einmal mehr klar wurde, wie sehr es jetzt auf jede Minute ankam. Sie ging neben ihm in die Hocke, schlang die Arme um ihn und hielt ihn, so fest sie konnte. In einem solchen Moment gab es keine passenden Worte. Aber sie ließ Zane spüren, dass sie an seiner Seite war und bis zur letzten Sekunde für ihn kämpfen würde.

»Schon gut.« Er streichelte ihr übers Haar, hatte Tränen in den Augen. »Ich halte noch ein bisschen durch.«

Sie legte ihr Kinn auf seinen Kopf und tauschte mit Lynette einen besorgten Blick. In dem Regal hinter der Profilerin stand ein kleines Aquarium, in dem Luftblasen aus einem Stein in Vulkanform hervorblubberten. Dadurch kräuselte sich die Wasseroberfläche, und die Bewegung spiegelte sich im Lichtschein an der Wand wider.

Anna verengte die Augen, ließ Zane los und stand langsam auf. Sie näherte sich dem Aquarium und musterte die aufgetürmten Steine, unter denen die winzigen Fische Zuflucht fanden.

»Was ist los?«, fragte Lynette.

Ohne ihr zu antworten, streifte sie ihre Jacke ab, warf sie auf den Arbeitstisch, krempelte ihren Pulloverärmel hoch und tauchte den Arm ins Wasser. Sie griff nach dem größten Stein und hob ihn heraus.

»Das ist die Kamera«, sagte sie, während sie die kleine, runde Öffnung betrachtete.

Zane war plötzlich neben ihr, nahm ihr den Stein aus der Hand und machte sich mit seinem Taschenmesser an einer daruntergelegenen Klappe zu schaffen. Er brachte schließlich nicht nur die Kamera, sondern auch den Sender in einem zusätzlichen Glasbehälter aus dem Inneren zum Vorschein. An diesen war ein zusammengerollter Zettel gebunden, den Zane auseinanderfaltete und las.

»Was steht dort?« Anna beugte sich zu ihm.

»Nur ein Wort.« Er wandte sich ihr zu, kniff dabei mehrfach die Augen zusammen, als könnte er sie nicht mehr richtig sehen. »Serrasalmidae.«

Sie runzelte die Stirn. »Hab ich irgendwie schon mal gehört, kann aber gerade nichts damit anfangen.«

»Das ist eine Gattung von Fischen, die im tropischen Südamerika zu Hause ist«, sagte Lynette, als sie gerade zu ihrem Smartphone greifen und nach der Wortbedeutung schauen wollte.

»Er hält uns wirklich zum Narren«, stieß Anna aus.

Lynette lief zur Tür. »Wir haben keine andere Wahl, als mitzuspielen, also lasst uns diese Fische suchen.«

»Geht ohne mich, dann seid ihr schneller.« Zane ließ sich auf der Stelle wieder zu Boden sinken und lehnte sich mit dem Rücken gegen das Tischbein. Er rieb sich zitternd die Arme, hatte Schüttelfrost und seiner verkrampften Miene nach zu urteilen, auch Schmerzen.

Sie sah zu Lynette. »In diesem Zustand dürfen wir Zane nicht allein lassen. Und außerdem war die Anweisung klar: Ich muss das Gegenmittel ohne Hilfe finden.«

Lynette atmete tief durch. »Bist du sicher, dass es eine gute Idee ist, wenn du allein losziehst?«

Anna betrachtete Zane. Er hatte die Augen geschlossen, schien seine Umgebung kaum noch wahrzunehmen. »Im Grunde haben wir doch gar keine Wahl.«

Einen kurzen Moment lang sahen sie sich schweigend an, bis Lynette schließlich zu ihr trat und ihr die Hände auf die Schultern legte. »Sei vorsichtig. Und ruf mich an, wenn du Hilfe brauchst!«

Sie umarmten sich. Anna musste sich zurückhalten, nicht auch noch mal zu Zane zu gehen, um ihn erneut in die Arme zu schließen. Rückwärts lief sie los, wandte den Blick erst von ihm ab, als die Tür hinter ihr zufiel. Sie zwang sich, daran zu glauben, ihn lebendig wiederzusehen und ihn mit dem Gegenmittel retten zu können.

Zwei Stufen auf einmal nehmend, rannte sie die Treppe zum Besucherbereich hinauf. Neben den in die Wand eingelassenen Aquarien hingen Schilder, auf denen Infos zu den jeweiligen Fischen standen.

»Serrasalmidae, Serrasalmidae«, flüsterte sie immerzu vor sich hin, während sie eine Infotafel nach der anderen lesend überflog. Eine Wand war sie schon komplett abgelaufen und wechselte zur gegenüberliegenden Seite.

Sieben Aquarien später stoppte sie vor einem, das deutlich größer war. Das gesuchte Wort sprang ihr bei der Klassifizierung als wissenschaftlicher Name direkt ins Auge. Doch dann erweckte die Zeile, die dem Informationstext mit Filzstift hinzugefügt worden war, ihre Aufmerksamkeit:

Sie wurden lange nicht gefüttert. Das Fleisch von Journalistinnen soll ihnen besonders gut schmecken.

Anna schluckte. Das Wasser war leicht trüb, doch ein Schwarm der grauen, silbern glänzenden Fische schwamm gut sichtbar an der vorderen Glasscheibe vorbei. An Brust und Bauch schimmerten sie rötlich, manche waren beinahe komplett schwarz.

Ihr Blick huschte wieder zur Infotafel.

Piranhas sind auf Aas, kranke und verwundete Tiere spezialisiert. Sie säubern Gewässer von Kadavern und verhindern dadurch die Ausbreitung von Krankheiten.

Eine Abbildung des Kiefers mit spitzen, messerscharfen Zähnen war zu sehen.

Wieder zog der Fischschwarm im Wasser vorbei. Die Unterkiefer waren vorgeschoben. Die Zähne hinter den Lippenhäuten nicht sichtbar.

Anna rieb sich den verschwitzten Nacken und versuchte, dem unbehaglichen Ziehen in ihrem Bauch keine Beachtung zu schenken. Sie dachte an Zane, musste sich darauf konzentrieren, ihn zu retten. Was sollte sie jetzt tun? Durch die mit Filzstift geschriebene Nachricht des Unbekannten ahnte sie, dass er etwas im Wasser bei den gefräßigen Fischen versteckt hatte. Womöglich das Gegenmittel?

Sie legte die Handflächen auf das Glas und scannte mit ihrem Blick die Unterwasserbepflanzung des Aquariums. Da sah sie an einer Wurzel einen Schlüsselbund hängen, an dem auch ein Glasröhrchen befestigt war, in dem sie zusammengerolltes Papier erkannte.

»Verdammt!« Hier war das Spiel noch nicht zu Ende. Das war nur ein weiterer Hinweis.

Sie stieß sich von der Glasscheibe ab und tastete an der Wand entlang. Irgendwo musste es einen Zugang zu den Aquarien geben, den sie schließlich in einem künstlichen Felsen fand. Die Umrisse einer Tür waren zu sehen, allerdings keine Klinke oder Knauf. Sie drückte mit den Händen dagegen. Ein Spalt tat sich auf, und Anna trat ein.

Der Raum entsprach eher einem breiten Gang, auf dessen einer Seite die Aquarien nebeneinander angeordnet waren und man über Gitterstufen zu einem Gerüst hinaufgelangte, das oben über alle Wasserbecken hinwegführte.

Die Beleuchtungen der einzelnen Glaskästen erhellten den Raum, dennoch betätigte Anna auch den Lichtschalter neben der Tür. Die Geräusche der Pumpen überlagerten die sonstige Stille. Sie war auch hier mit den Fischen allein.

Das Gerüst wackelte, als sie die Stufen hinaufstieg. Das Becken der Piranhas fand sie leicht, denn es war das größte.

Von oben blickte sie auf das trübe Wasser. Blätter einer Pflanze schwammen auf der Wasseroberfläche und verdeckten zusätzlich die Sicht. Von den Raubfischen war nichts zu erkennen. Immerhin ragte der Stumpf der Wurzel, an dem der Schlüsselbund hing, ein wenig aus dem Wasser. Über ihm kniete sie sich auf das Podest, krempelte ihren Ärmel nach oben und beugte sich leicht nach vorn.

Sie hielt ihre Hand über das Becken, zögerte, sie einzutauchen. In ihren Gedanken sah sie Bilder von aufgepeitschtem Wasser. Fische, die sich kraftvoll an ihrem Arm festbissen und mit ihren Rüttelbewegungen ganze Fleischstücke herausrissen. Gingen die auf alles, was ihnen vor die Zähne kam? Oder witterten sie wie Haie Blut und verfielen erst dann in einen Rausch?

Anna unterdrückte ein Keuchen. Sie betrachtete ihren nackten Arm und untersuchte ihn auf mögliche offene Wunden. Ein paar Kratzer waren mit Schorf überzogen. Die Haut an den Verbrennungen wirkte schrumpelig. Dabei musste sie wieder an die Infotafel denken, daran, dass Piranhas sich auf Aas spezialisiert hatten. Dazu kam, dass noch Spuren von Tom Colemans Blut auf ihrer Nagelhaut hafteten, obwohl sie sich nach ihrer Befragung auf dem Revier die Hände gewaschen hatte.

Sie biss die Zähne zusammen und atmete tief durch. Wenn sie sich jetzt nicht zusammenriss und diesen verdammten Schlüsselbund aus dem Becken fischte, kostete das am Ende Zanes Leben.

Mit aller Entschlossenheit, die sie aufbringen konnte, stieß sie ihre Faust durch die trübe Wasseroberfläche. Sie tastete die verholzten Stränge der Wurzel ab, bis sie das Metall der Schlüssel fühlte. In dem Moment, in dem sie zugriff, durchfuhr ein stechender Schmerz ihren Unterarm, und sie riss ihn mit einem gequälten Schrei heraus.

Zwei Fische hatten sich an ihr festgebissen. Einer löste sich von allein und klatschte zurück ins Wasser. Den anderen schlug sie panisch gegen das Geländer des Gerüstes, bis auch dieser sie freigab.

Blut rann ihren Arm hinab, floss über den Schlüsselbund, den sie felsenfest in ihrer Faust umklammert hielt. Es tropfte in das Becken, woraufhin merklich Unruhe aufkam, als die Fische es witterten.

Anna kam schwankend auf die Beine, taumelte über das Gerüst und dann die Gitterstufen hinab. Sie lehnte sich gegen die Wand, schloss kurz die Augen und streifte währenddessen ihren Pulloverärmel hinunter. Drei Atemzüge lang brachte sie ihren Puls unter Kontrolle und drehte schließlich den Schraubverschluss von dem kleinen Glasröhrchen, in dem sich der nächste Hinweis befand.

Lake Tacoma, stand auf dem Zettel geschrieben.

Sie lief los, ohne zu wissen, wohin sie sollte. Erst einmal hinaus aus dem Raum, durch die Besucherstätte, einen Ausgang finden. Sie musste zu diesem See.

Unterwegs gab sie den Namen ins Navi ihres Smartphones ein. Er befand sich direkt hinter dem Gebäude.

Die Haupttür nach draußen war verschlossen, und bei den übrigen verhielt es sich sicherlich noch genauso. Sie rannte zurück in das Büro, durch dessen Fenster sie eingestiegen waren, und kletterte hinaus. Dabei schnitt sie sich an einer Glasscherbe in die Handinnenfläche und fluchte. Als wären die Verletzungen an ihrem Arm nicht genug. Die Bisswunden der Fische brannten.

Kälte umfing sie. Ihre Jacke hatte sie auf dem Arbeitstisch im Labor zurückgelassen. So schnell sie konnte, rannte sie um das Gebäude herum, vorbei an dem Tropical House und auf das Seeufer zu. Die Schlüssel stopfte sie in die Hosentasche und wählte Lynettes Nummer. Diese nahm das Gespräch nach dem ersten Klingeln entgegen.

»Wie geht es Zane?«, rief sie gepresst. Sie war völlig außer Puste.

»Er hält sich tapfer«, erwiderte Lynette. »Wie kommst du voran?«, setzte sie flüsternd nach.

Anna hatte das Ufer fast erreicht. Sie blieb stehen, atmete schwer und sah sich um. »Kann ich dir nicht genau sagen. Ich habe den nächsten Hinweis. Keine Ahnung, wie lange er dieses Spiel noch fortsetzen will.«

»Wo bist du jetzt?«

»Draußen, am See hinter dem Haus.« Sie ließ ihren Blick über das Gewässer gleiten, das eher einem breiten Fluss glich. Die Wasseroberfläche schimmerte im Mondlicht silbern – bis auf eine Stelle, an der grünes Licht aus der Tiefe hervordrang. »O Scheiße. Ich befürchte, ich muss hier tauchen.«

Lynette seufzte am anderen Ende der Leitung. »Gib auf dich acht. Und vergiss nicht, sein Ziel ist es nicht, dass du dieses Gegenmittel tatsächlich bekommst. Er will dich leiden lassen. Und du würdest leiden, wenn Zane stirbt. Diese Abschnitte sind also dafür da, dich bis ans Limit deiner Kräfte zu pushen, nur um am Ende doch zu scheitern.«

»Du verstehst es, mich aufzubauen«, sagte sie und schloss kurz die Augen. »Ich melde mich, sobald ich das Gegenmittel habe.« Sie legte auf.

Anna drehte sich um ihre eigene Achse und sah sich um. Es war keine Menschenseele zu sehen. Jedoch gab es vermutlich auch hier im Außenbereich Kameras, über die er jede ihrer Bewegungen beobachten konnte.

»Bastard«, flüsterte sie und ging auf das Wasser zu.

Eine Parkbank stand am Ufer, darauf lagen eine Taucherbrille und eine kleine tragbare Sauerstoffflasche. Unter ihr festgeklemmt, flatterte im Wind ein weiterer Zettel, den sie hervorzog und las:

Der Sauerstoff reicht für zehn Minuten. Lass Zane Newton sterben, sonst werden es die letzten deines Lebens sein.

38. KAPITEL

Der penetrante Geruch von Algen mischte sich mit dem von Reinigungsmitteln. In die Wände waren Aquarien eingelassen, deren Inhalt in grünlichem Licht schimmerte.

Plötzlich ging die Flurbeleuchtung an. Gedämpfte Stimmen drangen an Nicks Ohr.

Vorsichtig schob er sich bis zur nächsten Gangbiegung und entdeckte zwei Gestalten.

Eine davon war Roger. Er hielt eine Pistole in der Hand und hatte sie tatsächlich auf den vermummten Unbekannten gerichtet. Nick hielt angespannt die Luft an. Würde Roger sich also am Ende doch noch richtig entscheiden?

Vielleicht waren es Nicks Schritte gewesen, oder er hatte zu laut geatmet – Roger wich auf einmal zurück. Den Lauf ließ er zwischen dem Unbekannten und der Gangbiegung hin- und hergleiten.

»Wer könnte das wohl sein?«, erklang die verhasste Vocoder-Stimme.

Nick trat hervor. »Sieht so aus, als wäre die Flucht vorbei.«

»Ist sie das?«

»Ich will das Gegenmittel!«, verlangte Roger.

Seine Hand mit der Waffe zitterte. Es würde Nick nicht wundern, wenn sich versehentlich ein Schuss löste.

»Du bekommst das Gegenmittel«, sagte der Unbekannte. »Das habe ich dir doch von Anfang an versprochen. Sobald unsere gemeinsame Reise abgeschlossen ist. Aber eine Sache musst du noch für mich tun.«

»Ich kann nichts mehr tun!« Rogers Stimme brach. »Mein Körper ist am Ende.« Er presste sich gegen die Wand, als könne nur diese ihn stützen.

»Es ist simpel.« Der Unbekannte deutete auf Nick. »Töte ihn.«

Roger schwenkte den Lauf wieder in Nicks Richtung.

»Hör nicht auf diesen Mann«, beschwor er ihn. »Schau doch, wohin dich das alles gebracht hat. Er gibt dir niemals das Gegenmittel.«

Rogers Blick zuckte hin und her.

»Wir haben euch gehört«, erklang die Stimme von Lynette.

Verwirrt blieb Nick stehen. Bildete er sich das ein? Wie kam sie hierher?

Lynette kam mit Zane durch eine Tür, musste ihn stützen, während er sich vorwärtsschleppte. An der gegenüberliegenden Wand setzte sie ihn vorsichtig ab und kam dann näher. Ihre Körperhaltung wirkte entspannt, als sei sie hierhergekommen, um einen gemütlichen Plausch abzuhalten.

Roger strich sich mit der freien Hand über das schweißbedeckte Gesicht.

»Ich sehe es wie Nick«, erklärte Lynette an Roger gewandt.

»Geschwätz, das keinen interessiert«, sagte der Unbekannte.

»Anna sucht gerade nach dem Gegenmittel, wobei es noch nicht erwiesen ist, ob es das auch tatsächlich gibt«, sprach Lynette unbeirrt weiter. »Aber eins ist sicher: Dieser Mann wollte euch von Anfang an gegeneinander ausspielen.«

»Sie wird es nicht finden«, knarzte die Vocoder-Stimme. »Aber dabei sterben. Ein anderes Ende war nie vorgesehen.«

Rogers fiebriger Blick wurde immer unsteter. Seine Gedanken rasten, das war ihm deutlich anzusehen.

»Rein psychologisch ist das eine Meisterleistung gewesen«, wandte sich Lynette an den Unbekannten. »Ich habe die Abfolge analysiert.«

Mit ihrem Lob sorgte sie dafür, dass der Mann hinter der Maske sich geschmeichelt fühlte. Er ließ Lynette weitersprechen. Nick war beeindruckt.

»Den ersten Mord musste Roger an einer Person verüben, die ihm sowieso bereits unsympathisch war, seinem Arbeitskollegen. Ein Preis, den er für das eigene Leben zu zahlen bereit war. Die Hemmschwelle wurde in der Folge jedoch nach oben gezogen. Die freundliche Nachbarin, die mit ihm flirtete und ihm half.« Lynette wandte sich Roger zu, sprach nun direkt zu ihm. »Dann der große Sprung. Alec, dein bester Freund. Die Hemmschwelle wurde immer weiter verschoben, bis du zu dem geworden bist, den er wollte. Ein Mörder, der sogar zwei FBI-Agenten erschießt. Nick und Anna sollen deine letzten Opfer sein, und Zane stirbt an der Vergiftung.« Sie deutete mit dem Kinn zu ihm und bedachte Roger dann abermals mit einem durchdringenden Blick. »Erkennst du denn nicht, dass alle Beweise dich als Schuldigen ausweisen?«

Nick hätte nicht gedacht, dass Rogers kreidebleiches Gesicht noch heller werden konnte. Doch das tat es. Die Worte entfalteten langsam ihre Wirkung.

»Am Ende gäbe es so viele Opfer, aber lediglich einen Täter«, sagte Lynette. »Und das wärst in den Augen der Öffentlichkeit du.«

»In einer benachbarten Halle liegen Detective Hunter und Sarah.« Nick schluckte.

Die Überreste seines Bruders spielten für dieses Gespräch keine Rolle.

»Roger Beckett, der Serienkiller«, sprach Lynette weiter. »Eine wunderbar ausgestaltete Geschichte. Und da Zane vergiftet wurde, hätte man dir die Zerstörung des Labors ebenfalls angehängt. Schließlich wolltest du ihn als Hacker benutzen, der dir Daten vom Server liefert.«

Nick atmete scharf ein. Die Komplexität dieses Spiels wurde ihm mit einer Wucht vor Augen geführt, die ihn innerlich erschauern ließ. »Es ging gar nicht darum, die Daten zu löschen. Sie verweisen sowieso auf Roger.«

»Genau.« Lynette nickte. »Es ging darum, dass die Festplatte mit den Daten hier gefunden wird, wenn alles vorbei ist. Und wessen Fingerabdrücke befinden sich darauf? Die von Zane und Roger.«

Wodurch eine glasklare Beweiskette entstand. Alles fein säuberlich nachvollziehbar präsentiert.

»Aber warum?«, fragte Nick. »Ich verstehe nicht …«

»Du glaubst doch nicht etwa den lächerlichen Ausführungen dieser Person«, wandte sich der Unbekannte an Roger und deutete auf Lynette. »Das sind irgendwelche Fantasien. Wenn du dich hier falsch entscheidest, wirst du tatsächlich sterben. Das Gegenmittel existiert. Und du kannst es haben, das weißt du.«

»Ja? Ja!« Der Waffenlauf wanderte wieder zu Nick. »Ich habe so viele schreckliche Dinge getan. Das wäre alles umsonst gewesen, wenn ich am Ende doch sterbe.«

»Meinst du, du kannst nach deinen Taten überhaupt noch ein Leben führen, das etwas wert ist?«, fragte Lynette. »Selbst wenn du überleben solltest – was ich nicht glaube –, wird man dich als Serienkiller vor Gericht stellen.«

»Dann werde ich einfach alles erzählen«, sagte Roger nach kurzem Nachdenken.

Lynette nickte, als hätte er genau das gesagt, auf das sie gehofft hatte. »Und exakt deshalb kann er dich nicht mit dem Leben davonkommen lassen. Du weißt einfach zu viel.«

Die Worte zerschnitten Rogers Hoffnung wie ein Skalpell die Haut.

»Aber ich will leben.« Tränen lösten sich aus seinen Augen. »Ich habe das nicht verdient.«

»Niemand hat etwas derart Grausames verdient«, stellte Lynette klar.

»Da bin ich anderer Meinung.« Die Stimme des Unbekannten bebte. »Kein Mensch ist unschuldig. Und diese jämmerliche Witzfigur hier …« Sein Blick traf Roger. »Nicht einmal dazu bist du in der Lage. Willst du dein Leben einfach wegwerfen, weil eine drittklassige Psychologin dich dazu überredet? Willst du hier sterben, in einem alten Aquarium, wo du doch kurz davorstehst, mit dem Leben davonzukommen? Ist nicht alles andere unwichtig? Was danach geschieht, was irgendwer sagt? Nur eine winzige Bewegung deines Fingers trennt dich von der Rückkehr in ein normales Leben.«

»Ich denke, Roger weiß, dass nach alldem hier ein normales Leben nicht länger auf der Karte steht«, sagte Lynette. Ihre Stimme war klar und direkt, mit einem Hauch Sanftmut und Bedauern. »Er hat sich so weit von seinem alten Leben entfernt, dass er nie wieder zurückkehren kann. Selbst wenn er überlebt, werden die Erinnerungen ihn bis an sein Lebensende verfolgen.«

»Sarah, Alec und all die anderen Unschuldigen hatten nichts mit alldem zu tun«, warf Nick ein. »Sie wurden nur benutzt, um uns in irgendeinem perfiden Spiel zu verdeutlichen, dass wir machtlos sind.«

»Sind wir ja auch«, hauchte Roger.

»Wenn ich das richtig betrachte, bist du gerade derjenige,

der alles kontrolliert«, sagte Lynette. »Feuerst du auf Nick, gewinnt der, der dir all das angetan hat. Richtest du den Lauf auf ihn«, sie deutete auf den Vermummten, »wird er es sein, der vom FBI abgeführt wird. Und ich bin sicher, dass er und seine ›Werkzeuge‹ für viele weitere Morde verantwortlich sind. Du könntest ein Stück Wiedergutmachung leisten.«

Sie schenkte ihm ein wohldosiertes Lächeln.

Der Unbekannte ballte die Fäuste. »Ich bin es nicht, der hier mit deiner Psyche spielt. Das ist sie. Ihr einziges Ziel ist die Rettung von diesem unbedeutenden Hacker, von Anna und Nick. Siehst du das nicht? Du bist wertlos, Roger. Im Leben dieser Menschen spielst du keine Rolle. Sie wollen leben, ihr Glück genießen und all das hinter sich lassen. Du bist da nur das Bauernopfer. Aber warum sollst du nicht leben? Wieso nicht glücklich sein? Ja, du hast die Kontrolle. Siehst du das nicht? Du bist kein Mitläufer, mal ehrlich, das warst du doch nie.«

»Nein«, flüsterte Roger. »Ich kann es selbst entscheiden.«

»Aber weißt du überhaupt noch, was du willst?«, fragte Lynette. »Weißt du noch, wer du bist? Ich meine, unter der Schale aus Leid, Schmerz und der Angst vor dem Tod? Wer warst du, bevor all das hier begonnen hat?«

Roger schluckte. »Ich habe meine Arbeit geliebt.« Er lächelte, und weitere Tränen rollten ihm über die Wange. »Hier im Labor habe ich an eigenen Projekten gearbeitet. Ich wollte seltene Krankheiten heilen.«

Nick konnte sehen, wie der Unbekannte die Augen verdrehte.

»Du wolltest etwas Gutes tun«, hakte Lynette sofort ein. »Das, was er aus dir gemacht hat, hat nichts mehr mit dem zu tun, der du warst.«

»Ich war glücklich.«

»Weil du mit dir im Reinen warst«, sprach sie weiter. »Und wie hättest du dich damals entschieden?«

Rogers Finger schlossen sich fester um den Griff der Pistole. Die Mündung deutete jetzt exakt auf das Herz des Unbekannten.

»Ich fasse es nicht«, sagte dieser. »Was für ein Weichei bist du eigentlich?« Sein funkelnder Blick traf Lynette. »Damit lasse ich Sie nicht davonkommen.«

»Erzählen Sie das Ihrem Anwalt«, sagte Nick.

»Nein«, stellte Roger klar. »Nein. Er wird sich nicht aus allem herauswinden.«

»Roger …«, beschwor ihn Nick.

»Sie wollten doch, dass am Ende jemand stirbt. So soll Ihr Spiel doch enden, nicht wahr?«

»Du hast ja so recht«, sagte der Unbekannte. Bedauerlicherweise hatte er sich bereits wieder gefangen und wich langsam zurück.

Roger atmete stoßweise, seine Hand zitterte noch stärker. Nick wollte nicht, dass er den Unbekannten erschoss. Sie benötigten Antworten. Wissen über die Beteiligten des mörderischen Netzwerks.

Doch Roger war am Ende.

Es klickte, als er den Abzug durchdrückte.

»Dachtest du tatsächlich, ich lasse dich hier mit einer geladenen Waffe herumlaufen?«, höhnte der Unbekannte. »Diese hier allerdings …«

Er riss seinerseits eine Pistole auf seinem Rücken aus dem Gürtel hervor.

Genau wie Lynette.

Zwei Schüsse ertönten beinahe zeitgleich.

Roger war getroffen worden und rutschte geschwächt an der Wand zu Boden. Der Unbekannte hatte eigentlich auf Nick gezielt, doch Roger hatte ihn zur Seite gestoßen und sich damit endgültig für eine Seite entschieden. Der Preis wurde deutlich, als Nick die schmierige Blutspur erkannte, die dabei an der Wand zurückblieb.

Lynette traf die Hand des Maskierten und machte einmal mehr deutlich, dass sie auf einer Farm aufgewachsen war.

Ein metallisches Geräusch erklang, ein Funke stob auf. Die Kugel aus Lynettes Waffe hatte die Pistole des Unbekannten getroffen, und durch die Wucht wurde sie ihm aus der Hand gerissen.

»Elende Schlampe«, rasselte die Vocoder-Stimme.

»Bist du in Ordnung?« Lynette wandte sich Nick zu.

»Vorsicht!«, warnte er.

Der Unbekannte entwischte mit einem Satz durch die offene Tür.

Nick schnappte sich Lynettes Waffe und sprang auf. »Bleib du bei Roger und Zane, ja?«

Rogers Lider flatterten, Zane hustete. In Gedanken verabschiedete sich Nick bereits von ihnen.

»Schnapp dir den Dreckskerl«, sagte Lynette.

Genau das hatte er vor. Er hetzte hinter dem Unbekannten her, die Waffe im Anschlag. Dieses Mal würde er ihn nicht entkommen lassen.

39. KAPITEL

Anna starrte auf die krakelige Schrift. Der Wind drang unter den Stoff ihres Pullovers und verursachte ihr eine Gänsehaut. Allein beim Anblick des kalten Wassers blieb ihr die Luft weg. Ohne einen Neoprenanzug war es im November keine gute Idee, baden zu gehen.

Sie betrachtete die Sauerstoffflasche argwöhnisch, hatte keinerlei Erfahrung im Tauchen. Allein bei dem Gedanken, in die Tiefe des Sees vorzudringen, spürte sie ihre Brust eng werden.

Das grüne Licht unter Wasser markierte ihr Ziel.

Anna ballte die Hände zu Fäusten, sah sich abermals um, fluchte.

»Tu es«, befahl sie sich selbst.

Sie sah vom Wasser zu der Taucherbrille und der Sauerstoffflasche auf der Bank.

Zuerst streifte sie Schuhe und Socken ab. Der Akkustand ihres Smartphones war schon im roten Bereich. Sie ließ es auf ihrer zusammengefalteten blutbefleckten Hose auf der Bank neben dem Pullover zurück.

Nur noch mit ihrer Unterwäsche bekleidet, mit der Taucherbrille um den Hals, lief sie zum Wasser. Die kleine Taucherflasche war leicht. Sie musste sie, wie auch den Schlüsselbund, in der Hand halten. Wie sollte sie da schwimmen?

Der zunehmend feuchte Sand quoll zwischen ihren Zehen hindurch. Er fühlte sich kalt an, war aber nichts gegen das eisige Wasser, das nun bis zu den Knöcheln ihre Füße umspülte.

Nachdem ihre Beine sich an die Kälte gewöhnt hatten, kam ihr der See sogar wärmer vor als der Wind, der schonungslos über ihren Oberkörper streifte.

Ihre Zähne klapperten. Anna presste den Kiefer zusammen, hielt die Luft an und tauchte ruckartig bis zum Hals unter.

Atmen, sie musste normal weiteratmen. Ihr kam es vor, als stachen Tausende Nadeln auf ihren Körper ein. Die Kanten der Schlüssel drückten sich in ihre Handinnenfläche.

Mit den Zähnen öffnete sie das Ventil der Taucherflasche – die von Form und Größe an eine Thermoskanne erinnerte – und schob diese auf ihrem Rücken unter den Verschluss des BHs. Es blieb ihr nur zu hoffen, dass das funktionierte und sie zumindest eine Hand frei bewegen konnte. Sie setzte die Taucherbrille auf, die sofort beschlug und ihr das Sehen in der Dunkelheit zusätzlich erschwerte. Das Mundstück des Beatmungsschlauchs fühlte sich fremd an. Anna konzentrierte sich ein paar Atemzüge lang darauf, nur durch den Mund zu atmen. Dann glitt sie komplett unter die Wasseroberfläche. Die Luft schmeckte künstlich.

Sie sah nichts außer dem grünlichen Schein und hielt darauf zu. Obwohl sie wild mit ihren Beinen strampelte, kam sie kaum vorwärts. Gerade als sie glaubte, das Licht würde intensiver, weil sie ihm näher kam, verblasste es wieder.

Panik ergriff sie. Wo war oben, wo unten?

Sie vergaß für einen Augenblick, nur durch den Mund zu atmen. Wasser, das sich in der undichten Brille am Rand abgesetzt hatte, drang in ihre Nase und rann ihre Kehle hinab. Ein Hustenreiz packte sie, den sie mit aller Macht zu unterdrücken versuchte. Sie presste ihre Hand auf das Mundstück, wollte es herausreißen. In letzter Sekunde hielt sie inne.

Während sie die Augen schloss und ganz bewusst durch den Mund Sauerstoff aufnahm, durchlief ein Zittern ihren Körper. Der Würgereiz ließ allmählich nach und mit ihm schließlich auch die Panikattacke.

Wie viel Zeit hatte sie inzwischen verloren? Das Licht … Sie musste zum Licht.

Um nicht wieder in Panik zu verfallen, bewegte sie sich mit bewusst gleichmäßigen Schwimmzügen auf das Grün zu. Ab und zu streifte etwas über ihre Haut, wobei sie nicht sagen konnte, ob es Schlingpflanzen oder Fische waren. Genau genommen wollte sie es gar nicht wissen. Sie befand sich in absoluter Finsternis. In grüner Dunkelheit. Ein Albtraum.

Als sie dem Licht endlich näher kam, konnte sie zumindest wieder die eigene Hand vor Augen sehen. Nach und nach nahmen die Umrisse bei der Lichtquelle Konturen an. Es war ein Unterwasserstrahler. Neben ihm, auf dem Boden, war eine Metallkiste verankert.

Anna streckte den Arm aus, bekam die Kiste zu packen. Ihre Beine drifteten nach oben, die Hand rutschte vom Metall.

Sie steckte sich die Schlüssel in den Bund ihres Slips und betete, dass der dünne Stoff sie sicher hielt. Dann griff sie mit beiden Händen beherzt zu, zog sich an die Kiste heran und umklammerte sie mit den Beinen.

Die Taucherflasche reichte nicht aus, um sie bei der Anstrengung mit ausreichend Sauerstoff zu versorgen.

Schwer atmend zog sie den Schlüsselbund wieder hervor. Welcher der fünf Schlüssel würde in das Schloss an der Kiste passen?

Durch die Strömung des Wassers brauchte sie mehrere Anläufe, bis sie mit dem ersten die Öffnung traf. Doch er ließ sich nicht bewegen. Auch der zweite brachte keinen Erfolg. Innerlich schrie sie vor Verzweiflung auf. Zudem merkte sie, wie ihre Muskeln durch die Kälte langsam zu erstarren drohten.

Der dritte Schlüssel passte. Sie drehte ihn herum, woraufhin sich der Deckel der Kiste anhob. Eine Glasphiole kam zum Vorschein. In ihr lag eine aufgezogene Spritze.

Das Gegenmittel, schrie sie in Gedanken euphorisch.

Mit wild klopfendem Herzen griff sie nach der Phiole, die an dem Verschluss eines Sackes festgebunden war.

Dieser sollte die Kiste vermutlich beschweren und, zusätzlich zu dem Anker, am Boden halten.

Anna hielt das Glasgefäß fest in der Hand und riss es von seiner Befestigung ab. Da schoss etwas aus dem Sack heraus, sprang sie an und umhüllte sie.

Was geschah hier? Ein Netz! Die Panik kam mit voller Wucht zurück. Sie hyperventilierte, schaffte es nicht mehr zu atmen. Das Netz umspannte ihren Körper und hielt sie am Grund des Sees fest. Sie sah die krakelige Handschrift des Unbekannten in ihrem Geiste vor sich.

> Lass Zane Newton sterben, sonst werden es die letzten Minuten deines Lebens sein.

Das hier war ihr Grab. Auf dem kalten Grund des Sees. Und als würde er ihre Erkenntnis auch noch unterschreiben, ging in diesem Augenblick das Flutlicht aus – ebenso von ihm ausgelöscht wie ihr Leben.

Die Phiole lag in ihrer Hand. Sie hatte es geschafft, hatte das erlösende Heilmittel gefunden. Doch es blieb für Zane unerreichbar, und für sie war es nutzlos.

Anna gab es auf zu strampeln. Eine innere Ruhe erfasste sie. In der Schwerelosigkeit glitt sie tiefer, vom Netz zum Boden gezogen, direkt neben die Kiste. Sie sah zu dem weißen Licht hinauf, das durch das Wasser brach. War es der Mond, oder spielte ihr Unterbewusstsein ihr einen Streich?

Etwas berührte ihren Arm, scharfkantig und fremd. Der Anker! Sie konnte im fahlen Schein seine Spitze erkennen. Ohne weiter nachzudenken, handelte sie instinktiv, wand sich, bis sie die Hauptschnur berührte, die das gesamte Netz zusammenhielt.

Mit einer gleitenden Bewegung führte sie das Seil mit ihrer freien Hand über den Anker. Ihr war nur allzu bewusst, dass der Sauerstoff nicht mehr ewig reichen würde.

Sie presste das Seil so fest gegen die scharfkantige Seite, wie sie nur konnte. Ein Ruck, ein zweiter. Ihre innere Uhr zählte unbarmherzig herab. Das Seil gab nicht nach, wollte sie weiter hier unten halten, wo sie qualvoll ersticken sollte.

Sekunden wurden zu Minuten. Ihr blieb keine Wahl, sie brauchte beide Hände.

Anna atmete ein letztes Mal durch das Mundstück Sauerstoff ein, riss es dann vom Mund, um sich die Glasphiole zwischen die Lippen zu pressen.

Hektisch führte sie jetzt mit beiden Händen den nächsten Ruck aus, es folgten weitere. Sie zerrte an dem Seil des Netzes, durfte nicht aufgeben! Zanes Leben hing von ihrem Erfolg ab. Mit ihrem umnebelten Verstand bemerkte sie erst mit Verzögerung, dass das Netz sie nicht mehr eng umschnürte. Endlich, es löste sich, schwebte nun sanft um sie herum.

Mit so wenig Bewegung wie möglich fand sie den Weg aus ihrem Gefängnis. Die Taucherflasche auf ihrem Rücken hatte sich in dem Netz verfangen, und sie ließ sie achtlos zurück.

Verkrampft hielt sie die Phiole nun wieder in ihrer Faust und strampelte sich dem weißen Licht panisch entgegen. Sie musste atmen, brauchte Luft. Der brennende Druck in ihrer Lunge schien ihren Oberkörper beinahe zu zerbersten.

Sie schrie ihre Verzweiflung in brodelnden Luftblasen vor sich her. Das kalte Wasser drang in ihren Mund. Doch dann brach sie durch die Oberfläche.

Wind und Wasser peitschten um sie herum, während sie mit letzter Kraft hustend und würgend ans Ufer schwamm. Sie schleppte sich an Land, sackte zusammen. Ihre Beine fühlten sich wie Fremdkörper an, sie konnte sie kaum noch spüren.

Sie sank in den feuchten Sand, krümmte sich, hustete und würgte immer wieder, bis sie sich schwallweise erbrach. Ihr geschwächter Körper wurde von Krämpfen durchgeschüttelt. Dennoch kroch sie auf allen vieren weiter. Woher sie die Kraft nahm, wusste sie selbst nicht.

Als sie die Sitzbank erreichte, stemmte sie sich daran hoch. Bibbernd streifte sie ihren Pullover über und machte sich dann an ihrer Hose zu schaffen. Die Phiole gab sie dabei keinen Moment aus der Hand.

Bevor sie ihre Schuhe anziehen konnte, überkam sie abermals ein Würgereiz. Beim Übergeben drang ihr das Wasser sogar aus der Nase.

»Zane … Du musst zu Zane«, trieb sie sich selbst an.

Die Schuhe fühlten sich an ihren Füßen an wie Klumpen. Aber immerhin spürte sie ihre Glieder allmählich wieder.

Von Rennen konnte keine Rede sein, aber sie gab ihr Bestes.

Durch das zerbrochene Fenster kletterte sie wieder ins Haus, wozu sie dieses Mal mehr als doppelt so lange brauchte wie beim letzten Mal. Im Büro empfing sie eine Wärme, die sie wohlig willkommen hieß und gleichzeitig schwächte. Die Erschöpfung verwandelte sich in Müdigkeit. Würde sie sich jetzt einfach gegen die Wand lehnen, würde sie vermutlich sofort einschlafen.

Anna taumelte in Richtung Besucherbereich. Sie musste zum Labor, wo Zane und Lynette auf sie warteten. Die Angst, dass sie zu spät kam, überlagerte alles.

Als sie das Gebäude verlassen hatte, war der Raum mit den Aquarien nur durch deren sanftes Licht erhellt gewesen. Doch nun erkannte sie schon durch die Glastür, dass er vollends beleuchtet war. Sie stemmte die Tür auf und hielt mitten in der Bewegung inne.

Roger saß unterhalb eines Aquariums, mit dem Rücken an die Wand gelehnt, auf dem Boden. Eigentlich lag er mehr, als dass er saß. Sie näherte sich ihm langsam, zuckte zusammen und stoppte erneut.

Er starrte mit ausdruckslosem Blick ins Nichts.

Sie hielt sich die Hand vor den Mund. Obgleich er so viel Schreckliches getan hatte, konnte sie ihn nicht hassen – nur bedauern.

»Anna«, erklang Lynettes Stimme hinter ihr.

Sie fuhr herum, entdeckte sie an der anderen Wand, Roger gegenüber. Dort saß sie und hielt Zane in ihren Armen.

Anna war wie erstarrt. Ihr Blick haftete auf der regungslosen Gestalt ihres Freundes, dessen Kopf auf Lynettes Schoß ruhte. Er hatte die Augen geschlossen. Seine Arme lagen schlaff neben seinem Körper.

»Nein«, flüsterte sie. »Bitte, nein!« Tränen brannten ihr in den Augen.

Lynette hob Zanes Oberkörper vorsichtig an und rutschte von ihm weg, wobei er leise aufstöhnte.

Er lebte! Es war noch nicht zu spät. Oder doch?

Sie eilte auf ihn und Lynette zu, während diese aufstand und ihr entgegenkam.

»Anna, Gott sei Dank! Geht es dir gut?«

Sie nickte, hob die Phiole auf Augenhöhe.

Lynette lächelte. »Das Gegenmittel? Du hast es tatsächlich geschafft?«

Ihr Blick heftete sich nochmals auf Roger. »Was ist hier passiert?«

»Nick verfolgt den Unbekannten. Ich habe inzwischen Verstärkung angefordert.« Lynette nahm Anna die Phiole ab, eilte zu Zane und ging neben ihm in die Hocke. »Hoffen wir, dass es tatsächlich das Gegenmittel ist.« Vorsichtig öffnete sie den Glasbehälter, entnahm die aufgezogene Spritze und hielt sie gegen das Licht. Mit einem kurzen Druck presste sie die Luftblasen heraus. Dann stach sie blitzschnell zu.

Anna kniete sich neben sie und betrachtete Zanes bewusstlose Gestalt. Rettete die Injektion ihm das Leben, oder war sie auch nur ein weiterer grausamer Spielzug des Unbekannten?

40. KAPITEL

In diesem Augenblick gab es nur Nick. Er rannte, den Blick auf den Mann gerichtet, der ihrer aller Leben in eine Hölle verwandelt hatte. Einen nicht enden wollenden Albtraum, den sie trotz allem überlebt hatten. Wenn auch nicht jeder von ihnen.

Wie ein Schlaglicht blitzten die Opfer vor Nicks innerem Auge auf. Die Toten in Chicago. Die Leichen in Detroit. Leben, ausgelöscht wie Kerzenflammen, eines nach dem anderen. Und der Unbekannte hatte dabei Spaß empfunden. Triumph. In seinem kranken Geist sah er nicht die Schicksale, die er zum Sterben verdammt hatte. Nur seine Ziele.

Doch jetzt und hier würde Nick ihn zahlen lassen.

Die Schuhsohlen des Unbekannten erzeugten ein quietschendes Geräusch auf dem Steinboden des Glastunnels. Nick würde sich an seine Fersen heften wie ein Bluthund.

Es gab keinen Ausweg.

Das Hallen verstummte. Nick erreichte einen mit durchsichtigen Lamellen versehenen Durchgang. Dahinter erwartete ihn ein Dschungel aus dichtem Grün. Das Mondlicht tauchte alles in einen geheimnisvollen Schimmer. Farbtupfer lugten hier und da hervor. Ein botanischer Garten, der direkt an das Aquarium angrenzte.

»Fantastisch«, sagte Nick leise.

Er betrat den Garten. Hier gab es tausend Möglichkeiten, sich zu verstecken.

Der Weg war rechts und links von hüfthohen Steinbarrieren begrenzt, hinter denen die Pflanzen aufragten. Leicht gebogene Palmen reckten sich dem Kuppeldach entgegen, dazwischen waren Büsche mit exotischen Blüten gepflanzt. Wie bunte Tupfen auf einer blassen Leinwand. Sie verströmten einen durchdringenden Geruch. Die Wände des gesamten Bereichs bestanden aus Glas und waren von Gitterstreben durchzogen.

Nick beschleunigte seine Schritte, hielt Lynettes Pistole schussbereit in der rechten Hand. Falls der Unbekannte auftauchte, würde ein zielgerichteter Schuss auf seine Beine jede Flucht vereiteln. Dieses Mal würde er keine Sekunde zögern.

Aus den Augenwinkeln nahm er eine Bewegung wahr. Nick fuhr herum, doch es war zu spät. Von einem künstlichen Felsen aus schwebte die Silhouette des Unbekannten über ihm, mitten im Sprung. Sein schwerer Atem wurde durch den Vocoder zu einem metallischen Rasseln.

Die Wucht des Aufpralls riss Nick von den Beinen. Er krallte seine Finger um die Waffe, konnte sich dadurch aber nicht richtig abrollen. Der Schmerz durchzuckte seine Hand. Mit der Schulter voran knallte er auf den Boden …

… und drückte ab.

Der Schuss hallte durch die Dunkelheit und kam mit einem dumpfen Laut zum Ende. Der Stamm einer Palme hatte ihn aufgehalten. Weit an dem Unbekannten vorbei, der das Knie in die Höhe riss, wodurch auch die zweite Kugel danebenging. Dieses Mal rutschte Nick durch die Wucht des Rückstoßes die Pistole aus der Hand. Sie schlitterte über den Boden.

Als wollte das Schicksal Nick verhöhnen, blieb sie in Sichtweite, aber für ihn unerreichbar, liegen.

»Dann eben auf diese Art«, keuchte der Unbekannte. »Roger ist nur noch eine leblose Hülle. Und wenn ich mit dir fertig bin, kümmere ich mich um Anna – also, genauer gesagt: um ihre aufgeschwemmte Leiche.«

Nick rappelte sich auf, merkte jedoch, dass seine Schulter schmerzte. »Ah, jetzt plötzlich kein Spiel mehr? Keine großen Pläne mit irgendwelchen wahnwitzigen Inszenierungen?«

»Vielleicht nehme ich mir bei deinen Eltern noch etwas mehr Zeit.« Der Unbekannte lachte sein rostiges Lachen. »Deine Mutter darf zusehen, während ich deinen Vater aufschlitze. Und danach ist sie dran.«

»Also ist mein Vater noch am Leben«, stieß Nick aus.

Brüllend warf er sich nach vorne, rammte dem Unbekannten seine unverletzte Schulter gegen die Brust wie ein Footballspieler auf dem Feld. Dieser keuchte, drehte sich jedoch zur Seite, um nicht zu fallen. Gleichzeitig sandte Nicks Schulter zunehmend Schmerzwellen durch seinen Körper.

Als er wieder in die Höhe kam, war der verdammte Dreckskerl bereits dabei, Lynettes Pistole aufzuheben. Ohne lange nachzudenken, sprang Nick über die hüfthohe Begrenzung zwischen die Büsche.

Wo er kurz zuvor noch gestanden hatte, schlug ein Schuss ein. Eine zweite Kugel surrte dicht über ihn hinweg. Er schob sich in das Grün bis zur Wand. Von hier ging er weiter, geschützt durch blickdichte Pflanzen.

»Denkst du, das rettet dich?!«, brüllte der Unbekannte. »Ich jage dich bis ans Ende der Welt!«

Unweigerlich fragte sich Nick, wie sehr ein Mensch hassen konnte. Jeder Überlebende, der seinem Spiel entkam, war eine Attacke auf sein Ego.

Nach Chicago hatte es hier in Detroit noch mehr Opfer gegeben. Was würde geschehen, wenn der Unbekannte erneut entkam?

Nick schob sich wieder durch die Büsche nach vorne, um anzugreifen. Doch da war niemand mehr. Für eine Sekunde erhaschte er den Schatten, der in den Kuppelbau rannte. Gab es dort einen Ausgang? So schnell er konnte, setzte er nach. Doch der Unbekannte überraschte ihn erneut.

Am Rand der Kuppel führte eine Leiter in die Höhe zu einem Ausstieg für das Wartungspersonal. Hätte Nick noch eine Waffe, könnte er den Unbekannten von der Leiter schießen. Er fluchte und griff selbst nach der unteren Sprosse.

Für das Klettern benötigte sein Gegner beide Arme, und ein Schuss aus dessen Position in die Tiefe war kaum möglich. Das wusste er aus Erfahrung. Damit würde der Unbekannte sich höchstens durch den Rückstoß selbst aus der Balance bringen.

Kurzerhand stieg Nick ebenfalls die Leiter empor, Sprosse um Sprosse, zwei Silhouetten, die sich zügig nach oben bewegten.

Einmal strauchelte er, wäre beinahe in die Tiefe gestürzt. Die verdammte Schulter schmerzte noch immer. Doch er holte auf.

Der Unbekannte erreichte die Luke. Ein Schuss erklang, er zerschoss das Vorhängeschloss. Mit einem Ächzen öffnete er die Luke und stieg hinaus. An der gewölbten Außenseite rutschte sein Gegner die Kuppel hinunter, bis er auf das etwas unterhalb liegende Flachdach traf.

In diesem Augenblick befanden sie sich beide auf gleicher Höhe, getrennt nur durch das Glas, doch weit voneinander entfernt. Obwohl Nick ungeschützt war, glaubte er nicht, dass sein Gegner treffen würde.

Der Unbekannte legte an.

Ein Schuss erklang, Glas splitterte. Wie vermutet, ging die Kugel daneben. Auch Nick selbst hätte bei diesen Verhältnissen nicht getroffen. Schnell kletterte er weiter, erreichte das Dach und stieg hinaus.

Sein Gegner legte an und drückte erneut ab. Kein Schuss. Die Munition war aufgebraucht – endlich. Nick rutschte auch auf der Außenseite der Kuppel hinunter und kam auf dem ebenfalls gläsernen Flachdach auf. Er rannte, so schnell er konnte, immer darauf bedacht, nicht zu fest aufzutreten.

Der Unbekannte humpelte leicht, hatte bei ihrem Kampf also ebenfalls etwas abbekommen. Das war Nicks Chance aufzuholen.

»Denkst du wirklich, ich lasse dich entkommen?!«, brüllte er seine Wut heraus.

Das Bild seines Vaters mit blutigem Hemd erschien vor seinem geistigen Auge.

Schneller!

Das Bild seiner Mutter, an die Liege gefesselt.

Noch schneller!

Anna, zerschunden und vollkommen am Ende nach ihrer Entführung.

Er warf sich nach vorne.

Mit seinen Fingern bekam er die Jacke des Unbekannten zu fassen. Sie stürzten beide voran und prallten auf das Dach, rollten an den Rand. Mit seinen Gummisohlen konnte Nick das Abrutschen stoppen und damit auch den Fall in die Tiefe. Doch lediglich knapp.

Ein Faustschlag traf ihn am Kinn. Sein Kopf wurde zurückgeworfen, prallte gegen das Glas.

»Als ob du mich aufhalten könntest«, rasselte es aus dem Vocoder. »Du bist hier mutterseelenallein.«

»Gleichfalls.«

»Ich mag nur ein Mann sein, aber im Gegensatz zu dir sehe ich das große Ganze. All die Fäden, an denen ich ziehen, über die ich euch steuern kann.« Ein Ellenbogenstoß ließ Nick aufkeuchen, der Unbekannte rollte sich zur Seite und erhob sich. »Das Mosaik all der Schuldigen. Dafür muss ich euch dankbar sein, ihr habt es mir gezeigt.«

Nick erhob sich und ließ seine Schulter kreisen. Es knackte. »Ich zeige Ihnen gleich noch, wie es sich anfühlt, in Handschellen abgeführt zu werden. Auf Sie wartet eine hübsche Zelle. Sie werden nie wieder jemandem etwas antun.«

Er spuckte Nick vor die Füße. »Da irrst du dich. Ich verspreche dir, das hier war nichts im Vergleich zu dem, was euch noch erwartet. Noch mal gehe ich das Risiko nicht ein, dass ihr mir davonkommt.«

Nick hatte genug. Er warf sich mit seinem gesamten Gewicht auf den Unbekannten. Die Attacke kam so schnell, dass dieser nicht mehr ausweichen konnte. Mit der Wucht von zwei ineinanderverschlungenen Körpern krachten sie auf das Dach.

Und direkt durch das Glas.

In einem Augenblick lag Nick noch auf dem Dach, im anderen war er von einem Wirbel aus Glassplittern umgeben und fiel in die Tiefe.

Seine Gedanken verwandelten sich in zähflüssigen Sirup. Auf der einen Seite schien er eingefroren in der Zeit, nahm jedes Detail glasklar wahr. Die Silhouetten der Pflanzen, der Körper des Unbekannten, der mit rudernden Armen seitlich unter ihm dem Boden entgegenfiel. Auf der anderen Seite ging alles rasend schnell. Absturz, Fall, Aufprall.

Der Geruch exotischer Blüten vermischte sich mit dem Geschmack von Eisen in seinem Mund. Sein Körper schmerzte, er konnte kaum noch atmen. Etwas hatte seinen Sturz abgebremst.

Eine Palme. Er war auf sie geprallt und seitlich weitergestürzt. Keuchend lag er auf dem Boden, wollte aufstehen. Doch es gelang ihm nicht.

Der Unbekannte fluchte. Das Geräusch brechender Äste erklang, gefolgt von Schritten. Sie entfernten sich.

Nein!

Er durfte nicht schon wieder entkommen. Nick presste die Zähne aufeinander und brüllte seinen Schmerz heraus, während er sich herumrollte und auf die Beine kam. Blut lief ihm heiß über die Stirn, sein Körper sandte Schmerzwellen in jede Faser. Er hustete, taumelte und brach erneut zusammen.

41. KAPITEL

Anna ließ Zane nicht aus den Augen. Ihre Hand lag auf seiner Brust. Sie spürte durch den Stoff seines Pullovers, wie sich sein Brustkorb gleichmäßig hob und senkte.

»Seine Atmung normalisiert sich«, sagte Lynette, die ebenfalls neben ihm auf dem Boden kniete.

»Mir wäre trotzdem wohler, wenn die Sanitäter schon hier wären«, erwiderte Anna und blickte hinüber zu Roger. Er war so lange Zeit ihr Freund gewesen. Noch immer konnte sie nicht begreifen, was er getan hatte.

Sie stand auf, hielt Lynettes Mantel, den die Freundin ihr zum Wärmen über die Schultern gelegt hatte, vorn zusammen, lief zu ihm und ging vor ihm in die Hocke. Er war früher immer der Verrückteste und Temperamentvollste von ihnen gewesen. Ein lebensfroher Kerl, bei dem der Spaß nie zu kurz kam und der jeden Unfug mitmachte.

Anna legte ihre zittrigen Finger auf Rogers Lider und schloss ihm für immer die Augen. Sein Shirt war auf Brusthöhe blutdurchtränkt, ein Einschussloch klaffte im Stoff.

Ihre Hände waren nach wie vor kalt, ihr Innerstes wie gefroren. Im Moment schaffte sie es nicht einmal, Mitleid für ihn zu empfinden. Zu sehr verabscheute sie, was aus ihm geworden war.

Schüsse in der Ferne ließen sie zusammenzucken. Sie sprang auf und sah zu Lynette hinüber. »Nick.«

»Bleib ruhig, Anna. Mike und seine Leute müssen jeden Moment eintreffen.«

Sie nickte, musste vernünftig sein. Ohne eine Waffe konnte sie Nick nicht helfen. Immerzu rieb sie die Hände aneinander und ging unruhig auf und ab. Erneut waren Schüsse zu hören.

»Ich halte das nicht aus«, brach es aus ihr heraus. »Wo bleibt nur die verdammte Verstärkung?«

Lynette stand auf, nahm ihr Smartphone zur Hand und führte es ans Ohr. Anna musste an sich halten, es ihr nicht wegzunehmen und Mike selbst anzutreiben. Da war plötzlich ein Donnern zu vernehmen, gefolgt von dem Geräusch splitternden Glases. Es gab nur ein Gebäude, von dem dies stammen konnte. Auf ihrem Weg zum See hatte sie es gesehen.

»Sie sind im Tropical House«, rief Anna. Mike hatte den Anruf bisher nicht angenommen, daher streifte sie Lynettes Mantel von ihren Schultern und rannte los.

»Anna«, hörte sie Lynette noch rufen. Doch sie bog schon um die Ecke und entdeckte den gläsernen Gang, der in den botanischen Garten führte.

Je weiter sie vordrang, desto schwüler wurde die Luft. Als sie durch einen mit schweren, durchsichtigen Lamellen geschützten Eingang lief, befand sie sich förmlich im

Dschungel. Durch das gläserne Kuppeldach drang das sanfte Mondlicht herein. Palmen, Gummibäume und allerlei exotische Büsche ragten vor ihr auf.

Sie lauschte, konnte keine Stimmen hören. Weitere Schüsse waren auch nicht mehr gefolgt.

Von irgendwoher drang Zugluft zu ihr, und sie entdeckte seitlich neben der Kuppel, auf dem weiterführenden Flachdach, ein breites Loch im Glas.

Sie kniff die Augen zusammen. Konnte ein Geschoss einen so großen Schaden anrichten? In Rogers Haus hatte sie gesehen, wie die Durchschüsse in seiner Fensterscheibe kleine Löcher hinterlassen hatten, das Glas an den Stellen spinnengewebartig gerissen und nur bedingt gesplittert war. Am Dach des Tropical House fehlten jedoch ganze drei Glasfelder. Von hier unten, aus dieser Entfernung, hätte ein Projektil niemals … Ihr Blick fiel auf eine Leiter, die an einem Stahlträger zum Dach hinaufführte. Sie schluckte. Ihr kam ein beängstigender Gedanke, und sie rannte los.

Hüfthohe Steinbarrieren begrenzten rechts und links den vorgegebenen Weg. Sie kletterte über sie hinweg, behielt die Dachöffnung im Auge und suchte den Platz direkt darunter ab. Feinste Glasscherben bedeckten den humusreichen Boden und glitzerten auf dem Blattwerk der tropischen Gewächse. Holz knackte, und Blätter raschelten.

»Anna?«

Sie fuhr herum, sah Nick zwischen zwei Sträuchern

hervorkommen. Er hielt sich die Schulter, humpelte. Doch das nahm sie nur nebenbei wahr. Er lebte!

Mit einem Satz war sie bei ihm, zögerte aber, ihn in die Arme zu schließen. Sie konnte nicht einschätzen, wie schwer er verletzt war, wollte ihm nicht zusätzliche Schmerzen bereiten.

Noch während sie das dachte, streckte er die Hand nach ihr aus und zog sie an sich. Sie atmete erleichtert auf und schmiegte ihren Kopf an seine Brust. Da mit einem Mal aller Ballast von ihr abfiel, kämpfte sie mit den Tränen. Die Erschöpfung übermannte sie.

Nick küsste sie auf die Stirn und seufzte. »Er ist wieder entkommen.« Seine Stimme vibrierte vor Enttäuschung und Zorn.

Anna jagte trotz der tropischen Hitze ein Kälteschauer über die Haut. Sie fühlte, wie sich ihr bei seinen Worten die Nackenhärchen aufstellten. Doch sie ließ sich ihre Panik nicht anmerken. Nicks Selbstvorwürfe und seine Enttäuschung waren auch so schon groß genug.

Sie standen beieinander und hielten sich fest, bis sie von draußen die zuckenden Lichter wahrnahmen. Mike! Endlich!

»Komm«, forderte sie Nick auf, machte einen Schritt zur Seite und stützte ihn. »Du musst dich durchchecken lassen. Ein Sturz aus dieser Höhe …«

»Dieser Drecksack ist in den Sträuchern dort ziemlich weich gelandet«, sagte er und deutete mit dem Kinn auf das Buschwerk. »Ich hab mich stattdessen mit einer Palme angelegt.« Er hinkte neben ihr her. »Hätte ich mir etwas gebrochen, könnte ich jetzt nicht laufen. Ist bestimmt nur eine starke Prellung.«

»Du bist kein Arzt. Vielleicht hast du innere Verletzungen.«

»Er muss sich auch verletzt haben«, entgegnete er, als hätte er ihr gar nicht zugehört. Seine Gedanken waren noch immer bei dem Unbekannten.

»Nick! Anna!« Rufe erklangen. Immer wieder hörten sie ihre Namen, ohne sagen zu können, wer sie schrie. Es waren mehrere, sich vermischende Stimmen.

Sie traten gerade durch den mit durchsichtigen Lamellen geschützten Ausgang, als Mike ihnen im Gang mit drei Polizisten entgegengerannt kam. Bei ihrem Anblick stoppte er, holte tief Luft und stützte seine Hände auf die Knie. »Geht es euch gut?«

»Der Kerl ist auf der Flucht«, brach es aus Nick heraus. Beim Vorbeihumpeln packte er Mike an der Schulter, damit dieser ihn begleitete. Anna blieb direkt hinter ihnen. »Lös eine Großfahndung aus. Wir brauchen Spürhunde, Hubschrauber, und schickt auch eine Drohne los. Die Straßenüberwachung muss überprüft werden. Sperrt von mir aus die ganze verdammte Stadt ab.«

Mike blieb stehen und hielt auch Nick zurück. »Das ist alles schon längst am Laufen. Wo hast du diesen Geisteskranken zuletzt gesehen? Von dort aus setzen wir die Hundestaffel auf ihn an.«

Nick kehrte um und erzählte von den Sträuchern, in

die der Wahnsinnige gefallen war. Mike und seine Kollegen begleiteten ihn, während Anna im Gang zurückblieb.

Sie setzte sich auf den Boden, lehnte sich gegen die Wand, zog die Beine an und schlang die Arme um ihre Knie. In ihrem Kopf, ihrem gesamten Inneren, herrschte eine bleierne Leere.

»Anna.« Lynette bog um die Ecke und eilte auf sie zu. »Bist du okay?«

Sie legte den Kopf in den Nacken und starrte an die Decke. »Wir sind am Leben.« Ihr fragender Blick fand den von Lynette. »Zane?«

»Der Notarzt kümmert sich gerade um ihn, aber es geht ihm schon jetzt deutlich besser.«

Anna lächelte, wurde aber gleich wieder ernst. »Es ist noch nicht vorbei«, flüsterte sie, denn sie wagte nicht, es laut auszusprechen. »Er ist auf der Flucht. Wenn sie ihn nicht innerhalb der nächsten Minuten schnappen, geht das alles weiter.«

Insgeheim hoffte sie, dass Lynette ihr widersprach. Doch sie schien die Information über seine erneute Flucht selbst erst einmal verarbeiten zu müssen. Mit großen Augen sah sie auf sie herab, bevor sie sich wieder fasste und ihr die Hand entgegenstreckte.

»Lass uns jetzt von hier verschwinden.« Sie half Anna auf die Beine. »Unser Unbekannter wollte das hier heute abschließen. Sein Plan ist fehlgeschlagen, und er musste überstürzt fliehen. Irgendeine Spur wird er dabei hinterlassen haben.«

»Und wenn nicht?«

Näher kommendes Hundegebell kam Lynettes Antwort zuvor. Drei Männer waren auf dem Weg ins Tropical House, führten Schäferhunde mit sich. Anna presste sich gegen die Wand, doch die Tiere zeigten an ihnen keinerlei Interesse. Anscheinend hatten sie die Spur bereits aufgenommen. Sie waren regelrecht ekstatisch und zerrten ihre Führer hinter sich her.

Nick und Mike kamen ihnen entgegen. Während Mike stehen blieb und mit der Hundestaffel sprach, humpelte Nick auf Lynette und sie zu.

»Die Verstärkung kam leider zu spät«, sagte er, als sie ihn in eine kurze Umarmung zog. »Wie geht es Zane?«

»Dank Anna gut.« Lynette deutete auf sie. »Das Gegenmittel kam in letzter Minute.«

Nick wandte sich ihr zu. »Du hast es gefunden? Wo?« Er streckte den Arm nach ihr aus und strich mit den Fingern durch ihr Haar. Da sein Adrenalinspiegel wohl allmählich sank, schien er sich über ihren eigenen Zustand bewusst zu werden. »Wieso bist du eigentlich so durchnässt?«

Sie seufzte. »Das wird eine längere Geschichte.«

Für einen kurzen Moment spielte ein zögerndes Lächeln um seine Lippen.

»Du hast jetzt erst mal einen Termin beim Arzt«, warf Lynette ein, fasste ihn am Arm und führte ihn in Richtung Besucherbereich. »Wenn ich dich so ansehe, sollte sich schnell jemand um deine Verletzungen kümmern.«

Anna betrat nach ihnen den Raum mit den Aquarien.

Nun war er voller Leute. Die Spurensicherung war am Werk, Absperrbänder wurden platziert. Ein Mann machte ein Foto von dem leblosen Roger und stellte ein gelbes Nummernschild aus Plastik neben seinen Fuß. Zane wurde gerade von zwei Sanitätern auf einer Rolltrage abtransportiert.

Anna rannte an Nick und Lynette vorbei und holte die Männer auf der Außentreppe ein. »In welches Krankenhaus bringen Sie ihn?«, erkundigte sie sich, ergriff Zanes Hand und lief neben ihm her.

»Henry Ford«, antwortete einer der Sanitäter, während der andere sie wegdrängte. Doch da Zane die Augen öffnete und sie ansah, ließ er sie schließlich gewähren.

»Ist es vorbei?« Seine Stimme klang heiser.

Es war nicht der richtige Zeitpunkt, ihm alle Einzelheiten zu erzählen. Vorerst war es das. Für ihn allemal. Er konnte nun das Gift in seinem Körper besiegen.

Sie nickte zögernd und zwang sich zu einem Lächeln. »Ich komme nach«, versprach sie, als sie die Rolltrage in einen Rettungswagen schoben. Dann verschloss sich vor ihr die Tür, und der Wagen fuhr mit eingeschaltetem Signallicht davon.

Anna wandte sich wieder dem Gebäude zu, wollte zurück zu Nick und Lynette gehen. Die beiden stiegen soeben die Außentreppe herab. Da sah sie Evelyn Coleman auf ihren Sohn zulaufen. Ein Sanitäter war an ihrer Seite und redete beschwörend auf sie ein. Aber sie ließ sich nicht von ihm aufhalten.

»Mom«, stieß Nick aus, sobald er sie ebenfalls erblickte. Sie fielen sich gegenseitig in die Arme.

Anna wurde bei dem Anblick warm ums Herz. Sie näherte sich den beiden und kam im selben Moment wie Lynette bei ihnen an.

»Der Zustand deines Vaters ist stabil«, informierte Nicks Mom ihn, als Annas Gedanken gerade zu Tom Coleman abschweiften und sie sich fragte, ob und wie er die Notoperation überstanden hatte. »Ich habe vor wenigen Minuten mit seinem zuständigen Arzt telefoniert und fahre jetzt zu ihm ins Krankenhaus.«

Mike trat zu ihnen, begrüßte Nicks Mutter mit einem Händeschütteln und zog Anna und Lynette dann beiseite. »Ich hoffe, es war nicht zu spät, dass du mich angerufen hast«, sagte er an Lynette gewandt und strich sich durch sein rotes Haar. »Die Auswertung der Überwachungskameras der Tiefgarage hat uns nicht weitergebracht. Ohne euch hätten wir diesen Ort nicht auf dem Radar gehabt.« Er sah sie beide abwechselnd an. »Was ist hier heute Nacht passiert? Vorerst kurz und knapp. Den genauen Details widmen wir uns morgen auf dem Revier. Aber ich brauche schon mal einen ersten Überblick.«

Lynette nickte Anna aufmunternd zu und übergab ihr als Erste das Wort, woraufhin sie Mike in aller Kürze von der Suche nach dem Gegenmittel berichtete. Als sie die Piranhas erwähnte, riss Lynette die Augen auf, während Mike die Brauen so weit zusammenzog, dass sie sich beinahe in der Mitte trafen. Doch die Gesichtszüge der beiden entglitten noch mehr, als sie von ihrem Überlebenskampf im See erzählte.

»Anna, das ist …« Lynette stockte, hielt sich eine Hand aufs Herz.

»… das Werk eines wahnsinnigen Psychopathen«, brachte Mike ihren Satz zu Ende. »Und du warst die ganze Zeit über bei Zane?«

Als Lynette ihm zu berichten begann, ließ Anna die beiden allein, ging zur Außentreppe und setzte sich auf eine der Stufen. Sie fühlte sich so unendlich müde. Ihr war, als hätte sie seit Tagen nicht mehr geschlafen.

Die Morgendämmerung brach herein und tünchte den Himmel am Horizont in ein sattes Rot. Hubschrauber zogen ihre Kreise. Auf dem Platz vor dem Aquarium herrschte tumultartiges Treiben. Die Einsatzwagen standen kreuz und quer. Polizisten und Feuerwehrmänner rannten umher, umgeben von Kriminaltechnikern und Sanitätern. Ihre Stimmen überschlugen sich. Hunde bellten in der Ferne.

Wo steckte der große Unbekannte jetzt? War er nach wie vor auf der Flucht? Sie mussten ihn einfach fassen!

Nick hatte sich von seiner Mutter verabschiedet, die nun mit einem Sanitäter in einen Rettungswagen stieg. Sein Blick fand Annas, und er kam zu ihr gehumpelt.

»Du musst auch ins Krankenhaus«, sagte sie, als er neben ihr auf der Stufe Platz nahm.

»Wir treffen uns wohl alle dort«, erwiderte er. »Aber vorher muss ich Mike noch etwas zeigen.«

Wie auf Kommando kam dieser zu ihnen. »Wir werden ihn drankriegen.«

Nick gab ein gequältes Stöhnen von sich. »Dieser Mann darf keinen Tag länger auf freiem Fuß sein. Allein der Gedanke, dass er weiterhin in der Öffentlichkeit inmitten ahnungsloser Bürger unterwegs ist …« Er schluckte und deutete mit dem Kinn zu einer nahe gelegenen Lagerhalle. »Dort führt er uns allen noch einmal vor Augen, zu welcher unberechenbaren Grausamkeit er fähig ist.«

Mike blickte sich zu der Halle um.

»Was ist dort?«, fragte Anna. Sie erhob sich und sah zwischen Nick und der Lagerhalle hin und her.

»Schick die Spurensicherung rüber«, wies er Mike an und kam schwerfällig auf die Beine. »Sie werden Tage brauchen, um sich dort einen Überblick zu verschaffen.«

»Einen Überblick worüber?«, hakte Mike nach.

Nick ergriff Annas Hand. Sie konnte spüren, dass er zunehmend zitterte.

»Dort findet ihr die Leichen von Detective Hunter und Sarah Carter.«

Anna stieß die Luft aus, wich einen Schritt zurück. Doch er hielt ihre Hand noch fester und zog sie wieder an seine Seite.

»Und außerdem die Überreste meines Bruders«, setzte er nach, wobei seine Stimme brach.

Mike stand da wie eingefroren. Doch schließlich gewann er seine Fassung zurück. Während Anna Nick weiterhin stumm anstarrte, rief Mike nach seinen Kollegen und eilte in deren Begleitung auf die Halle zu.

»Lass uns jetzt bitte einfach von hier verschwinden«, bat Nick sie. Er legte den Arm um ihre Schultern und führte sie vom Platz.

Sie lief neben ihm her wie in Trance. Drängende Fragen hallten in ihrem Kopf. Was war mit ihrer Freundin geschehen? Sie sah Sarah als Braut in Gedanken vor sich und spürte Übelkeit in sich aufsteigen. Welche Rolle spielte sie in diesem Chaos? Wollte sie die Details über ihren und Detective Hunters Tod wirklich wissen? Und TJ? Seine Überreste waren hier? In der Halle?

Ihre Gedanken kreisten wild durcheinander, und doch brachte sie kein Wort heraus. Gleichzeitig spürte sie, dass Nick auch die Kraft fehlte, vor Ort über die Ereignisse in der Lagerhalle zu sprechen.

»Fahr uns bitte ins Krankenhaus«, forderte er Lynette auf, die ihnen ebenfalls schweigend folgte. Wusste sie bereits, welcher Anblick sich Mike in diesem Moment bot?

Beim Auto angekommen, rutschten sie, ohne einander loszulassen, auf die Rückbank. Lynette nahm hinter dem Lenkrad Platz, warf ihnen im Rückspiegel einen besorgten Blick zu und seufzte. Dann fuhr sie los.

Nick hielt Anna in seinen Armen. Sie schmiegte sich an ihn, genoss seine Nähe und Wärme. Als aufsteigender Feuerball erweckte die Sonne den neuen Tag zum Leben. Die Welt drehte sich ohne Roger, Sarah und Detective Hunter weiter.

42. KAPITEL

Der Kellner stellte schweigend die Getränke vor ihnen ab. Anfangs war er noch fröhlich-freundlich gewesen, mittlerweile hatte die Stimmung am Tisch ihn angesteckt.

»Ich kann nicht fassen, dass ich ihn habe entkommen lassen«, sagte Nick in die Stille hinein, als der junge Mann wieder verschwunden war.

Sie saßen gemeinsam im Restaurant des Hotels. Anna, Mike, Zane und er. Lynette wollte auch gleich zu ihnen stoßen. Achtundvierzig Stunden waren seit der Flucht des Unbekannten vergangen, und sie hatten alle ihre Aussagen zu den Ereignissen gemacht.

»Du warst allein«, sagte Anna und drückte seine Hand.

»Tröste dich damit, dass alle aufgebotenen FBI-Agenten und örtlichen Cops ihn auch nicht erwischt haben«, warf Mike ein. »Er muss das Boot für Notfälle bereitgehalten haben und ist damit nach Kanada abgehauen. Bis die Zuständigkeiten geklärt sind, ist er über alle Berge.«

Nick war mit den Tücken der Bürokratie, gerade über Ländergrenzen hinweg, nur allzu vertraut. Sie spielte einem Wahnsinnigen wie dem Unbekannten in die Hände. »Wie sieht es in Washington aus?«

Mike lachte auf. »Ein Wunder, dass Noriss nicht explodiert ist. Seine Zufriedenheit über den Abschluss des Falls in Chicago hat sich ins Gegenteil verkehrt. Es rumort dort oben. Einige werfen ihm vor, dass er die Akte zu schnell geschlossen hat.«

»Müssen wir uns einen neuen Job suchen?«

»Auf jeden Fall wird die Suche nach dem Unbekannten ausgeweitet, und ich werde sie nicht länger leiten.«

Durch ihre Aussagen war klar geworden, dass sie zu sehr involviert waren. Das betraf inzwischen auch Mike. Die nächste Taskforce besaß aber vermutlich wenigstens das doppelte Budget. Die Tatsache, dass es dem Unbekannten gelungen war, Zugriff auf ein militärisches Toxin zu erhalten, hatte zahlreiche Personen in Washington aufgeschreckt. Wenn man von den Ereignissen hier in Detroit ableiten konnte, dass ein komplettes Netzwerk aus miteinander verbundenen Psychopathen existierte – das unter Umständen sogar von ihm geleitet wurde –, nahm die Bedrohung völlig neue Dimensionen an. Die Presse überschlug sich bereits mit Spekulationen.

»Trotz allem, was er getan hat, tut mir Roger leid«, meinte Zane.

»Wie bitte?« Anna zerknüllte die Papierserviette. »Er hat dich vergiftet und wollte dich sterben lassen.«

»Aber ich habe gefühlt, wie es ist«, erwiderte Zane. »Wenn das Gift sich in dir ausbreitet, immer weiter. Die Schwäche, die Angst. Alles andere tritt in den Hintergrund. Niemand weiß, wer er wirklich ist, bevor er so etwas nicht erlebt hat.«

»Ich verzeihe Roger trotzdem nicht«, sagte Anna. »Er hat anderen das Leben genommen, weil er sich an das eigene geklammert hat. Das kann ich einfach nicht entschuldigen.«

»Geht mir auch so«, sagte Nick. »Schau nur, was durch ihn alles möglich war. Du hast nur durch ein Wunder überlebt.«

»Das kann ich bestätigen«, warf Mike ein. »Was auch immer er dir gespritzt hat, unsere Chemiker konnten das Toxin bisher nicht aufschlüsseln. Anders gesagt: Wir hätten dich nicht retten können.«

Der Unbekannte schien bei seinen Attacken generell auf Nummer sicher zu gehen. Nick würde die Bilder aus der Lagerhalle niemals vergessen.

Detective Hunter, Sarah und … »Konnte die Spurensicherung ihre Untersuchungen in der Halle abschließen?«

Mike nickte schwer. »Sarahs Mann wurde kontaktiert, ebenso die Angehörigen von Hunter. TJs Überreste werden wieder nach Chicago überführt, die Kollegen haben bereits mitgeteilt, dass sein Grab geöffnet wurde.«

»Dein Vater und deine Mutter sind am Leben.« Anna drückte erneut seine Hand. »Das ist doch das Wichtigste. Er hat an dieser Stelle versagt. Und wir leben ebenfalls noch.«

»Was wir primär Lynette verdanken«, sagte Nick und vertrieb den Gedanken an seine Eltern. »Sie hat Roger letztlich davon überzeugt, nicht auf mich zu schießen.«

»Und sie war für mich da«, ergänzte Zane. »Die ganze Zeit. Hat mich aufgebaut und mir Mut gemacht.«

Nick war dankbar dafür, dass sich das Team in dieser Konstellation gefunden hatte. Gleichzeitig fürchtete er sich vor dem, was ihnen noch bevorstand.

»Mit etwas Glück erwischen sie ihn in Kürze«, sagte Zane, wenn auch mit wenig Überzeugung. »Dann hat sich das alles erledigt.«

Nick griff nach seinem Wasser und trank in kleinen Schlucken. Er glaubte keinen Augenblick daran, dass der Unbekannte gefasst werden würde. Von Kanada aus musste er lediglich an irgendeiner Stelle den Weg zurück ins Land finden. Die Grenze war lang und nicht an jeder Stelle ausreichend gesichert.

»Ich frage mich immer noch, warum er ausgerechnet Roger ausgewählt hat«, sagte Zane leise.

»Ein leicht manipulierbarer Biologe, über den er an das Toxin kam?«, schlug Mike vor. »Obendrein konnte er durch ihn auch an euch herankommen. Frag mal die Jungs von Homeland Security, die durchleuchten Rogers Leben gerade bis in die letzte Zelle.«

»Aber das passt nicht«, sagte Zane. »Ich habe ja die Daten vom Server geholt.«

An dieser Stelle räusperte sich Mike und schenkte ihm einen »Das-war-übrigens-eine-ziemlich-dumme-Idee«-Blick.

»Diese ganze Sache mit dem Nervengift und vorher die Manipulation von Roger, das hat doch schon vor Wochen begonnen. Er kann das alles hier also nicht als Vergeltung für Chicago aufgezogen haben.«

»Es lief parallel«, sagte Anna und nickte. »Vielleicht war es eine Sicherheit, falls Plan A schiefläuft?«

»Möglich.« Zane wirkte nicht überzeugt. »Aber wenn das nicht so ist, wäre es ein bisschen zu viel des Zufalls.«

»Du denkst, Roger wurde früher ausgewählt. Genau wie Anna, für die er Harris benutzt hatte. Das würde bedeuten, dass Roger kein Werkzeug war.« Nick spürte, wie ihm kalt wurde. »Sondern von Anfang an ein Ziel.«

»Genau wie Anna und du.«

Irgendwie war Nick der Hunger abhandengekommen.

»Das ist sicher auch ein Gedanke, den die neuen Ermittler weiterverfolgen.« Mike stützte das Kinn auf den Handballen und starrte sinnierend ins Leere.

In Nicks Kopf schwirrten unzählige Gedanken umher. Wie ein Schwarm von tausend Mücken, der den Blick auf die Wahrheit verbarg. Er hasste dieses Gefühl der Machtlosigkeit, des Reagierens. Der Kampf gegen den Unbekannten war zu einem Fechtkampf verkommen, der nach einer lautlosen Choreografie ablief. Mal hieb er zu, und Nick parierte, dann war es umgekehrt. Sie schlugen ihm gemeinsam ein Schnippchen, er täuschte an und stach aus anderer Richtung umso grausamer zu.

»Mit dem FBI, Homeland Security und der Presse im Nacken kann er nicht mehr so einfach zuschlagen«, sagte Anna.

»Tja, die wissen nur leider nicht, nach wem sie suchen«, merkte Zane an. »Wir haben keine DNA-Spuren, kennen sein Gesicht nicht und haben selbst die Stimme nie klar und deutlich gehört. Es gibt kaum einen Ansatzpunkt.«

»So würde ich das nicht sagen«, widersprach Mike. »Vergesst nicht, dass der Unbekannte irgendwann Kontakt zu seinen Werkzeugen aufgenommen haben muss. Und da haben wir mittlerweile Harris, Natalie, Doktor Falsi und den Mann namens Garry Thatcher. Irgendwo hat er einen Fehler gemacht. Niemand ist perfekt.«

»So viel ist immerhin klar. Aber für die Fehler hat er auch immer einen Ausweichplan in petto, siehe Paul Kelly. Der perfekte Sündenbock.« Anna verstand sich darauf, den Finger in die Wunde zu legen.

»Wenn sein Plan hier aufgegangen wäre, wäre Roger der Sündenbock geworden. Immerhin hat er dafür gesorgt, dass Roger alle Taten hätten nachgewiesen werden können, selbst die, die der Unbekannte begangen hat.« Zane warf ihnen nacheinander einen eindringlichen Blick zu. »Deshalb finde ich die Idee, dass es ein Plan B war, gar nicht so weit hergeholt. Der ehemalige beste Freund, mit dessen Nervengift auch Natalie umgebracht wurde. Der mit Nick und Anna bei der Hochzeit Kontakt aufgenommen hat. Ich wette, ihr hättet ausreichend Hinweise gefunden, die ihn als den Schuldigen dastehen lassen.«

Mike nickte erneut. »Es hätte in jeder Hinsicht gepasst. Rogers Tod war von Anfang an eingeplant, davon gehen unsere Kollegen mittlerweile ebenfalls aus. Mit ihm wäre die Akte wieder geschlossen worden. Alles sauber nachvollziehbar, mit allen notwendigen Beweisen unterfüttert. Himmel, er kennt sogar deine Eltern, Nick. Alles hätte gepasst, aber dann ist etwas schiefgelaufen, und der Unbekannte musste selbst eingreifen.«

»Das ist es, was mir Angst macht«, sagte Anna. »Was ist, wenn es einen Plan C gibt, der gleichzeitig in Gang gesetzt wurde?«

»Dann können wir auch nichts daran ändern.« Nick schüttelte den Kopf. »Es nützt niemandem, wenn wir uns wahnsinnig machen. Ab jetzt haben wir alle Spezialisten hinter uns, die die Behörden aufbieten können. Jedes Detail wird ausgewertet, jede Spur. Es gibt keine Datenbank, durch die die Ergebnisse nicht gejagt werden.«

Es musste einfach funktionieren. Falls es dem Unbekannten tatsächlich gelungen war, nirgends eine Spur zu hinterlassen, waren sie verloren. Sie hatten zwei Attacken überstanden, doch die Verluste waren gewaltig gewesen. Die Frage stand im Raum, wie es von hier aus weiterging. Sie konnten nicht einfach in ihr altes Leben zurück. Das würde alle in Gefahr bringen.

Was war, wenn der Unbekannte sich plötzlich Annas Redaktion zuwandte? Wie sollten die Kollegen geschützt werden? Besaß er noch mehr Nervengift, das er einsetzen würde?

Es gab keine Normalität mehr. Für niemanden.

»Bis meine Ablösung eintrifft, bin ich noch immer der leitende Ermittler«, sagte Mike. »Ich weihe euch in alles ein, solange ich kann. Aber vermutlich steht morgen irgendein Special Agent auf der Matte, der mich freundlich aus meinem Büro hinausbittet, weil es jetzt seins ist.«

Nachdem die Untersuchungen vor Ort abgeschlossen waren, würde die Koordination wohl von Washington aus verlaufen. Nick kannte das Prozedere in einem solchen Fall. Selbst an dieser Front waren sie zur Machtlosigkeit verdammt.

»Wohin geht es jetzt?«, fragte Zane.

Bei dieser Frage wirkte er so zerbrechlich wie nie zuvor, und Nick wurde die Jugend des IT-Nerds nur allzu bewusst. Mit seinen Anfang zwanzig hätte er all das niemals durchmachen sollen.

»Ich denke, das Büro in Washington …«, begann Mike.

»Wir entscheiden selbst, wohin wir uns in Sicherheit begeben«, stellte Nick klar.

»Lynette möchte uns mit zur Ranch ihres Bruders nach Virginia nehmen«, sagte Anna und schenkte ihm dabei ein kurzes Lächeln. »In der Weite ist das Gelände überschaubar. So was lässt sich gut bewachen. Außerdem ist der Unbekannte nicht allwissend. Nordamerika ist ein großer Kontinent. Aber bevor wir die Einzelheiten besprechen, sollten wir auf Lynette warten.«

Nick gefiel der Gedanke. Fast wie Urlaub, sah man davon ab, dass hinter der nächsten Hecke ein Massenmörder lauern konnte.

EPILOG

Ein eher sanfter Regen traf auf das Hotelfenster. Das Geräusch von Tropfen auf Glas hatte etwas Beruhigendes. Ein Film aus klarem Wasser floss über die Außenseite nach unten und spülte jedes Problem davon.

»Effektivität ist mir überaus wichtig«, sagte er und blickte hinüber zu Lynette McKenzie.

Sie lag auf dem Boden, das Messer steckte bis zum Heft in ihrem Bauch. Mit jedem keuchenden Atemstoß floss noch mehr Blut aus der Wunde. Langsam und stetig, wie es sein sollte. Es war unabdingbar, dass sie litt. Niemandem durfte es erlaubt werden, seine Pläne zu durchkreuzen und das zu überleben.

»D…«

Vor ihren Lippen zerplatzte eine Blase aus Blut. Ein wunderschöner Anblick.

»Sie haben genug geredet«, sagte er. »Schweigen ist bekanntlich Gold, und auch wenn ich mich in der Regel nicht nach uralten Sprichwörtern richte, passt das hier doch überaus perfekt. Sie hätten einfach den Mund halten sollen. Roger hätte Nick erledigt, und danach wäre es mir problemlos möglich gewesen aufzuräumen. Ich erledige so etwas effektiv und sauber. Natürlich war ich nicht immer perfekt, jeder hat eine Lernkurve. Selbst ich. Meine ist überaus steil, wenn ich das sagen darf.« Er lachte. »Niemand hätte gedacht, dass ich eines Tages ein solches Level erreichen werde. Nicht einmal ich.«

Er blickte wieder hinaus über das nächtliche Detroit, hielt die Arme verschränkt und lauschte auf den Regen, der nur von den keuchenden Atemgeräuschen hinter ihm unterbrochen wurde.

»Sie kennen natürlich die Trauerstadien nach Kübler-Ross, nicht wahr?« Er wartete nicht auf eine Antwort, schließlich konnte Lynette McKenzie sich glücklicherweise nicht mehr artikulieren. »Zuerst das Leugnen. Man will nicht wahrhaben, dass der Tod näher kommt, und zwar unaufhaltsam. Es muss doch noch einen Ausweg geben? Kommt Hilfe?«

Er schüttelte den Kopf und lächelte. Sein Spiegelbild lächelte zurück. Es war ungewohnt, die Maske in der Hand zu halten, der Vocoder war inaktiv. Den Tod eines anderen Menschen mitzuerleben, selbst zu gestalten, das war etwas Persönliches.

»Dann kommt der Zorn. Die Wut auf das Schicksal, das Unvermeidbare. Man lehnt sich ein letztes Mal auf, angetrieben von purer Energie.« Er dachte kurz darüber nach. »Das war vor ungefähr zehn Minuten.«

Er seufzte. »Dann kommt das Verhandeln, das Betteln. Glücklicherweise überspringen wir das, Sie können ja nicht mehr reden. Also folgt die Depression.«

Nun wandte er sich Lynette zu, war mit zwei Schritten bei ihr und ging in die Hocke. Mit seiner behandschuhten Hand strich er über die salzigen Spuren auf ihren Wangen.

»Meist kommen an dieser Stelle die Tränen. Sie sind ein Bilderbuchfall, Lynette McKenzie. Sie sind noch nicht einmal getrocknet. Aber ich kann es in Ihren Augen sehen. Der Kampf ist vorbei, und Sie haben das auch begriffen. Dann ist das wohl die letzte Phase: die Akzeptanz.« Er legte ihr die Hand auf die Schulter. »Sie haben es nur aufgeschoben, wissen Sie. Das Ende von Anna und Nick ist unausweichlich. Ich bin unausweichlich. Denn die Sünden holen uns alle ein.« Er erhob sich und streifte die Maske über. »Auch wenn es viele Jahre dauert.«

Mit einem zufriedenen Seufzen verließ er das Zimmer.

Lynette McKenzie blieb sterbend hinter ihm zurück.

Ende